RUTH RENDELL

Die Toten ruhen nicht

Ruth Rendell

Die Toten ruhen nicht

Kriminalroman

Deutsch von
Karin Dufner

blanvalet

Die Originalausgabe erschien 2014 unter dem Titel
»The Girl Next Door« bei Hutchinson, London.

FSC www.fsc.org MIX Papier aus verantwortungsvollen Quellen FSC® C014496

Klimaneutral* Druckprodukt ClimatePartner.com/14044-1912-1001

Penguin Random House Verlagsgruppe FSC® N001967

1. Auflage
Taschenbuchausgabe 2022 by Blanvalet,
einem Unternehmen der Penguin Random House Verlagsgruppe GmbH,
Neumarkter Straße 28, 81673 München

Redaktion: Dr. Rainer Schöttle
Umschlaggestaltung: www.buerosued.de
Umschlagmotiv: © Adrian Muttitt / Trevillion Images
LA · Herstellung: DM
Satz, Druck und Bindung: GGP Media GmbH, Pößneck
Printed in Germany
ISBN 978-3-7341-1119-8

www.blanvalet.de

Für Michael Redington, in Liebe

1

Er war ein attraktiver Mann. Einen hübschen Jungen hatte seine Mutter ihn immer genannt, denn sie hatte schon angefangen, ihn für sein Aussehen zu loben, als er fünf war. Davor hatte er die üblichen Kinderkomplimente bekommen: »Niedliches Baby.« und »Ist er nicht süß?« Sein Vater war nie da. Mit vierzehn ging er dann von der Schule ab – was damals noch möglich war – und arbeitete in einer Gärtnerei, einem Schlachthof und schließlich in einer Kosmetikfabrik. Die Tochter des Chefs verliebte sich in ihn. Da er damals schon zwanzig war, heirateten sie. Anitas Vater drohte zunächst, ihr das Erbe ihrer Großmutter vorzuenthalten, war jedoch schließlich zu weichherzig dafür. Die Summe war zwar nicht hoch, reichte aber, um ein Haus auf dem Hill in Loughton zu kaufen, etwa zwanzig Kilometer von London entfernt und beinahe ländlich. Woody, wie seine Mutter und seine Frau ihn nannten, weil ihm jemand in der Schule einmal diesen Spitznamen verpasst hatte, war arbeitsscheu und beschloss, für den Rest seines Lebens die Finger von jeglicher Berufstätigkeit zu lassen. Es war ja genug Geld da. Ob es bis an sein Lebensende genügen würde, wusste er nicht. Schließlich war er erst dreiundzwanzig.

Damals führte um die Ehe kein Weg herum. Da biss die Maus keinen Faden ab. Einfach zusammenzuwohnen kam beinahe einer Straftat gleich. Einige Jahre lang waren sie mehr oder weniger glücklich. Seine Mutter starb, und sie erbten auch ihr Haus und einen kleinen Geldbetrag. Als Nächstes starb ihr Vater. In den Dreißigerjahren wurden die Leute noch nicht so alt. Da sie Einzelkind war, trat sie das elterliche Erbe an, und sie erhielt erheblich mehr, als Woody bekommen hatte. Weil er nicht arbeitete, war Woody immer zu Hause. Er empfand es als seine Pflicht, ein Auge auf seine Frau zu haben. Ständig fuhr sie nach London, um Kleider zu kaufen, und ging dauernd zum Friseur. Außerdem verschwand sie übers Wochenende, wie sie sagte, um ihre ehemaligen Mitschülerinnen zu besuchen, die inzwischen verheiratet waren. Woody war nicht eingeladen.

Eine Frau erledigte das Putzen. Woody war der Ansicht, dass seine Gattin das hätte übernehmen können, und sagte das auch. Doch er war machtlos dagegen. Sie bezahlte. Sie kümmerte sich nicht einmal um das Kind und nahm es, soweit er feststellen konnte, kaum zur Kenntnis. Irgendwo hatte er gelesen, das Parlament habe vor sechzig oder siebzig Jahren ein Gesetz erlassen, das es verheirateten Frauen gestattete, selbst über ihr Geld zu verfügen. Davor hatten sie es ihren Ehemännern aushändigen müssen. Er hasste dieses Gesetz. Als die Männer noch alles Geld besessen hatten, musste die Welt ein Paradies gewesen sein.

Als der Krieg ausbrach, war er dreißig. Die schreckliche Möglichkeit, eingezogen zu werden, hing wie ein Damoklesschwert über ihm. Doch er hatte Glück. Dem Arzt erzählte er, er brauche eine Bestätigung, dass er kerngesund sei, damit er sich melden könne, und zwar zur Marine. Wie immer ging es ihm gut, ihm fehlte nichts – sehr bedauerlich. Aber der Arzt stellte ein Geräusch im Herzen fest, offenbar Folge der Lungenentzündung, die er als

Kind durchlitten hatte. Woody erinnerte sich an diese Lungenentzündung, und zwar hauptsächlich wegen der Todesangst seiner Mutter. Doch er war zu überglücklich und erleichtert, um sich große Sorgen um sein Herz zu machen. Dem Arzt spielte er Bestürzung vor und meinte bedauernd, er fühle sich ausgezeichnet und würde sicherlich hundert werden.

Im Haus wimmelte es ständig von Freunden seiner Frau. Einer trug Uniform. Er sah zwar nicht so gut aus wie Woody, aber die Uniform wirkte zweifellos äußerst anziehend. Ein anderer junger Mann, der in der Nähe wohnte, war häufig dabei anzutreffen, wie er in Woodys Küche Tee kochte oder ihn in Woodys Wohnzimmer mit Woodys Frau trank. Er machte nicht sehr viel her, fand Woody.

»Du beurteilst alle nach ihrem Äußeren«, sagte seine Frau. »Etwas anderes zählt für dich nicht.«

»Ich habe dich nach deinem beurteilt. Was wäre da sonst noch gewesen?«

Falls seine Frau ihn hätte betrügen wollen, wären ihre Gelegenheiten dafür sehr eingeschränkt gewesen. Allerdings fand die Liebe oder was es auch sein mochte, immer einen Weg. Woher sollte er wissen, wo sie wirklich steckte, wenn sie angeblich ihre Schulfreundinnen besuchte, was er einfach so hinnehmen musste? Seine Frau hatte rotes Haar und blaue Augen. Ihr Freund, der in Uniform, hatte Augen von derselben Farbe und hellbraunes Haar. Eines Nachmittags ging Woody in die Küche, um Geld aus der Keksdose zu holen und Mrs. Mopp zu bezahlen. In Wirklichkeit hieß sie Mrs. Moss, aber Mrs. Mopp war ein so viel lustigerer Name. Die Putzfrau folgte ihm auf den Fersen; sie gierte, wie er fand, viel zu sehr nach ihrem Geld, um ihn aus den Augen zu lassen. Seine Frau saß am Küchentisch und hielt Händchen mit dem Uniformierten. Ihre Hand lag auf der Tischdecke aus amerikanischem Tuch, seine ruhte auf ihrer. Sobald Woody hereinkam, rissen sie die Hände auseinander, allerdings nicht schnell genug. Woody bezahlte Mrs. Mopp und ging hinaus, ohne ein Wort mit den beiden zu wechseln, die reglos auf ihren Schoß starrten.

Für Woody war Wut etwas Kaltes. Kalt war sie und langsam gärend. Doch wenn sie einmal eingesetzt hatte, steigerte sie sich stetig, sodass er an nichts anderes mehr denken konnte. Von Anfang an war ihm klar, dass er nicht weiterleben konnte, solange die zwei am Leben waren. Anstatt zu schlafen, lag er in der Dunkelheit wach und sah ihre Hände vor sich: Anitas schlanke blasse mit den langen, spitzen, pastellrosa lackierten Nägeln. Und die des Mannes, gebräunt, ebenfalls wohlgeformt und mit leicht gespreizten Fingern. Woody dachte an das dritte Mitglied der Familie, um das sich Anita seiner Einschätzung nach nicht scherte. Sie ignorierte das Kind. Einmal hatte er beobachtet, wie sie den Flur entlang zur Haustür rannte und den kleinen Jungen übersah. Sie stieß am helllichten Tag mit ihm zusammen und rempelte ihn um. Sie verletzte ihn zwar nicht, half ihm aber auch nicht, sich aufzurappeln, sondern ließ ihn weinen. Sicher würde er seine Mutter nicht vermissen und sich freuen, sie los zu sein.

Ehe er sein Vorhaben in die Tat umsetzte, nahm er das Geld aus der Keksdose und verstaute es in einer kleineren, die einmal Kakao enthalten hatte. Auf der Keksdose waren verschieden geformte Mürbeteigkekse abgebildet.

Sie war ziemlich groß, ein Durchmesser von etwa zwanzig mal fünfzehn Zentimeter und ungefähr sieben Zentimeter tief. Das würde genügen, denn sie hatten kleine Hände. Anita kam und ging mit dem Mann in Khaki und vielleicht auch mit dem anderen in Zivil. Letzterer war Woody egal. Er würde verschwinden, wenn Anita verschwand, und auch nicht aufkreuzen, um sich nach ihr zu erkundigen. Mrs. Mopp kam und putzte das Haus. Sie sprachen kaum miteinander, weil es nichts zu sagen gab. Der Junge ging zur Schule und schaffte den Weg allein. Er wusste, dass er zur Schule gehen musste und dass Widerspruch zwecklos war. Er redete mit Mrs. Mopp und schien sie zu mögen, doch das interessierte Woody nicht. Er dachte viel über Anitas Geld nach. Dieses Nachdenken kostete Zeit und zögerte seinen Plan hinaus. Es musste doch einen Weg geben, sie dazu zu bringen, ihre Tausender, und es waren ziemlich viele Tausender, auf sein Konto zu überweisen. Allerdings neigte sie zum Argwohn.

»Ich werde kein gemeinsames Konto mit dir eröffnen, Woody«, sagte sie. »Warum ist dir das so wichtig? Nein, antworte nicht. Sicher geht es um etwas Zwielichtiges, irgendeine Gaunerei. Die Antwort lautet Nein.«

Schade, doch das würde ihn nicht aufhalten. Nichts konnte ihn bremsen. Seine einzige Möglichkeit war, sich Zugriff auf ihr Scheckbuch zu verschaffen. Er stellte einen Scheck über hundert Pfund auf sich selbst aus; mehr wäre verdächtig gewesen. Wie sich herausstellte, war es ein Kinderspiel, ihn einzulösen, weshalb er ziemlich bedauerte, nicht die doppelte Summe eingetragen zu haben. Nun musste er zuschlagen, bevor sie ihren Kontoauszug erhielt.

Woody dachte nicht an die Anfangszeit ihrer Beziehung. Er dachte nicht an das, was er einst als ihre »Romanze« bezeichnet hatte. Nicht einmal mit der jüngsten Vergangenheit ganz allgemein beschäftigte er sich und meinte zu jedem, der ihm zuhörte: »Es ist vorbei und kommt nicht wieder. Welchen Sinn hat es, darüber nachzugrübeln?« Ganz gleich, wie er es anstellte, es durfte kein Blut fließen. Er teilte Anita mit, er werde seine Tante Midge in Norwich besuchen. Sie sei krank und würde ihm sicher ihr Geld hinterlassen – ein Anlass für einen Besuch, den seine Frau ihm bestimmt glauben würde. Sobald er weg war, würden Anita und der Khakimann gewiss das Bett miteinander teilen, aller Wahrscheinlichkeit nach *sein* Bett. In den späten Nachtstunden würde er zurückkommen.

Natürlich behielt er recht. Da lagen sie und schliefen tief und fest. Nachdem er die Tür hinter sich abgeschlossen hatte, erdrosselte er zuerst den Mann. Anita war eine zierliche Frau und ihm körperlich nicht gewachsen. Sie jagte er durchs Zimmer, schleuderte sie zu Boden und setzte denselben Ledergürtel auch bei ihr ein. Bald war es ausgestanden. Das einzige Blut stammte von ihm selbst, weil sie ihn beide gekratzt hatten, doch es war nicht sehr viel. Seine Erfahrung aus dem Schlachthof kam ihm jetzt zustatten, als er die rechte und die linke Hand abtrennte. Bevor er die Hände in die Keksdose legte, entfernte er noch Anitas Ehe- und Verlobungsring. Ein zusätzlicher Bonus. Bei seinen Berechnungen, wie viel Geld er würde abzweigen können, hatte er die Ringe ganz vergessen. Natürlich würde er sie verkaufen. Er konnte weit weg nach Devon oder nach Schottland fahren und einen Juwelier suchen, der ihm eine Menge für den Diamantring bezahlen würde. Anita hatte ihn selbst gekauft. Sie hatte einen Diamantring gewollt, und den hatte er sich nicht leisten können.

Es war Oktober, besser als Sommer, da er sich mit der Beseitigung der Leichen nicht so sehr würde beeilen müssen. Nachdem die anstößigen Hände, die Hände, die einander gehalten hatten, nun entfernt waren, konnte er sich kaum noch erklären, warum er das getan hatte. Um sie zu betrachten? Als Erinnerung an seine Rache? Doch das Händchenhalten war Vergangenheit, und er lebte in der Gegenwart. Er wusste, dass er sich die Hände in einem oder zwei Tagen vermutlich nicht mehr würde ansehen wollen. Vielleicht würde er sie ja vergraben. Das Wissen, dass sie versteckt waren und wem sie gehört hatten, würde genügen. Er wickelte die Leichen in Bettlaken und verschnürte sie mit Gartenkordel.

Das Kind hatte alles verschlafen. Der Junge war erst knapp neun, alt genug, um alles zu bemerken, was geschah, auch wenn er das meiste nicht verstand. Woody war klar, dass er ihn würde loswerden müssen. Nicht dass er für ihn dasselbe Schicksal plante wie das, was er Anita und ihrem Liebhaber hatte angedeihen lassen. Michael war sein Sohn. Das wusste nicht nur er, sondern auch alle anderen sahen es, denn der Junge sah ihm glücklicherweise so ähnlich wie ein Ei dem anderen. Obwohl er nie so etwas wie Liebe für ihn empfunden hatte, floss sein Blut in den Adern des Jungen. Michael gehörte ihm, und da seine Mutter nun fort war, war er der Mensch, der ihm auf dieser Welt am nächsten stand. Er konnte dafür sorgen, dass er ihn nie mehr (oder sehr selten) wiedersah. Doch sein Blut zu vergießen kam für ihn überhaupt nicht infrage.

Die Toten in ihren Leichentüchern aus Bettlaken hatte er im Sommerhaus verstaut und mit Brennholz abgedeckt. Da der Deckel der Keksdose fest schloss, konnte man aus ihr nichts riechen. Er stellte die Dose in Anitas Schrank unter die Kleider, die sie von ihren ständigen Shopping-Touren nach Hause gebracht hatte. Aber er musste eine dauerhafte Ruhestätte für die Dose finden. Er schlief in dem Zimmer, in dem er die Morde begangen hatte, und betrachtete manchmal die Dose, unternahm jedoch nie einen Versuch, den Deckel zu öffnen. Inzwischen hatte der Verwesungsprozess eingesetzt, und er fürchtete sich vor dem, was er sehen und riechen würde, wenn er den Deckel hob.

Seit einigen Monaten war ihm bekannt, wo Michael hinging, wenn er mit dem Johnson-Jungen, dem Norris-Jungen, den Batchelors aus Tycehurst Hill, der niedlichen Daphne Jones und der kleinen Rosemary Soundso spielte. Nämlich unter die Erde. Er beobachtete, wie Michael den Hill überquerte, wartete eine halbe Stunde und steuerte dann auf den Eingang der »Tunnels« auf der anderen Straßenseite zu. Die Kinder waren drinnen, doch er konnte sie von seinem Standort aus nicht sehen. »Ich weiß, wo ihr seid!«, rief er. »Kommt jetzt raus. Hier wird nicht mehr gespielt. Am besten geht ihr jetzt nach Hause und kommt nicht mehr zurück. Verstanden?«

Sie hörten ihn und erschienen einer nach dem anderen. Daphne blieb zurück, um die Kerzen auszupusten. Sie tauchte als Letzte auf, stand im nassen Gras auf der Kuppe, schenkte ihm ihr geheimnisvolles Lächeln und wandte sich ab.

Am nächsten Tag suchte ihn ein Polizist auf. Er wollte Mrs. Winwood sprechen. Woody tischte ihm das Märchen auf, das er sich zurechtgelegt hatte. Seine Frau sei krank gewesen und erhole sich jetzt bei ihrer Cousine auf dem Land. Der Polizist verriet ihm nicht, was er von Anita wollte oder ob er einen Verdacht hatte. Er ging einfach wieder.

Den Jungen zu Tante Midge zu schicken kam nicht infrage. Sie war zu alt und zu arm. Aber was war mit seiner Beinahecousine Zoe? Sie konnte keine Kinder bekommen und sehnte sich nach einem, der Himmel mochte wissen, warum. Sie spielte mit dem Gedanken an eine Adoption, hatte sich aber noch nicht für ein Kind entschieden. Michael war sie einige Male begegnet und hatte ihn angehimmelt, wie manche Frauen das eben taten. Eine Adoption war eine einfache Sache. Man besorgte sich die Zustimmung der Eltern und übernahm das Kind. Zoe hatte vor Kurzem geheiratet, ein wenig spät, aber das machte ja nichts. Außerdem hatte sie jede Menge Geld. Sie wollte das Kind unbedingt und interessierte sich nicht weiter dafür, wo Anita steckte oder ob sie verschwunden war. Und so wurde alles arrangiert.

Als der Tag gekommen war, hatte er es so eilig, das Haus für sich zu haben, dass er den Jungen in aller Frühe mit der U-Bahn zum Bahnhof brachte und ihn mehr oder weniger in den Zug nach Lewes schubste. Die geschmierten Brote hatte er auf der Anrichte in der Küche vergessen. Doch der Junge würde mitten am Vormittag keine Brote essen wollen. Woody bedauerte nur eines daran, dass er seinen Sohn zum letzten Mal sah: Es war eigentlich ein Jammer, ein derart hübsches Kind aus den Augen zu verlieren. Er stieg in einen Bus und wieder aus, als dieser in Knightsbridge abbog. Ein Juwelier, in dessen Laden sich Ringe und Perlenketten türmten, kaufte Anitas

Verlobungsring und den Ehering für knapp tausend Pfund. Genug, um ein schönes Haus zu erwerben, doch er wollte kein Haus. Er besaß bereits eines und würde es veräußern, sobald der Krieg vorbei war. Der Juwelier stellte keine Fragen.

Woody war frei. Aber war er das wirklich? Nicht solange die Leichen im Sommerhaus unter dem Brennholz lagen. Er betrachtete sie gerade von der Türschwelle des Sommerhauses aus, als Mrs. Mopp durch den Garten kam und meldete, ein Polizist wolle ihn sprechen. Woody zog die Tür zu und schloss ab. Diesmal waren die Polizisten zu zweit. Seine Frau sei schwer krank, beteuerte er. Er werde später nach Yorkshire fahren, um bei ihr zu sein. Obwohl sie ihm das zu glauben schienen, antworteten sie nicht, als er sie, innerlich bebend, fragte, warum sie das interessierte.

Außerdem war er nicht frei, solange er sich im Besitz einer weißen Hand und einer gebräunten Hand in einer Keksdose befand. Diese wurde nun mühelos beseitigt und an einem Ort versteckt, wo nur er sie finden konnte, wenn der Zeitpunkt da war, die Hände anzusehen, um sich zu erinnern. Seit er die Kinderhorde vertrieben hatte, war keines von ihnen zurückgekehrt. Außerdem war es jetzt Winter und zu kühl und nass, um sich in den Tunnels herumzutreiben. Eines kalten, regnerischen Novemberabends tastete er sich, mit einer Taschenlampe und der Keksdose bewaffnet, die Stufen in die Tunnels hinunter und folgte dem Lichtkegel. Obwohl alles mit einer Plane abgedeckt war, war es klatschnass hier. Das stete Tropfen von Wasser war das einzige Geräusch. Er musste vorsichtig sein. Nicht auszudenken, wenn er ausrutschte, stürzte und mit diesen Händen in der Hand um

Hilfe rufen musste. Würde man ihn überhaupt jemals finden?

Woody blieb stehen, dachte nach und starrte in ein tiefes Loch hinunter, aus dem das gelbliche, schlammige Wasser abzufließen schien. Er konnte den Grund kaum sehen und wusste nur, dass die Flüssigkeit sich hier einen Weg nach draußen suchte. Er legte die Taschenlampe an den Rand des Loches, kauerte sich hin und schob die Dose in den Abgrund. Im Licht erkannte er, dass sie in der schlammigen Tiefe verschwunden war. Durch ihr Gewicht drängte sie ein Hindernis beiseite und war nicht mehr zu sehen. Beim Aufstehen strauchelte er ein wenig und warf dabei die Taschenlampe ins Loch. Sofort wurde es stockfinster. Er drehte sich um und sagte sich, dass er Ruhe bewahren müsse und nicht in Panik geraten dürfe. Einen Fuß vorsichtig vor den anderen setzend, tastete er sich langsam voran und hielt sich dabei an den muffigen Grasbüscheln fest, die hie und da aus den Lehmwänden wuchsen. Vor ihm leuchtete ein kleines Licht. Es musste der Mond sein, denn die Straßenlaternen brannten nicht. Er kletterte die glitschigen Stufen hinauf und rutschte einige Male ab, bis er endlich – und inzwischen erkannte er die Lichtquelle als prächtigen Vollmond – auf der Wiese stand.

Im Mondlicht stellte er fest, dass er voller Schlamm war, der zu verkrusten begonnen hatte. Gelber Dreck beschmierte seine Hände, Arme und Füße und seine Hose bis fast zu den Oberschenkeln hinauf. Es war niemand unterwegs. Jetzt, zu Kriegszeiten, gingen die Leute abends nur selten auf die Straße. Außerdem herrschte Stille. Kein Licht war zu sehen, keine Musik zu hören, kein Wort wurde gesprochen, kein Kind weinte. Als er sein Gartentor öffnete, warf er einen Blick auf das Haus der Jones nebenan. Unter einem Verdunkelungsvorhang schimmerte ein schmaler Lichtstreifen hervor. Daphnes Zimmer? Die reizende Daphne. Wenn sie nur ein wenig älter gewesen wäre und Geld gehabt hätte, hätte sie seine nächste Frau werden können.

Er betrat das Haus durch die Hintertür und schaute von der Treppe aus hinüber zum Sommerhaus. Was für ein wundervoller Ausweg aus seiner prekären Lage wäre es gewesen, die Leichen, die des Mannes und die der Frau, über die Straße zu schaffen und sie, wie ihre Hände, in das Loch gleiten zu lassen. Allerdings war das unmöglich. Jemand würde ihn sehen. Er hatte weder Auto noch Führerschein. Also musste er diesen Plan aufgeben. Die einzige Methode, die Leichen zu vernichten, bevor die Polizei wiederkam, um das Haus zu durchsuchen, war, sie zu verbrennen.

Erst nachdem das Feuer die Leichen verschlungen und den Garten ruiniert hatte, wurde ihm klar, dass er Anitas Geld gar nicht erben konnte, denn sie war ja bekanntermaßen nicht tot. Für die Polizei, die Anwälte und ihre Angehörigen konnte sie offiziell niemals sterben. Es gab keinen Totenschein, keine Beerdigung, kein Testament, keine Todesanzeige. Er musterte sich im Spiegel. Mein Gesicht ist mein Kapital, das darf ich nie vergessen, dachte er. Aus einer Zeitungsschlagzeile erfuhr er, dass eine Bombe das Polizeirevier in Woodford, nur wenige Kilometer von Loughton entfernt, zerstört hatte. Viele Polizisten waren dabei ums Leben gekommen. Ob die Polizei deshalb nicht zurückgekommen war? Sie hatten ihn vergessen und ließen ihn in Ruhe. Niemand nannte ihn je wieder Woody.

2

Viele Menschen haben diese Fantasievorstellung: eine Art Traum, einen Ort, an den man denkt, damit man einschlafen kann. Der Anfang ist eine Tür in einer Wand. Die Tür öffnet sich, wird selbstbewusst vom Träumenden aufgestoßen, weil er weiß, was sich auf der anderen Seite befindet. Er war nämlich schon dort. Irgendwo hat er bereits etwas Ähnliches gesehen, etwas Reales, allerdings nicht so schön und nicht so grün, mit weniger glitzerndem Wasser und weniger abwechslungsreichen Pflanzen und ohne Magie. Der geheime Garten ist stets gleich: makellos, die Vegetation in voller Blüte, immer scheint die Sonne, ein Vogel singt, eine Libelle fliegt davon. Der Träumende verlässt diesen geheimen Garten nie. Der Garten verlässt den Träumenden, und zurück bleibt ein Gefühl des Verlusts, der Trauer, der verlorenen Hoffnung, vielleicht sogar der ersten, die man jemals hatte.

Ihr Garten war nicht schön. Hier gab es weder blühende Bäume noch Rosen oder duftende Kräuter. Zu Beginn hatten sie ihn »die Tunnels« genannt. Daphne Jones brachte dann das Wort »Qanat« auf, das es gar nicht gab, von den anderen jedoch übernommen wurde. Offenbar bezeichnete es in irgendeiner orientalischen Sprache einen unterirdischen Wasserkanal. Das Wort gefiel ihnen, weil es mit einem *Q* ohne nachfolgendes *u* anfing. In der Schule hatten sie gelernt, dass kein Wort mit *Q* beginnen könne, wenn kein *u* darauf folgte. Deshalb sagte Daphnes Vorschlag ihnen zu, und so wurden aus den Tunnels *Qanats*. Natürlich war Daphne dabei. Und Michael Winwood, Alan Norris, Rosemary Wharton, Lewis Newman, Bill Johnson und alle Batchelors, Robert, George, Stanley, Moira, Norman und der Rest. Im Juni vergangenen Jahres, dem letzten Jahr des Zweiten Weltkriegs, hatten sie die *Qanats* entdeckt, die geheime Gärten waren, zumindest für diejenigen unter ihnen, die über Träume und Fantasie verfügten. Ihren Eltern gegenüber erwähnten sie sie mit keinem Wort. In jener Zeit fragten wenige Eltern, wenn überhaupt, ihre Kinder, wo sie sich abends aufhielten, und ermahnten sie nur, bei Fliegeralarm nach Hause zu kommen.

Die *Qanats* befanden sich nicht auf Brachland. Vor dem Krieg hatte man auf diesen Wiesen mit Bauarbeiten begonnen, die beim ersten Erklingen der Sirenen eingestellt worden waren. Sie lagen am Rand von Essex, einer Vorstadt von London, an der Grenze zum Epping Forest. Grüne Wiesen wurden noch immer von hohen, dichten Hecken durchzogen, die aus den verschiedensten, nicht beschnittenen und nur selten gestutzten Bäumen bestanden. Dicke, zweihundert Jahre alte Eichen, Wände aus Ulmen, die gediehen, bevor irgendjemand vom Ulmensterben gehört hatte, Schwarzdorn, im Frühjahr cremeweißer Weißdorn und Johannisapfel mit rosigen Blüten. Auf den Feldern, wo kein Heu mehr gemacht wurde, wuchsen gelbes Jakobs-Greiskraut, blauer Ehrenpreis, rote Feuernelken und Bienen-Ragwurz. Distelfalter, Rote Admirale und Pfauenaugen verließen die Wildblumen und stürzten sich auf die Schmetterlingsbäume in den Gärten der Häuser auf dem Hill und in Shelley Grove. Bei Dämmerung erschienen der Rote Dickkopffalter und der Lindenschwärmer. Die Kinder glaubten, dass die Felder für die Ewigkeit bestimmt waren. Sie wussten nichts von Veränderung. Sie spielten im Gras und in den Hecken und liefen nach Hause nach Tycehurst Hill und Brook Road, wenn die Sirenen zu heulen begannen. Es fielen Bomben, allerdings nicht hier – Loughton bekam während des gesamten Krieges nur eine einzige ab. Eines Tages, eine ganze Woche lang war keine Sirene losgegangen, stießen einige der Batchelor-Kinder sowie Alan und Lewis auf eine Art Höhle, ein Loch im Boden, das wie der Eingang zu einem Tunnel aussah.

Es war im Juni 1944 gewesen. Die Sommerferien hatten noch nicht angefangen. Erst in einem Monat würde es so weit sein. Der Unterricht endete um 15.30 Uhr, und alle waren nach Hause gegangen. Die Batchelors, Robert, George, Stanley und Moira – Norman lag mit Windpocken im Bett – liefen zu den Feldern. Stanley nahm Nipper an die Leine. Alan, Lewis und Bill waren bereits da. Sie saßen in der hohlen Eiche in dem großen, runden Bereich, wo jemand offenbar vor hundert Jahren die Baumkrone abgehackt hatte, sodass Dutzende von Ästen ringsherum gewachsen waren. Wenn es im Sommer regnete, konnte man, geschützt von einem Blätterdach, dort sitzen, ohne nass zu werden. An diesem Tag hatte es zwar geregnet, doch inzwischen wieder aufgehört. Alan und Lewis kletterten hinunter und marschierten mit den anderen den Hügel auf der anderen Seite in Richtung des Hill hinauf. Hätten sie die *Qanats* je entdeckt, wenn Moira nicht beobachtet hätte, wie ein Kaninchen in ein Loch sprang? Keinem der Jungen wäre es aufgefallen, nicht einmal Stanley, der Tiere liebte. Auch nicht Nipper, der den Hund der Jones auf dem Trottoir vor deren Haus gesehen hatte und sich bellend und knurrend gegen die Leine stemmte. Also musste Stanley draußen bleiben, während die anderen in das Loch stiegen. Schließlich musste jemand den Hund festhalten. Der Hund der Jones veranstaltete einen solchen Radau, dass Daphne herauskam, ihn packte und zurück ins Haus schleppte.

In dem Loch gab es schlammige, vom Regen durchweichte Stufen. Wer hatte sie in die lehmige Erde geschnitten? Sie hatten keine Ahnung. Ein Gang führte unter dem Feld, dem Gras, den Wildblumen und den Baumwurzeln hindurch. Es war zwar dunkel, aber nicht so, dass man einander oder das aus einer Plane bestehende Dach nicht hätte sehen können. Allerdings war klar, dass man nachts Kerzen brauchen würde. Die Wände waren aus Erde, jedoch aus ingwerfarbener Erde, der Art von Lehm, über den ihre Väter sich beschwerten, wenn sie den Garten umgraben mussten. Die sieben, denn inzwischen war Daphne Jones auch dabei, erreichten eine große, runde Kammer, wie ein Raum, in dem weitere Gänge mündeten. Es war zwar kein geheimer Garten, hatte aber einiges mit einem gemeinsam. Es war still. Zumindest wäre es ruhig gewesen, wenn sie nicht solchen Lärm veranstaltet hätten. Die Stimmung war ruhig und einladend. Und es war dunkel, solange man kein Licht machte.

»Wir könnten uns hier treffen«, sagte George. »Wir könnten Essen und andere Sachen mitbringen. Gut, wenn es regnet.«

»Es wäre immer gut«, erwiderte Alan.

»Ich schaue mich mal um«, meinte Moira. Alle folgten ihr, erkundeten die Gänge und stellten fest, wie verlassen sie waren. So als sei nie jemand hier gewesen, außer um sie zu graben, die Stufen zu schneiden, über die sie hereingekommen waren, alles mit einer Plane abzudecken und dann einfach zu verschwinden und alles den Kaninchen und Eichhörnchen zu überlassen.

»*Qanats*«, verkündete Daphne Jones. Und so hießen sie fortan.

Wenn man älter wird, vergisst man Namen: von Leuten, mit denen man die Schulbank gedrückt oder zusammengearbeitet hat. Von Nachbarn, den Gästen bei der eigenen Hochzeit, von seinem Arzt, seinem Steuerberater und seiner Putzfrau. Von diesen Namen entfallen einem vielleicht die Hälfte, vielleicht drei Viertel. Und welche Namen vergisst man nie, weil sie sich einem tief ins Gedächtnis eingegraben haben? Die seiner Geliebten (außer man hat es wild getrieben, sodass es einfach zu viele sind) und die der Kinder, mit denen man die Grundschule besucht hat. Diese Namen behält man, solange die Senilität sie nicht aus dem Gedächtnis löscht. Alan Norris hatte nicht genug Geliebte gehabt, um deren Namen zu vergessen. Seine Frau konnte gar keinen Liebhaber vorweisen. Das war ein Thema, das sie nie erörterten. Sie dachten auch nicht an die Menschen, mit denen sie in der Grundschule gewesen waren. Aber ihre Namen wussten sie noch. Außerdem hatten sie sich ebenfalls in den Tunnels getummelt, denen sie einen seltsamen Namen gegeben hatten. Doch sie hatten erst einen Grund, sich damit zu beschäftigen, als alle Zeitungen darüber berichteten.

»*Qanats*«, sagte Alan, der vor über fünfzig Jahren zwar nicht das Mädchen von nebenan, aber das aus der Nebenstraße geheiratet hatte.

Rosemary entgegnete, sie habe diesen Namen nie gemocht, obwohl sie erst zehn gewesen sei. »Warum nicht Tunnels? Das waren sie ja schließlich.«

Den *Daily Telegraph* auf dem Esstisch ausgebreitet, las Alan von einem Fund, den drei polnische Bauarbeiter unter einem Haus namens Warlock auf dem Hill gemacht hatten. Beim Lesen betrachtete er das Foto ihrer Entdeckung, eine Keksdose mit Inhalt.

»Was für ein Name«, meinte Rosemary, die, über seine Schulter gebeugt, mitlas. »Zbigniew. Wie spricht man das wohl richtig aus?«

»Keine Ahnung.«

»Das ist der, der die Dose ausgegraben hat. Sie wollten das Haus unterkellern. Keller sind wirklich das Letzte, was wir in Loughton gebrauchen können, oder? Hände sollen es sein, die sie da gefunden haben. Inzwischen sind es Gott sei Dank nur noch Knochen. Jetzt bauen sie den Keller bestimmt nicht mehr fertig.«

Alan schwieg. Er las den Artikel über die Bauarbeiter mit den seltsamen Namen, die die Blechdose mit ihrem Bagger aus dem Boden geholt hatten. Die Polizei sei gekommen, und die Arbeiten seien eingestellt worden. Das Gefäß hatte einmal Mürbeteigkekse enthalten. Als man es entdeckte, waren die Hände eines Mannes und einer Frau darin.

»Ob die wohl alles abgesperrt haben?«, sagte Rosemary. »Mit Draht rings um den Garten und diesem blau-weißen Flatterband wie im Fernsehen? Wir könnten einen Spaziergang dorthin machen und es uns anschauen.«

»Könnten wir.« In Alans Antwort schwang ein leicht ironischer Unterton mit, der Rosemary nicht entging.

»Nicht wenn du nicht möchtest, Liebling.«

Er faltete die Zeitung zusammen. »Die *Qanats* – oder besser Tunnels – werden nicht erwähnt. Nur dass die Dose unter Haus Warlock gefunden wurde. Wir wissen nicht einmal, ob man sie in den *Qanats* entdeckt hat.«

»Mir wäre es lieber, wenn du sie nicht so nennen würdest.«

»Dann eben Tunnels. Wir haben keine Ahnung, welchen Zweck sie erfüllt haben. Tunnels, in ein Feld gegraben und mit einer Plane abgedeckt. George weiß es sicher. Ganz bestimmt. Wenn wir schon einen Spaziergang machen, könnten wir doch George und Maureen besuchen.«

»Wenn du möchtest.«

»Warum wussten wir nie, wozu die Tunnels da waren, Liebling?«

»Wahrscheinlich weil wir nie danach gefragt haben. Unsere Eltern hätten es sicher gewusst, aber wir haben nie mit ihnen darüber geredet oder ihnen davon erzählt.«

»Dann hätten sie uns verboten hinzugehen.«

Als Rosemary in ihr Nähzimmer zurückkehrte, schwelgte Alan in Erinnerungen an die *Qanats*. An das, was sie dort gemacht und welche Spiele sie gespielt hatten. An das mitgebrachte Essen: zähes Vollkornbrot – wie hatte er sich nach Weißbrot gesehnt – mit einer Marmelade aus Rüben und Rhabarber. Fischpaste. Belegte Brote. Kartoffeln, die sie mit Lehm bestrichen und in einem gefundenen alten Wassertank, den sie zum Feuermachen benutzten, gebacken hatten. Daphne Jones hatte ihnen ihre Zukunft vorhergesagt. Der Name weckte ein altes Erschaudern in ihm. Schauspielerei. Maria Stuart, der Mord von Rizzio. Warum Maria Stuart? Und warum eigentlich die Ermordung der Prinzen im Turm? Lady Jane Grey? Er hatte es vergessen. Trotz dieser wiederentdeckten Erinnerungen waren ihm so viele Gründe entfallen, tief unter der Erde vergraben wie diese Hände. Aber er hatte noch im Gedächtnis, dass Stanley Batchelor seinen Hund dabeigehabt hatte. Einen weißen Hund mit schwarzen Flecken. Alan hatte ihn geliebt. Er und Rosemary hatten den Hund umarmt, ihn gestreichelt und einander bestätigt, dass Stanley ein Glückspilz sei. »Warum darf ich keinen Hund haben?« Irgendwann, als der Krieg vorbei war, hatte er seinen geliebten Labrador bekommen. Und Rosemary ihren Spaniel.

Er nahm die Zeitung und machte sich auf die Suche nach Rosemary. Sie saß an der Nähmaschine. Ihre Finger führten den Saum des Kleides, das sie für Freya nähte. Eine Nähmaschine zu besitzen und zu benutzen war zu Anfang ihrer Ehe ganz normal gewesen. Rosemary hatte im Laufe der Jahre alle ihre Kleider selbst genäht. Als Nähen weniger üblich wurde, hatte sie die Kleider ihrer Kinder genäht. Inzwischen die ihrer Enkel und Urenkel. »Weil sie so viel hübscher sind als etwas aus dem Laden.«

Alan teilte diese Ansicht zwar nicht, schwieg aber. Eine Weile hatte sie versucht, Hemden für ihn zu nähen, doch dem hatte er ein Ende bereitet. Die Hand, die den Stoff festhielt, war mittlerweile runzelig. Die Venen standen hervor, aber die Gelenke wiesen keine Spur von Arthritis auf. Rosemary blickte auf und nahm den Fuß vom Pedal.

»Ich finde, wir sollten George Batchelor besuchen und die Zeitung mitnehmen«, sagte Alan. »Wir haben die Batchelors schon seit Ewigkeiten nicht gesehen.« Ihm kam ein erschreckender Gedanke. »Falls er überhaupt noch lebt.«

Rosemary lachte. »Oh, der lebt noch. Ich habe Maureen letzte Woche in der High Road getroffen. Er ist an der Hüfte operiert worden und wurde gerade aus St. Margaret's entlassen.«

»Ist die Adresse noch dieselbe?«

»Ja, aber die Telefonnummer hat sich geändert. Maureen hat mir ihre Mobilfunknummer gegeben. Soll ich anrufen, Liebling?«

Michael Winwood war der Einzige unter ihnen, der noch einen lebenden Elternteil hatte. Sie hatten kaum Kontakt zueinander. Es hatte kein Streit stattgefunden. Keiner hatte dem anderen »Ich will dich nie mehr wiedersehen« ins Gesicht geschleudert. Allerdings beabsichtigte Michael nicht, seinem Vater jemals wieder zu begegnen, und er war sicher, dass es diesem genauso erging. Er fragte sich, ob John Winwood von der Männer- und der Frauenhand in der Keksdose gelesen hatte und ob eine solche Entdeckung einem Menschen im Alter seines Vaters überhaupt etwas bedeutete. In einem knappen Jahr würde der alte Mann hundert werden und nicht mehr bei klarem Verstand sein. Vielleicht hätte ihn das betroffen gemacht, wenn sein Vater arm gewesen wäre und unter bescheidenen Bedingungen hätte leben müssen. Aber laut Zoe wohnte er in einer luxuriösen Seniorenresidenz in Suffolk. Er hatte ein Apartment mit eigenem Duschbad, nicht nur ein Zimmer, und auch sonst alles, was ein alter Mensch sich wünschen konnte. Michael war das egal, er hatte kein schlechtes Gewissen.

Was hätte Vivien zu den Händen in der Keksdose gesagt? Oder über seinen Vater? Er würde hinauf in ihr Zimmer gehen, das Zimmer, das einmal ihres gewesen war, und sie fragen. Eher, es ihr erzählen. Sich auf das Bett legen, wo sie früher gelegen hatte, und mit ihr darüber reden. Wenn er die Augen schloss, hatte er das Haus namens Anderby auf dem Hill vor sich. Auf der anderen Straßenseite, wo es damals keine Häuser gegeben hatte, befanden sich die Tunnels und der Eingang, wo sich die Kinder versammelten. Eine Woche nachdem sie auf die Tunnels gestoßen waren, wurden es immer mehr Kinder, zwanzig oder dreißig. Er sah, wie sie einander die Stufen hinunter in den langen Gang folgten wie beim Rattenfänger von Hameln, allerdings ohne dass jemand Flöte spielte, und in der Dunkelheit unter der Plane verschwanden. Und dann gingen in der Tiefe die Lichter an, wenn jemand die Kerzen anzündete.

Gelegentlich dachte er an Anderby, auch wenn er es zu vermeiden versuchte, was ihm nicht immer gelang. Meistens hörte er dann seinen Vater singen. Wenn er das anderen Leuten erzählte, fanden sie es nett, insbesondere weil sein Vater Kirchenlieder gesungen hatte. Religiös war er aber nicht. Michael, seine Mutter und sein Vater gingen nie zur Kirche, sein Vater hingegen hatte als Kind den Gottesdienst besuchen müssen. Er hatte es gehasst, hatte Michael ihn einmal sagen hören, doch er erinnerte sich noch an die Melodien und den Großteil der Texte. *»Lead us, heavenly Father, lead us«* und *»Summer suns are glowing over land and sea«*. Das Lied über die Sonne sollte einen glücklich machen. Doch wenn John Winwood es sang, war es das Vorspiel dazu, dass er nach unten kam und Michael anherrschte, er solle verschwinden.

Michael ging nach oben und erzählte Vivien von den Kirchenliedern. Dabei lachte er, als sei es komisch.

Alan und Rosemary spazierten hinüber nach York Hill, nachdem sie sich selbst zum Tee eingeladen hatten.

»Wir trinken keinen Tee«, sagte Maureen Batchelor am Telefon. »George findet, das ist ein Getränk für alte Leute, und wenn ich antworte, dass wir alt sind, meint er, es gebe keinen Grund, sich das ständig vor Augen zu halten. Kommt doch auf einen Sherry vorbei. Für ein Glas Sherry ist es nie zu früh.«

»Und Sherry ist kein Getränk für alte Leute«, spöttelte Alan. »Ich wette, wenn du in den *King's Head* gehst« – sie näherten sich gerade besagtem Lokal – »und einen Sherry bestellst, wird die junge Frau hinter dem Tresen nicht wissen, wovon du redest.«

George, der Älteste der noch lebenden Batchelor-Geschwister, wohnte weiterhin in der Stadt, in der er geboren und aufgewachsen war, was in den Vororten von London gar nicht so selten vorkam. Das traf auch auf Alan und Rosemary und beinahe auf Georges Bruder Stanley zu, allerdings nicht auf Georges Bruder Norman. Als sie in Georges und Maureens Wohnzimmer in dem geräumigen Bungalow namens Carisbrooke traten, waren sie deshalb ziemlich überrascht, Norman neben seinem Bruder auf dem Sofa sitzen zu sehen. George hatte das Bein ausgestreckt und stützte es auf etwas, das Maureen als »pouffe« bezeichnete.

»Wie geht es dir, Norman?«, fragte Rosemary. »Lange nicht gesehen.« Diesen Satz, von dem sie annahm, dass die »Chinamänner« ihn benutzten, verabscheute Alan ganz besonders.

»Inzwischen lebe ich in Frankreich und bin nicht mehr oft hier.« Norman setzte zu einem ausführlichen Lobgesang auf die französische Kultur, das Essen, die Getränke, die Verkehrsmittel, die Landschaft, das Gesundheitswesen und sein Haus an. Maureen schien die Ohren auf Durchzug zu stellen. Ihre Miene besagte, dass sie das alles schon öfter gehört hatte. Sie stand auf und kehrte mit einem Servierwagen voller Gläser und verschiedener Sherryflaschen zurück, unter anderem Oloroso, Amontillado und Manzanilla.

Nachdem Alan ein Glas Amontillado entgegengenommen hatte, reichte er George den *Daily Telegraph*. »Hast du das gelesen?«

George würdigte die Zeitung kaum eines Blickes. »Klar. Wir haben dasselbe Blatt abonniert.« Er nickte wissend. »Ich habe es gebaut.«

»Was, Warlock?«

»Mein Bruder und ich. Die Batchelor-Brothers. Wir haben jede Menge der Häuser auf dem Hill gebaut.«

Wie Alan wusste, hieß das nicht, dass George und Stanley diese Häuser mit eigenen Händen gebaut hatten, sondern ihre Firma, und zwar auf den Feldern, wo sie mit den anderen Kindern zwischen Entwarnung und Fliegeralarm auf den Feldern herumgetollt waren.

»Wann war das, George?«, erkundigte sich Rosemary.

»Irgendwann Anfang der Fünfziger. Zweiundfünfzig? Dreiundfünfzig?«

»Okay. Kannst du mir vielleicht sagen, ob sich unsere Tunnels unter Warlock befunden haben?«

»Oh, nein«, erwiderte George. »Obwohl sie genau das waren: die Fundamente eines Hauses.«

»Die Fundamente eines Hauses«, wiederholte Rosemary. »Darauf wäre ich nie gekommen.«

»Als ich das Land kaufte, waren sie längst weg. Für Warlock haben wir neue Fundamente gegraben. Ein

Mr. Roseleaf ließ das Haus bauen. Ein komischer Name, fand ich. Deshalb habe ich ihn mir gemerkt.«

Norman, vor dessen Auge der Sherry keine Gnade gefunden hatte, weil es spanischer, kein französischer war, war eingenickt und erwachte jetzt mit einem Schnauben. »Das war es also«, meinte er. »Die Fundamente eines Hauses. Warlock ist aber auch ein komischer Name.«

»Das bezeichnet einen Mann, der eine Art Hexe ist«, erklärte Maureen. »Irgendwie auch komisch.«

»Mit Hexen hatte es nichts zu tun«, erwiderte George. »Es lag daran, dass er in Maida Vale in einer Straße namens Warlock Road gewohnt hat.«

»Nicht zu fassen«, rief Norman aus. »Du warst damals auch dabei, oder, Alan? Und Rosemary. Und Lewis Newman – erinnert ihr euch an ihn? Und erinnert ihr euch an Stanleys Hund Nipper? Ein lieber Hund. Meine Mum war nur selten sauer auf uns, aber sie war ganz schön wütend, als sie erfuhr, dass Stanley ohne Erlaubnis abends den Hund ausgeführt hat.«

Rosemary lächelte wehmütig. »Nipper war ein Schatz. Wir hätten auch so gern einen Hund gehabt, nicht wahr, Alan?«

»Ihr habt beim Hausbau nicht zufällig diese Hände gefunden, George?«

»Dann hätte ich doch sicher was gesagt, oder?«

Um seinem Ton die Schärfe zu nehmen, wuchtete George sich hoch und füllte die Sherrygläser nach. Einige Gäste bemerkten, dass er Amontillado in Manzanilla-Gläser goss, doch niemand sagte etwas. Rosemary bekam Oloroso anstelle von Amontillado, beschwerte sich aber nicht. Eigentlich war ihr süßer Sherry sowieso lieber, obwohl sie nicht danach gefragt hatte, weil der bekanntermaßen dick machte.

»Dort haben wir uns kennengelernt«, meinte sie. »In den Tunnels.«

»Was, als du zehn warst?«, fragte George.

Rosemary nickte, plötzlich verlegen. Sich kennengelernt, einander aus den Augen verloren, als irgendein Vater sie hinausgeworfen und sie angebrüllt hatte, sie sollten verschwinden und niemals wiederkommen, sich Jahre später wieder begegnet, diesmal auf einer Tanzveranstaltung, miteinander gegangen (obwohl man damals diesen Ausdruck nicht benutzte) und schließlich geheiratet. Sie hatte den Eindruck, dass die anderen sie anstarrten, als habe sie gerade ein uraltes und inzwischen ausgestorbenes Stammesritual geschildert. Außer ihr und Alan waren sie alle davor schon mindestens einmal verheiratet gewesen, waren geschieden und weggezogen oder lebten sogar wie Norman im Ausland.

»Wer hat uns denn eigentlich aus den Tunnels vertrieben?«, erkundigte sie sich fröhlich, um die Peinlichkeit zu überspielen. »Irgendjemandes Vater? Michael Woodman? Woodley?«

»Der Dad von Michael Winwood«, antwortete Norman. »Die Winwoods haben auf dem Hill neben den Jones gewohnt. Und Bill Johnsons Familie wohnte ein Stück weiter den Hill hinauf. Winwood hat rausgekriegt, dass wir alle abends in die Tunnels gegangen sind. Wahrscheinlich hat Michael es ihm erzählt. Er ist einfach über die Straße, hat den Eingang gefunden und hat runtergerufen, wir sollten rauskommen und verschwinden.«

Während er sprach, war sein Bruder Stanley unbemerkt durch die Hintertür ins Haus gekommen. Norman sprang auf, als er die Hand auf seiner Schulter spürte, und die beiden Brüder umarmten sich. Später meinte Rosemary zu ihrem Mann, sie hätte gar nicht gewusst, wo sie hinschauen sollte. Brüder, die sich umarmten. Was wohl als Nächstes dran sei? Obwohl Alan die Geste gefallen hatte, schwieg er. Im Laufe seiner Ehe hatte er sich häufig darin geflüchtet, nichts zu sagen. Diese Batchelors seien schon immer seltsam gewesen, stellte Rosemary auf dem Heimweg fest. Norman, der Jüngste, erzählte zum Beispiel überall herum, er sei auf dem Küchentisch geboren worden.

George, der Konventionellere, schüttelte seinem Bruder die Hand und zeigte mit bedauernder Miene auf seine Hüfte. »Wir haben gerade über die Winwoods geredet. Erinnerst du dich noch an sie?«

»Sie haben neben Daphne Jones auf dem Hill gewohnt. Klar erinnere ich mich noch gut an sie.«

Wieder dieser Name, dachte Alan. Er hatte sie vergessen, und nun war ihr Name bereits dreimal erwähnt worden. In welchem Zeitraum? Den letzten zwei Stunden? Zum Glück war er nicht errötet. Was hatte Stanley mit »gut« gemeint? Alans Stimme klang gepresst, und er fragte sich, ob es jemandem aufgefallen war. Rosemary vielleicht. »Lebt sie noch? Sie war ja älter als wir anderen.«

»War sie nicht. Sie sah nur mit zwölf schon aus wie sechzehn. Sie war nicht älter.« Stanley nickte wissend. »Ich habe den Kontakt mit ihr gehalten.« Offenbar war er stolz darauf. »Sie war dreimal verheiratet. Heute heißt sie Daphne Furness. Wohnt in Hampstead oder St. John's Wood oder so. Nicht alle klammern sich an ihre Wurzeln.«

Alan spürte, dass er Neid empfand. Was war nur über ihn gekommen? Wie mochte es gewesen sein, in all den Jahren die Bekanntschaft mit Daphne Jones aufrechterhalten und sie womöglich häufig gesehen zu haben? Er schob den Gedanken beiseite. Er war ein alter Mann, ein Urgroßvater. George stemmte sich wieder hoch und stand schwankend da, als habe er eine Mitteilung zu machen. »Gerade ist es mir eingefallen. Ich habe ein Foto, einen Schnappschuss von uns in den Tunnels. Also ich, meine Brüder und Moira am Eingang. Robert ist nicht drauf. Er hat fotografiert. Wo ist denn das Foto, Maureen? Hast du es finden können?«

»Natürlich. Was für eine Frage!«

Alan rechnete mit einem kleinen schwarz-weißen oder sogar sepiafarbenen Bild. Stattdessen brachte Maureen ein Album, das für so eine zierliche Frau zu schwer zu sein schien. Es war braun. Die Seiten bestanden aus dicker Pappe und waren mit vermutlich Hunderten von aufgeklebten Fotos bedeckt. Maureen hatte zwar nicht zu den Kindern in den Tunnels gehört, war jedoch mit dem Inhalt des Albums vertraut, schlug eine Seite mit der Aufschrift »1944« auf und legte das Ganze auf den Couchtisch. George rutschte auf dem Sofa hinüber, stellte vorsichtig den Fuß auf den Boden und hob sein Bein mit beiden Händen an. Stanley hatte sich zwischen ihn und Norman gezwängt.

»Lasst Alan und Rosemary doch mal schauen«, sagte Maureen. »Ihr drei könnt euch die Fotos doch ansehen, sooft ihr wollt.«

Nach einer Weile lag das Album so, dass zwar alle einen Blick darauf werfen konnten, jedoch aus keinem sehr günstigen Winkel. George legte den Finger auf das verschwommene Foto, das fünf Kinder zeigte. Sie drängten sich offenbar am Eingang einer kleinen Höhle. Das Bild war kaum auszumachen und wirkte, als habe Robert Batchelor es durch einen dichten Nebel aufgenommen. »Ich, Stanley und Norman und die arme Moira«, stellte George fest. Er bezeichnete sie als »arm«, weil sie, die Jüngste, ebenso wie Robert, der Älteste, inzwischen verstorben war.

»Wer ist das?«, erkundigte sich Rosemary und wies auf einen Jungen mit einem Lockenschopf.

»Keine Ahnung.« George förderte eine Lupe zutage, wodurch das Gesicht des Jungen noch mehr verschwamm. »Vielleicht Bill Johnson.«

Die übrigen Fotos auf der Seite interessierten Alan und Rosemary nicht sehr. Sie stellten das Innere des Hauses der Batchelors in Tycehurst Hill, Stanley mit einem Kricketschläger und einen Tisch mit einer karierten Decke dar, mysteriös für jeden, der Normans Lebensgeschichte nicht kannte.

»Schaut euch das an«, verkündete Norman. »Das habe ich geknipst. Schön, dass du es behalten hast, George. Ich wurde auf diesem Tisch geboren. Meine Mum ging im Haus herum und wartete auf die Hebamme. Sie hatte natürlich Wehen, aber darüber wurde nie gesprochen, auch wenn es die Wahrheit war. George und Moira haben den Tisch in den Garten getragen, damit Robert ihn fotografieren konnte, weil es in der Küche zu dunkel war. Toll, dass du es noch hast. Kannst du es herausnehmen und mir geben, George?«

»Nein, kann ich nicht. Damit würde ich das Album beschädigen.« George blickte ihn an. »Möchtet ihr mehr sehen? Ich frage nur, weil mein Bein mich umbringt.«

»Reich mal rüber«, erwiderte Maureen. »Dann können Alan und Rosemary besser sehen.«

Sie legte Alan das Album auf die Knie. »Auf der nächsten Seite sind noch mehr, die Robert von den Tunnels gemacht hat«, ergänzte George.

Alan blätterte um, und da war sie. Sie saß zwischen Stanley und Michael Winwood auf einem Stapel Ziegelsteine und trug ein Sommerkleid. Das Haar, dunkelbraun, beinahe schwarz, fiel ihr in Wellen über die Schultern und über den halben Rücken hinab. Als Alan die Seite betrachtete, durchfuhr ihn ein Schauder, so plötzlich, dass Rosemary sich mit besorgter Miene zu ihm umwandte. Diese Haare, die sie manchmal zu Zöpfen geflochten hatte. Die Wellen entstanden, wenn man die Zöpfe wieder löste.

»Das ist sie«, sagte Stanley und reckte den Hals, um besser sehen zu können. »Inzwischen sieht sie ganz anders aus, doch man erkennt immer noch die junge Daphne in ihr.«

Rasch blätterte Alan weiter und stieß auf zehn oder elf Fotos von Stanleys Hund.

»Nipper. Da ist er, mein erster Hund. Seitdem hatte ich schätzungsweise noch zehn, und sie sind alle uralt geworden.« Stanley seufzte. »Alfie ist letztes Jahr mit achtzehn gestorben. Jetzt schaffe ich mir keinen mehr an. Es wäre traurig für ihn, wenn ich zuerst gehen müsste, was in meinem Alter jederzeit der Fall sein kann.«

Nach dieser Bemerkung legte sich eine leicht düstere Stimmung über die Runde. Immerhin waren sie alt, hatten nicht mehr viel Zeit und versuchten, nicht daran zu denken. Alan fragte Stanley, wo er jetzt wohnte. In Theydon Bois, erhielt er zur Antwort, einem abgelegenen, aber nicht allzu weit entfernten Dorf im Wald. Eigentlich hätte er gern mehr über Daphne gewusst, scheute jedoch davor zurück und erkundigte sich stattdessen nach Michael Winwood. Im Nordwesten von London, erfuhr er und erhob sich dann, um zu gehen.

»Sollten wir die Polizei verständigen?«

»Schlafende Hunde sollte man nicht wecken«, entgegnete Stanley. »Schlafende Knochen auch nicht.«

»Wir sollten es besser melden.« George verlagerte sein krankes Bein und verzog das Gesicht. »Wenn ihr möchtet, übernehme ich das. Schließlich habe ich Warlock gebaut und habe diese Fotos. Deshalb ist es meine Aufgabe. Aber das Album nehmen die mir nicht mit.«

»Wir könnten versuchen, ein paar der anderen ausfindig zu machen«, schlug Norman vor. »Das könnte Maureen tun. Du kennst dich doch hier am besten mit der Technik aus, oder?«

»Eher mit dem Telefonbuch«, antwortete seine Schwägerin.

3

Alan und Rosemary stiegen den Traps Hill hinauf. Als sie noch Mitglied im Tennisclub gewesen waren, waren sie diesen Hügel hochgerannt. Inzwischen war Rosemary stolz darauf, dass sie es im Schritttempo schaffte und dabei nur leicht außer Atem geriet. Sie kannten jeden Zentimeter von Loughton. In ihrer Kindheit hatte man es »das Dorf« genannt. »Ich bin kurz unten im Dorf«, hatte es geheißen, wenn man seine Einkäufe erledigte.

Nachdem sie sich bei einer Tanzveranstaltung wiederbegegnet waren und sich an ihre Kindheitsfreundschaft erinnert hatten, waren sie miteinander gegangen, hatten sich verlobt, geheiratet und ein Haus im Harwater Drive gekauft. Als später die Kinder kamen und Alan mehr verdiente, hatten sie ein größeres und besseres in der Church Lane erworben. Die hübschen Felder und Wälder, wo die begehrteste Straße von allen oben auf dem Hill und an der Borders Lane mündete, waren mittlerweile über viele Hektar hinweg mit einer Siedlung namens Debben Estate bebaut worden. Die Wohlhabenden von Alderton Hill waren angesichts dieses Zuzugs aus dem Londoner East End erschaudert. Ebenso erging es den Eltern von Alan und Rosemary und ihren Nachbarn, die in weniger teuren, aber dennoch beliebten und gutbürgerlichen Straßen wohnten. Einige waren weggezogen. Nach außerhalb natürlich, wie nach Essex oder sogar bis nach Epping und Theydon Bois, nur um dort von der neu erbauten Harlow New Town vergrault zu werden. Das Floriansprinzip war damals noch nicht in aller Munde gewesen, doch genau das bestimmte das Denken dieser Menschen.

Alan und Rosemary hatten in der St. Mary's Church in Loughtons High Road geheiratet. Alans Freund Richard Parr, auch eines der Tunnelkinder, war sein Trauzeuge gewesen. Eine Woche später, Alan und Rosemary verbrachten ihre Flitterwochen auf der Isle of Wight, war Richard nach Kanada ausgewandert. Er und Alan waren noch eine Weile in Kontakt geblieben und hatten sich Luftpostbriefe auf dünnem blauem Papier geschickt. Telefonieren war viel zu kostspielig.

Inzwischen Urgroßeltern – ihr zweites Urenkelkind war vor drei Jahren zur Welt gekommen –, hatten Rosemary und Alan das Haus in der Church Lane, in dem sie fast ein halbes Jahrhundert lang gewohnt hatten, verkauft. Damals hatten sie achttausend Pfund dafür bezahlt, und sie veräußerten es für drei Millionen. Sie waren in eine Wohnung gezogen, in eine Luxuswohnung im ersten Stock in Traps Hill. Denn sie waren für ihr Alter noch gut in Form und erschauderten bei der Vorstellung von betreutem Wohnen.

»Ich muss euch etwas sagen«, verkündete Freya, ihre jüngere Enkelin. Sie war Sozialpädagogin, hin und wieder auch als Psychotherapeutin tätig und hielt sich wegen eines Kongresses in der Lopping Hall in Loughton auf. »Ich heirate.«

»Glückwunsch«, erwiderte Alan.

»Ist es David?«, fragte Rosemary.

»Tja, nachdem wir schon seit fünf Jahren zusammen

sind, Oma, ist er es natürlich«, entgegnete Freya in schärferem Ton.

Da kein Champagner im Haus war, schenkte Alan drei Gläser Sherry ein. Es schien ein Sherry-Tag zu werden. Freya beäugte argwöhnisch ihr Glas, bevor sie daran nippte. Alan hatte den Verdacht, dass sie vielleicht noch nie Sherry getrunken hatte.

»Denkt dran, zu unserer Hochzeit zu kommen. Wir heiraten irgendwann im Juli«, meinte sie, als sie ging.

»Es hat mir schwer zu schaffen gemacht«, sagte Rosemary, »dass sie, tja, in Sünde lebt.«

»Dieser Ausdruck ist absolut altmodisch. Ihre Eltern haben auch vor der Hochzeit zusammengelebt. Ihre Schwester und Giles auch. Die Zeiten haben sich geändert. Norman Batchelor lebt mit einer Frau zusammen, mit der er nicht verheiratet ist.« Alan suchte nach dem richtigen Wort. »Heutzutage gilt das als seriös.«

»Für mich nicht«, erwiderte Rosemary und fügte hinzu: »Den restlichen Sherry mag ich nicht mehr. Wir trinken zu viel.«

Alan schwieg. Er hatte sich überlegt, Rosemary zum Essen auszuführen, vielleicht ins *King's Head.* Aber ihre moralinsaure Haltung, die in letzter Zeit zunehmend zutage trat, nahm ihm die Lust dazu. »Findest du, dass unser Leben langweilig war?«, fragte er sie. »Wir haben früh geheiratet, zwei Kinder bekommen, sind noch immer verheiratet, ich habe den ganzen Tag gearbeitet, du bist Hausfrau, wir sind langsam wohlhabend geworden, doch wir haben Loughton nie verlassen. Wir waren zwar im Ausland, allerdings nur in Frankreich und in Spanien. Wir waren niemals in Amerika.«

»Worauf willst du hinaus, Alan?« Sie sprach ihn nur

selten mit Vornamen an, meistens nannte sie ihn »Liebling« oder »Schatz«.

»Ich habe nur gefragt, ob unser Leben langweilig war.«

»Nun, das finde ich nicht. Ich würde sagen, dass wir ein glückliches Leben hatten. Gut, nicht sehr abenteuerlich, aber damit handelt man sich nur Ärger ein. Wir hatten keine Seitensprünge, und häusliche Gewalt oder so etwas kam bei uns auch nicht vor. Wir haben unsere Kinder anständig erzogen. Was ist denn falsch daran?«

»Nichts«, antwortete er, dachte aber: »Alles.«

Er nahm eine Packung Räucherlachs aus dem Kühlschrank und machte dazu Rührei, während Rosemary die Ärmel des Kleides, das sie an diesem Morgen für Freya genäht hatte, erst steckte und dann heftete.

George Batchelor kam zwar mit Rechnungen und Quittungen zurecht, doch für Briefe war Maureen zuständig. Sie brachte das Foto von George, Stanley, Norman, Moira und dem mutmaßlichen Bill Johnson zum Fotoladen in der High Road und ließ es vervielfältigen. Dann adressierte sie ihren Brief mit Anlage an den leitenden Ermittler bei der Metropolitan Police und trug ihn persönlich zum Revier in der Forest Road. Da sie schon einmal dort war, konnte sie ja Clara Moss ihren monatlichen oder zeitweise auch wöchentlichen Besuch abstatten, denn schließlich wohnte sie nur ein Stück die Straße hinauf. Es war ein Pflichtbesuch, kein freundschaftlicher, und normalerweise war es George, der zu Clara ging. Ihm machte es nichts aus, er hatte vermutlich sogar Spaß daran. Doch wegen seines Beins war er vorübergehend außer Gefecht gesetzt, und so hatte sie die Besuche übernommen. Er sagte, es sei das Mindeste, was sie für die arme Clara tun könnten. Aber Maureen wusste, dass er sich dadurch um einiges jünger fühlte. Er mochte alt sein, aber Clara war noch älter, sicherlich knapp neunzig.

Sie betätigte kräftig den Türklopfer, weil Clara fast taub war.

Clara kam ohne Stock an die Tür, denn sie konnte sich an den Möbeln festhalten. »Hallo, Mrs. Batchelor«, sagte sie.

»Wie geht es Ihnen, Clara?«, erwiderte Maureen und trat über die Schwelle in das kleine, dunkle Wohnzimmer.

Norman wohnte noch immer bei seinem Bruder und seiner Schwägerin in Carisbrooke, York Hill, führte seinen Versandhandel mit Blumenzwiebeln und Saatgut per Smartphone und telefonierte ständig mit Eliane, die er als seine Lebensgefährtin bezeichnete. George saß weiter auf dem Sofa und legte sein krankes Bein hoch, wenn nicht gerade die Physiotherapeutin erschien, um mit ihm zu üben. In der Abgeschiedenheit ihres Schlafzimmers meinte er zu Maureen, Norman bleibe sicher nur so lang, weil er jemanden brauche, dem er wegen der Zustände in diesem Land etwas vorjammern könne.

»Er hat hier nicht etwa eine Frau?«, erkundigte sich Maureen.

»Würde mich nicht wundern. Er ist immer gern zweigleisig gefahren. Am besten fragst du Stan. Der weiß so etwas meistens.«

»Ich habe ganz vergessen, dir zu erzählen, dass Stan einen neuen Hund hat. Und das, nachdem er gesagt hat, er werde sich keinen mehr anschaffen, weil er ja sterben könnte, und dann würde der Hund trauern. Diesmal ist es ein Welpe, kohlschwarz. Kein weißer Fleck, heißt aber trotzdem Spot. Da die anderen alle Nipper hießen, war Spot wahrscheinlich der einzige Hundename, der Stan eingefallen ist.«

Eigentlich hatte Detective Inspector Colin Quell darauf gebrannt, der Herkunft der Warlock-Hände, wie man sie inzwischen nannte, auf den Grund zu kommen. Doch nachdem die Forensiker ihr Alter bestimmt hatten, verlor er das Interesse. Hätten sie zwei oder drei Jahre lang im Boden gelegen, es hätten sich spannende Ermittlungen daraus ergeben können. Aber sie waren sechzig oder siebzig Jahre alt. Dass der Mann und die Frau ermordet worden waren, stand ziemlich fest. Niemand, nicht einmal ein Verrückter – ein verrückter Bestatter? – hackte auf natürlichem Weg Verstorbenen die Hände ab. Und niemand begrub diese Hände getrennt von den verstümmelten Leichen. Doch man hatte ihm diesen Fall übertragen, und nun musste er sich damit befassen. Auch wenn der Täter – Mörder und Leichenschänder – wahrscheinlich längst selbst nicht mehr unter den Lebenden weilte.

Quell hatte einige Anrufe von Leuten, die er Spinner, Psychopathen und Idioten nannte, erhalten, welche den Fund unter Haus Warlock für das Ergebnis von Hexerei, das Werk eines Metzgers oder die Überreste von zwei Besuchern aus dem Weltraum hielten. Nur einen einzigen Brief hatte er bekommen, weil heutzutage kaum noch jemand Briefe schrieb. Der Brief war fast so verrückt wie die Anrufe in Sachen Hexerei, aber nicht ganz.

»Ein paar Kinder, die in den Fundamenten eines Gebäudes gespielt haben«, dachte er laut, in seinem Büro sitzend. »Was wollen die wohl dort gemacht haben? Während überall Bomben fielen? Soll ich so etwas glauben?« Dennoch musterte er die recht verschwommene Kopie, auf der die Kinder den Kopf aus einem Schlammloch steckten, und beschloss, besser mit einigen dieser Leute zu reden, auch wenn sie inzwischen natürlich so alt wie Methusalem waren.

Bald würde er Loughton ohnehin einen Besuch abstatten müssen, um die Arbeiter und den leitenden Archäologen zu sprechen, die unter Haus Warlock gruben und nach weiteren Überresten suchten. Was für eine Zeitverschwendung, sagte er sich. Wen kümmerte das nach all den Jahren noch? Schade, dass diese Maureen Batchelor keine E-Mail-Adresse angegeben hatte. Allerdings eine Telefonnummer. Ein Festnetzanschluss, wie er feststellte, kein Mobiltelefon. Aber was konnte man von jemandem in diesem Alter schon erwarten?

Er sprach mit George Batchelor. Quell war ein Mann, der stets bereit war, seine Irrtümer einzugestehen, und was diesen früheren Bauunternehmer und seine Frau anging, hatte er sich eindeutig geirrt. Sie klangen viel jünger, als sie waren, und nannten ihm Namen weiterer Personen, die die Kinder in den »Tunnels« gewesen waren. Da Quell das Gefühl hatte, dass man, wenn nicht unbedingt nötig, in Gegenwart von Menschen über sechzig nie das Wort Tod, ja nicht einmal »Dahinscheiden« gebrauchen sollte, fragte er nicht, wie viele von ihnen noch lebten. Das erwies sich auch als überflüssig. George Batchelor erzählte ihm, ebenso ruhig, von seinem verstorbenen Bruder Robert (dem Fotografen), seiner verstorbenen Schwester Moira und den noch Lebenden: Alan Norris, Rosemary Norris, Michael Winwood, Daphne Furness, seinen Brüdern Norman und Stanley und von Bill Johnson.

»Wahrscheinlich sollte ich mit ihnen allen sprechen.«

Allmählich bekam George Spaß an der Sache. »Soll ich die anderen bitten dazuzukommen, wenn Sie mich ohnehin aufsuchen?«

»Falls es Ihnen keine Umstände macht«, erwiderte Quell.

»Diejenigen, die sich noch unter den Lebenden befinden«, antwortete George.

Da er mit hochgelegtem Bein zur Untätigkeit verdammt war, trieb ihn die Langeweile fast in den Wahnsinn. Und nun sah es ganz danach aus, als könne er bei diesen Ermittlungen eine Rolle spielen und seine alten Freunde um sich versammeln, weil die Polizei sich endlich für den Fall interessierte. Er würde ihnen seine Fotos zeigen. Ein Lebenselixier für ihn. Vielleicht konnte er ja Michael Winwood aufspüren. Oder Stanley würde es schaffen. Stanley hatte im Laufe der Jahre immer seine Kontakte gehalten.

Eine kleine Menschenmenge hatte sich um sein Auto geschart. Spot saß, die Vorderpfoten am Lenker, auf dem Fahrersitz. »Aah« und »Wie niedlich«, seufzten die Passanten, die stehen geblieben waren, um ihn anzugaffen. Bedauerlicherweise hatte Stanley vor dem Polizeirevier im Halteverbot geparkt, weil er gedacht hatte, dass es nur eine Minute dauern würde. Als er sich seinem Wagen näherte, marschierte ein Uniformierter vor ihm her, betrachtete Spot ohne den Hauch eines Lächelns und wies Stanley an, »den Hund von dort zu entfernen« und weiterzufahren. Er könne sich glücklich schätzen, fügte der Polizist hinzu, dass er keine weiteren Schritte unternehmen werde. Stanley verfrachtete Spot auf die Rückbank, legte die für Maureen gekauften Blumen auf den Beifahrersitz und machte sich auf den Weg nach York Hill und Carisbrooke.

Stanley brachte Frauen immer Blumen mit. Wie sein Bruder Norman war er als Frauenheld bekannt, auch wenn er sich laut seiner Freunde und Nachbarn nichts vorzuwerfen hatte. Er kaufte mehr Blumen für seine Ehefrau als für alle anderen. Außerdem unterhielt sich Stanley stets mit seinen Hunden, also auch mit diesem, und sagte ihm beim Aussteigen, er solle sich benehmen, denn es werde ein Polizist erwartet, und zwar ein höherrangiger als der vorhin vor dem Polizeirevier. Spot wedelte mit dem Schwanz. Maureen hätte möglicherweise etwas gegen Spots Anwesenheit einzuwenden gehabt, ließ sich aber durch den großen Strauß Osterglocken und Narzissen besänftigen, den Stanley ihr überreichte.

»Daphne schon hier?«

»Nein, noch niemand außer dir – und natürlich Norman«, antwortete Maureen. »George kann mittlerweile den Fuß auf den Boden stellen. Also vergiss nicht, ihn für seine guten Fortschritte zu loben.«

»Wird gemacht. Das ist Spot.«

»Hab ich mir gedacht. Er pinkelt doch nicht auf den Boden, oder?«

»Selbstverständlich nicht. Er ist stubenrein.«

Sie standen noch im Flur, als es an der Tür läutete. Es waren das Ehepaar Norris und Detective Inspector Colin Quell, der ihnen auf dem Gartenweg begegnet war. Alan und Rosemary waren zu Fuß nach York Hill gegangen. Unterwegs hatte Alan kaum geredet; er freute sich darauf, Daphne nach so langer Zeit wiederzusehen, und war gleichzeitig fest entschlossen, nicht daran zu denken. Für sie in ihrem Alter war es sicher eine lange Anreise. Immerhin war sie zwei oder drei Jahre älter als er. Und wie würde sie fahren? Mit der U-Bahn vielleicht? Mit der District Line und dann umsteigen in die Central Line? Möglicherweise würde Stanley sie ja am Bahnhof Loughton abholen. Er würde nicht nachfragen. Sie gingen ins Wohnzimmer. Die Türen zum Garten waren weit geöffnet, weil es so ein schöner, sonniger Tag war. Maureen erschien mit einer großen blauen Kugelvase voller Frühlingsblumen und stellte sie auf den Tisch. Spot rannte hinaus in den Garten, um ein Eichhörnchen zu jagen.

Weil es fast Mittagszeit war, bot George einen Pinot grigio an, den Quell ablehnte. Er müsse noch fahren, sagte er. Die meisten Menschen glauben, alle Polizisten seien bei der Verkehrspolizei, weshalb einer nach dem anderen (außer Norman) ebenfalls abwinkte. Vermutlich befürchteten sie, Quell könne Alkoholkonsum als verabscheuungswürdig, ja sogar als in irgendeiner Hinsicht strafbar betrachten. Essen hingegen war in Ordnung, und sogar Quell nahm sich ein Räucherlachssandwich.

»Wollen wir anfangen?«, meinte er. »Wir brauchen doch nicht auf die anderen zu warten, richtig?«

George begann, von den Tunnels zu berichten. Seiner Ansicht nach hätten er und seine Brüder – »der arme Robert« und Stanley – sie zuerst entdeckt. Erst viel später, als er mit knapp zwanzig in die Baubranche eingestiegen sei, sei ihm klar geworden, dass es sich bei den Tunnels um die Fundamente eines Gebäudes gehandelt habe. Die Bauarbeiten seien wegen des Krieges eingestellt worden.

»Also waren das die Fundamente von Haus Warlock?«, erkundigte sich Quell.

»Nein, nein. Michael Winwoods Vater hat uns verboten, weiter dort zu spielen. Er stand am Eingang der Tunnels und schrie, wir sollten herauskommen. Damals waren Kinder noch gehorsam. Wir taten, was uns gesagt wurde. Deshalb sind wir rausgekommen und nach Hause gegangen. Danach waren wir nie wieder dort, und irgendwann wurden die Fundamente zugeschüttet. Keine Ahnung, wer das übernommen hat, und sie werden das heute nicht mehr herausfinden. In dieser Zeit war das da oben alles Weideland, und sobald ich konnte, hat unsere Firma – das heißt mein Bruder Stanley und ich – so viel wie möglich davon aufgekauft. Eines der Häuser, die wir gebaut haben, war Warlock. Wahrscheinlich war das gleich neben der Stelle, wo unsere Tunnels gewesen waren. Das muss 1952 oder 1953 gewesen sein.«

»Sie sagen, Sie hätten dort gespielt. Was haben Sie denn gespielt? In unterirdischen Gängen gibt es doch nicht viel zu tun.«

Die anderen musterten ihn mitleidig. Er war ein Vertreter einer Ära der Computer- und Onlinespiele. Der E-Books, DVDs, CDs, von Bluetooth, Skype, Smartphones und iPads. Sie hingegen entstammten einer fernen Vergangenheit, in der jeder Bücher gelesen hatte. Die meisten Menschen hatten Hobbys gehabt, gebastelt, Karten oder Schach gespielt, sich verkleidet, Charaden veranstaltet, genäht und gemalt, Briefe geschrieben und Postkarten verschickt.

Inzwischen schilderte Alan, wie sie sich die Zeit vertrieben hatten. Sie hatten Kartoffeln in Lehm gehüllt und sie über einem in einem alten Wassertank angezündeten Feuer gebacken. Verstecken gespielt, die absolute Lieblingsbeschäftigung. Picknicks mit Käsebroten gemacht.

Karten gespielt. Szenen aus der Geschichte nachgestellt, die ihnen gefielen, zum Beispiel Mary Stuart, Königin der Schotten, und Rizzio – der verdatterte Quell hatte zwar *Mary, Queen of Shops* im Fernsehen gesehen, jedoch noch nie von der schottischen Königin gehört –, außerdem Heinrich den Achten mit seinen sechs Ehefrauen und Nelsons Tod. Es habe eine Wahrsagerin gegeben, ebenfalls sehr beliebt, die in einer von einer Kerze erleuchteten Kammer der Tunnels gesessen und jedem die Zukunft vorausgesagt habe, indem sie in die Rührschüssel von irgendjemandes Mutter spähte. Als er von der Wahrsagerin sprach, zitterte seine Stimme ein wenig, doch er hörte die Türklingel kaum, bis er von einer dunklen, rauchigen Stimme unterbrochen wurde. Daphne Furness trat, gefolgt von einem Mann, der Michael Winwood sein musste, ins Zimmer.

Auf der Straße hätte er sie nicht wiedererkannt. Natürlich nicht, nach sechzig Jahren. Er wusste nur, wer sie war, weil es keine andere sein konnte. Sie trug ein elegantes schwarzes Kostüm mit einer weißen Seidenbluse und sehr hochhackigen Schuhen. Rosemary vertrat die Ansicht, dass ältere Frauen keine Schuhe mit hohen Absätzen anziehen sollten, weil ihr Gleichgewichtssinn nicht mehr so gut sei. Doch Daphne konnte das. Manchmal sah er sich die Zeitungsbeilagen am Samstag oder am Sonntag an. Inzwischen war es modern, grauhaarige Models über sechzig oder siebzig zusammen mit jungen Frauen zu zeigen. Sie war eine dieser anmutigen älteren Frauen, schlank und mit Schwanenhals. Langsam stand er auf.

Sie und Stanley küssten einander auf die Wange, nur rasch hingehaucht, keine Umarmung. Alan streckte die Hand aus, und Daphne griff danach. Ihre Finger waren schmal und kühl. Alle Erinnerungen an sie stürmten auf ihn ein. Allerdings kam er auf die unbedeutendste davon zu sprechen.

»Wahrscheinlich weißt du es nicht mehr, aber du hast mir die Zukunft vorhergesagt.«

Beim Lächeln zeigte sie makellose Zähne, vermutlich Implantate. »Und wie war deine Zukunft?«

»Du hast mir ein langes, glückliches Leben versprochen.«

»Lang war es offensichtlich. Und glücklich?«

Es war Rosemary, die in leicht spitzem Ton antwortete: »Sehr glücklich, danke.«

Die Störung und die sich daraus ergebende Verzögerung hatten Quell ungeduldig gemacht. »Mich würde interessieren, was Mrs. Furness und Mr. Winwood über Ihre Tunnels zu erzählen haben.« Er wandte sich an Daphne. »Waren auch Erwachsene dabei?«

»Die wussten gar nicht, dass wir dort waren. Soweit uns bekannt war, ahnten sie nichts von der Existenz der Tunnels.«

»Bis mein Vater uns rausgeschmissen hat«, fügte Michael hinzu.

»Ich erinnere mich an einen Erwachsenen«, ergänzte Alan. »Ich glaube, er war nur einmal da.« Er blickte zwischen den mittlerweile alten Kindern hin und her. »Es war Lewis Newmans Onkel. Ich weiß nicht, wie er hieß. Lewis nannte ihn Onkel James.«

»Der war noch jung«, wandte Rosemary ein. »Das heißt, alle haben gesagt, er sei jung. Ich konnte nicht unterscheiden, ob jemand beispielsweise dreiundzwanzig oder vierzig war. Lewis meinte: ›Dad findet, dass er zu jung ist, um Onkel zu sein.‹ Ich wusste, dass mein Dad vierzig war und meine Mum achtunddreißig. Also muss er viel jünger gewesen sein.« Sie betrachtete Quell zweifelnd. »Vielleicht ist es ja nicht wichtig.«

Quell machte ein Gesicht, als fiele alles, was er bis jetzt gehört hatte, in diese Kategorie. Dennoch befragte er jeden nach seiner Erinnerung an die Tunnels, und sie berichteten ihm nacheinander, was sie wussten. Er schrieb sich weder etwas auf, noch schnitt er es auf Band mit. Möglicherweise hatte er ja ein gutes Gedächtnis. Nachdem sie fertig waren und er alles über Luftangriffe, die erwarteten Bomben, die nie auf Loughton gefallen waren, die Schrapnelle, die sie von der Straße aufgelesen, das scheußliche Essen, an das sie sich jedoch gewöhnt hatten, und die Tunnels, die sie aus ihm unerfindlichen Gründen *Qanats* nannten, erfahren hatte, bat er sie um ihre Mobilfunknummern oder Adressen. Es könne sein, dass er noch weitere Fragen haben würde. Dann erkundigte er sich, ob in ihrer Kindheit jemand vermisst worden sei. Wenn ihnen etwas einfiele, sollten sie ihm Bescheid geben. Rosemary notierte ihre Telefonnummer, und Maureen holte einen Kurzbrief mit Georges und Stanleys Firmenadresse darauf aus einer Schublade.

Stanley war mit Spot in den Garten gegangen, da die Gefahr drohte, dass ihm auf dem Teppich ein Malheur passieren würde. Michael Winwood verkündete, da Daphne und er nicht weit auseinander wohnten – sie in St. John's Wood, er in West Hampshire –, werde sie ihn nach Hause fahren. Daphne zog eine Visitenkarte aus der Handtasche, und dann geschah etwas Merkwürdiges. Offenbar hatten zwei Karten zusammengeklebt, und als sie sich über den Tisch beugte, um Quell eine davon zu reichen, löste sich die andere und fiel zu Boden. Während Rosemary im Flur ihren Mantel holte, stellte Alan unauffällig den Fuß auf die Karte. Er war sicher, dass niemand es bemerkt hatte, doch Daphne hatte es gesehen. Sie blickte ihn an und lächelte kurz mit geschlossenen Lippen. Als Rosemary zurückkehrte, hatte er die Karte geborgen, indem er sein Taschentuch fallen ließ und es gemeinsam mit der Karte aufhob.

Anders, als Michael erwartet hatte, fuhr Daphne kein stark motorisiertes italienisches Auto in einem dezenten Farbton, sondern einen silbernen Toyota Prius, der alles andere als neu war. Die Straße durch den Wald hatte sich seit seiner Jugend kaum verändert, doch die alten Namen schienen verschwunden zu sein. Kannte jemand noch den Wake-Kreisverkehr oder die Epping New Road? Daphne chauffierte sie lässig und fuhr in hoher Geschwindigkeit auf der M 25 in ihrem Verlauf gegen den Uhrzeigersinn. Er hätte damit gerechnet, dass sie vor dem Einsteigen die Schuhe wechseln würde. Aber sie trug weiterhin die hohen Hacken, die sie beim Fahren nicht zu stören schienen.

»Was hältst du von dieser Sache?«, fragte er.

»Meiner Ansicht nach reine Zeitverschwendung.« Ruhig rollten sie durch den Bell-Common-Tunnel und steuerten auf Waltham Abbey zu. »Deine Mutter war doch gerade gestorben, oder? Ich meine, während der Zeit, als wir in den Tunnels waren. Das muss sehr schwierig für dich gewesen sein.«

»Jeder dachte, sie sei gestorben«, erwiderte Michael nach kurzem Zögern. »Das hat mein Vater verbreitet. Nur dass das nicht stimmte. Sie war mit jemandem durchgebrannt. Das heißt mit einem Mann. Sie haben eine entsetzliche Ehe geführt. Obwohl ich erst neun war, erinnere ich mich, wie sie sich gestritten und angebrüllt haben, als ob es gestern gewesen wäre. Mein Dad hat mir gesagt, sie sei nicht tot, aber ich würde sie niemals wiedersehen. Seine Worte sind mir all die Jahre im Kopf herumgegangen. ›Sie will uns beide nicht‹, meinte er. ›Sie will uns loswerden.‹«

»Aber du hast sie wiedergesehen?«

»Nein, nie. Ich blieb bei meinem Vater zurück. Da er irgendetwas am Herzen hatte, konnte er nicht zur Armee. Er wollte mich auch nicht. Deshalb wurde ich zu meiner Tante Zoe geschickt. Sie war nicht wirklich meine Tante, sondern eine Cousine von meinem Dad. Zoe war eine wundervolle Frau und sehr gut zu mir. Ich habe mich bei ihr wohlgefühlt und sie sehr geliebt. Ich liebe sie bis heute, sie lebt noch.«

Daphne nickte und schwieg eine Weile. Sie fuhren durchs flache Land. Michael glaubte, dass sie im Green Belt, am Rand von Hertfordshire, waren. Wegweiser zur A1 erschienen. »Haben deine Eltern sich scheiden lassen?«

»Erwachsene haben mit Kindern nicht über solche Dinge geredet. Damals nicht, weißt du nicht mehr?«

»Wahrscheinlich schon. Was ist aus deinem Vater geworden?«

»Er ist in einem Altenheim. Einem Pflegeheim. Nachdem ich zu Zoe gezogen war, habe ich nie mehr bei ihm gewohnt. Sicher waren meine Eltern geschieden, denn er hat wieder geheiratet. Bis wir die Tunnels entdeckt haben, hatte ich keine glückliche Kindheit. Danach schon, es war fast perfekt.«

»Ich habe keine Kinder«, sagte Daphne. »Du?«

»Zwei. Das eine ist meistens in Amerika, das andere normalerweise in Hongkong.«

Darauf gab es nichts zu erwidern. »Bestimmt vermisst du sie« wäre eine mögliche Antwort gewesen, aber Daphne hielt nichts von abgedroschenen Phrasen. Sie bog vom Hendon Way in die Fortune Green Road und von dort aus in die Straße ab, in der Michael in einem hohen, schmalen Backsteinhaus wohnte.

»Das war sehr nett von dir, Daphne.«

»Es lag auf meinem Weg«, meinte sie.

»Möchtest du kurz reinkommen?«

»Lieber nicht. Nicht diesmal. Doch jetzt weiß ich, wo du wohnst. Klingt das nicht bedrohlich? Nun können wir vielleicht in Kontakt bleiben.« Sie reichte ihm eine Visitenkarte, identisch mit der, die Alan Norris vom Boden aufgehoben hatte. »Auf Wiedersehen, Michael.« Sie wartete, bis er im Haus verschwunden war, rollte rückwärts aus seiner Garagenauffahrt und setzte ihren Weg den Hügel hinunter zur Hamilton Terrace fort. Dort musste sie auf der Straße parken. Sie schritt den von einem Glasdach überwölbten Weg entlang und schloss die schwarz glänzende Haustür auf. Wie sie es manchmal beim Nachhausekommen tat, blieb sie in der geräumigen Vorhalle stehen und wandte sich an ihren großzügigen dritten Mann, der ihr sein gesamtes Vermögen hinterlassen hatte. »Danke für alles, Martin«, sagte sie zu den Wänden und zur Treppe.

Oben auf dem Hügel in der Ingham Road zollte auch Michael seiner toten Ehepartnerin eine Art Tribut. Dazu musste er zwar zwei ziemlich steile Treppen hinaufsteigen, aber er wurde dabei nur selten kurzatmig. Er war daran gewöhnt und davon überzeugt, dass das Treppensteigen gut für sein Herz war, weshalb er es täglich tat. Nicht um in seinem Schlafzimmer zu übernachten, das die gesamte zweite Etage einnahm – das war schon viele Jahre her –, sondern um eine Weile in einem der kleinen rosafarbenen Sessel zu sitzen und sich zu vergewissern, dass alles im Raum so war, wie es sein sollte. Wie damals, als das Zimmer noch Vivien gehört hatte. Während seines Besuchs in Loughton hatte Mrs. Bailey geputzt, und sie hatte die Angewohnheit, Dinge durcheinanderzubringen. Zum Beispiel hingen die Bilder häufig nicht ganz gerade, die Parfümflaschen aus Kristallglas mit den silbernen Verschlüssen waren zu dicht zusammengeschoben, und das rosafarbene Nadelkissen mit den Broschen und Nadeln war nach dem Abstauben so auf den Frisiertisch gelegt worden, dass es über die Kante ragte und drohte auf den Teppich zu fallen.

Manchmal fragte er sich, was Mrs. Bailey wohl von seiner Marotte hielt, Viviens Schlafzimmer so zu belassen, wie es zu ihren Lebzeiten gewesen war. Doch eigentlich war es ihm egal. Seit einigen Jahren schon hielt er sich für zu alt, um sich darüber Gedanken zu machen, wie sein Verhalten auf andere Menschen wirkte. Welche Rolle spielte es? In seinem Alter konnte er tun und lassen, was er wollte. Seine Kinder fanden vermutlich, dass er senil war, aber die waren ja kaum hier. Und wenn doch, betraten sie die zweite Etage nie. Er dachte nicht an seinen Vater.

4

Colin Quell interessierte sich nur sehr wenig dafür, was andere Menschen dachten oder wie sie sich zukünftig verhalten könnten. Falls er sich eine Meinung über die Leute in George und Maureen Batchelors Wohnzimmer gebildet hatte, dann war er allenfalls erstaunt darüber, wie sie es geschafft hatten, so lange zu leben, und das offenbar (mit Ausnahme von George) ohne Behinderung oder Krankheit. Quell ermittelte einzig und allein auf der Grundlage wissenschaftlicher Fakten. In der Woche nach seinem Besuch in Loughton erhielt er diverse Berichte, was das Alter und die Herkunft der Hände betraf.

Dass die eine von einer Frau und die andere von einem Mann stammte, wusste er bereits. Offenbar war die Frau Ende zwanzig, der Mann einige Jahre jünger gewesen. Sie waren nicht am Fundort, sondern ein Stück, vielleicht hundert Meter, weiter entfernt gestorben, worauf die Erde hindeutete, mit denen die Hände gefüllt waren. Sie enthielt nämlich eher Anteile von Ton als von Lehm. Das untermauerte Quells Auffassung, dass die Hände ursprünglich in den Tunnels begraben worden waren, an die die alten Leute sich erinnerten. Natürlich war das kein Beweis, machte diese Theorie jedoch ziemlich wahrscheinlich.

Als er den Bericht zum zweiten Mal las – er wurde in Form einer E-Mail und auch als Ausdruck übermittelt –, dachte er wieder einmal, was er schon von Anfang an gedacht hatte: Tja, wen kümmerte das? Diese beiden Hände, die nun untersucht wurden, hatten seit fast siebzig Jahren in der Tonerde gelegen. Jemand, der zweifellos längst tot war, hatte ihre Besitzer getötet und die Hände aus unerfindlichen Gründen in einer Keksdose verstaut. Das schockierte Quell nicht. Dafür hatte er bereits zu oft in die Abgründe der menschlichen Seele geblickt. Viel mehr machte ihm zu schaffen, dass mit dieser Ermittlung Steuergelder verschwendet wurden. Falls man nichts entdeckte, schön und gut. Doch wenn man nach monatelangen mühevollen Untersuchungen herausfand, wer die Morde begangen und die Hände vergraben hatte? Quell erinnerte sich an ein paar Brocken Latein aus der sechsten Klasse. *Cui bono*?, fragte er sich.

Eine Einladung zu Freyas Hochzeit war eingetroffen, und Alan hatte den Eindruck, dass Rosemary über nichts anderes mehr redete. Wie die meisten Männer hielt er Hochzeiten nicht für sonderlich spannend, nicht einmal die seiner Enkelin. Auf der hübschen Karte wurde keine Kirche, ja nicht einmal ein Rathaus erwähnt. Nur ein Hotel am Fluss in Kew, wo, wie beide Eheleute Norris vermuteten, das von Rosemary als solches bezeichnete »Hochzeitsfrühstück« stattfinden würde.

»Sicher auch die Trauung selbst«, meinte Alan.

»Doch hoffentlich nicht.« Rosemary musterte noch einmal die Karte. »Wenn es eine dieser seltsamen Trauungen in einer Hotellobby wird, würde ich mich fühlen, als seien sie gar nicht richtig verheiratet.«

»Es ist ihre Entscheidung und geht uns nichts an. Ich habe schon von diesem Hotel am Fluss gehört. Es soll sehr hübsch sein.«

Rosemary erwiderte, sie müsse weiter an dem Kleid arbeiten, das sie, diesmal für sich selbst, nähte, und steuerte auf ihr Nähzimmer zu. Alan hielt sie zurück; an einem so schönen Tag wie diesem sollten sie doch besser einen Spaziergang machen. Er habe Lust auf einen, allerdings nicht allein. »Kauf dir doch ausnahmsweise mal ein Kleid«, schlug er vor. »Wir können es uns leisten. Wir können uns sogar ein Designerkleid leisten. So nennt man das doch heutzutage.«

Sie antwortete nicht, war aber mit dem Spaziergang einverstanden. Auch wenn sie beide kein Bedürfnis nach ihren Marathons von noch vor wenigen Jahren hatten, war der Rundweg den Hill hinab, die Brook Road bis zur High Road, zum Kricketfeld, den Traps Hill hinauf und nach Hause keine Überforderung. Alan hatte sich eingeredet, dass er nicht allein losziehen wollte, wollte es in Wahrheit aber trotzdem. Er sehnte sich danach, in der Frühlingssonne durch die vertrauten Straßen, vorbei an den vertrauten Häusern und Gärten, zu schlendern und nachzudenken. Jetzt ging Rosemary neben ihm, redete aber nicht viel. Vielleicht dachte sie ebenfalls nach, und zwar über den beklagenswerten Zustand einer Gesellschaft, die duldete, dass junge Paare in Hotels heirateten und nicht in der Kirche St. Mary's. Allerdings durfte er ihr nicht einmal in Gedanken untreu sein.

Er steckte die Hand in die Jackentasche und berührte die Visitenkarte, die sich nun seit etwa zehn Tagen dort befand. Ihre Existenz beunruhigte ihn ein wenig, weil die Karte dort nicht hingehörte. Er hätte sie nie aufheben oder wenigstens zu Hause vernichten sollen. Stattdessen hatte er sie mehrere Male angesehen: Daphne Furness, stand da. 67 A Hamilton Terrace, London NW8. Darauf folgten E-Mail-Adresse, Mobilfunknummer und Festnetzanschluss. Er erinnerte sich daran, wie sie in George Batchelors Wohnzimmer ausgesehen hatte. Um Jahre jünger als alle anderen anwesenden Frauen, die wunderschönen Beine, diese Schuhe. Lass das, schalt er sich, ein Ausdruck, den er von Freya oder vielleicht von Fenella hatte. Lass das.

Rosemary legte ihm die Hand auf den Arm und schloss die Finger darum. »Du hast gezittert«, meinte sie. »Geht es dir gut?«

»Blendend.«

»Schau, wo wir sind. Du hast es gar nicht bemerkt, richtig? Du warst ganz in Gedanken.«

Sie standen vor Haus Warlock. Das Haus selbst wirkte verlassen, alle Jalousien waren heruntergezogen. Die große Grube, die für den Keller ausgehoben worden war, war mit mehreren Planen abgedeckt, auf denen sich wegen des starken Regens der letzten Tage seichte Pfützen gebildet hatten.

»Ziemlich traurig, was? So ein schönes Eigenheim. Wird es je wieder das alte sein?«

Alan, der sich für gewöhnlich an seinen Vorsatz hielt, Rosemary in allem zuzustimmen, stellte fest, dass er ihre Ansicht ganz und gar nicht teilte. Er wollte widersprechen, das Haus, halb weiß verputzt, halb mit schokoladenbraunem Holz verkleidet, sei nicht schön und auch nie schön gewesen. Wenn es nie wieder das alte sein würde, dann umso besser. Und seit wann hatte sie angefangen, Häuser als »Eigenheime« zu bezeichnen? Doch er schwieg. Dabei fragte er sich weiter, ob diese unausgesprochene Untreue andauern würde oder ob er sie würde loswerden können. Er entzog ihr seinen Arm und tastete in seiner Tasche, wo sich die Karte unter seinen Fingern zu bewegen schien, als sei sie lebendig. Seine Finger erinnerten sich daran, wie sich ihre beim Händeschütteln angefühlt hatten.

Es war später Nachmittag und würde bald Abend werden. Rosemary saß trotz seiner Anmerkung zum Thema Designerkleid wieder an der Nähmaschine, während er sich sagte, dass er sich zwischen zwei Möglichkeiten entscheiden musste: die Karte entweder wegzuwerfen oder die Nummer darauf anzurufen. Wie ein Mann, der zwischen Untreue und Treue schwankte – nichts hätte ihm ferner gelegen –, musste er eine Wahl treffen. Natürlich würde er nicht anrufen. Er gedachte seines keuschen und untadeligen Lebens und hielt sich sein und ihr Alter vor Augen. Dann dachte er an die vielen Gelegenheiten in jenem Sommer, als Daphne sich den Wagen ihres Vaters geliehen und ihn unter den Bäumen auf dem Baldwin's Hill geparkt hatte. Sie hatten sich auf dem Rücksitz oder im Wald selbst geliebt. *Ja, schön bist du, meine Geliebte, ganz hold; und frisches Grün ist unser Lager, Zedern unseres Hauses Balken und unsere Sparren Zypressen.* Wo hatte er das jetzt plötzlich her? Er öffnete die Tür des Nähzimmers einen Spalt weit. »Ich mache einen kleinen Spaziergang«, sagte er zu Rosemary.

Sie nahm den Fuß nicht vom Pedal. »Du warst doch schon spazieren.«

»Ich weiß, aber ich möchte noch mal los. Oder stört es dich?«

»Natürlich stört es mich nicht, Liebling. Vergiss nicht, dass es um sieben Abendessen gibt.«

Sie waren nur zu zweit, und das Abendessen würde aus Aufschnitt und Salat bestehen. Und trotzdem musste es um sieben sein? Warum? Weil es immer so war. Er wusste, dass er nichts daran ändern konnte. Den Hügel hinunter, über die High Road, den York Hill hinauf, vorbei an dem Bungalow namens Carisbrooke und am Baldwin's Hill entlang zu der asphaltierten Fläche, die in die grüne, vom Wald gesäumte Wiese hineinragte. Hier hatten junge Paare mit ihren geborgten Autos geparkt. Heute nicht mehr, dachte Alan. Nicht in dieser Zeit, denn Jugendliche konnten ihren Freund oder ihre Freundin mit nach Hause nehmen und die Nacht unter dem Dach ihrer Eltern verbringen. In seiner Jugend hätten Eltern das nie und nimmer gestattet. Kein Sohn und keine Tochter wäre auch nur im Traum auf die Idee gekommen, darum zu bitten. Dreißig Jahre später hatte sein eigener Sohn Owen gefragt und sich bei Rosemary eine ordentliche Abfuhr geholt. Wenn es nach ihm gegangen wäre, hätte er es erlaubt, denn er erinnerte sich an die heimlichen Treffen mit Daphne im Auto ihres Vaters und an die Fahrt hierher. Der Wald war dunkel gewesen, die Frontscheinwerfer des Autos waren einer nach dem anderen erloschen.

Heute standen hier keine Autos. Er wusste noch genau, wo Daphne ihres abgestellt hatte, und zwar tief unter überhängenden Ästen. *Und frisches Grün ist unser Lager*. Sie fürchtete sich vor nichts, und wenn doch, ließ sie es sich nicht anmerken. Er hingegen glaubte die Geschichten von Jungen und Mädchen, die verhaftet und wegen Erregung öffentlichen Ärgernisses vor Gericht gelandet waren, und hatte stets Angst. Allerdings war er jung gewesen, und seine Nervosität hatte ihn nicht bremsen können, wenn er mit Daphne auf der Rückbank war. Er war leidenschaftlich und gierig gewesen, und sie auch, selbst wenn der Mond hinter den Wolken auftauchte und er angenommen hatte, es handle sich um die Taschenlampe eines Polizisten. Sie waren etwa zwölfmal zusammen gewesen. Anders als die übrigen Gäste auf dem Baldwin's Hill, die sich vor einer Schwangerschaft oder – die Mädchen – davor gefürchtet hatten, nicht als Jungfrau in die Ehe zu gehen, hatten er und Daphne »alles gemacht«, wie es hieß. Sie wurde nicht schwanger, obwohl er nichts getan hatte, um es zu verhindern.

Er schrieb ihr, und sie schrieb ihm, doch es trennten sie zu viele Kilometer. Obwohl ihre Familie noch in Loughton wohnte, sind drei Monate eine lange Zeit, wenn man erst zwanzig ist. Bald kamen keine Briefe mehr, nur eine Weihnachtskarte zwei Jahre später. Als er nun auf der kleinen baumlosen Fläche stand, fragte er sich, was wohl geschehen wäre, hätte er ihre Karte beantwortet. Doch damals ging er bereits mit Rosemary, seiner »Sandkastenliebe«, wie seine Mutter sie peinlicherweise nannte. Für sie beide hatte es keinen Baldwin's Hill auf dem Rücksitz eines Autos gegeben, denn Rosemary sparte sich für die Ehe auf.

Er wandte sich um und machte sich auf den Rückweg über den Stony Path und den Harwater Drive. Als er den Church Hill überquerte, wurde er von Müdigkeit ergriffen. Für einen alten Mann war er heute viel zu Fuß gegangen. Einige Kilometer. Er war über siebzig. Was war das für ein Unsinn, dass er einer längst verflossenen Jugend und einer Frau nachtrauerte, die dreimal verheiratet gewesen war? Wenn er zu Hause war, würde er eine Schere nehmen, das Beweisstück zerschneiden wie eine abgelaufene Kreditkarte und die Stücke in den Müll werfen. Episode Daphne vorbei, dachte er.

Als er die Haustür aufschloss und das leise Surren der

Nähmaschine hörte, spürte er, dass grundlos Zorn in seiner Kehle aufstieg wie Galle. Dennoch öffnete er die Tür des Nähzimmers, um Rosemary mitzuteilen, dass er zurück sei.

»Gut«, sagte sie und stand auf. »Ich mache Abendessen.«

Daphnes Visitenkarte befand sich noch in seiner Tasche. Natürlich. Rosemary war der Inbegriff der Ehrbarkeit und die Letzte, die in seinen Kleidern nach Belastungsmaterial gekramt hätte. Was war nur los mit ihm, dass er die Möglichkeit in Betracht zog, seine Frau zu betrügen? Allerdings betrog er sie bereits. Der Besuch auf dem Baldwin's Hill und das Schwelgen in Erinnerungen war an sich schon Betrug. Ebenso die Gedanken, die ihm durch den Kopf gingen. Plötzlich wanderten sie zu der Grube, die Rosemary und er sich angeschaut hatten, und den dort gefundenen Händen. Ein Mann und eine Frau. Waren die zwei ein Liebespaar gewesen, ins Grab gebracht von einem rachsüchtigen Ehemann? Oder gar von einer rachsüchtigen Ehefrau? Es war so lange her, dass der Grund, warum sie vergraben worden waren, wohl nie ans Licht kommen würde.

Er hielt noch immer Daphnes Visitenkarte in der Hand. Anstatt sie zu zerschneiden oder anderweitig zu beseitigen, steckte er sie wieder ein.

5

Als Jo vor einigen Monaten gestorben war, hatte Lewis Newman Beileidsschreiben von Menschen bekommen, die er in den verschiedenen Phasen seines langen Lebens gekannt hatte: von einem Kommilitonen an der medizinischen Fakultät, dessen Namen er vergessen hatte, von einem Nachbarn aus der Zeit in Birmingham, von den Freunden, die noch lebten, von seinem Partner in seiner letzten Praxis. Auch ein Brief von einem ehemaligen Mitschüler aus der Volksschule, wie sie damals hieß, war dabei. Die meisten dieser Leute, abgesehen von seinen Freunden, hatten Jos Todesanzeige in der *Times* gelesen. Das war wohl der Zweck solcher Anzeigen. Inzwischen fragte sich Lewis, warum er dem Beharren seiner Cousine nachgegeben hatte, die Zeile »geliebte Ehefrau von« in den Text aufzunehmen.

Er beantwortete die Briefe, wie es sich gehörte. Zu Jos Lebzeiten war sie für solche Dinge zuständig gewesen. Als er an einen der Leute in Birmingham schrieb, wurde ihm bewusst, dass er zum ersten Mal einen derartigen Brief verfasste. Das Schreiben seines Schulfreundes hob er sich für zuletzt auf. Es stammte von Stanley Batchelor und war eigentlich gar keine Beileidsbekundung. Gut, Batchelor schrieb, er bedaure Jos Tod, doch der Tonfall klang für Lewis eher danach, dass ein Mann, der seine Frau »während jahrelanger Krankheit« gepflegt hatte, bis zu einem gewissen Grad von ihrem Ableben erleichtert sein müsse. Das spiegelte Lewis' eigene Gefühle so sehr wieder – obwohl er das nicht im Traum irgendjemandem gestanden hätte –, dass Stanley Batchelor ihm gleich sympathisch wurde.

Die Batchelors. Nun, nach sieben Jahrzehnten, kehrten die Erinnerungen an diese Familie zurück. Er hatte in der Brook Road gewohnt, die Batchelors in Tycehurst Hill. Stanley hatte einen Hund namens Nipper gehabt. Erstaunlich, dass er das noch wusste. Einer von Stanleys Brüdern, vielleicht der jüngste, der Norman hieß, hatte damit geprahlt, auf dem Küchentisch geboren zu sein. Die Adresse auf dem Brief lautete Theydon Bois. Also war Stanley nicht weit weggezogen. Oder er war in die Gegend um Loughton zurückgekehrt. Es gab auch eine E-Mail-Adresse. Die meisten seiner Altersgenossen verschickten keine Mails und wussten kaum, was das überhaupt war. Der letzte Teil des Briefs – nach dem »herzlichen Beileid« – lautete folgendermaßen: *Falls du schon seit Jahren nicht mehr an unsere Gegend gedacht hast, haben dich die Zeitungsartikel über Haus Warlock sicher daran erinnert. Eine spannende Geschichte. Es wäre nett, wenn wir uns mal treffen könnten, sofern du Lust dazu hast.*

Der Tod, sagte sich Lewis, führte alte, lange getrennte Freunde wieder zusammen. Als Kind hatte er Stanley Batchelor sehr gemocht. Außerdem war er genau der richtige Mensch, um mit ihm, wenn auch nicht über die Sache mit Haus Warlock, aber über den Ort mit dem seltsamen Namen zu reden. Wie hatten sie ihn noch einmal genannt? Ja, *Qanats*. An den Grund konnte er sich nicht mehr erinnern. Und da war noch etwas anderes gewesen, obwohl es ihn nie belastet oder ihn unglücklich gemacht hatte. Allerdings hatte es ihn beschäftigt, seit er einige Jahre älter gewesen war als zu der Zeit seiner Freundschaft mit Stanley Batchelor. Es hatte seine Mutter bedrückt. Sie und Onkel James – niemand nannte ihn je Jim – hatten einander ein Leben lang nahegestanden, obwohl sie sieben Jahre älter gewesen war als er. Vielleicht sogar deswegen. Wie in den Zwanzigerjahren üblich, hatte sie sich als große Schwester um ihn kümmern müssen, seit er vier war.

Lewis hatte oft an Onkel James gedacht. Zu Anfang ihrer Ehe hatte er Jo von ihm und seinem merkwürdigen Verschwinden erzählt.

»Er ist im Krieg gefallen, oder?«

»Dazu hätte er zur Armee gehen müssen, und das ist er offenbar nicht.«

»Das spielt doch heute keine Rolle mehr«, entgegnete Jo.

»Für Mum und mich schon. Er hat sich einfach in Luft aufgelöst.«

»Ich habe irgendwo gelesen, dass das vielen Leuten passiert ist. Sie haben sich in ausgebombten Häusern aufgehalten. Oder sie wurden zum Dienst in den Bergwerken verpflichtet und sind dort verschüttet worden.«

Er widersprach nicht. Er wusste, dass es nicht so geschehen war. Onkel James war oft für ein paar Tage bei ihnen in der Brook Road zu Besuch gewesen und zu dieser Zeit offenbar in die Armee eingetreten. Bis dahin war er wegen einer leichten Behinderung – ein Plattfuß links – als untauglich eingestuft gewesen. Beim zweiten Versuch wurde er dann genommen. Irgendwann wollte er nach Hause, nach London, wo er bei einer Tante und einem Onkel wohnte, kam aber nie dort an. Sein Onkel hatte versucht, ihn aufzuspüren. James hatte ihm nicht gesagt, wo er stationiert werden würde, weil das verboten war. Doch er kannte die Namen und Adressen zweier Männer, die mit ihm ihre Ausbildung begonnen hätten. Beide antworteten. Sie hatten noch nie von einem Gefreiten James Rayment gehört. Auch die Army hatte keine Unterlagen über ihn, obwohl er sich angeblich gemeldet hatte. Alle Bemühungen, ihn zu finden, scheiterten. Er war wie vom Erdboden verschluckt.

Das war vor über sechzig Jahren gewesen, und seitdem gab es von Onkel James kein Lebenszeichen. Wie Jo gesagt hatte, waren während des Krieges viele Menschen verschwunden. Die Zeiten eigneten sich gut dazu, eine neue Identität anzunehmen oder vor den Behörden unterzutauchen. Damals hatte man nichts weiter als einen Ausweis und ein Lebensmittelmarkenheft. Keine Monatskarte für den Bus, keine Kreditkarte, kein Mobiltelefon und, da man nie mit dem Auto fuhr, auch keinen Führerschein. Man war frei. Frei, sich zu verstecken. Frei, ein anderer zu werden. Frei, sich aus dem Staub zu machen. Obwohl die Familie Lewis alles tat, um Onkel James zu finden, waren ihre Anstrengungen vergeblich. Nach einer Weile verlor sein Verschwinden an Bedeutung und geriet mehr oder weniger in Vergessenheit. Er war ja nicht gestorben, sondern nur weit verreist, vielleicht lebte er inzwischen auf einem entfernten Kontinent, den man nie besuchte. Durchaus möglich. In jener Zeit reisten die Menschen nur selten. Luftpostbriefe zu schicken war lästig, und Ferngespräche waren astronomisch teuer. Es konnte ja sein, dass Onkel James angerufen und keine Verbindung bekommen hatte, was häufig vorkam.

Lewis' Mutter klammerte sich an den Glauben, dass er

eines Tages aus heiterem Himmel auf ihrer Türschwelle erscheinen würde. James hatte sie oft in der Brook Road besucht, und Gwen erinnerte sich, wenn sie auf die letzten Jahre zurückblickte, dass ihr Bruder oft abends ausgegangen war. Nicht jeden Abend, aber häufig. Sie hatte den Verdacht gehabt, dass er nur Zeit mit ihr, ihrem Mann und Lewis verbracht hatte, weil es als Gast von ihm erwartet wurde. Als James unauffindbar war, merkte sie etwas zu diesem Verhalten an, und ihre Worte waren Lewis über all die Jahre im Gedächtnis geblieben.

»Ich hätte ihn fragen sollen, wo er hinwollte, doch das habe ich nicht über mich gebracht. Schließlich war er ein erwachsener Mann. Meistens kam er sehr spät zurück, zumindest vermutete ich das. Ich schlief dann nämlich schon.«

»Jetzt, da du es erwähnst«, ergänzte Lewis' Vater. »Ich habe ihn ein- oder zweimal nach Mitternacht nach Hause kommen hören.«

»Ich habe mich einmal erkundigt, ob er einen schönen Abend gehabt hätte, aber er hat nur ›Sehr schön, danke‹ geantwortet und mir nicht mehr verraten.«

»Hin und wieder habe ich mich gefragt, was er bei uns wollte. Es muss doch recht langweilig gewesen sein, abends nichts zu tun zu haben.«

»Er hatte etwas zu tun«, entgegnete Gwen. »Eine Freundin. Eine Frau. Er ist mit ihr durchgebrannt. Vielleicht war sie verheiratet. Deshalb hat er uns nie davon erzählt.«

Theydon Bois war einer der Vororte, wie man sie in Surrey, Essex oder Hertfordshire am Rand von London vorfand. Die U-Bahn fuhr nach Theydon. Es war eine beliebte Siedlung für Pendler, mit Läden, großen und kleinen Häusern und einem Dorfanger. Außerdem im Epping Forest gelegen. Leider konnte man das entfernte Dröhnen der Schnellstraße, der M25, hören. Die war noch nicht gebaut gewesen, als Stanley in den Sechzigern hierhergezogen war. Besucher, die sich für schlau und polyglott hielten, sprachen den Namen Theydon »Boah« aus, doch richtig hieß es »Boys«.

Stanley und George, die Batchelor-Brüder, hatten einige der Häuser in Theydon gebaut. Und Stanley und Helen wohnten in einem der größeren, frei stehenden. Stanley hatte es gekauft, als seine Kinder ausgezogen waren und seine erste Frau gestorben war. Er hatte später eine Frau geheiratet, die zwanzig Jahre jünger war als er. Als Stanley Lewis Newmans Brief beantwortet und ihn zum Mittagessen eingeladen hatte, hatte er angenommen, dass sein Gast mit dem Auto kommen würde. Doch Lewis, der sein Auto ein halbes Jahr vor Jos Tod verkauft hatte, entschied sich für die U-Bahn. Da Ealing sich am einen Ende der Central Line und Theydon am anderen befand, konnte er eine gute Stunde im Zug sitzen und noch einmal in einem seiner liebsten und häufig gelesenen Bücher schmökern: *Der Graf von Monte Christo*.

Stanley holte ihn, Spot an der Leine, von der Haltestelle ab. Zu Spots großem Bedauern setzten sie sich vor dem Bull auf eine Bank, weil Lewis kein begeisterter Spaziergänger war.

»Das ist hier fast wie auf dem Land«, stellte er fest.

»Wir *sind* auf dem Land.«

Die Reaktion darauf war ein schmallippiges Lächeln von Lewis und ein Zucken seiner arthritischen Schultern. »Mein Bruder George kommt zum Mittagessen«, sagte Stanley. »Er freut sich darauf, dich wiederzusehen.«

George war das einzige Mitglied der Familie Batchelor, das Lewis nicht gemocht hatte. Zu dominant und von sich selbst überzeugt.

»Er erholt sich gerade von einer Hüftoperation.«

»Das passiert uns allen irgendwann«, erwiderte Lewis, der Allgemeinmediziner, in verbindlichem Tonfall.

»Mir ganz bestimmt nicht. Ich bemühe mich, solche Dinge in Schach zu halten, indem ich regelmäßig mit Spot spazieren gehe.«

George war bereits eingetroffen und thronte, das Bein hochgelegt und den Stock neben sich, in einem Lehnsessel. Sein großer schwarzer Audi, gefahren von Maureen, parkte in Stanleys Garageneinfahrt. Maureen saß in dem Raum, den Stanley als »Salon« bezeichnete, und trank Sherry mit Helen, einer Frau von Mitte fünfzig mit silberblondem Haar, die eine grüne Lederhose und eine rote Satinbluse trug.

»Wir haben dieses Haus gebaut«, verkündete George, nachdem Helen Lewis einen Sherry gereicht hatte.

»Und außerdem Warlock«, meinte Lewis. »Ich hoffe, nicht ihr habt diese Hände im Fundament versteckt.«

Niemand sagte etwas darauf. Lewis hatte damit gerechnet, dass jemand ihm sein Beileid zu Jos Tod aussprechen würde, doch nichts dergleichen geschah. Lewis störte das zwar nicht – er wusste nie, was er auf Beileidswünsche antworten sollte –, trotzdem fand er es seltsam. Helen meldete, das Mittagessen sei gleich fertig. Stanley ließ den Hund in den Garten, und George klappte ein riesiges Fotoalbum auf und zeigte Lewis das einzig existierende Foto vom Eingang zu den *Qanats*. In diesem Eingang drängten sich grinsende Kinder, von denen Lewis keines erkannte. George fing an zu erzählen, wie sie dort gespielt und wann sie die Tunnels entdeckt hatten und wo sie sich befanden.

»Wahrscheinlich war ich der Erste, der dort reingegangen ist.«

»Und ich«, ergänzte Stanley. »Ich war dabei. Das war ziemlich mutig von uns. Das ganze Ding hätte einstürzen können. Dann wäre uns die Decke auf den Kopf gefallen.«

»Quell«, fügte George hinzu, »hat sich mehr dafür interessiert, ob da auch Erwachsene gewesen wären. Leute, die wir beobachtet hätten.«

»Wer ist Quell?«

»Ein Polizist. Er war bei George, und wir sind alle hingegangen, um mit ihm zu reden. Nun, die, die wir auftreiben konnten. Also die, die noch leben. Das bedeutet ich, Norman, George, Michael Winwood, Alan Norris und diese Rosemary, die er geheiratet hat. Und, oh, Daphne Jones. Inzwischen heißt sie Daphne Furness.«

Schweigen entstand, wie so oft, wenn ihr Name fiel. Nur Lewis wiederholte ihn. »Ach, ja, Daphne Jones«, sagte er und fügte hinzu: »Und dieser Bulle wollte wissen, ob da Erwachsene waren? Was, ob einer von uns einen mitgebracht hat?«

»Vermutlich«, erwiderte Stanley. »Aber selbst wenn, wäre der- oder diejenige inzwischen verstorben.« Ehe er weiterreden konnte, kehrte Helen zurück und meldete, das Mittagessen stehe auf dem Tisch.

Es war ein sehr leckeres Mittagessen, was Lewis wirklich zu schätzen wusste. Ebenso wie den hübsch gedeckten Tisch, das Silber, die Gläser und die rosafarbenen Tulpen in einer Vase von Royal Copenhagen. Seit Jo vor vielen Jahren erkrankt war, hatte er kein so köstliches Essen und keinen so sorgfältig ausgewählten Wein mehr genossen. Das stimmte ihn milder gegenüber den Batchelors, obwohl er nicht das Bedürfnis hatte zu enthüllen, wer seiner Ansicht nach der erwachsene Besucher in den Tunnels gewesen sein könnte. Und dennoch dachte er daran, dass ihm in seinem Alter etwas fehlte, das er bis vor nicht allzu langer Zeit für selbstverständlich genommen hatte: eine grenzenlose Zukunft. Er war einer der Ältesten unter den damaligen Tunnelbesetzern und würde, wie er sich spöttisch sagte, während er erfreut seine Crème brûlée verspeiste, nicht noch mal fünfundsiebzig werden. Die Arthritis würde ihn nicht umbringen, doch sein Herz, das immer wieder mal Mucken machte, möglicherweise schon.

Er wurde dadurch aus seinen Grübeleien gerissen, dass Helen ihm einen Penny für seine Gedanken anbot. Er erwiderte das mit einem nachdenklichen Lächeln und der Frage, ob jemand unter dreißig das überhaupt verstehen würde. Diese Bemerkung nahm Helen verschnupft auf, denn offenbar glaubte sie, dass man sie normalerweise selbst dieser Altersgruppe zurechnete. Maureen rettete die Situation auch nicht, da sie Lewis einen Blick zuwarf, den man beinahe als Zwinkern hätte deuten können.

»Meiner Ansicht nach«, verkündete sie, als sie vom Tisch aufstanden, »werden wir nicht mehr viel von diesen Händen hören. Tut mir leid, aber ich wollte es beim Essen nicht ansprechen. Mittlerweile ist die Polizei sicher dahintergekommen, dass sie nie herausfinden wird, wem sie gehört haben. Außerdem: Wen interessiert das eigentlich?«

Niemand antwortete darauf. Sie setzten sich, und

George merkte an, sein Bein bereite ihm Schmerzen. Wann wolle Maureen losfahren?

»Ich trinke noch meinen Kaffee. Immerhin hat Helen sich die Mühe gemacht, ihn zu kochen.«

Seine restliche Zeit in Theydon Bois verbrachte Lewis damit, von Stanley zu erfahren, wie und wo man Detective Inspector Colin Quell erreichen könne. Und als George und Maureen aufbrachen, meinte er, er müsse jetzt auch los. Schließlich sei es eine weite Fahrt zum anderen Ende der Central Line. Er bedankte sich überschwänglich bei Helen für das Essen, merkte ihr aber an, dass er sie mit seinen Worten zum Thema »ein Penny für seine Gedanken« gekränkt hatte. Zu seiner Überraschung erbot sich Stanley, ihn zur Haltestelle zu begleiten. Spot habe bestimmt Lust auf einen weiteren Spaziergang.

»Warum nennst du ihn Spot, obwohl er überall pechschwarz ist?«, erkundigte sich Lewis.

»Ich habe meinen Enkel gebeten, ihm einen Namen zu geben, und der ist erst sechs. Spot war der einzige Hundename, der ihm eingefallen ist. Noch ein Nipper wäre mir zu viel gewesen.«

»Warum hat mich niemand zu dem Treffen mit dem Polizisten eingeladen?«

»Keine Ahnung«, meinte Stanley. »Wahrscheinlich weil keiner wusste, wo du aufzufinden bist.«

Lewis antwortete nicht darauf. Stattdessen erzählte er die wenigen Hundegeschichten, an die er sich erinnerte, worauf Stanley ihm Erlebnisse mit seinen eigenen Vierbeinern schilderte. Bald waren sie an der Haltestelle, und Stanley verabschiedete sich zu Lewis' Erleichterung mit der Bemerkung, Spot würde beim Warten übellaunig werden. Lewis hatte sich danach gesehnt, allein zu sein und über Georges Worte über Erwachsene in den Tunnels nachzudenken. Es war ein schöner, milder Nachmittag, und dank der Wärme war das Sitzen auf einer Bank auf dem Bahnsteig von Theydon Bois gar nicht so unangenehm. Der Zug würde zwar erst in einer halben Stunde kommen, doch es ging ihm viel im Kopf herum.

Ob einer der anderen je einen Erwachsenen mit in die Tunnels genommen hatte, wusste er nicht, bezweifelte es aber. Keine Erwachsenen mit hineinzuziehen war ein ungeschriebenes Gesetz gewesen. Menschen erlassen schon mit zehn oder elf Jahren Gesetze und brechen sie, wenn ihnen danach ist. Ganz gleich, was die anderen getan hatten, er hatte gegen diese Regel verstoßen. Eigentlich hatte er es nicht gewollt und gar keine Lust darauf gehabt, aber Onkel James hatte ihn ständig deswegen bedrängt.

Als er so auf seiner Bank in dieser beinahe ländlichen Ortschaft saß, drohte er über der Anstrengung, sich zu erinnern, einzuschlafen. Er war alt, und der Ausspruch stimmte, dass alte Menschen Ereignisse in ihrer Kindheit besser als die vom selben Morgen im Gedächtnis haben. Er lehnte den Kopf zurück und wurde vom Schlaf übermannt. Ein Schnarchen, das eher wie ein lautes Schnauben klang, weckte ihn, und ihm wurde klar, dass die Frau, die inzwischen neben ihm saß, es sicher gehört hatte und sich vielleicht darüber amüsierte. Allerdings hatte das Alter auch seine Vorteile: Alten Leuten ist kaum noch etwas peinlich. Es ergibt für sie keinen Sinn mehr und ist reine Zeitverschwendung, und Zeit ist sehr wertvoll geworden. Woran hatte er gedacht, bevor er eingeschlafen war? Er hatte es vergessen, und jetzt traf der Zug ein.

Außerdem hatte er vergessen, wie weit er schon in *Der*

Graf von Monte Christo gekommen war. Aber das spielte keine große Rolle. Er hatte das Buch so oft gelesen und wandte sich rasch seiner Lieblingsstelle in der Abenteuergeschichte zu. Was er ebenfalls vergessen hatte, war sein Vorhaben, sich mit Detective Inspector Quell in Verbindung zu setzen.

Als er nachts aufwachte, wusste er sofort, dass er nicht wieder würde einschlafen können. Vier Uhr war die Geisterstunde. Um vier bestand keine Hoffnung mehr. Er konnte aufstehen, im Haus umherwandern, sich eine Tasse Tee machen, Whisky trinken (eine unkluge Wahl), im Bett bleiben, weiterlesen oder das Radio einschalten. Wenn eines dieser Mittel wirkte und sich so gegen sechs der Schlaf wieder einstellte, würde er sich sehr glücklich schätzen und blendender Laune sein. Allerdings geschah das nur selten. Also unternahm er nichts und dachte stattdessen über Onkel James nach. Es war sein Fehler, dass er seinem Onkel etwas erzählt hatte, das er seinen Eltern niemals verraten hätte. Nämlich dass es ein Geheimversteck gab, wo er an den Sommerabenden hinging und sich mit einer Horde von Freunden traf, um alle möglichen Spiele zu spielen. Es musste Ende Juli oder Anfang August gewesen sein. Ob vor oder nach Anfang der Schulferien wusste er nicht mehr. Wieder einmal verfluchte er seine Vergesslichkeit.

Onkel James wohnte für einige Zeit bei ihnen in der Brook Road. Damals war seiner Mutter aufgefallen, wie oft er abends ausging. Lewis hatte es auch bemerkt, doch es bedeutete ihm nichts. Da er ein Kind war, fand er das Verhalten der Erwachsenen selbstverständlich seltsam. Lewis lag wach und ließ sein langes Leben Revue passieren. Von seinem zwölften Lebensjahr bis zur Teenagerzeit, der Bancroft's School, Cambridge, Medizinstudium, einer Stelle in einer Hausarztpraxis in Ealing. Er hatte Alison kennengelernt und sie geheiratet. Die Ehe war gescheitert, und er war eine zweite mit Jo eingegangen. Auf diesem Weg hatte er vermutlich Lebenserfahrung gesammelt oder hätte es wenigstens tun sollen und war weltgewandter geworden. Hätte er mit vierzig mit Onkel James sprechen können, hätte er ihn gefragt, wohin er verschwunden war und warum er die *Qanats* hatte sehen wollen. Aber nicht mit zwölf. Nicht 1944, als Mittelschichtkinder in Loughton trotz des Krieges, der Bomben und der Sorgen ihrer Eltern naiv und arglos gewesen waren.

Onkel James hatte ihm wegen der Tunnels in den Ohren gelegen. Irgendwann hatte er Ja gesagt, doch nicht abends würde er ihn dorthin führen. Es musste ein Sonntagvormittag sein. Sonntags ging niemand dorthin, oder zumindest nur wenige. Für die englische Mittelschicht war der Sonntag der Tag des Herrn. Alle Läden waren geschlossen und alle Kirchen geöffnet. Lewis' Familie besuchte zwar nur zu Ostern, an Weihnachten oder anlässlich von Hochzeiten oder Beerdigungen die Kirche, aber er war als kleiner Junge in die Sonntagsschule geschickt worden. Außerdem herrschte selbst unter Nichtkirchgängern die Auffassung vor, dass man den Sonntag achtete, den Kindern verbot, auf der Straße zu spielen, und nach einem schweren Mittagessen einen ruhigen Tag zu Hause verbrachte. Da Lewis das als unverrückbare Lebensregel bekannt war, wusste er, dass die Tunnels trotz des schönen, sonnigen Wetters aller Wahrscheinlichkeit nach menschenleer sein würden.

Mit einem beliebten Verwandten über die Felder zu spazieren war nicht nur erlaubt, sondern wurde sogar begrüßt. Er und Onkel James marschierten den Tycehurst Hill hinauf und bogen in den Shelley Grove ein, eine noch unfertige Straße, wo weitere Bauarbeiten wegen des Krieges zum Stillstand gekommen waren und wo die Familie von Alan Norris in einem der wenigen Häuser wohnte. Der Pfad über die Felder führte an der hohlen Eiche vorbei, wo sonst Kinder in der zimmergroßen Lücke zwischen den ausladenden Ästen picknickten und Brot mit Margarine oder Fischpaste aßen. An diesem Sonntagmorgen waren keine Kinder da. Ganz in der Nähe trennte eine Reihe hoher Ulmen die Felder. In einigen Jahren sollten sie gefällt werden, um Platz für neue Häuser zu machen, anstatt zu warten, bis das Ulmensterben sie niederstreckte. Sie schlugen den Feldweg den Hügel hinauf zum Hill ein. Lewis erinnerte sich an den Besuch im Kino von Loughton vor einiger Zeit und wünschte, er könne genauso verfahren, wie man es mit einem Gefangenen im Film gemacht hatte, nämlich seinem Onkel die Augen verbinden, damit er nicht wusste, wo sie waren und wo sich der Eingang zu den Tunnels befand. Onkel James interessierte sich sehr für die Umgebung und blieb nur kurz stehen, bevor er sich duckte und die von der Trockenheit ausgedörrten Tonstufen hinab unter die Plane stieg.

Sobald Lewis drinnen war, bemerkte er – er konnte kaum erklären, warum –, dass sie nicht allein waren. Einige ständige »Mitglieder«, wie George Batchelor sie nannte, waren bereits da. Als Lewis lauschte, hörte er Mädchenstimmen, konnte jedoch nichts verstehen. Onkel James, dem es offenbar gleichgültig war, ob er ertappt wurde, stand da, musterte die Tonwände, die Holzkisten und die herumliegenden Ziegelsteine und lachte laut auf.

»Ich glaube, eher nicht«, sagte er, und Lewis wusste, auch ohne nachzufragen, genau, was er meinte. Die Tunnels eigneten sich nicht für Onkel James' Plan. Ganz gleich, was er auch vorgehabt haben mochte, sie würden nicht genügen. Sie waren zu schmutzig, zu *schäbig*, um einen Lieblingsausdruck seiner Mutter zu benutzen. Das war Lewis klar, allerdings nicht, wozu sie hätten benutzt werden sollen.

»Dann komm«, sagte er. »Kehren wir um.«

Aber Onkel James steuerte bereits auf die Mädchenstimmen zu, und sie betraten einen großen Raum, in dem einige Kerzen brannten. Nach dem leckeren Duft zu urteilen, garten in dem alten Wassertank Kartoffeln. Lewis wusste, dass diese Kartoffeln von Bill Johnsons Vater stammten, der sie in seinem Gemüsegarten am Stony Path anbaute. Sicher waren sie in Lehm gehüllt und lagen in der Glut. Drei Mädchen stocherten mit Stöckchen an ihnen herum, um festzustellen, ob sie gar waren. Er ließ die vielen Jahre Revue passieren und versuchte sich zu erinnern, wer das dritte gewesen war. Rosemary Wharton und natürlich Daphne Jones, so groß wie die Jungen und mit einem Umhang aus langem schwarzem Haar, hatte er noch deutlich vor Augen. Aber wer war das dritte gewesen? Das würde er nun nie mehr in Erfahrung bringen. Die Namenlose drehte sich um und starrte Onkel James an. Daphne rührte sich nicht. Rosemary beugte sich vor, um etwas aus dem Wassertank zu angeln, und schrie auf, als sie sich verbrannte. Es war nur eine winzige Verbrennung, sie hatte ganz leicht eine der in Ton gehüllten Kartoffeln berührt, aber sie fing an zu wimmern, und Onkel

James kam näher, um ihr seine Hilfe anzubieten. Sei alles in Ordnung? Könne er etwas tun?

»Sie wird's überleben«, meinte Daphne. Und dann wandte sie sich um und fixierte ihn mit ihren strahlenden großen dunkelbraunen Augen unter makellos geschwungenen schwarzen Brauen. War es damals geschehen?, fragte er sich um halb fünf Uhr morgens. Oder erst später, als er bei der Beerdigung seiner Mutter vor der Kirche St. Mary's an ihr vorbeigegangen war? Sie hatte ihn nicht erkannt, den Arm ihres Begleiters genommen und war weitergeschlendert.

Onkel James hatte aufgehört, seine Hilfe aufzudrängen, die offenbar nicht gebraucht wurde, und dann waren er und Lewis auf dem Weg zurückgekehrt, auf dem sie gekommen waren. Sie überquerten die Felder und hatten Shelley Grove zur Hälfte hinter sich, als Onkel James, der offenbar vergessen hatte, dass Lewis zwölf und nicht fünfundzwanzig war, sagte: »Die wird den Männern die Köpfe verdrehen, wenn sie ein bisschen älter ist.« Weil Lewis nicht wusste, was das bedeutete, schwieg er. Doch später zu Hause schlug er es im Wörterbuch nach und erfuhr, es hieß, dass man den Verstand verlor.

Das Letzte, was er sah, bevor er einnickte, war eine Nachbarin, die von der Kirche St. Mary's den Brook Path entlangkam. Sie hatte ein Gebetbuch in der Hand. Vielleicht lag es an dem Buch oder an dem missbilligenden Blick der Frau, dass er endlich einschlafen konnte.

6

Die Wohnung der Norris in dem Wohnblock auf dem Traps Hill war zwar groß und gut geschnitten, eignete sich jedoch nicht für kleine Kinder. Die Fenster im Salon (Alan hasste dieses Wort für Wohnzimmer) nahmen beinahe eine ganze Wand ein und führten zu einem Balkon. Bei schönem Wetter standen diese Fenster offen, und für Erwachsene bestand keine Gefahr. Das Balkongeländer verhinderte, dass man auf die gepflasterte Terrasse darunter stürzte. Anders verhielt es sich bei kleinen Kindern, die durch die Lücken zwischen Stäben rutschen oder darunter hindurchkrabbeln konnten. Fenella, Freyas Schwester, hatte einen fünfjährigen Sohn und eine fast dreijährige Tochter. Und als alle, auch ihr Mann Giles, am Sonntagnachmittag zu Besuch kamen, mussten die Fenster geschlossen bleiben, ganz gleich, wie warm es war und wie kräftig die Sonne schien.

Erst seit kurzer Zeit ging Alan das auf die Nerven. Bis vor einigen Wochen hatte er der weit verbreiteten Theorie angehangen, dass Unbequemlichkeiten, die Großeltern auf sich nehmen mussten, gar keine Unbequemlichkeiten, sondern ein Vergnügen waren, eine Belohnung, ein Geschenk des Schicksals, um das man sie beneiden musste. Und das bezog sich nicht nur auf Großeltern – das hatten sie schon vor fünfundzwanzig Jahren durchgemacht –, nein, auch auf Urgroßeltern, was sie inzwischen waren. In ihrem Alter hatten sie sich am Sonntag ein wenig Ruhe verdient, keine Belagerung durch ungebärdige Kleinkinder, die so erzogen waren, dass sie tun und lassen konnten, was sie wollten. Sie sprangen von Möbelstück zu Möbelstück, wälzten sich auf den Teppichen, hämmerten gegen die Fenster, als ob sie so aufgehen würden, forderten Coca-Cola, Orangensaft, Kekse und Schokolade, die ihre gehorsame Urgroßmutter ihnen eilig brachte, und kletterten auf das Knie ihres Urgroßvaters, um ihm sein Buch oder seine Zeitung mit klebrigen Fingern zuzuhalten. Wenn er sich diplomatisch bei Rosemary darüber beschwerte und hinzufügte, es sei so schön, sie hier zu haben, weil man es so zu schätzen wisse, wenn sie wieder fort seien, tadelte sie ihn wegen seiner Undankbarkeit. Ihrer Ansicht nach – denn sie hatte seine Bemerkung über ihr langweiliges Leben nie vergessen – seien die netten Besuche von Fenella und ihren Kindern doch sicher das Richtige, um die Langeweile zu vertreiben. Wenn sie das Glück hatten, noch einige Jahre zu leben, würde Freya auch eine junge Familie haben und sie zu ihren Urgroßeltern bringen, vielleicht samstags.

Freya und ihre bevorstehende Hochzeit waren derzeit das beliebteste Gesprächsthema in der Familie Norris, das Alan nicht sonderlich interessierte. Aus einer Feier im kleinen Kreis in einem Hotel am Fluss war inzwischen eine Party mit zweihundert Gästen geworden. Umso mehr Grund, wie Alan fand, dass Rosemary sich ein Kleid kaufte. Allerdings verweigerte sie das wegen der Kosten, denn sie könne ja selbst ein ebenso schönes Gewand schneidern. Alan war da anderer Meinung, konnte das jedoch schlecht sagen, weshalb er ihr weiter eine hohe Geldsumme aufdrängte, was ihm eigentlich gegen den Strich ging. Schließlich war er der Feminist in dieser Ehe, und es hatte ihm noch nie gefallen, dass der Mann und Ernährer seiner Frau Geldgeschenke gewährte, anstatt dass ein Paar das, was er als gemeinsames Vermögen betrachtete, miteinander teilte. Leider spielte das keine Rolle, denn Rosemary beharrte darauf, ein kompliziertes Kostüm nach einem Schnittmuster zu nähen, das, auch wenn er das nie geäußert hatte, ihr Talent weit überstieg.

Ihm wurde, soweit es für einen Mann möglich war, klar, dass die Kleidung, die sie seit ihrer Hochzeit genäht hatte, nie sehr gelungen gewesen war. Revers saßen schief, Säume waren vorn länger als hinten, Ausschnitte, Knopflöcher und Manschetten waren nie ganz symmetrisch. Ihre Kreationen wurden deshalb gelobt, weil sie von ihr stammten, nicht weil sie gut aussahen. Das kupferfarbene Seidenkostüm, an dem sie nun arbeitete, würde sich in diese Sammlung einreihen, jedoch noch schauderhafter ausfallen als gewöhnlich. Alan musste feststellen, dass Rosemary, die nie eine Schneiderlehre gemacht hatte, im Alter noch schlechter geworden war. Ihre Finger waren nicht mehr so gelenkig, und sie brauchte eine neue Brille. In den Jahren, in denen sie ihre Kleidung selbst genäht hatte, hatten sie nie große Partys oder wichtige Veranstaltungen besucht. Nun war es so weit. Es war eine große Feier, und er malte sich aus, wie er Rosemary als ihr Ehemann begleitete, und zwar mit einem Empfinden, das er nur selten verspürte: Es würde ihm peinlich sein. Deshalb beging er den Fehler, einen letzten, offeneren und nachdrücklicheren Versuch zu unternehmen, sie zu überreden, sich ein Kleid zu kaufen.

»Willst du etwa behaupten, dass ich dazu nicht mehr

fähig bin?«, entgegnete sie, als er ihr erklärte, der Halsausschnitt der Jacke sei weiterhin schief, obwohl sie sich die halbe Nacht damit abgemüht hatte.

»Schau doch in den Spiegel. Dann wirst du sehen, dass da etwas nicht stimmt.«

»Ich sehe nur, dass du fest entschlossen bist, mich in Massenware zu stecken und mir meine Originalität zu rauben.«

Nachdem sie noch ein wenig gestritten hatten, gab er es auf. Er würde das Kostüm, die mitleidigen Blicke und vermutlich die (nicht ausgesprochenen) Gedanken der Gäste eben ertragen müssen. Wahrscheinlich würden sie annehmen, dass er zu geizig war, um seiner Frau das Tragen guter Kleidung zu ermöglichen. Und so tappte er in die von ihm so gefürchtete Falle des Sexismus; er begann, sich frauenfeindliche Gedanken zu machen.

Am Nachmittag machten sie einen ihrer langen Spaziergänge, mussten jedoch auf dem Baldwin's Hill umkehren, anstatt einen der Waldwege zu nehmen. Rosemary war zu müde, weil sie bis nach eins an der Nähmaschine gesessen hatte.

»Und nach all der Mühe willst du nicht, dass ich es anziehe.«

Er schwieg und betrachtete stattdessen die vier Autos, die auf dem Abhang über dem grünen Hügel parkten, welcher, vorbei am Baldwin's Pond, nach Blackweir führte. Anders als er und Daphne damals benahmen sich die Insassen dieser Autos anständig. Sie rauchten, einer spähte durch ein Fernglas zu dem Turm der Kirche High Beech hinüber, der aus dem dunkelgrünen Wald ragte. Ein anderer schlief. Alan stand ein Stück entfernt von Rosemary und dachte, wie inzwischen jeden Tag, an Daphne.

Daphne im Auto ihres Vaters. Daphne in seinen Armen. Daphne, die in der Dunkelheit aus den Kleidungsstücken schlüpfte, die man loswerden musste. Die Begierde vertrieb die Angst.

Er trug die Jacke mit ihrer Visitenkarte in der rechten Tasche. Eigentlich hätte er sie nicht mit sich herumschleppen, sondern sie zu Hause an einem sicheren Ort verstecken sollen. Rosemary kam näher und nahm seinen Arm, notgedrungen den linken, während seine rechte Hand Daphnes Karte betastete. Da ihm das wie ein Verrat erschien, lockerte er die Finger und zog die leere Hand aus der Tasche. Sie gingen nach Hause.

»Ich glaube, ich lege mich kurz hin.«

»Ich bringe dir eine Tasse Tee«, antwortete Alan.

Das war eine weitere Falle, in die er tappte. In die eines Ehemannes, der glaubte, seine Untreue dadurch wettmachen zu können, dass er der Betrogenen kleine selbstlose Dienste erwies. Woher wusste er so viel über Seitensprünge, obwohl er nie einen begangen hatte? Er begab sich in die Küche und kochte den Tee, eine Tasse für sich selbst, eine für sie. Sie lag voll bekleidet unter der Daunendecke. Das beinahe fertige kupferfarbene Kostüm befand sich am Fußende des Bettes. Warum? Er fragte nicht nach, sondern kehrte zurück in die Küche, wo er Daphnes Visitenkarte auf den Tisch legte. Eine Adresse, eine E-Mail-Adresse, eine Mobilfunknummer, ein Festnetzanschluss.

Hamilton Terrace, da wohnte sie also. In einer Zeitung hatte er kürzlich einen Artikel über die begehrtesten Wohnadressen Londons gelesen, und der Journalist hatte Hamilton Terrace als die hübscheste Straße bezeichnet. Obwohl er noch nie dort gewesen war, versuchte er, sich vorzustellen, wie das Haus aussah. Zweifellos ganz anders als in Loughton. Dann hatte er gelesen, dass Loughton zu den attraktivsten Außenbezirken gehörte. Er besaß kein Mobiltelefon, denn er hatte nie geglaubt, dass er eines brauchte. Jedoch würde er mit so einem Ding überall telefonieren können. Sogar heimliche Telefonate konnte man damit führen, wie er beschämt dachte. Er würde Daphne nicht anrufen. Doch morgen würde er losgehen, einen Laden suchen, der diese Geräte verkaufte, und eines erwerben. Die Visitenkarte wanderte zurück in seine Tasche.

Dass von den unter Haus Warlock entdeckten Händen DNA-Spuren genommen worden waren, war ja schön und gut, sagte sich Colin Quell bei der Lektüre des Pathologieberichts. Der Großteil des Textes war selbst für den intelligentesten Menschen unverständlich, und Quell betrachtete sich als hochintelligent. Jedoch erschloss sich ihm der Sinn nicht, wenn man die DNA mit nichts vergleichen konnte. Vor sechzig oder siebzig Jahren hatte es in der Umgebung von Loughton sicher von Leuten gewimmelt, deren DNA zu der der Hände gepasst oder ihr wenigstens geähnelt hätte. Nur dass diese Leute inzwischen alle verstorben waren. Er überlegte, ob er diese Batchelors und die exotisch wirkende Frau, Daphne Furness, um DNA-Proben bitten sollte. Doch das hätte nur Sinn ergeben, wenn eine der Hände vielleicht einem ihrer Verwandten gehört hätte.

Daphnes Anruf war eine Überraschung. Sie hatte zwar versprochen, sich zu melden, aber Michael hatte nicht daran geglaubt. Die meisten Leute riefen nicht an. Ob er auf einen Drink vorbeikommen wolle, nur er, sonst niemand. Oder vielleicht besser zum Abendessen, hatte sie hinzugefügt. Sie erinnerte sich daran, wo er wohnte, und schlug ihm vor, den 189er zu nehmen. Er hielte gleich um die Ecke von ihrem Haus.

Ihr Haus war sogar noch eine größere Überraschung. Der Salon, wie ihr Mann Martin ihn genannt hatte, war von ihm selbst gestaltet worden. Die gesamte Einrichtung hatte er sorgfältig und geschmackvoll ausgewählt.

»Es erinnert mich an das Haus meiner Tante Zoe.« Er fing an, über Zoe zu sprechen. Wie gut sie zu ihm gewesen sei. Nun, da sie so alt sei, bereits sechsundneunzig, fürchte er sich vor ihrem Tod.

»Nicht viele fürchten sich vor dem Tod eines so alten Menschen.«

»Ich möchte nicht darüber reden, wie schrecklich meine Eltern waren, aber es stimmt. Mein Vater war schlimmer als meine Mutter, die war wenigstens nicht gewalttätig. Zoe war vom ersten Tag an liebevoll und gütig zu mir. Weißt du, dass ich anfangs geglaubt habe, sie mache Witze oder treibe irgendein Spiel?«

»Siehst du sie oft?«

»Sie wohnt noch in Lewes. In einem Häuschen, aber einem ziemlich großen. Ich besuche sie etwa einmal im Monat, und das ist keine Pflicht. Ich denke, wir haben beide Spaß daran.«

»Ich hole dir was zu trinken«, sagte Daphne. »Ist Sauvignon in Ordnung?«

Als sie zurückkam, stand er vor einem der Bücherregale und las die Titel. Sie stellte fest, wie mager und knochig er war. Zart wirkte er, jedoch nicht krank. Sein Gesicht war von Falten durchzogen, doch seine Hände waren schmal und wohlgeformt. Er nahm den Wein entgegen und trank sichtlich mit Genuss. »Darf ich dir etwas erzählen?«

»Klar«, erwiderte sie. »Was immer es ist. Aber bist du sicher? Sag mir nichts, was du bereuen könntest, wenn du in langen, schlaflosen Nächten darüber nachdenkst.«

»Ich werde es nicht bereuen.«

Er vertraute ihr an, dass er Viviens Zimmer so belassen hatte, wie es bei ihrem Tod gewesen war. »Manchmal setze ich mich dort hin und rede mit ihr. Das Zimmer erinnert mich an sie, weil es auf dieselbe Weise schön ist. Findest du das falsch – selbstmitleidig oder gar sentimental?«

»Nein, wenn es dich tröstet.«

»Ich weiß nicht, ob es das tut. Ob überhaupt etwas das könnte. Doch ich habe so ein Gefühl, dass es schrecklich wäre, wenn ich es abschaffen würde. Indem ich zum Beispiel eine Art Gästezimmer daraus mache für den Fall, dass meine Kinder zu Besuch kommen. Mir würde etwas fehlen. Außerdem habe ich zwei Gästezimmer. Würde ich ihnen dieses Zimmer anbieten müssen?«

»Kommen sie je zu Besuch?«

»Nein«, erwiderte er. »Tja, eigentlich schon. Zu Stippvisiten aus dem Ausland. Aber sie übernachten nie. Vermutlich sollte mich das belasten, tut es aber nicht, solange ich weiß, dass sie glücklich sind.«

»Ich wollte nie Kinder. Es heißt, dass man irgendwann bereut, keine in die Welt gesetzt zu haben. Kann ich jedoch nicht behaupten. Wollen wir essen?«

Sie hatte Spaghetti mit schwarzen Oliven gekocht. Dazu gab es einen Salat aus Avocados und Artischocken und danach Crème Caramel. Der Käse war ein Blauschimmelkäse aus Shropshire, nach dem sie süchtig sei, weshalb sie hoffe, dass er ihn möge. Das tat er und trank Rotwein dabei. Das Esszimmer hatte orangefarbene Wände und war schwarz möbliert. Er fragte sich, ob sie dauerhaft oder nur vorübergehend allein lebte. Vielleicht gab es da ja jemanden, den man als »Bekannten« bezeichnen würde. Sie legte ein Stück von Mozart auf, das er kannte, jedoch seit Jahren nicht gehört hatte. Es war die Art von Musik, die einen zu Tränen rührte, und obwohl sie ihm gefiel, war er froh, als das Stück zu Ende war. Kurz nach neun verabschiedete er sich. Er gehe früh zu Bett und werde den Bus in der Abbey Road um die Ecke nehmen.

»Ich schreibe Gedichte über Busse«, sagte er. »Eigentlich nur Stümpereien. ›Der 189er ist ein schöner Bus, weshalb ich ihn einfach nehmen muss. Er fährt von meinem trauten Heim gleich in die Abbey Road hinein.‹ Es geht noch weiter, aber ich möchte dich nicht quälen.«

Lachend hauchte sie ihm einen Kuss auf die Wange und blickte ihm nach, bis er um die Ecke gebogen war. Es war zwanzig nach neun. Gerade räumte sie Teller und Besteck in die Spülmaschine, als das Telefon läutete. Es war einer dieser Anrufe, bei denen man sofort weiß, wer dran ist. Sie zumindest wusste es. Natürlich war das unmöglich, weil sie keines dieser Telefone besaß, die einen Namen anzeigten. Und dennoch war sie sicher, wenn auch nicht überzeugt genug, um sich mit »Hallo, Alan« zu melden.

Er stellte sich nicht vor, was auch überflüssig war.

»Du hast dir mit deinem Anruf Zeit gelassen.«

»Ja. Ich hatte Angst. Ich muss dich sehen. Bald. Freitag?«

»Natürlich. Ich muss dich auch sehen. Am Nachmittag. Wann immer es dir passt.«

Spot roch den Rauch, sobald er und Stanley um die Ecke bogen. Er setzte sich auf den Gehweg und jaulte. Das Feuer schien in einem der Häuser in Farm Mead zu wüten. Aus den Fenstern drang der Qualm. Eine Frau, die Stanley vom Sehen kannte, kam, eine Bratpfanne in der Hand, aus dem Haus gelaufen. Inzwischen hatte er bereits die Feuerwehr angerufen.

Er band Spot an der langen Leine an einen Straßenbaum und fragte die Frau, was geschehen sei. Sie legte die Bratpfanne in ein Blumenbeet.

»Ich habe Pommes gemacht«, erwiderte sie halb schluchzend. »Ich liebe Pommes.«

Das erkannte man an ihrer Figur, dachte Stanley. »Hat Ihr Rauchmelder nicht angeschlagen?«

»Ich habe die Batterie rausgenommen. Jedes Mal wenn er losging, bin ich vor Schreck zusammengezuckt.«

Darauf konnte man nur mit Kritik reagieren, doch seine Antwort ging im Heulen der Sirenen der eintreffenden Rettungsfahrzeuge unter. Feuerwehrmänner sprangen aus ihren Wagen und hasteten mit Schläuchen und irgendeinem Löschschaum den Gartenweg hinauf. Die Frau, die Pommes liebte, wollte ihnen folgen, wurde jedoch weggeschickt. Mittlerweile hatte Stanley den Hund losgebunden. Weil Spot sich weigerte, an dem Haus vorbeizugehen, schlug er die entgegengesetzte Richtung ein und machte einen Umweg nach Hause.

Es war erst der zweite Brand, den Stanley je gesehen hatte. In seiner Kindheit war es in Loughton trotz des Krieges erstaunlich ruhig gewesen. Das East End hatte es schlimm erwischt, doch das lag näher an Londons Stadtmitte. Er kannte Fotos und Filme vom Blitzkrieg, aber damals hatte es natürlich noch keine Fernseher gegeben. Stanley und seine Geschwister hatten die verbogenen Metallstücke gesammelt, die Schrapnelle von Flugabwehrraketen waren. In der Ferne hatten sie Bomben fallen und Kanonen donnern gehört, was genügt hatte, um sich in den Luftschutzkeller zu flüchten. Doch Feuer gab es keine, weil in der Nähe keine Brandbomben niedergingen. Das erste Feuer vor dem in der Pommespfanne war ein sehr großes gewesen. Eine Feuersbrunst hatte sein Vater es genannt, als sie ihm davon erzählten.

Es war Dezember, wahrscheinlich 1944. Wie Stanley sich erinnerte, war es der Tag nach seinem Geburtstag gewesen. Er und George gingen von der Roding Road School nach Hause, der Oberschule, die George bereits seit einem Jahr besuchte. Stanley hatte gerade dort angefangen. Normalerweise hätten sie den Weg den Tycehurst Hill hinauf genommen, doch diesmal machten sie einen Umweg, denn George hatte gesagt: »Lass uns schauen, was aus den *Qanats* geworden ist.« Das war, nachdem Mr. Winwood sie verjagt hatte. Allerdings nicht sehr lange danach, ein paar Wochen oder Monate, genau konnte er sich nicht erinnern. Sie sahen, wie hinter Haus Anderby, dem Haus der Winwoods, eine Rauchsäule aufstieg. Sie kam aus dem Garten; die Brüder standen da und starrten hin.

»Michael ist nicht da«, sagte George, wie Stanley sich erinnerte. »Mr. Winwood hat ihn zu seiner Tante geschickt.«

»Der schickt ständig Leute weg«, hatte Stanley erwidert.

Plötzlich loderte das Feuer heftig auf, und Flammen schossen dröhnend durch die Lücke im Zaun zwischen Haus Anderby und dem der Jones. Sie hatten bereits den Schuppen neben dem Zaun und das Sommerhaus dahinter erfasst, als die Löschfahrzeuge angebraust kamen. Ihre Sirenen erfüllten den Hill mit einem viel schrilleren Heulen als die, die so viele Jahre später wegen eines kleinen Bratpfannenbrandes anrückten. Mr. Winwood kam vor die Tür und führte die Feuerwehrleute durch das Haus in den Garten, zweifellos der kürzeste Weg. Doch dann kehrte er zurück, ruderte mit den Armen und schrie Stanley und George an.

»Geht nach Hause, ihr zwei! Was bildet ihr euch ein, hier zu gaffen, verdammt?«

Damals benutzten Erwachsene gegenüber Kindern keine Kraftausdrücke, und »verdammt« war ein Kraftausdruck. Sie hatten sich sofort verdrückt und gar nicht mehr geschaut, was aus den Tunnels geworden war. Erst Jahre später, als George das Land gekauft hatte, hatten sie es erfahren. Stanley hatte nie herausgefunden, was das Feuer in Haus Anderby ausgelöst hatte. Und er hatte George auch nicht danach gefragt, obwohl dieser die Antwort vielleicht gekannt hätte. Wo hatten die anderen gesteckt? Daphne, ihre Mutter und ihr Bruder? Möglicherweise wusste Daphne es noch.

Stanley entschuldigte sich, weil er zu spät nach Hause kam. Alles sei nur Spots Schuld, denn der habe sich geweigert, an einem Haus in Farm Mead vorbeizugehen, wo es gebrannt habe.

»Ich habe die Feuerwehr alarmiert.«

»Mein Held«, sagte Helen. »Dein Abendessen ist fertig.«

Manchmal dachte er, dass er sie auch geheiratet hätte, wenn sie nicht hätte kochen können, obwohl die leckeren Mahlzeiten natürlich ein Vorteil waren. Heute gab es gegrillte Calamari, Coq au Vin und zum Nachtisch wahlweise Baiser mit Erdbeeren und Schlagsahne oder frischen Obstsalat, was immer ihm lieber sei. Er entschied sich für Ersteres und zog seinen einst flachen Bauch ein.

»Wie nennt man heutzutage einen Löschzug, Liebling?«

»Löschzug«, erwiderte Helen.

7

Daphne erinnerte sich noch an den Brand in Haus Anderby. Bevor das Feuer ausbrach, war da ein Geruch gewesen. Inzwischen, in der modernen Welt, kannte jeder diesen Geruch, damals jedoch nicht. Wer hatte schon ein Auto? Selbst ihr Vater, der, wie er selbst von sich sagte, »recht wohlhabend« gewesen war, hatte sich erst einige Jahre später eines angeschafft. Benzin war schwer zu bekommen. Sie hatte es gerochen, als ihr Onkel mit dem Wagen vorgefahren war und einen Kanister von dem Zeug in den Tank gegossen hatte. Nun roch sie es wieder. Draußen war der Geruch sogar noch stärker.

Es war fünf nach halb vier. Sie war gerade aus der Schule nach Hause gekommen, ein kurzer Fußmarsch den Hill hinauf von der Loughton Highschool für Mädchen, die am Fuße des Alderton Hill lag. Unterwegs hatte sie Mrs. Moss, die Putzfrau von Mr. Winwood, begrüßt. Alle nannten sie Clara, doch Daphnes Mutter hatte ihr erklärt, in ihrem Alter gehöre es sich, sie mit Mrs. anzusprechen und sie als Zugehfrau zu bezeichnen. In der Küche lag ein Zettel, auf dem stand, ihre Mutter besuche Oma in der Brooklyn Avenue und werde vor vier zurück sein. Im Kühlschrank seien Brote mit Ei. Daphne wusste, dass Kühlschränke eine Seltenheit waren. Die meisten Leute hatten keinen. Auch Brote mit Ei waren zu Kriegszeiten schwer aufzutreiben, doch hier bei ihnen pickten ständig Hühner, weshalb Eier, eigentlich rationiert, im Überfluss zur Verfügung standen.

Sie nahm ein Brot mit nach oben in ihr Zimmer und spähte aus dem Fenster hinüber in den Garten nebenan. Dort beobachtete sie, wie das Feuer sich ausbreitete, bis der Garten der Winwoods nur noch eine rot glühende Masse war, wo es brannte, und überall Flammen züngelten, an dem Schuppen auf der anderen Seite ihres Zauns leckten und das Sommerhaus der Anderbys bedrohten.

Sie musste jemanden anrufen. Aber wen? Wurde das von ihr erwartet? Gerade hatte sie beschlossen, es zu versuchen, und war nach unten zum Telefon gegangen, als sie die Feuerwehrautos hörte. Als sie ins Wohnzimmer rannte und das Fenster aufriss, sah sie draußen die Löschzüge und George und Stanley Batchelor. Im nächsten Moment stürmte Mr. Winwood fuchtelnd und brüllend aus dem Haus. Ausnahmsweise bemerkte er sie nicht und winkte ihr auch nicht zu. Daphne zog sich in den Garten zurück. Sie spürte die Hitze des glühenden Feuers. Es war, als säße man vor einem starken Elektroheizstrahler. Auf der anderen Seite des Rasens entdeckte sie eine von ihrem Gärtner stehen gelassene Schubkarre, stellte sich darauf und blickte in die Feuersbrunst. Inzwischen richteten die Feuerwehrmänner ihre Schläuche auf die Flammen und versuchten, das Sommerhaus zu retten. Für den Schuppen und die Esche kam jede Hilfe zu spät. Ihre Äste hatten bereits Feuer gefangen, und das restliche Herbstlaub funkelte und glitzerte. Die Flammen krochen den Stamm hinauf, und das Feuer loderte auf. Funken sprühten zwischen den Ästen.

»Oh, der arme Baum«, sagte Daphne gerade, als ihre Mutter über den Rasen hastete.

»Mein Liebling, ist alles in Ordnung? Was, um Himmels willen, ist passiert?«

»Keine Ahnung.« Sie würde das Benzin nicht erwähnen. Das war eines der vielen Dinge, über die sie nicht mit ihren Eltern sprach. Sie wollte nicht, dass jemand in Schwierigkeiten geriet. Es war das Beste für alle, wenn man über die meisten Dinge Stillschweigen bewahrte. »Es hat angefangen, als ich aus der Schule kam. Ich habe mir überlegt, ob ich die Feuerwehr rufen soll, aber das hatte schon jemand getan.«

Sie hatte sich keinen Moment gefürchtet, ja sich nicht einmal Sorgen gemacht. Zumindest nicht, sobald die Feuerwehr da war. Was Mr. Winwood den Rest des Tages über machte, wusste sie nicht, und sie fragte auch nicht nach. Ihre Eltern mochten ihn nicht, warum also mit ihnen über ihn reden? Da sie ihre Abneigung gegen ihn kannte, sprach sie seinen Namen nicht aus. Es war ratsam, heikle Themen zu meiden. In der Abenddämmerung, kurz bevor es zu dunkel wurde, stand sie wieder auf der Schubkarre und spähte hinüber. Der Schuppen war fort, das Sommerhaus auf der dem Garten zugewandten Seite schwarz verkohlt. Das Feuer war aus. Nur noch Holzstückchen und Asche waren übrig. Sie glaubte, sich von vorhin an kurze und längere weißliche Stöckchen und eine Art lange, gebogene Rute mit Kerben an der Seite zu erinnern. Am Abend war alles unter der Asche verschwunden. Am Morgen erschien Mr. Winwood mit einer Taschenlampe und einem Rechen. Von ihrem Zimmerfenster aus beobachtete sie, wie er den Haufen einebnete, bis auf dem Rasen nur noch ein runder hellgrauer Kreis war. Als er fertig war, begann es zu regnen. Bald schüttete es wie aus Eimern.

Es war so lange her, dachte sie, während sie auf Alan wartete. Sicherlich hatte sie sich einiges eingebildet und einiges vergessen. Vielleicht würde sie ihm erzählen, woran sie sich noch erinnerte, vielleicht auch nicht. Möglicherweise würde sie ihm die ganze Geschichte schildern, wenn es zeitlich passte. Komm am Nachmittag, hatte sie zu ihm gesagt. Das konnte irgendwann zwischen zwei und fünf sein, eine Zeitangabe mit einem ziemlich großen Spielraum. Sie kannte noch ein kurzes Zitat von Browning, das einzige außer dem »Oh, to be in England«, das jeder einmal auswendig gelernt hatte. Es stammte aus seinem Gedicht »Three Days«: *Ich werde sie in drei Tagen sehen. Und nur eine Nacht …*

Ganz gleich, was aus uns wird, dachte Alan auf dem Weg durch die vertrauten Straßen zum Bahnhof von Loughton. Was auch immer aus Daphne und mir wird, wir dürfen nie ein älteres Paar werden, das in seinen Rollstühlen Hand in Hand vor dem Fernseher sitzt. Als er ging, hatte Rosemary ihn noch gebeten, Robert Flynn auszurichten, er und Isabel sollten zum Mittagessen kommen, und ihm einige mögliche Termine genannt. Falls er es vergaß, würde sie nicht überrascht sein. In letzter Zeit zitierte sie häufig das Lied von Tammy Wynette und fügte hinzu, er sei eben ein Mann. Heute war die Nähmaschine abgedeckt. Rosemary erwartete Freya und Freyas Mutter, ihre Tochter Judith, und heftete den Saum, den sie bereits abgesteckt hatte. Alan hatte drei- oder viermal die Hamilton Terrace auf dem Stadtplan von London nachgeschlagen. Inzwischen wusste er genau, wo sie war, und hätte das Haus auch mit verbundenen Augen, bei Dunkelheit und während eines Stromausfalls gefunden.

Wie ein Jugendlicher wusste er nicht, was er sagen sollte, wenn sie ihm die Tür öffnete. Und dennoch glaubte er, ihr alles sagen zu können. Als er aus dem Zug stieg und den Kanal entlang zur Brücke und nach Maida Vale ging, fühlte er sich, als habe es ihm die Sprache verschlagen, wie dem bedauernswerten Papageno mit einem Vorhängeschloss am Mund. Inzwischen trennten ihn nur noch wenige Hundert Meter von seinem Ziel, und er wünschte, es wäre weiter gewesen. Also setzte er sich auf eine Bank, um fünf Minuten zu gewinnen, und holte tief Luft, bevor er die Straße zu ihrer Haustür überquerte.

»Wo ist Opa?«

Rosemary erklärte, er sei hinauf in die Stadt gefahren, um einen Freund, einen Mr. Flynn, zu besuchen. »Oh, Ma«, meinte Judith. »Nicht ›hinauf in die Stadt‹. Du klingst ja wie Jane Austen. Bald sagst du noch ›fünfundzwanzig Minuten nach‹.«

»Das sage ich auch. Jetzt ist es fünfundzwanzig Minuten nach drei. Was ist denn so falsch daran?«

»Gar nichts, Oma«, erwiderte Freya. »Du kannst reden, wie du willst. Warum auch nicht?« Sie tranken Tee und aßen den Karottenkuchen, den Rosemary am Morgen gebacken hatte. »Du musst Opa das Allerneueste erzählen. Wir haben eine Wohnung gefunden und einen Kredit aufgenommen und können hoffentlich noch vor der Hochzeit einziehen.«

Rosemary, die gerade eine Gabel mit Kuchen halb zu ihrem Mund gehoben hatte, legte sie wieder weg. Sie war die Einzige, die eine der bereitgestellten Gabeln benutzte. »Könnt ihr nicht bis *nach* der Hochzeit warten?«

»Wir wohnen jetzt schon seit Jahren zusammen, Oma. Wo also liegt der Unterschied?«

»Ich finde es einfach schade. Früher nannte man so etwas in Sünde leben, und meiner Ansicht nach trifft das auch weiterhin zu.«

Nach diesem Satz verstummte das Gespräch erst einmal. Nach einigen Sekunden Schweigen unternahm Rosemary einen kleinen Versuch, die Situation zu retten, auch wenn sie sich ungeschickt ausdrückte. »Und wo ist diese Wohnung?«

»Ich finde«, wandte Judith ein, »dass die Frage durch das ›diese‹ schon irgendwie abwertend klingt.«

»Schon in Ordnung, Mum. Lass es gut sein. Sie ist in St. John's Wood, Oma. Mehr oder weniger gegenüber von Lord's.«

»Ach, du meine Güte«, erwiderte Rosemary. »Sie ist sicherlich sehr hübsch.«

Erst nach einigen Stunden fiel ihm auf, wie das Haus aussah. Er schritt den Weg mit dem Glasdach entlang und läutete. Die Glocke klang wie eine wirkliche Glocke, nicht wie ein Gong oder ein Teil eines Musikstücks. Als sich die Tür öffnete, verschlug es ihm die Sprache. Und so trat er ein, nahm sie ohne überflüssige Worte in die Arme, küsste sie auf die Lippen und drückte sie so fest wie möglich an sich.

»Wir haben viel zu besprechen«, sagte er, als er sie losließ. »Vieles, an das wir uns erinnern oder uns ins Gedächtnis zurückrufen können.«

»Damit wir lückenlos über das Leben des anderen Bescheid wissen.«

»Ich möchte mich an dich gewöhnen. Dafür will ich Einzelheiten wissen.«

»Ich liebe dich schon jetzt«, erwiderte sie, worauf sein Herz einen Satz machte. »Ich glaube, ich habe dich seit dem Auto auf dem Baldwin's Hill und im Wald geliebt. Weißt du noch?«

»Oh, ja«, antwortete er.

»Komm, wir setzen uns. Hier drinnen. Siehst du das große Sofa? Dort setzen wir uns hin und trinken etwas. Rotwein. Ich habe einen sehr leckeren Burgunder da. Möchtest du welchen?«

Er nickte.

Jeder ein Glas Wein in der Hand, saßen sie da und redeten. Sie redeten über ihr Leben, darüber, was sie getan hatten und wo sie gewesen waren. Alan sagte, sein Leben sei langweilig gewesen, immer in derselben Stadt und in derselben Firma. Daphnes unterschied sich sehr davon. Er erwähnte Rosemary nicht, ja nicht einmal »seine Frau«. Sie sprach nur von »meinem ersten Mann«, »meinem zweiten Mann«. Für ihn war die Zeit immer eine feste Größe gewesen, die in derselben Geschwindigkeit voranschritt. Nie hätte er gedacht, dass sie so schnell vergehen könnte.

»Oh, Alan«, unterbrach sie seine Schilderung einer Lebensphase. »Nenn mich bitte nie Liebling oder Schatz, einverstanden? Nenn mich beim Namen.«

»Daphne.«

»Ja, immer Daphne.«

Er küsste sie wieder. Die beiden rutschten zurück und lagen sich auf dem breiten, weichen Sofa in den Armen. Er war wieder jung. Dazu musste er nicht einmal die Augen schließen. Als er ihr die Hand auf die linke Brust legte, schob sie sie sanft weg. »Jetzt nicht, Alan. Beim nächsten Mal. Bald.«

Sein letzter Zug nach Hause fuhr um halb zehn. »Gleich um die Ecke gibt es ein persisches Restaurant«, sagte sie. »Wir können zu Fuß hingehen.«

»Warum persisch und nicht iranisch?«

»Keine Ahnung. Aber bei Restaurants heißt es immer persisch. Sie sind der letzte Schrei. Wir haben auch einen Koreaner, vermutlich einen Südkoreaner. Wenn du auf Dauer hier bist, probieren wir sie alle aus.«

Konnte das sein? War das möglich? An der Haltestelle Warwick Avenue küssten sie sich wieder, kurz bevor der Zug einfuhr. Alan blickte über ihre Schulter, ehe sie sich trennten, und stellte fest, dass niemand sie anstarrte. Sie zogen ebenso wenig Blicke auf sich, als wenn sie achtzehn gewesen wären.

Anders als die Batchelor-Brüder hatte der alte Mr. Newman in seiner Jugend wirklich auf dem Bau gearbeitet. Während George und Stanley sich an diesem und jenem versucht, ein wenig gemauert und ein bisschen gestrichen und es genossen hatten, die Chefs zu sein und andere herumzukommandieren, hatte Harry Newman selbst mit angepackt. Seinem Enkel Lewis sagte er, er hätte gern sein eigenes Haus gebaut, jedoch nie die Zeit gehabt, weil er zu sehr damit beschäftigt gewesen sei, seinen Lebensunterhalt zu verdienen und Frau und Kinder zu ernähren. Nach dem Ruhestand wusste er nichts mit sich anzufangen, eine häufige Klage von Männern seines Alters.

»Wenn du dir kein Haus bauen kannst, Opa«, meinte Lewis, »könntest du uns einen Luftschutzbunker bauen.«

Der britische Hausbesitzer hatte die Wahl zwischen zwei Arten von Luftschutzbunkern, dem Anderson und dem Morrison, beide benannt nach den Politikern, die sie erfunden hatten. In der Zeitung entdeckte Lewis einen Artikel darüber. Ersterer war unterirdisch und bestand aus Holzpfählen, Wellblech und Sandsäcken. Zweiterer ähnelte einem Tisch aus Eisen, wurde im Haus aufgestellt und war stabil genug, um ein eingestürztes Dach zu tragen. Er zeigte den Artikel seinem Großvater, ohne zu wissen – ja ohne es für möglich zu halten –, dass Harry Newman, abgesehen von einigen sehr groß gedruckten Wörtern im *Daily Mirror*, nicht lesen konnte. Was Harry natürlich nicht verriet. Er erwiderte nur, mit so einem Schwachsinn werde er sich nicht beschäftigen und stattdessen einen eigenen bauen. Was er auch tat. Allerdings für seinen Sohn und dessen Familie im Garten der Newmans in der Brook Road, da er selbst in einem Sozialbau in der Roding Road wohnte.

Es wurde ein sehr guter Luftschutzbunker. Und als es danach aussah, dass Loughton bombardiert werden würde, und jede Nacht, manchmal mehrere Male, die Sirenen heulten, kletterten alle fünf Newmans mit Thermosflaschen voller Tee, Wärmflaschen, Decken, Federbetten und gelegentlich Broten mit Ei in die Tiefen hinab. Allerdings hatte Harry sich bei den Arbeiten übernommen. Er litt an irgendeiner Krankheit. Es war nur ein kleiner »Anfall«, von dem Lewis, heute Arzt, annahm, dass es sich um einen Zustand namens transitorische ischämische Attacke oder TIA gehandelt hatte. Heute ist so etwas behandelbar, wurde jedoch damals nicht erkannt und führte für gewöhnlich zum Schlaganfall. Und das war dann auch geschehen. Lewis erinnerte sich an den gelähmten Arm und das verzerrte Gesicht seines Großvaters und daran, dass man ihm danach von seinem Tod erzählt hatte. In seinen letzten Monaten hatte Harry in der Brook Road gewohnt. Nun war ein Zimmer frei, in dem Onkel James übernachten konnte, wann immer er wollte.

Lewis verstand nie, warum Onkel James sie so oft besuchte, und anfangs schien er auch keinen großen Spaß daran zu haben. Loughton war langweilig, man konnte nichts unternehmen. Im Londoner East End, wo James aufs College ging und ein Zimmer hatte, war es völlig ungefährlich. Seit Monaten hatte es dort schon keinen Luftangriff mehr gegeben. Also hatte er keinen Grund, hier draußen zu wohnen und jeden Tag mit der U-Bahn fahren zu müssen. Lewis mochte James und war froh, als er es sich anders überlegte, wie Lewis' Mutter es ausdrückte, und beschloss zu bleiben. Er erklärte es damit, dass Lewis' Vater bald eingezogen werden würde, im Gegensatz zu ihm, weil *er* in einer »privilegierten Position« sei und sich deshalb um seine Schwester kümmern könne. Wie Lewis später herausfand, stimmte das meiste davon nicht. Es gab weder eine privilegierte Position noch eine Einberufung. Charlie Newman war mit fast vierzig zu alt.

Kurz darauf fing James an, abends auszugehen und manchmal erst um Mitternacht zurückzukommen. Obwohl es niemand gegenüber Lewis ansprach, spürte er, dass es seinen Eltern nicht gefiel. Dann kam die Bitte, sich die *Qanats* anschauen zu dürfen. Lewis konnte sich nicht erinnern, woher James von den Tunnels erfahren hatte. Wahrscheinlich hatte er es ihm selbst erzählt. Falls ja, bereute er das sehr. Obwohl James gesagt hatte, die Tunnels würden nicht genügen, fragte sich Lewis, ob sie nicht doch Gnade vor seinen Augen gefunden hatten. War er ohne ihn, vielleicht nachts bei Dunkelheit, dorthin gegangen und bis Mitternacht dort geblieben? Aber warum? Wenn die anderen – die Batchelors, Daphne Jones, Richard Parr, Alan Norris, Rosemary Wharton, Michael Winwood und Bill Johnson – dahinterkamen, würde Lewis dafür büßen. Sie würden ihn bestrafen. Niemand durfte verraten, dass es die *Qanats* gab, geschweige denn jemanden hinführen.

Im Sommer 1944, dem *Qanats*-Sommer, besuchte James sie immer wieder, ging am Ende des Jahres und kehrte nie zurück. Lewis glaubte, dass es im November oder Dezember gewesen sein musste, war sich aber nicht sicher. Seine Mutter war zwar leicht besorgt, hatte aber keine Angst um ihn. »Sicher ist er irgendwo im Ausland«, sagte sie. »Das wollte er schon immer. Und kein Wort des Dankes an mich, nachdem er Dutzende von Malen hier übernachtet hat.«

Charlie Newman meldete seinen Schwager zwar bei der Polizei als vermisst, doch man wollte nicht nach ihm suchen. Man teilte ihm mit, man habe noch nie einen fünfundzwanzigjährigen jungen Mann bei guter geistiger und körperlicher Gesundheit als *vermisst* erklärt. Aller Wahrscheinlichkeit nach sei er freiwillig verschwunden. Charlie meinte, er habe ein Mädchen kennengelernt und lebe jetzt mit ihr zusammen, worauf seine Frau ihn zurechtwies, weil er so etwas in Gegenwart des Kindes sagte. Allerdings hatte Lewis ein Geheimnis. Er hatte eine Szene beobachtet, die er nicht verstanden hatte, und sich geschworen, mit niemandem darüber zu reden. Und wirklich hielt er dieses Versprechen dreißig Jahre lang, bis er es Jo erzählte.

Er war ein Kind. Er hatte gehört, wie Babys geboren wurden, weil Norman Batchelor allen seine eigene Geburt auf dem Küchentisch geschildert hatte. Seine Mutter habe Schmerzen gehabt und ihn herausgepresst. Allerdings hatte er keine Ahnung, wie Norman in Mrs. Batchelor hineingekommen war. Jahrelang hatte er nicht an das gedacht, was er im Luftschutzbunker gesehen hatte.

»Darüber habe ich ein Buch gelesen«, meinte Jo. »Oder wenigstens über ein ähnliches Thema. *Der Mittler*. Es ist auch verfilmt worden. Ein Junge wird Zeuge, wie ein Paar, nun, Geschlechtsverkehr hat, weiß aber nicht, was die da tun.«

»So wie ich.«

»Was hast du gesehen?«

Eines Nachmittags war er in den Luftschutzbunker gegangen, um ein Buch zu holen, das er da unten vergessen hatte. Es musste in den Sommerferien gewesen sein, denn er war nicht in der Schule gewesen. In der Nacht zuvor hatte es Fliegeralarm gegeben, der allerdings nicht lange gedauert hatte. Doch weil sie das vorher nicht gewusst hatten, hatte er das Buch mitgenommen. Eigentlich hätte es im Bunker dunkel sein sollen, doch durch das Gitter in der Tür bemerkte er eine brennende Kerze. Als er die Tür einen Spalt breit öffnete, sah er zwei Menschen auf der unteren Stockbettetage vor sich. Die Frau lag auf dem Rücken, der Mann auf ihr. Er bewegte sich auf und nieder, tat ihr aber nicht weh. Der Mann war Onkel James. Das Gesicht der Frau konnte er nicht erkennen, und er dachte, dass sie ihn nicht wahrgenommen hatten. Er tastete sich wieder die Stufen hinauf und fühlte sich seltsam und verwirrt. Gleichzeitig war ihm klar, dass er etwas gesehen hatte, das er nicht hätte sehen dürfen. Und etwas gehört, das ebenfalls nicht für seine Ohren bestimmt war: Die Frau stöhnte und schnappte nach Luft. Aber es war kein Schmerzensschrei.

Er schlich sich davon. Wenn ihn jemand nach seinen Gefühlen gefragt hätte, hätte er mit »bestürzt« geantwortet. Obwohl er zu alt zum Weinen war, hätte er es am liebsten getan, allerdings nicht erklären können, warum. Jo erkundigte sich, warum sie dort gewesen seien. Sei es nicht ein wenig unsinnig, sich mitten am Nachmittag in einem Luftschutzbunker zu lieben?

»Damals konnten die Menschen nirgendwo hin. Das war in den Vierzigern.« Jo war jünger als er, so jung, dass sie die Zeiten nicht mehr erlebt hatte, in denen nur Ehepaare Sex haben durften. »Sie konnten nicht in ein Hotel. Dort hätte man sicher eine Heiratsurkunde von ihnen verlangt.«

»Hast du je rausgekriegt, wer die Frau war?«

»Ich war noch ein Kind und habe mich nicht dafür interessiert, Jo. Ich erinnere mich nur daran, dass sie Strümpfe trug und orangefarbenes Haar hatte. Gut, rotes Haar. Inzwischen denke ich, dass James sich die Tunnels anschauen wollte, weil er sie als Ersatztreffpunkt für sich und die Frau in Erwägung zog. Bei ihrem Anblick wurde ihm natürlich klar, dass das nicht ging. Und nachdem er den Bunker ausprobiert hatte, wusste er, dass der auch nicht infrage kam.«

»Und dann haben er und die Frau beschlossen, zusammen durchzubrennen?«

»Vermutlich. Wahrscheinlich ist die Polizei davon ausgegangen, als sie sich geweigert hat, James zu suchen.«

»Und welches Buch wolltest du da unten holen?«

Lewis lachte auf. Es war schon sehr lange her, seit er sich damit beschäftigt hatte, was so schlimm an seiner Beobachtung im Bunker gewesen war. »Bestimmt *Der Graf von Monte Christo*. Etwa um diese Zeit habe ich das Buch zum ersten Mal gelesen.«

8

Etwa ein Jahr nach Viviens Tod hatte Michael sein Auto verkauft. Er hatte es nur dazu gebraucht, sie und ihren Rollstuhl zu transportieren. Ohne sie als Beifahrerin benutzte er es sehr selten, und als sie fort war, löste der Anblick des Wagens in ihm bloß zusätzlichen Schmerz aus. Einen stechenden körperlichen Schmerz ungefähr in der Herzgegend, jedes Mal wenn er sich ohne Vivien neben sich ans Steuer setzte. Irgendwann hatte er das Auto nur noch deshalb besessen, damit er Zoe besuchen konnte. Es stand auf der Straße in der Anwohnerparkzone, und damit die Batterie nicht den Geist aufgab, musste er einige Male pro Woche kreuz und quer durch Hampstead fahren: die Fortune Green Road entlang, durch die nach antiken griechischen Helden wie Agamemnon, Achilles und so weiter benannten Straßen, manchmal zum Shoot Up Hill und wieder zurück über die Iverson. Dennoch machte die Batterie gelegentlich schlapp, sodass er den Automobilclub verständigen musste. Anfangs erledigten sie es im Rahmen des Vertrags, sagten jedoch, wenn das so weiterginge, würden sie ihm den Aufwand in Rechnung stellen müssen. Deshalb trennte er sich von dem Auto und war ziemlich erleichtert.

Tante Zoe, die nicht seine Tante war und die er auch nie so genannt hatte, wohnte noch in Lewes. Inzwischen fuhr er mit dem Zug hin und genoss die Landschaft von

Sussex, wie er es früher nie gekonnt hatte. Die Besuche bei Zoe waren stets ein Vergnügen und keine Pflicht gewesen. Und mit dem Zug zu ihr zu fahren steigerte das Vergnügen sogar. Zoe hatte den Schrecken seiner Kindheit vom ersten Moment an ein Ende bereitet. Seine Mutter war fort, verschwunden irgendwann im Jahr der *Qanats*. Tot, behauptete sein Vater, krank, im Krankenhaus, dann wieder tot. Obwohl sie Michael nie viel Liebe entgegengebracht hatte, war sie immerhin seine Mutter und die einzige Mutter, die er hatte. Nun lebte er in einem Haus namens Anderby, mit einem Vater, der nur mit ihm sprach, um ihm etwas zu befehlen oder ihn wegzuscheuchen, und der Essen vor ihn hinstellte, hauptsächlich Brote mit Fischpaste und Dosenfleisch. Dann hieß es plötzlich, seine Mutter sei gar nicht tot, sondern habe sie verlassen. Michael wusste noch, wie sehr ihn das verwirrt hatte. Sein Vater hatte von den Tunnels erfahren, war zum Eingang gekommen und hatte sie angeschrien, sie sollten alle nach Hause gehen und sich nie wieder blicken lassen. Er schleppte Michael nach Hause und nahm ihm damit alle seine Freunde weg. Er teilte ihm mit, er müsse weg von hier und bei der Cousine seines Vaters wohnen. Sie habe ein schönes Haus und einen neuen Ehemann, und Michael müsse lernen, sie zu mögen.

»Ich habe sie nie leiden können, aber du bist so anders als ich, und deshalb wirst du es vielleicht schaffen. Sie sagt, sie sei dir ein- oder zweimal begegnet. Ich erinnere mich nicht mehr, doch möglicherweise weißt du es noch. Sie hat keine eigenen Kinder und kann keine kriegen, und sie will dich, und das ist das Wichtigste. Also wirst du am Donnerstag mit dem Zug nach Lewes fahren.«

John Winwood, den niemand mehr Woody nannte, ging

nach oben und fing an, *»Abide with Me«* zu singen. Michael traute seinem Vater nicht über den Weg, dazu hätte er keinen Grund gehabt. Allerdings glaubte er, dass er ihn auf der Zugfahrt begleiten würde. Doch sein Vater dachte gar nicht daran. Er packte eine Tasche für Michael, wobei er diesmal *»O God, Our Help in Ages Past«* sang, und stopfte willkürlich Socken und Kleidung in das Gepäckstück, die Michael schon längst nicht mehr passten. Er brachte ihn zum Bahnhof und zum Zug und sagte, er habe mit dem Schaffner geredet und ihm »ein Trinkgeld« gegeben, damit er aufpasste, dass Michael »nicht in Schwierigkeiten geriet«. Dann verschwand er, ohne zu warten, bis der Zug abgefahren war, und meinte im Davongehen, er habe die belegten Brote vergessen, die er für ihn eingewickelt habe. Diese Zugfahrt – der Regen strömte die Fenster hinunter, und es war kalt für September – war der schlimmste Vormittag in Michaels Leben, obwohl er schon einige schlimme Vormittage durchgemacht hatte. Er empfand eine Mischung aus Panik und Verzweiflung. Er hatte zwar eine Fahrkarte, aber kein Geld. Er musste zur Toilette, hatte jedoch keine Ahnung, wo diese war und ob es in Zügen so etwas überhaupt gab. Eine Dame, die er sein Leben lang nie vergessen würde, pummelig, freundlich und mit einem kleinen Hund auf dem Schoß, fragte ihn, ob alles in Ordnung und er in Begleitung sei. Er schämte sich schrecklich, als er sich überwand, sich nach der Toilette zu erkundigen. Sie erbot sich, sie ihm zu zeigen, und nahm ihren Yorkshireterrier mit. Danach war er erleichtert und getröstet, streichelte den ganzen Weg nach Lewes den kleinen Hund und unterhielt sich mit ihm.

Sie half ihm aus dem Zug, trug seinen Koffer – er war

viel zu schwer für ihn – und sagte, sie werde bei ihm bleiben, bis sie die Person, die ihn abholen sollte – seine Tante, richtig? –, gefunden hätten. Kaum hatte sie diesen Satz beendet, als sich eine zierliche, schlanke, hübsche Dame in einem geblümten Kleid über ihn beugte, um ihn zu begrüßen, und ihn fragte, ob sie ihm einen Kuss geben dürfe. Als sie es tat, wurde er von einem wundervollen Rosenduft eingehüllt.

»Du bist allein?« Das war die einzige leicht kritische Bemerkung über seinen Vater, die er für lange Zeit von Zoe hörte. Nachdem sie sich überschwänglich bei der Dame mit dem kleinen Hund bedankt hatte, fuhren sie mit dem Auto zu ihr nach Hause. Mit dem Auto! Das sie selbst lenkte! Sie war zwar nicht die erste Frau, die er beim Autofahren gesehen hatte, aber beinahe. Sie war so nett und freundlich und erkundigte sich, was er gern täte, äße und spielte, dass er es zunächst für einen Trick hielt, weil es einfach nicht wahr sein konnte. Doch es war wahr. Und auf den schlimmsten Vormittag seines Lebens folgte der beste Nachmittag. Zoe hatte ihm ein glückliches Leben bei ihr und ihrem Mann Chris ermöglicht und ihm sogar einen Hund geschenkt. Ein Glück, das immer so weitergegangen war, nur unterbrochen von kleinen Schicksalsschlägen, wie sie dem Menschen eben widerfahren. Bis das Schreckliche geschah und Vivien starb.

Zu diesen kleinen Schicksalsschlägen gehörte seine erste Ehe. Die Beziehung zu Babette war ein Fehler gewesen. Er hatte sie geheiratet, weil man sich mit vierundzwanzig mit dem ersten Mädchen, mit dem man ging, verlobte und es dann eben heiratete. Normalerweise war es eine Schreibkraft aus dem Büro. In seinem Fall war es die Sekretärin, die er mit dem anderen Junganwalt in der

Kanzlei in Lewes teilte, in die er nach dem Studium eingetreten war. Babette war hübsch und gesprächig. Ein Ausdruck, der ihm für sie einfiel, war »mädchenhaft«. Nach jedem Satz kicherte sie. Eine Weile fand er das reizend. Wenn er jetzt überhaupt noch an sie dachte, dann nur, um diese Zeit Revue passieren zu lassen. Heutzutage und in den letzten zwanzig oder dreißig Jahren hätten sie einfach eine Weile zusammengelebt. Und wenn ihr Kichern an seinen Nerven gezerrt und sein eingestandenermaßen scharfzüngiger Sarkasmus sie zum Weinen gebracht hätte, hätten sie sich ohne viel Federlesen getrennt. Eine Lebensgemeinschaft ohne Trauschein. Dagegen konnte doch nur ein bigotter Puritaner etwas haben. Aber er und Babette hatten nun einmal geheiratet, und da wäre eine Trennung schwieriger zu vollziehen gewesen, denn keiner von ihnen hatte Ehebruch begangen oder den anderen grausam behandelt. Doch Babette verliebte sich in einen albernen Angeber, der sie anhimmelte, und brannte mit ihm durch. Das Gesetz wurde geändert, und nach der Eherechtsreform von 1973 war eine rasche und mühelose Scheidung kein Problem mehr.

Vivien war die Tochter von Chris' Cousin und siebzehn Jahre jünger als Michael. Sie lernten sich bei einer Hochzeit kennen. Sie war so anders als Babette, wie es nur möglich sein konnte. Hochgewachsen, schlank, dunkle Haut und schwarzes Haar. Eine ruhige Frau, die nur lachte, wenn es etwas zum Lachen gab. Sie war Rektorin einer Grundschule in West Hampstead. Inzwischen war Michael in einer Anwaltskanzlei in der Finchley Road tätig. Sie kauften das Haus in der Ingham Road, an dem ein Bus vorbeifuhr, der Stoff für Michaels Gedichte lieferte.

Manchmal glaubte er, dass er sie zu sehr und ihre Kinder zu wenig geliebt hatte. Das hieß nicht, dass er sich nicht um einiges mehr um sie gekümmert hätte als seine eigenen Eltern um ihn. Anders als er wurden sie nie vernachlässigt oder ignoriert. Und Vivien machte seine gelegentliche Gleichgültigkeit dadurch wett, dass sie sie beide vergötterte. Mit schlechtem Gewissen gestand er sich ein, dass es ihn nicht sehr gestört hätte, hätten Vivien und er keine Kinder gehabt. Er war eifersüchtig auf sie gewesen, weil sie sie so liebte, obwohl er selbst deshalb nicht weniger geliebt wurde. Das war ihm klar. Wie er durch Selbstanalyse herausfand, hatte er ein Problem mit Liebe an sich. Er gab zu viel oder nicht genug und wusste nicht, wie er damit umgehen sollte.

Sie starb jung. Jedenfalls erschien ihm neunundvierzig als sehr jung. Damals konnte man gegen Brustkrebs nicht viel tun. Beide Kinder studierten, waren klug und schrieben gute Noten. Sein Sohn promovierte, seine Tochter schrieb sich an der medizinischen Fakultät ein. Manchmal besuchten sie ihn, doch nur (so dachte er), weil sie die Ingham Road mit ihrer Mutter verbanden. Nie gingen sie in den zweiten Stock in Viviens Zimmer, das Schlafzimmer, das unverändert geblieben war, seit sie es verlassen hatte. Er selbst arbeitete stumpf, wie er es ausdrückte, seinen Alltag ab, veranlasste Recherchen und setzte Verträge für seine Mandanten auf. Er gewöhnte sich an zu sagen, dass sein Herz gebrochen sei, obwohl er nie sehr viel Herz gehabt hatte. Es war schon früh in seinem Leben beschädigt worden – von seinen Eltern, die seine Empfindungen mit Füßen traten. Nur Vivien hatte es retten können, und nun war sie tot. Als Kind hatte er nie geweint, weil er gewusst hatte, dass es zwecklos gewesen wäre. Doch seit Viviens Tod weinte er häufig. In langen, schlaflosen Nächten hatte er es gelernt. Selbstmitleid? Vielleicht. Aber darüber spotten nur diejenigen, die nie Grund gehabt haben, es zu empfinden.

Alles, was er je über seinen Vater erfahren hatte, wusste er von Zoe. In Michaels Kindheit war John nicht sehr wohlhabend gewesen. Er hatte noch zweimal geheiratet. Die erste dieser Frauen hieß Margaret und starb ebenfalls. Allerdings war der Tod erst nach einem langen und offenbar glücklichen Leben eingetreten. Seine dritte Frau war begütert, wirklich steinreich, gewesen, weshalb ihr Tod ihn zum reichen Mann machte. Michael begegnete Sheila einmal bei einer der seltenen Gelegenheiten, zu denen sein Vater und er sich trafen, und er fand sie sympathisch. Inzwischen war er alt genug, um seine Mitmenschen zu beurteilen, und er kam zu dem Schluss, dass sie sich von seiner Mutter unterschied wie Tag und Nacht. Bei ihrem Tod hinterließ Sheila seinem Vater ihr gesamtes Vermögen, auch die Villa in Norfolk, in der sie wohnten, und das von ihrem Vater ererbte Geld, das sich seitdem stark vermehrt hatte. Zoe erzählte Michael, sein Vater habe sich deshalb das Pflegeheim leisten können. Es handelte sich nicht um eine Einrichtung, wie man sie sich landläufig vorstellte, sondern um eine Luxusherberge, vergleichbar mit einem Hotel in einem italienischen Badeort, auch wenn die Bewohner alle über sechzig waren. Michael interessierte das nicht weiter. Er erinnerte sich mit Furcht und Widerwillen an seinen Vater.

Damals war er mit Babette verheiratet gewesen. John Winwood faszinierte sie, was Michael hauptsächlich darauf zurückführte, dass er reich war und vielleicht als

Geldquelle herhalten konnte. Sie malte sich Urban Grange, das Luxusheim, aus, wo die Bewohner von hübsch gekleideten jungen Frauen, die nicht wie Krankenschwestern, und von Ärzten, die wie Geschäftsleute aussahen, versorgt wurden. Bekocht wurden sie von einem Küchenchef, der auch kulinarische Artikel für Hochglanzzeitschriften schrieb. Außerdem gab es Farbfernsehen und Whirlpools in den Privatbädern. Michael hörte nur mit halbem Ohr hin, bis sie vorschlug, sein Vater könne doch bei ihnen wohnen. Michael könne das Haus modernisieren und in einem Anbau eine Luxuswohnung für seinen Vater einrichten. Zum Teil war es seine vehement geäußerte Abwehr, die sie in die Arme des Autohändlers getrieben hatte, mit dem sie durchgebrannt war. Als Zoe ihm sagte, Urban Grange habe sich gemeldet, sein Vater sei sehr krank und dem Tode nah, war ihm klar gewesen, dass er nach Norfolk fahren und ihn besuchen musste. Aber dazu war es nie gekommen.

John Winwood erholte sich – er erholte sich immer –, stand aus dem Bett auf, setzte sich wieder in seinen Rollstuhl und ließ sich nach draußen zu Zinnien und Rhododendron schieben. Doch bald erkrankte er erneut und stand an der Schwelle des Todes. Wieder fühlte Michael sich verpflichtet hinzufahren, und wieder wartete er erst einen, dann zwei Tage. Und wieder erholte sich John Winwood. Der Rollstuhl wurde eingemottet, und er nahm das Leben in Angriff. Er zog die geschmacklosen Sachen an, die er sich vom Personal besorgen ließ, machte in seinem Zimmer Gymnastik und lief auf dem Gelände herum fast wie ein junger Mann. Michael hatte nie gewusst, wie alt sein Vater war, und sich nicht genug dafür interessiert, um nachzufragen. In seiner Kindheit hatten Eltern ihren

Kindern ihr Alter nach Kräften verheimlicht. Bis heute erinnerte er sich an seine Überraschung, als Norman Batchelor ihnen allen erzählt hatte, sein Vater sei zweiundvierzig, seine Mutter achtunddreißig. Dass sein Vater inzwischen uralt war, wusste Michael, aber nicht mehr als das. Er wusste auch, dass er ein sterbender Mann war, der niemals starb.

Außer ihm war Zoe seine nächste Verwandte. Offenbar erhielt nur sie Nachrichten von ihm. Von Urban Grange oder von John Winwood persönlich? Vielleicht von beiden. Michael sagte sich, dass ihm das Schicksal seines Vaters gleichgültig war. Sein Vater konnte ihm den Buckel runterrutschen. In seiner Erinnerung war es nicht die schlimmste Grausamkeit und Vernachlässigung, die John Winwood begangen hatte, als er drei Tage lang keinen Arzt rief, als Michael sich den Knöchel gebrochen hatte, als er seinem Sohn das Schlachthaus zeigte, wo er tätig gewesen war, oder als er ihn mit Masern ohne Wasser im Bett liegen ließ. Nein, er hatte ihn ohne Geld und Essen in der Victoria Station ausgesetzt. Er hatte diesen Tag noch in allen Einzelheiten im Gedächtnis. Die Zugfahrt, seine Angst, seine absolute Einsamkeit, aber auch die nette Dame mit dem kleinen Hund. Doch nicht einmal sie hatte sein Grauen vor einem Vater besänftigen können, der in der Lage war, seinem kleinen Sohn so etwas anzutun. Sämtliche Liebe, die er – wenn überhaupt – je für John Winwood empfunden hatte, wurde an dem Tag ausgelöscht, als er Zoe begegnete und gelernt hatte, was Liebe wirklich war.

War ihm sein Vater also gleichgültig? Nein, er versuchte inzwischen, so selten wie möglich an ihn zu denken, denn er hatte durch Vivien erfahren, dass Hass – also das, was er wirklich verspürte – den Verstand vergiftete und den Charakter verdarb. »Hasse niemanden«, hatte sie gesagt. »Es ist zwecklos und schadet dem Hassenden, während es den Gehassten nicht berührt.« Und so hatten die Grübeleien über die Sünden seines Vaters und selbst ein Teil seiner Rachegelüste nachgelassen. Manchmal ertappte er sich sogar dabei, dass er eines der Kirchenlieder seines Vaters vor sich hin summte. Allerdings scheiterten seine Versuche, sich einzureden, dass John Winwood tot war.

Was seine Mutter Anita anging, war sie eine schemenhafte Gestalt aus einer fernen Vergangenheit. Er hatte keine Ahnung, wo John Winwood sie kennengelernt, warum er sie geheiratet und ob sie noch lebende Verwandte hatte. Er erinnerte sich nur noch an ihr Gesicht. Wenn er die Augen schloss, hatte er es vor sich. Ein Gesicht, das nicht schön, aber ausgesprochen hübsch war. Eine Stupsnase, eine kurze Oberlippe, Augen wie eine Babypuppe, runde, rosige Wangen und eine rotgoldene Haarmähne. Michaels Frau Babette hatte einen ähnlichen Gesichtsschnitt und rotes Haar gehabt. Seine Frau Vivien war das genaue Gegenteil gewesen, ernst und streng, doch wenn sie lächelte, ging die Sonne auf.

»Offenbar hatte er sie gern, soweit er dazu fähig war«, stellte Zoe fest, die in letzter Zeit von ihrem Grundsatz abwich, seinen Vater nie zu kritisieren. Vielleicht hatte sie erkannt, dass er kein Kind mehr war, das man vor der hässlichen Wahrheit schützen musste. Sie wusste es, aber er wusste es noch besser als sie. »Jedenfalls könnte er ein leicht schlechtes Gewissen gehabt haben. Sheila hat die Überdosis wahrscheinlich absichtlich genommen, ganz gleich, was es bei der Leichenschau hieß. Auf mich hat sie sehr unglücklich gewirkt.«

»Ja, hat sie«, bestätigte Michael und wartete darauf, dass sie fortfuhr. Aber nichts geschah. Was spielte es auch für eine Rolle? Keine Enthüllung über seinen Vater konnte ihn mehr schockieren. Jegliche Verbindung zwischen ihnen war vor sechs Jahrzehnten auf einem Bahnsteig in der Victoria Station abgerissen. Er hatte nur noch eine Frage, die er nie gestellt hatte.

»Wie alt ist er eigentlich?«

»Im nächsten Januar wird er hundert.«

Niemals in seinem Leben hatten Alans Gedanken Tag für Tag um eine einzige Person in derselben Situation gekreist. Beim Einschlafen dachte er an Daphne, und wenn er aufwachte, war sie die Erste, die ihm einfiel. Er malte sie sich in ihrem Haus aus und stellte sich vor, wie sie durch die Zimmer ging – sogar durch die, die er gar nicht kannte. Er sah sie die Hamilton Terrace und die St. John's Wood Road entlangschlendern, wo sie stehen blieb, um mit einem gesichtslosen Nachbarn zu plaudern. Er stellte sich vor, wie sie es sich auf dem Sofa bequem machte, wo sie zusammen gelegen hatten, ein Buch in der Hand, das sie weglegte, um nachzudenken, vielleicht über ihn. Wenn er über sie nachgrübelte, dann hauptsächlich darüber, was sie tun sollten. Würde das angedeutete Versprechen, das sie ihm gegeben hatte, jemals wahr werden? Es war so unwahrscheinlich. Er war zu alt und sie – das durfte man nicht vergessen – ebenfalls. In ihrem Alter verliebte man sich nicht mehr. Doch es war trotzdem geschehen.

Er hatte angenommen und es in gewisser Weise erhofft, dass er nach seiner Rückkehr von seinem Besuch in Hamilton Terrace bei Rosemarys Anblick starke Schuldgefühle empfinden würde. Während der Fahrt mit der U-Bahn hatte er sich überlegt, dass Rosemarys Anwesenheit, ja ihre Existenz ihm vor Augen führen würde, dass er und Daphne eine Dummheit begingen. Dass ihr unausgegorener Plan unmöglich und so absolut falsch war. Doch das war rasch verflogen und dem Gedanken gewichen, dass es falsch war, auf diese Freude zu verzichten, die er und sie planten, so schwer umsetzbar das Vorhaben auch sein mochte. In dem kurzen Leben, das ihm noch vergönnt war, würde er es in den letzten Jahren bitterlich bereuen. Er redete sich ein, dass er von nun an ein nutzloser Partner für Rosemary sein würde, eine Hülle von einem Ehemann, der all sein Denken und sein Herz einer anderen Frau geschenkt hatte. Selbst wenn er noch so aussah wie der Mann, mit dem sie verheiratet war. Natürlich war das nur eine heuchlerische Ausrede.

Rosemary war eine gute Frau, das sagte er sich immer wieder. Eine Hausfrau, seine Gefährtin, die Mutter seiner Kinder. Dann jedoch raunte eine innere Stimme ihm zu, dass nur der letzte Punkt von dieser Liste zutraf. Vor seinem geistigen Auge entstand das Bild von ihr an ihrer Nähmaschine. In einem Musical hatte es einmal geheißen, die Nähmaschine sei die beste Freundin eines Mädchens. Wie altmodisch das klang, wie vorsintflutlich. Rosemarys Nähmaschine war seine schlimmste Feindin. Allein das unverkennbare Geräusch, das sie verursachte, zerrte zunehmend an seinen Nerven. Er kannte sonst keine Frau, die eine Nähmaschine besaß. In seiner Jugend war das anders gewesen, aber jetzt stand die einzige andere Nähmaschine, die er kannte, in der Reinigung in der High Street, die sie häufig aufsuchten und wo eine Frau im Sari im Fenster saß und Säume stichelte. Wie absolut unfair er sich verhielt! Er konnte Rosemary ohnehin nicht verlassen. Das kam überhaupt nicht infrage, auch wenn er so häufig daran dachte wie an Daphne.

Deshalb schützte er weiter Treffen mit Robert Flynn vor, wurde sich jedoch immer mehr darüber klar, dass er sich einen anderen Grund ausdenken musste, um ohne Rosemary auszugehen. Er brauchte eine neue Ausrede, diesmal eine, um über Nacht wegbleiben zu können. Er hatte sich nie für einen begabten Lügner gehalten, stellte allerdings fest, dass es ihm leichter fiel, weil – und das belastete ihn zusätzlich – seine Zuhörerin so arglos und vertrauensselig war. Dadurch wurde seine Unaufrichtigkeit noch viel empörender. Dennoch konnten Daphne und er nicht so weitermachen, so angenehm die Küsse und nachmittäglichen Besuche auch waren. Das wusste er ebenso, wie dass man sich seiner Ansicht nach nachts liebte, nicht unbedingt bei Dunkelheit, aber zumindest bei künstlichem Licht. Und wenn möglich in einem Bett, nicht auf einem Sofa. So war das eben in seinem Alter. Stimmte es nicht, dass wir uns für diesen bedeutsamen Teil unseres Lebens, für Sex und Liebe, die Umstände, die Situation und die Geräusche und Gerüche unserer Jugend wünschten? Wie so oft dachte er an das Auto von Daphnes Vater bei Abenddämmerung auf dem Baldwin's Hill. Sie roch noch genauso wie früher und fühlte sich auch so an. Sie war seine erste Frau gewesen, und wenn auf wundersame Weise alles klappte, würde sie die letzte sein.

Wenn er weiterhin vorgab, Robert Flynn zu besuchen, würde man ihm auf die Schliche kommen. Deshalb brauchte er einen anderen Vorwand. Über all das grübelte er nach, als er Rosemary die übliche Lüge auftischte und sich auf den Weg zum Bahnhof von Loughton machte. Robert würde seine Frau anrufen oder umgekehrt. Oder sonst ein gemeinsamer Bekannter würde sich melden und berichten, er habe gerade mit Robert gesprochen, der sich darüber beklagte, dass Alan sich in letzter Zeit rarmache. Wenn er spätabends nach Hause kam, dachte er oft darüber nach. Doch jetzt wollte er nicht daran denken, nicht jetzt.

Risotto ist ein berüchtigtermaßen schwierig zuzubereitendes Gericht, gut, vielleicht nicht so schwierig, allerdings zeitaufwendig. Wenn man erst einmal Reis und Pilze in der Pfanne und den Fond dazugegeben hat, während weiterer Fond darauf wartet, nachgeschüttet zu werden, darf man es nicht mehr allein lassen. Ständiges Rühren ist nötig, wenn keine Katastrophe entstehen soll. Der Koch in *Lotario's Restaurant* in der High Street von St. John's Wood war ein Meister seines Fachs, und sein Risotto war, zum Teil dank der Restaurantkritiken in den Hochglanzzeitschriften, berühmt. Um halb acht war das Restaurant stets voll besetzt, aber wer um sieben kam – hauptsächlich Anwohner und Senioren –, fand genug Platz, dezente Musik, rosafarbene Tischdecken und Servietten, immer die beste Wahl, und höflichen Service vor. Und natürlich das Risotto.

Freya und David hatten noch einen Blick in die Wohnung in dem Häuserblock gegenüber von Lord's geworfen, die ihnen nun gehörte. Am nächsten Samstag würden sie in Oak Tree Court einziehen, aber heute hatten sie die Fenster wegen der Jalousien ausgemessen und abgeschätzt, ob ins Gästezimmer ein Doppelbett passen würde. Sie trafen später ein als erwartet und machten sofort zwei Entdeckungen: Die früheren Bewohner hatten sämtliche Glühbirnen entfernt, und sie selbst waren beide ziemlich unfähig, was das Hantieren mit Maßband und Lineal betraf. Da sie kurz vor einem Streit standen, hatten sie zum üblichen Mittel gegen schlechte Laune gegriffen, sich auf den nagelneuen Teppichboden gesetzt und ein paar Gläser von dem mitgebrachten Merlot getrunken. Bald war die Harmonie wiederhergestellt, und da es kurz vor halb neun war und schon dämmerte, machten sie sich auf die Suche nach einem Restaurant.

»Lass uns doch ins *Lotario's* gehen«, schlug Freya vor. »Es ist berühmt für sein Risotto.«

»Ich hasse Risotto.«

»Du kannst ja auch etwas anderes bestellen.«

Das Lokal war ziemlich voll. Sie hatten zwar nicht reserviert, doch es war noch ein Tisch frei, und zwar der unbeliebteste, weil er gleich neben der Tür stand, wo es zog.

»Ich finde, wir sollten uns auch so eine rosafarbene Tischdecke anschaffen«, meinte Freya, bei der etwas von ihrer Großmutter durchgeschlagen war.

David war kein gesprächiger Mann, was sie nur selten störte. Sie orderten noch eine Flasche Merlot, Risotto für Freya und Spaghetti Vongole für David. Er beobachtete auch nie seine Mitmenschen, was Freya für typisch männlich hielt. Ihr Blick hingegen wanderte über die anderen Gäste und blieb an einem Paar hängen, das an einem Tisch schräg gegenüber saß. Der Mann hatte ihnen das Gesicht zugewandt, die Frau kehrte ihnen den Rücken zu. Die beiden waren nicht mehr jung und auch bereits weit vom mittleren Alter entfernt, hatten sich aber mit ihrem geraden Rücken und dem vollen Haar gut gehalten. Offenbar hatten sie schon aufgegessen; zwei halb volle Weingläser standen vor ihnen. Der Mann, den Freya sofort erkannte, hatte auf dem Tisch die rechte Hand auf die linke der Frau gelegt und hob sie nun an die Lippen.

»Ich glaube es nicht«, keuchte Freya.

»Das bedeutet immer, dass du es tust.«

»Siehst du die beiden da drüben? Die Frau in Schwarz-Weiß? Der Mann bei ihr ist mein Großvater.«

»Willst du rübergehen und sie begrüßen?«

»Bist du wahnsinnig?«

Risotto und Spaghetti Vongole wurden serviert. Freya trank einen größeren Schluck Wein als gewöhnlich. »Hoffentlich bemerken sie uns nicht. Die Frau ist nämlich nicht meine Großmutter.«

»Wahrscheinlich eine Geschäftsfreundin.«

»Er hat kein Geschäft.«

David grinste erst und lachte dann auf. »Ich wünsche ihm viel Glück.«

»Das ist nicht komisch.«

Der alte Mann bezahlte die Rechnung. Sie tranken ihren Wein aus, standen auf und steuerten auf die Tür zu, und zwar ziemlich weit entfernt von Freya und David, die die Blicke senkten. Allerdings in Freyas Fall nicht so weit, dass sie sie nicht im Hinausgehen hätte betrachten können. »Hast du das gesehen?«, fragte sie, als die Tür hinter ihnen zufiel. »Er hatte den Arm um sie gelegt, als ob sie ein junges Paar wären.«

»Vielleicht fühlen sie sich jung.«

»Ich bin ziemlich schockiert und enttäuscht. An so etwas hätte ich im Traum nicht gedacht. Nicht bei Opa.«

»Es geht uns nichts an, Freya.«

»Natürlich tut es das. Er ist mein Opa. Jetzt brauche

ich einen Drink, etwas Stärkeres als dieses rote Zeug. Einen Grappa. Willst du auch einen?«

»Nein danke«, erwiderte David. »*Ich* bin ja nicht schockiert.«

»Beim nächsten Mal«, sagte Alan, »bleibe ich über Nacht.«

»Gut.«

Daphne würde nicht wissen wollen, wie er es schaffen würde, bei ihr zu übernachten. Was für ein noch größeres Lügengebäude er würde errichten und welche komplizierten Ausreden er würde erfinden müssen, um seine Abwesenheit zu erklären. Diesmal nicht Robert Flynn, allmählich bekam er Angst vor ihm. Jederzeit konnte dieser arglose und unschuldige Mann wie ein Ungeheuer aus einem ruhigen See auftauchen, sein hässliches Haupt recken (obwohl Alan sich an ihn als ziemlich attraktiven Mann erinnerte), die haiähnlichen Zähne fletschen und seine Beute eines Armes oder Beines berauben. Denn Daphne jetzt zu verlieren wäre gewesen, als hacke man ihm eine Gliedmaße ab. Robert Flynn durfte alles Mögliche tun, aber ihm nicht Daphne wegnehmen. Besser, er zerstörte seine Ehe. Doch die war ohnehin schon hinüber, oder?

Sorgen, zumeist im Zusammenhang mit Robert Flynn, den er seiner Ansicht nach als Alibi überstrapaziert hatte, quälten ihn auf dem gesamten Heimweg in der U-Bahn. Er malte sich sogar aus, dass er beim Betreten seiner Wohnung nicht nur eine hellwache Rosemary, sondern auch Robert Flynn und dessen Frau, wie immer sie auch heißen mochte, vorfinden würde. Die drei hatten sich versammelt, um seine Lügen und Ausreden zu erörtern und ihn deswegen zur Rede zu stellen. Doch natürlich geschah nichts dergleichen. Rosemary lag, vermutlich schlafend, im Bett. Das endlich fertige kupferfarbene Kostüm hing an einem Kleiderbügel im Flur.

9

Michael hatte eine große Schachtel Pralinen bei sich. Die Blumen würde er in Lewes kaufen. Wenn nötig, würde er den Taxifahrer bitten, auf dem Weg zu Zoe an einem Blumenladen zu halten. Da er vor zwei Tagen mit Brenda Miller, Zoes Pflegerin, Freundin und Gesellschafterin telefoniert hatte, wusste er, dass es keinen Grund zur Sorge gab. Es war nur natürlich, dass eine Frau mit zweiundneunzig schwächer und gebrechlicher wurde. Allerdings war Brenda überzeugt, dass die Ärztin, die an diesem Tag da gewesen war, mit ihrer Behauptung übertrieb, Michaels Tante litte an einem frühen Stadium von Alzheimer.

»Ich hab zwar den Mund gehalten, aber ich dachte mir, dass jemand in ihrem Alter sich wohl kaum in einem frühen Stadium von irgendetwas befinden kann.«

»Ich komme am Donnerstag, dann werden wir sehen«, antwortete Michael. »Sie will doch nicht etwa, dass Zoe in ein … Pflegeheim oder so etwas geht?«

»Das wurde nicht erwähnt. Es würde sie umbringen, das wissen wir beide.«

Und da war er nun mit seinen Pralinen und Blumen, goldfarbenen Rosen und pinken und gelben Lupinen, und küsste Zoe, die ihn wie immer anlächelte. Ihre Stimme war ein wenig schwächer, ihre Bewegungen waren langsamer geworden. Anstelle des Stocks, später zwei Stöcke, benutzte sie inzwischen einen Rollator.

»Die Leute nennen diese Dinger nicht mehr ›Zimmer-Frames‹«, verkündete sie. »Ist dir das schon aufgefallen? Muss mit Vorurteilen gegen die Deutschen oder der Abneigung gegen die EU zu tun haben.«

Das klang nicht nach Alzheimer im Frühstadium.

Brenda servierte das Mittagessen, und anschließend verspeisten die beiden Frauen ein paar Pralinen. Wegen seines Besuchs verzichtete Zoe auf ihr nachmittägliches Nickerchen und meinte, sie werde eben früher zu Bett gehen. Das sagte sie immer. Sie wolle nicht schlafen, während er hier sei. Außerdem habe sie ihm heute etwas mitzuteilen. Es sei wichtig, das unter vier Augen zu tun, weshalb sie Brenda gebeten habe, sie eine halbe Stunde allein zu lassen. Nun, zwanzig Minuten. Sie und Brenda konnten einander um alles bitten, ohne die andere zu verärgern oder zu kränken.

Michael stellte fest, wie wenig sie gegessen hatte. Eigentlich nur ein winziges Stück von der gegrillten Seezunge, ein hauchdünnes Scheibchen Brot und zwei Pralinen. Außerdem hatte er bemerkt, wie weiß ihr Gesicht geworden war, eine Blässe, die er nur bei uralten Leuten kannte. Das war neu, ebenso wie ihre farblosen Augen, die nicht mehr blau, sondern grau wie unbewegtes Wasser waren. Das Blau ihrer Augen war ihm als Erstes aufgefallen, als sie ihm auf dem Bahnhof von Lewes einen Kuss gegeben hatte.

»Setz dich, Schatz«, sagte sie in ihrem kleinen Wohnzimmer, ihrem privaten Zimmer, das man nur auf Aufforderung betreten durfte. »Mein Sohn, das bist du immer für mich gewesen. Hoffentlich stört es dich nicht. Ich werde es nicht weiter ausführen.« Er griff nach ihrer Hand und hielt sie fest. »In meinem Alter, Michael, muss man stets ans Sterben denken. Das sollte man tun, es ist nicht weiter schlimm. Bei jedem deiner Besuche weiß ich, dass ich dich vielleicht nie wiedersehen werde. Ich möchte nicht über deinen Vater sprechen, und ich bin sicher, du willst es auch nicht. Allerdings gibt es da etwas, das ich dir über ihn erzählen muss. Es war bei unserer letzten Begegnung. Er war allein und hatte Sheila zu Hause gelassen. Das arme Ding. Ich mochte sie nicht, aber ich hatte Mitleid mit ihr so wie früher mit dir. Doch du hattest Glück, finde ich.«

»Das weiß ich«, erwiderte er. »Weil du mich bei dir aufgenommen hast.« Am liebsten hätte er »und eine Mutter für mich warst« hinzugefügt, aber er befürchtete, er würde dann in Tränen ausbrechen.

»So habe ich es nicht gemeint, sondern dass du ihm entkommen bist. Ich erzähle dir rasch, um was er mich gebeten hat. Ich glaube, man nennt es ›Alibi‹. Ich weiß, was das ist, jedoch nicht, was das Wort bedeutet. Du als Anwalt kannst es mir sicher erklären.«

»Das ist Latein für ›anderswo‹.«

»Wirklich? Darum hat er mich gebeten, als er allein hier war. Ob ich ihm ein Alibi geben würde.«

Am liebsten hätte Michael gesagt, dass er es nicht hören wollte. Das traf auch zu, doch er dachte, dass Zoe trotz aller gegensätzlichen Hinweise möglicherweise senil wurde. »Ein Alibi?«

Ihr bereits tief zerfurchtes altes Gesicht schlug noch mehr Falten, während sie sich offenbar bemühte, sich genauer auszudrücken. »Anderswo, hast du gesagt. Er wollte, dass ich behaupte, er sei anderswo gewesen. Falls jemand nachfragte, sollte ich antworten, hier bei mir.«

»Wann war das, Zoe? Wie?«

»Vor zwanzig Jahren. Ich sollte angeben, er habe an einem bestimmten Datum im Mai den Tag hier verbracht.«

»Sicher hast du dich nach dem Grund erkundigt.« Allmählich wurde Michael flau. »Und auch danach, wer nachfragen könnte.«

»Ich wollte es nicht wissen«, entgegnete sie. »Mir war klar, dass etwas Schreckliches dahintersteckte. Schließlich kannte ich ihn. Also habe ich nur gemeint, ich würde auf keinen Fall für ihn lügen. Das schien ihn zu überraschen. ›Aber du bist meine Cousine, meine Familie.‹« Sie seufzte tief auf. »Seitdem habe ich ihn gelegentlich gesehen. Er hat mir geschrieben, er werde nach Urban Grange ziehen. Dem Betreiber des Heims hat er mitgeteilt, er habe außer mir keine Angehörigen. Damals fand er es wohl komisch zu sagen, ich sei *nur* seine Cousine.«

»Seine Frau war damals schon tot?« Es interessierte ihn nicht, er wollte es nicht wissen, aber sie schien die Frage von ihm zu erwarten.

»Sie starb im Juni 1985, einige Wochen nachdem er diese Bitte an mich gerichtet hatte. Fünf oder sechs Jahre später ist er nach Urban Grange gezogen. Sheila war schwere Alkoholikerin geworden und hat Unmengen verschreibungspflichtiger Medikamente geschluckt. Es gab eine Untersuchung, und man erkannte auf Unfalltod.« Zoe wischte sich Oberlippe und Stirn mit einem Papiertaschentuch ab. »Das war es. Mehr möchte ich nicht sagen. Aber jemand musste es erfahren. Wer also außer dir?«

Nach diesen Besuchen verabschiedete er sich stets am frühen Abend, weil Zoe um acht ins Bett musste. Michael und die beiden alten Frauen saßen an den Terrassentüren im Sonnenschein und plauderten darüber, was sie in dieser Woche unternommen hatten. Zoe und Brenda hatten das Gleiche gemacht wie immer: die Zeitung und Romane gelesen, ferngesehen und, Zoe im Rollstuhl und Brenda schiebend, kurze Spaziergänge unternommen. Die beiden wiederholten mehrfach, welches Glück sie hätten, noch immer in ihrem eigenen Zuhause zu wohnen, denn Zoes Pflegerin teilte alles mit ihr, Freude, Dankbarkeit und materielle Dinge. Michael berichtete vom Wiedersehen mit seinen Kindheitsfreunden, erwähnte die Hände jedoch nicht, da sie nichts davon gehört zu haben schienen.

Als Brenda hinausging, um Tee zu machen, stieß er schnell und atemlos hervor: »Zoe, bleib für mich am Leben.« Obwohl er kaum fassen konnte, dass er so etwas von sich gab, sprach er weiter, auch wenn es so gar nicht zu ihm passte. »Du bist alles, was ich habe.«

»Das sollte ich eigentlich zu dir sagen. Außerdem hast du doch deine Kinder.«

»Ich weiß, ich habe großes Glück.« Seltsam, wie wenig er an sie dachte. »Vergiss es.«

»Auf gar keinen Fall«, erwiderte sie lachend. »So etwas kriegt man in meinem Alter nur selten zu hören.«

Bevor er ging, küsste er beide Frauen und umarmte Zoe. Er lehnte die Wange länger als sonst an ihre. Vielleicht würde er sie nie wiedersehen.

»Was sollen wir tun?« Drei Tage später hatte sich Freyas Empörung noch immer nicht gelegt.

»Nun, gar nichts«, erwiderte Judith. »Wahrscheinlich wird sowieso nichts draus. In zwei Wochen heiratest du. Wir wollen doch keine Familienkrise auslösen, oder? Und, mein Gott, es würde eine geben, wenn du deiner

Großmutter erzählst, was du beobachtet hast. Das geht schon wieder vorbei.«

»Er hatte den Arm um sie gelegt, Mum. Und er hat ihre Hand geküsst.«

Judith fing an zu lachen.

»Das ist nicht komisch. Es sind deine Eltern.«

»Nur ein Beweis dafür, wie die Dinge sich verändert haben. Als ich in deinem Alter war, und das ist noch gar nicht so lange her, wie du glaubst, hatten alte Männer keine Freundin, die sie in ein Londoner Restaurant zum Abendessen eingeladen haben. Und die Freundin trug keine zwölf Zentimeter hohen Absätze. Ein alter Mann legte nicht in der Öffentlichkeit den Arm um sie. Alte Männer hatten ihre Affärchen, allerdings nicht mit gleichaltrigen Frauen. Du hast ja gesagt, dass sie etwa in seinem Alter war.«

»Ja, ungefähr. Sie hat sich anscheinend gut gehalten, aber altersmäßig kommt es wohl hin.«

»Du solltest verstehen, wie positiv das für Frauen im Allgemeinen ist, Freya. Du wirst auch nicht ewig jung sein und freust dich mit siebzig bestimmt über einen Freund.«

»Und was ist mit der armen Oma?«

»Was man nicht weiß, macht einen nicht heiß.« Nachdenklich hielt Judith inne. »Bist du sicher, dass er es war?«

»Oh, Mum. *Bitte.*«

Gewiss waren unzählige knospenden Romanzen daran zerbrochen, dass das Paar die gemeinsame Schule verließ und verschiedene Universitäten besuchte. Heute noch öfter als in seiner Jugend, dachte Alan, weil damals Mädchen nicht so häufig eine höhere Bildung anstrebten. Doch Daphne war nach Cambridge gegangen, er ein Jahr später nach Reading. Und obwohl sie einander versprochen hatten zu schreiben – teure Ferngespräche kamen für die meisten in jener Zeit nicht infrage –, wurden ihre Briefe immer seltener, bis die Korrespondenz schließlich ganz aufhörte. Außerdem war ihre Beziehung, in diesen Jahren ein Wort, das man nicht benutzte, eine seltsame. Wegen ihrer ausgeprägten sexuellen Natur musste sie selbstverständlich im Verborgenen stattfinden. Abends ins Kino zu gehen und sich mit einem Gutenachtkuss zu verabschieden war nichts für sie gewesen. Ja, sie hatten sich geliebt, geküsst, einander angehimmelt und leidenschaftlich geseufzt und gestöhnt. Doch die anschließenden Gespräche hatten sich hauptsächlich um Organisatorisches gedreht. Wann würden sie sich wiedersehen, wo konnte sie das Auto ihres Vaters parken, ohne dass die Nachbarn sie bemerkten? Wo sollte er warten? Jedoch nicht, wohin sie fahren würden. Das Ziel war immer dasselbe. Auf den Baldwin's Hill und in den angrenzenden Wald. An warmen Sommerabenden lagen sie auf dem Waldboden, in belaubten Höhlen, geformt von den überhängenden Ästen der Bäume. Auf grünen Lichtungen. Und manchmal abenteuerlustig an die weiche, schuppige Rinde einer großen Birke gelehnt.

Wo wurden sie von ihren Eltern vermutet? Sie sprachen nie über ihre Eltern, natürlich nicht. Einmal fragte er dennoch nach, und Daphne erklärte, sie besuche eine Freundin, eine ehemalige Mitschülerin, die in der St. John's Road wohnte, also weit genug entfernt, um das Ausborgen des Autos zu rechtfertigen. Offenbar spionierten ihr Vater und ihre Mutter ihr nie nach. Das war ein

Vorgeschmack auf sein eigenes wackeliges Alibi bei Robert Flynn. Irgendwann fällt alles auf einen zurück. Dieses Sprichwort hatte er noch nie gemocht. Was, wenn es damals Freisemester gegeben hätte? Was, wenn sie mit ihm an die Reading University gekommen wäre? Sie hatten darüber geredet, doch es war der Wunsch ihrer Eltern gewesen, dass sie in Cambridge aufgenommen wurde. Und das damit einhergehende Prestige war stärker. Als er? Als die Liebe? Die Lust? Die Spannung? Als alles zusammen. Und so war sie nach Cambridge gegangen. Er hatte sich an Melanie gehalten, aber ihr Lachen war ihm auf die Nerven gegangen, und er hatte sich wegen Rosemary von ihr getrennt. Er hatte gehofft, dass sie genauso begierig auf Sex sein würde wie Daphne. Er hatte, wie er sich erinnerte, sich nur deshalb an Rosemary herangemacht, um sie als seine Freundin ins Bett oder auf den Rücksitz eines geliehenen Autos zu kriegen. Aber sie war standhaft geblieben, oh, wie standhaft, und hatte sich ihm erst in einer schmerzhaften und unschönen Hochzeitsnacht in einem Hotel in Torquay hingegeben.

Die Dinge hatten sich auf diesem Gebiet (wie Rosemary es nannte) gebessert, und er brauchte sich nicht zu beklagen. Sie auch nicht, soweit er wusste, und zwar deshalb, weil sie nie darüber sprachen. Rosemary weigerte sich, denn sie fand dieses Thema peinlich. Hätte er Daphne heiraten sollen? Sie suchen? Immerhin kannte er ihre Adresse. Auf dem Hill, gegenüber der Stelle, wo die *Qanats* gewesen waren und wo Haus Warlock inzwischen bei Mr. Winwood nebenan stand, der allein und ohne Frau und Sohn dort wohnte. Er hätte sie finden können. Das hätte bedeutet, Rosemary den Laufpass zu geben, was zu einem schrecklichen Aufstand ihrer Eltern und seiner geführt hätte. Nein, das wäre nicht gegangen, doch auch so war sein Leben nicht unglücklich gewesen. Nur langweilig. Aber er hatte ja seine Kinder und Enkel.

Er fuhr mit der U-Bahn nach Hamilton Terrace, um die Nacht mit Daphne zu verbringen. So nannte er es bei sich. Der Ausdruck »Sex haben« oder etwas noch Eindeutigeres war nicht üblich gewesen, als er sie zuletzt geliebt hatte. Damals war er jung gewesen. Jetzt war er alt. Allerdings belastete ihn das weniger als die Lüge, die er Rosemary aufgetischt hatte. Robert Flynn nützte ihm diesmal nichts. Die U-Bahnen fuhren so spät. Weshalb also bei Robert übernachten? Das wäre völlig absurd gewesen. Er hatte Robert seit Jahren weder gesehen noch mit ihm gesprochen. Dennoch hatten er und Rosemary ausführlich über den Mann geredet. Er, um seine Lügengeschichte zu untermauern. Er hatte sogar Roberts Haus beschrieben, weil er wusste, wie sehr sie sich für die Einrichtung von Häusern interessierte. Er schilderte seine Gesundheit im Vergleich zu Alans Fitness und fügte hinzu, er sei einsam, denn seine Frau sei mit ihrer Schwester verreist. Lächerlich und von Grund auf falsch. Also kein Robert, sondern ein Klassentreffen, das aus geheimnisvollem Anlass nicht in Bancroft, wo er zur Schule gegangen war, sondern in Dorset stattfinden würde. In einer dieser umgebauten Scheunen, aufgemöbelt mit Bar und großem Festsaal, mitten in Hardy County. Der Gedanke an seine detaillierte Schilderung dieser Örtlichkeit ängstigte ihn ebenso wie sein Talent fürs Lügen. Es erschien ihm beinahe verbrecherisch, dass er es so gut konnte.

An diesem Abend würden er und Daphne nicht essen gehen. Sie würde für ihn kochen.

»Was isst du denn gern?«

»Ach, alles«, erwiderte er. »Es ist nicht so wichtig.«

»Was ist dein Lieblingsessen?«

»Etwas, das niemand mehr macht. *Steak and Kidney Pie.*«

Er war sicher, dass sie es vergessen würde. Sein Wunsch schien so gar nicht zu ihren sonstigen Kochgewohnheiten zu passen. Sicher bevorzugte sie gegrillte Calamari oder zauberte Risottos, wie das in dem Restaurant, wo sie letzte Woche gewesen waren.

Sie hatte sich nicht für ihn herausgeputzt, sondern trug das schlichte Kleid, das er bei ihrer ersten Verabredung so an ihr bewundert hatte. Er merkte ihr an, dass sie jeglichen Eindruck von Festlichkeit oder einem besonderen Ereignis vermeiden wollte. Bei seiner Ankunft hatten sie sich geküsst, sich dann auf dem Sofa in den Armen gelegen und einander Dinge zugeflüstert, die früher, vor langer Zeit, »süßes Nichts« geheißen hatten. Sherry wurde getrunken, und zwar eine ganze Menge, und ihm fielen Gedichtzeilen ein – Shakespeare natürlich –, die sich darum drehten, dass Alkohol zwar die Begierde steigerte, aber die Leistung minderte. Um seine Begierde zu wecken, brauchte er kein Aphrodisiakum. Und was die Leistung betraf, hatte er beschlossen, nicht daran zu denken, tat es jedoch trotzdem.

Der *Steak and Kidney Pie* war köstlich, genauso wie er sein sollte, und es war ein Jammer, dass er nicht sehr herzhaft zugriff. Anschließend tranken sie Rotwein zum Käse, und danach legte sie Bach auf. Er hatte nie vermutet, dass sie Bach oder überhaupt Musik mochte. Doch es beruhigte ihn, was wahrscheinlich ihre Absicht gewesen war. Aus heiterem Himmel, denn sie hatten nichts gesagt, was dazu übergeleitet hätte, meinte sie: »Es spielt nicht die geringste Rolle. Vergiss nicht, dass wir das schon mal gemacht haben.«

»Ich weiß.«

Eng umschlungen gingen sie nach oben. Sie schaltete alle Lichter bis auf die Nachttischlampe aus. Er sah den Wald, den grünen Waldboden, ausschlagende Farne und das Blätterdach über ihnen. *Zedern sind die Streben unseres Hauses; Zypressen unsere Pfosten* … Er hielt sie in den Armen, und die Haut ihres Gesichts an seinem war so weich wie die einer jungen Geliebten. Alles war gut, und es würde die ganze Nacht so bleiben. *Du bist so schön, meine Geliebte, und unser Bett ist grün* …

»Du bist die Psychologin«, sagte Freya. »Du kannst so etwas besser als ich.«

Ihre Schwester verdrehte die Augen, eine Angewohnheit von ihr. »Das heißt, du schiebst mir den schwarzen Peter zu.«

»Nun, ich kann es doch wohl kaum übernehmen, Fen, oder? Ich heirate am Samstag, und anschließend bin ich zwei Wochen in Marokko. Da würde ich wirklich den schwarzen Peter weiterschieben. Am besten wartest du, bis ich weg bin. Such dir einen Zeitpunkt aus, wenn Opa nicht zu Haus ist, das ist wichtig.«

»Natürlich«, entgegnete Fenella. »Das ist alles ziemlich schwierig für mich. Ich muss mir jemanden suchen, der auf die Kinder aufpasst. Mitnehmen kann ich sie nicht. Was, wenn sie, tja, in Tränen ausbricht?«

»Mum kümmert sich um die Kinder. Sie wird so dankbar sein, dass sie es Oma nicht selbst sagen muss.«

»Dann schilderst du mir am besten noch einmal alle Einzelheiten. Ich möchte nichts durcheinanderbringen.«

Es war schon immer Rosemarys Grundsatz gewesen, dass es einer Frau nicht anstand, sich zu sehr in die Angelegenheiten ihres Mannes einzumischen. Dazu gehörten, wie er seinen Arbeitstag oder die Zeit mit seinen Freunden verbrachte – Freundinnen hatte er natürlich keine –, seine Interessen und alles, was mit Politik oder dem Innenleben eines Automotors zu tun hatte. Deshalb hatte sie sich auch nie nach Robert und seinen Gesprächen mit Alan erkundigt. Alan hatte sich vergeblich die Mühe gemacht, sich Einzelheiten eines Hauses einzuprägen, in dem er noch nie gewesen war, denn Rosemary hatte ihn nie danach gefragt. Also erkundigte sie sich, als er von dem Klassentreffen in Dorset zurückkehrte, nur, ob er sich gut amüsiert habe. Deshalb war sie ein wenig überrascht, als er darauf beharrte, ihr die Menüfolge im Festsaal zu schildern, und hinzufügte, er sei froh gewesen, in dem für sie reservierten Hotel nicht das Zimmer teilen zu müssen. Sie erwiderte nur, es sei schön, dass er Spaß gehabt habe. In den frühen Abendnachrichten auf BBC habe sie gesehen, es sei am Samstagnachmittag bei der Great Western Line zu starken Verspätungen gekommen. Hoffentlich sei er nicht aufgehalten worden. Er hatte ihr die einzig vernünftige Antwort gegeben, der Zug nach Penzance sei stecken geblieben, nicht seiner.

Mittlerweile hing das kupferfarbene Seidenkostüm nicht mehr im Flur vor dem Nähzimmer, sondern war, noch immer am Kleiderbügel, ins Schlafzimmer umgezogen. Wie Ahab zu Elija oder Orwells Gordon zu einer Zimmerpflanze. »Hast du mich gefunden, oh, mein Feind«, sagte Alan laut beim Anblick des verunglückten Kleidungsstücks. Doch das war ihm gleichgültig. Überhaupt war ihm alles gleichgültig. Er war glücklich, obwohl er wusste, dass er das nicht sein durfte. Rosemary an diesem Abend zum Essen auszuführen war im höchsten Grade unmoralisch. Durch so etwas machte man keinen Ehebruch wieder gut. Aber er hatte sie bereits gefragt, und sie hatte angenommen. Sie meinte, sie werde vielleicht sogar das Kostüm anziehen. Doch lieber nicht. Sie dürfe es erst zu Freyas Hochzeit tragen, wie es ihre ursprüngliche Absicht gewesen sei, und an die müsse sie sich halten.

Er hatte Freyas Hochzeit ganz vergessen, und kurz glitt eine Wolke über seinen sonnigen Himmel, denn er hatte Daphne versprochen, die Samstagnacht mit ihr zu verbringen. Er hatte keine Ahnung, wie er das schaffen sollte. Andererseits hoffte er, bei der Hochzeit Gelegenheit zu einem Gespräch mit Rosemarys Schwester zu haben und ihr vorzuschlagen, sie und Rosemary könnten doch eine Weile Urlaub machen. In der Schweiz vielleicht. Er mochte die Schweiz nicht, ein guter Grund für Rosemary, die dieses Land liebte, mit Elizabeth und nicht mit ihm hinzufahren. Das kupferfarbene Seidenkostüm flatterte leicht in der Brise, die durch das offene Fenster hereinwehte, was mit ärgerlicher Klarheit das schiefe Revers sichtbar machte.

Später unternahm er einen Spaziergang, setzte sich im Wald auf einen umgestürzten Baumstamm, versuchte, Daphne anzurufen, hatte jedoch keinen Empfang. Das Telefon gab nur ein schrilles Fiepen von sich. Am Abend, heimlich auf dem Balkon, erreichte er sie und verabredete, er werde, »komme, was da wolle«, den Donnerstag mit ihr verbringen, allerdings leider nicht Donnerstagnacht.

Dieser Tag war keine günstige Wahl. Vielleicht hatte er auch andere unglückliche Entscheidungen getroffen.

Nach einem wunderschönen Tag mit Daphne – er hatte seinen Grundsatz in den Wind geschlagen, sich nicht nachmittags auf dem Sofa zu lieben – brach er eine Stunde zu spät auf und nahm um halb acht die U-Bahn an der Warwick Avenue. Am Oxford Circus stieg er in die Central Line in Richtung Theydon Bois um. Im West End haben die Läden donnerstags länger geöffnet, und die mit Tüten von Selfridges und Zara beladene aufgetakelte Frau, die am anderen Ende des Waggons saß, ging vorbei, ohne dass er sie erkannte. Er hingegen wurde sehr wohl von Helen Batchelor bemerkt, die sich rasch entschied, ihn nicht zu »sehen«.

Vermutlich hätte sie nichts unternommen, wäre sie nicht am nächsten Tag nach Loughton gekommen, um ihren Schwager George zu besuchen. Dieser erholte sich zu Hause von einem Herzinfarkt, einem leichten zwar, aber dennoch musste er sich schonen. Nachdem sie den obligatorischen Blumenstrauß und die Schachtel Quality Street überreicht hatte, wünschte sie George eine schnelle Genesung und fuhr in die High Street, um einige Einkäufe zu erledigen. Ihr Auto stellte sie in der einzigen Parklücke ab, die sie an einem Freitagnachmittag ergattern konnte. Rosemary war ebenfalls beim Einkaufen, um eine Ersatzstrumpfhose zu erstehen, nur falls die, die sie zur Hochzeit tragen wollte, im entscheidenden Moment eine Laufmasche entwickelte.

Sie waren sich erst einmal begegnet. Rosemary wäre mit dem unbestimmten Gefühl, diese Frau schon einmal getroffen zu haben, an ihr vorbeigegangen. Helen jedoch, die aufmerksamer war und die besseren Augen hatte, begrüßte sie mit einem »Hallo, Rosemary, wie geht es Ihnen?«

Rosemary erwiderte, danke, gut. Was sollte man sonst sagen?, dachte sie dabei. Und warum fragten die Leute überhaupt?

»Was für ein Zufall«, fuhr Helen fort. »Ich habe Sie beide seit Jahren nicht getroffen. Und dann sehe ich Ihren Mann« – sie hatte seinen Namen vergessen – »am Donnerstag in der U-Bahn und am Freitag dann Sie in der High Road. Ich war in der Bond Street eingestiegen, er am Oxford Circus.«

Rosemary antwortete nicht, sondern nickte nur ausweichend. Die Frau – wie hieß sie, Helen? – erzählte ihr von George, dem armen George, und seinem Herzen, auf das er nie so gut achtgab, wie er eigentlich sollte. Rosemary entschuldigte sich mit den Worten, sie müsse jetzt weiter, und ging leicht benommen ihre Strumpfhose kaufen. Natürlich irrte sich diese Helen. Wahrscheinlich trank sie. Sie machte nämlich diesen Eindruck. Alan war zu Hause. Sie brachte die neue Strumpfhose ins Schlafzimmer, kam heraus und traf ihn lesend auf dem Balkon an. Vermutlich Gedichte oder ein Klassiker. Was genau er las, interessierte sie nicht sehr, das war doch nichts als Zeitverschwendung. Er blickte auf, lächelte sie an und meinte, es sei doch nett, hier draußen in der Sonne zu sitzen.

»Warum bist du denn gestern Abend am Oxford Circle in die U-Bahn gestiegen?«

Er errötete nicht, das tat er nie, erbleichte aber. Sie bemerkte es nicht, er schon. Oder besser, er spürte, wie mit einem Schaudern das Blut aus seinen Wangen wich. Erst verschlug es ihm die Sprache, und er ballte die Fäuste. »Ich war in Roberts Club und habe mich dort von ihm verabschiedet. Cavendish Square«, brachte er schließlich heraus.

»Ich dachte, Owen wollte mit dir zur Norfolk Show fahren.«

Warum sollte er eine Landwirtschaftsausstellung besuchen? Und weshalb sollte ihr Sohn, der in Winchester wohnte und arbeitete, ihn hinfahren? Das war eine jämmerliche und unglaubwürdige Ausrede gewesen. Doch er hatte sie benutzt. Und sie erinnerte sich daran.

10

Da Alan keine elegantere Kleidung besaß, hatte er zur Hochzeit einen Anzug getragen, vermutlich seinen besten, falls es für solche Dinge eine Kategorisierung gab. Allerdings hatte der erste Mann, dem sie bei ihrer Ankunft begegneten, einen Cut angehabt. Es war ein schöner, sehr warmer und sonniger Tag. Er hatte nicht gedacht, dass es hier einen Garten geben würde, doch das Hotel hatte einen, groß, mit Rasenflächen, Rosenbüschen, einer Hecke, hohen Bäumen und Blick auf den Fluss.

Ein Mann, gekleidet wie ein Yeoman of the Guard, Rosemary bezeichnete ihn als Zeremonienmeister, scheuchte die Gäste durch eine Art Zelt oder Markise hinein, die hinter dem Hotel befestigt war. Als sie sich in die Schlange einreihten, bemerkte Alan die Frauen vor und auch bald hinter ihnen, die viel modischer gekleidet waren als die arme Rosemary. Plötzlich hatte er, zusätzlich zu seinen Schuldgefühlen, auch noch gewaltiges Mitleid mit ihr. Wenn nur jemand erschienen wäre, der ihr gesagt hätte, wie hübsch sie aussähe, oder sogar gefragt, wo sie das Kostüm gekauft habe. Doch nichts geschah, und bald schüttelten sie David die Hand und küssten Freya. Rosemary, die Alan bereits mitgeteilt hatte, wie seltsam es sei, die Braut und außerdem den Bräutigam vor der Trauung zu sehen, verkündete: »Glücklich werde die Braut, die von der Sonne beschienen wird.«

Alan bezweifelte, dass er vor sechs Monaten bei diesen Worten zusammengezuckt wäre. Nun tat er es. Bildete er sich den Blick nur ein, den Freya ihm zuwarf? Da stand sie nun, in einer weißen, tief ausgeschnittenen Spitzenkreation und den linken Arm voller weißer Rosen. Ihre Augen durchbohrten ihn nur einige Sekunden lang, waren jedoch schmal vor Verachtung. So dachte er wenigstens, weil sein schlechtes Gewissen das Denken für ihn übernommen hatte. Weiter hinten im Garten hatte Rosemary Judith, Fenella und deren Mann Giles entdeckt und steuerte auf sie zu. Es wäre besser gewesen, auf Menschen zuzugehen, die sie nicht kannten, und sich vorzustellen, aber Alan war sicher, dass Rosemary so etwas nie tun würde. Er glaubte, vielleicht wieder Einbildung, dass seine zweite Enkelin ihn nicht unbedingt feindselig, sondern eher tadelnd ansah wie eine Mutter ihr ungezogenes Kind. Judith hingegen hatte ein spöttisches Lächeln im Gesicht, das sie unter einem breitkrempigen Hut verbarg. Sie wissen es, dachte er, als er sich unter den Hut beugte, um sie zu küssen. Meine Tochter und meine Enkelinnen wissen es. Und Helen Batchelor auch.

Das Netz zog sich zusammen. Er erschauderte in aufrichtiger Angst. Nicht um sich selbst, sondern wegen Rosemary und davor, was sie tun könnte, etwas für ihn Undenkbares. Ihm wurde klar, dass es unmöglich war, sich vorzustellen, wie eine Frau, ganz gleich wie gut und lange man sie auch kannte, reagieren würde, wenn man sie mit einer ihr völlig fremden Situation konfrontierte. Etwas, das in keinerlei Zusammenhang mit ihrer Lebensweise oder der sämtlicher Menschen in ihrem Umfeld stand. Mit Tränen, Geschrei, lautstarken Drohungen oder – lieber Gott, bitte nicht – Selbstmordankündigungen.

»Ein Penny für deine Gedanken«, meinte Rosemary fröhlich. Fenella hatte ihr gerade eine Frau vorgestellt, die ihr »wunderschönes Kostüm« gelobt hatte.

Alan schwieg. Was sollte er dazu sagen? Die Wahrheit ganz bestimmt nicht. Fenella machte sie mit dem Ehemann der Frau bekannt. »Oma, Opa, ich glaube, ihr kennt Sir William Johnson. Er ist mein Taufpate.«

Waren er und Rosemary vor fünfunddreißig Jahren bei Fenellas Taufe gewesen? Er erinnerte sich weder daran noch, ob jemand später diesen hochgewachsenen und distinguiert wirkenden Herrn erwähnt hatte, der einen Cut und eine Gardenie im Knopfloch trug. Er hatte volle, kurz geschnittene schneeweiße Locken. Etwas an ihm erschien ihm vage vertraut, wie Rosemary es ausgedrückt hätte. Er versuchte, es zu fassen zu kriegen, allerdings vergeblich. Ihm war nur bewusst, dass Sir William (den Fenella Onkel Bill nannte) etwa so alt war wie er selbst.

Sie strömten zur Trauung, die ein Standesbeamter vornehmen würde, ins Hotel. Alan war schon seit Jahren bei keiner Hochzeit mehr gewesen. Zuletzt vielleicht bei Fenellas. Sie hatte in einer Kirche stattgefunden, eine fremdartige Zeremonie, wahrscheinlich aus dem reformierten Gebetbuch. Während ihn das nicht weiter kümmerte, raunte Rosemary, es handle sich um eine »Farce«. Er war erleichtert, als das sehr kurze Eheversprechen vorüber und das letzte Gedicht, eigens verfasst von einem Verwandten oder Freund, verlesen war.

Darauf folgte das Mittagessen, kein Büfett, sondern ein mehrgängiges Menü à la gefüllte Zucchiniblüten, schwarze Spaghetti mit Shrimps und gebratenem Fasan, serviert an Vierertischen. Alan spürte, wie eine schwere Niedergeschlagenheit sich auf ihn herabsenkte, etwas, das ihm hin und wieder geschah, aber seit seinem Wiedersehen mit Daphne nicht mehr vorgekommen war. Dazu gesellte sich eine Heidenangst, dass er sie vielleicht nie wiedersehen würde. Seine eigene Verwandtschaft bei dieser Hochzeitsfeier, sein Sohn, seine Tochter, seine Enkelinnen und deren Ehemänner würden ihn umzingeln und, mit Rosemary in unverbrüchlicher Liebe verbunden, sein und Daphnes Glück zermalmen oder es zu einem unpassenden, bereits vergangenen Affärchen herabwürdigen.

Sir William und Lady Johnson waren die anderen Gäste an ihrem Tisch, die Sitzordnung vermutlich arrangiert von Freya, weil die vier etwa im gleichen Alter waren. Wieder hatte Alan den Eindruck, William Johnson zu kennen, obwohl ihm die dunkle Stimme und die recht langsame Sprechweise fremd waren. Lady Johnson, jünger als ihr Mann und von ihm mit Amanda angesprochen, war mager, blond und in ein traumhaftes Kleid in einer ähnlichen Farbe wie Rosemarys Kostüm gekleidet. Allerdings stammte es selbst für Alans ungeschultes Auge sicherlich aus Paris. Er fand, dass ihr kleiner, eng am Kopf anliegender Hut eine gute Wahl gewesen war, denn immerhin handelte es sich um eine Veranstaltung, bei der nichts den Blick auf die Hauptpersonen verstellen durfte. Es war eine bestürzende Erkenntnis, dass er angefangen hatte, Rosemary mit anderen Frauen zu vergleichen und die meisten, die er gerade sah, als attraktiver und besser angezogen als sie zu betrachten. »Ich glaube, ich kenne Sie irgendwo her, aber es ist schon lange her«, riss Sir William ihn aus seinen unangenehmen Grübeleien.

Er wurde vom Zeremonienmeister unterbrochen, der eine Rede von einem Freund des Bräutigams ankündigte, der in guter englischer Tradition als »best man« bezeichnet wurde. Früher hätte man ihn als den Trauzeugen bezeichnet. Alan warf einen Blick auf Sir William und nickte, doch ein weiteres Gespräch war nicht möglich. Die Rede war kurz und frei von Manierismen oder unanständigen Witzen. Es ist schwierig, schlüpfrige Andeutungen zu machen, wenn das Paar, das man beglückwünscht, schon seit fünf Jahren zusammenlebt. Alle wollten anfangen zu essen, doch niemand hatte davor etwas gegen ein Glas Champagner einzuwenden. Offenbar würde es außer einer Erwiderung durch den Bräutigam und, erstaunlicherweise, einen Trinkspruch auf die Queen keine weiteren Reden geben. Eine Flasche Weißwein und eine mit Rotwein wurden an ihren Tisch gebracht. »Ich kenne Sie auch von irgendwo her«, sagte Alan. »Ich kannte Sie als Bill. Ihre Stimme hat mich getäuscht, aber gewiss waren Sie im Stimmbruch, seit wir alle in den« – er zögerte – »*Qanats* waren.«

Bill Johnson lachte auf. Es war die Art von Lachen, die nicht das Ergebnis von Amüsement, sondern einer zufriedenstellend beantworteten Frage ist.

»Ja, die *Qanats*. Das Wort habe ich schon lange nicht mehr gehört. Wir waren nur ein paar Monate dort, aber ich denke oft an sie. Ich träume sogar von ihnen.« Seine dunkle Stimme klang noch tiefer, aber seltsamerweise eher wie die des Jungen von vor so vielen Jahren. »Meine Familie wohnte oben auf dem Hill und du in Shelley Grove, glaube ich. Jetzt erinnere ich mich an dich und ein oder zwei der anderen. Da waren ein ziemlich hinreißendes Mädchen namens Daphne irgendwas und ein Junge mit schwierigen Eltern. Und die Batchelor-Sippe.«

»Ich war auch dabei«, sagte Rosemary.

Alan hörte einen ablehnenden Unterton heraus. Und

zudem Verärgerung, weil Daphnes Name gefallen war. Bill Johnsons Frau hatte es auch bemerkt und sah ihren Mann besorgt an. Bill reagierte mit dem Taktgefühl, das Alan bei einem Diplomaten – wie er später erfuhr, war sein alter Freund einer gewesen – angemessen fand. »Natürlich warst du dabei, Rosemary, das einzige Mädchen, das regelmäßig kam. Habt ihr zwei euch dort kennengelernt?«

»Stimmt«, entgegnete sie nicht sehr freundlich. »Wir kennen uns schon unser ganzes Leben. Wir waren unzertrennlich, nicht wahr, Alan?«

Obwohl es nur sehr wenig mit der Trauung zu tun hatte, deren Zeugen sie gerade geworden waren, kam Alan eine Zeile aus dem alten Hochzeitsritual in den Sinn. »Was Gott zusammengefügt hat, soll der Mensch nicht trennen.« Er war ziemlich beunruhigt.

Sie widmeten sich dem Mittagessen, ein ungünstiger Zeitpunkt, um den Fund der Hände zu erwähnen. Doch Bill Johnson kam danach darauf zu sprechen. Er fügte hinzu, er habe mit Daphne in Cambridge studiert. Alan wurde von Eifersucht ergriffen, die sich ein wenig legte, als Bill ergänzte, sie hätten an der Universität kaum Kontakt gehabt, auch wenn man ein Gesicht wie ihres niemals vergäße. Amanda, die sich fast nicht am Gespräch beteiligt, sondern höflich gelauscht und hin und wieder ein Wort mit Rosemary gewechselt hatte, schlug vor, sich einmal wieder zu treffen. Zum Abendessen vielleicht. Sie werde anrufen. Alan hielt nicht viel von derartigen Versprechen, einander einzuladen und in alten Zeiten zu schwelgen. Rosemary würde ohnehin dagegen sein.

Sie trennten sich, um ein wenig durch den Garten zu schlendern und zuzusehen, wie Freya und David zu ihrem Flitterwochenflug nach Marokko aufbrachen. Wie üblich senkte sich nach dem Abschied des Paares eine gedämpfte Stimmung auf die Anwesenden. Die ersten Gäste gingen. Alan und Rosemary gesellten sich zu Judith, und er fragte sie nach Bill Johnson.

»Als Maurice und ich im Sudan waren, war Bill unser Botschafter in Khartum. Da es damals dort nicht viele Engländer gab, haben wir ziemlich zusammengegluckt. Inzwischen leben vermutlich Tausende da. Maurice hat ihn gebeten, Fenellas Taufpate zu sein. Er war ein sehr guter Pate und hat sich immer an ihren Geburtstag und so weiter erinnert.«

»Ein Taufpate«, wandte Rosemary tadelnd ein, »hat die Pflicht, sein Patenkind im richtigen Alter beim Bischof zur Firmung anzumelden.«

»Oh, *Mum*. So etwas interessiert doch keinen Menschen mehr.«

»Wir alle kannten uns als Kinder ein wenig.« Alan hatte die Worte »alle« und »ein wenig« benutzt, um Rosemary zu besänftigen, und verachtete sich dafür. »Du hast ihn nie erwähnt.«

»Habe ich, Dad, aber du hast nicht zugehört. Ich wusste ja nicht, dass ihr als Kinder Kumpel wart.«

Es war kein erfolgreicher Tag gewesen, zumindest für einige der Gäste. Zu seiner Schande dachte Alan, dass er zumindest einen Vorteil daraus ziehen konnte, nämlich die Möglichkeit, Bill Johnson in Zukunft als Alibi zu benutzen. Er betastete das glatte, rechteckige Telefon in seiner Tasche. Nur einen Moment allein, damit ich Daphne anrufen kann, sagte er sich. Doch diese Gnade war ihm nicht vergönnt. Als sie gerade gehen wollten, hastete Fenella auf sie zu.

»Oh, Oma, ich habe nächsten Mittwochnachmittag einen Termin in Epping und dachte, ich schaue auf dem Rückweg kurz bei dir vorbei.«

»Das wäre reizend, Schatz«, erwiderte Rosemary.

»Und du, Opa?«

Kein Mensch hatte Termine in Epping, dachte Alan. Außer er wohnte dort und musste zum Zahnarzt oder zum Friseur. Und warum fragte sie, ob er zu Hause sein würde? Weil sie das wollte oder ganz im Gegenteil?

Beinahe hätte er geantwortet, er wisse es nicht. Aber nein. Er würde nicht da sein, sondern zu Daphne fahren. »Nein.« Sein Tonfall war eisig. »Ich bin nicht da und komme erst spät zurück.«

11

Wenn er darüber nachdachte, was nicht oft geschah, fand Michael, dass er sich sehr gut mit seinen Kindern verstand. Hätte er Janes und Richards Haltung ihm gegenüber mit einem Wort beschreiben müssen, wäre ihm »pflichtbewusst« oder »anspruchslos« eingefallen. Sie schienen sich stets irgendwo in der Welt aufzuhalten, und da sie per E-Mail kommunizierten, war es schwierig festzustellen, wo genau sie sich befanden. Er bat sie nie, nach Hause zu kommen, doch zu ihrem Pflichtbewusstsein gehörte, dass sie es gelegentlich taten und ihm normalerweise ein Geschenk mitbrachten. Einmal einen iPod (Jane), weil er gern ungestört Musik hörte. Ein andermal sechs handgenähte Seidenhemden aus Seoul (Richard). Sie waren beide über vierzig. Jane war geschieden und hatte zwei inzwischen erwachsene Kinder. Richard hatte nie geheiratet. Michael vermutete, dass er schwul war, doch über das Thema war nie gesprochen worden. So wie über so viele andere Themen, zum Beispiel Leben und Tod, Familie und Beziehungen. Wenn sie vier oder fünf Tage lang im Land waren, wohnten sie stets im Hotel und besuchten ihn pflichtbewusst jeden Tag. Diesmal war es bei Jane anders. Das hatte sie in einer Mail geschrieben.

Sie wolle gern bei ihm wohnen. Es sei doch lächerlich, dass er ein so großes Haus habe und sie kilometerweit entfernt in einem »anonymen« Hotel übernachtete. Die Kosten erwähnte sie nicht. Das hätte sie nie getan. Keines seiner Kinder sprach in seiner Gegenwart über Geld. Nachdem er die Mail gelesen hatte, ging er nach oben, um sich das Gästezimmer im ersten Stock neben seinem Schlafzimmer anzusehen. Es war in Ordnung, recht klein mit einem Einzelbett und einem winzigen Kleiderschrank. Der Bewohner würde das Bad mit ihm teilen müssen. Er stieg die Treppe zu Viviens Zimmer hinauf. Natürlich würde Jane hier schlafen wollen.

Er zog die Schuhe aus, schlug vorsichtig die Steppdecke aus weißer Seide zurück, legte sich auf die Seite des Bettes, die immer seine gewesen war, schloss die Augen, schlang den Arm um ihre geisterhafte Gestalt und stellte sich vor, er spüre ihre Wärme. Er sprach nur selten mit ihr, aber er tat es jetzt.

»Soll ich deine Tochter hier schlafen lassen, Liebling?«

Natürlich würde sie es erlauben. Das stand außer Frage. Und für Jane würde es selbstverständlich sein. Vielleicht würde sie die schreinartigen Elemente des Zimmers und die äußerste Sorgfalt, mit der es gepflegt wurde, gar nicht bemerken. Seine Kinder hatten keine gute Beobachtungsgabe und waren nicht einfühlsam. Dafür gab er sich selbst die Schuld und dachte, dass er auch nicht einfühlsam mit ihnen umgegangen war. Gütig, ja. Nachsichtig und großzügig, aber nicht verständnisvoll. All das sowie die Liebe hatte er für ihre Mutter aufgespart. Und dennoch war es leicht, ihn zu kränken. Er konnte sich vorstellen, wie Jane in dieses Zimmer marschierte und ausrief, es sei noch genauso wie damals bei Mummy. Warum schliefe er denn nicht hier?

Und wirklich fiel Janes Reaktion ganz ähnlich aus. Sie trat über die Schwelle, schnupperte den Duft der weißen Rosen, die er in eine Vase gestellt hatte, um sie zu begrüßen, und fiel ihm um den Hals. »Oh, Daddy, dränge ich mich auf? Du hast das Zimmer zu deinem privaten Ort gemacht, um Mummy nah zu sein.«

Später, nachdem sie sich in dem von ihr so genannten »heiligen Zimmer« eingerichtet hatte, ging er mit ihr essen. Er hatte keine Lust, für sie zu kochen, und war sicher, dass sie das auch nicht wollen würde. Sie sprachen über ihre Kinder, die er kaum kannte, und über ihren neuen Job. Sie war Ärztin, Kinderärztin, und zwar eine sehr angesehene. Er erzählte von Zoe, und ihre Bemerkung, sie sei erstaunt, dass »die liebe alte Dame« noch lebe, ließ ihn zusammenzucken.

»Dann wird es dich noch mehr wundern, wenn ich dir sage, dass mein Vater auch am Leben ist.«

»Ganz richtig, tut es. Er muss ja schon hundert sein.«

»Meistens sagen die Leute das, um zu übertreiben. Aber es stimmt. Nun, neunundneunzig.«

»Du besuchst ihn nie, richtig?«

»Fast nie«, erwiderte Michael. »Seit dem Tod seiner Frau lebt er in einem luxuriösen Altersheim, wo jeder seinen privaten Butler und einen Whirlpool hat.«

»Du machst Witze.«

»Ich habe es natürlich nie selbst gesehen. Ich weiß es von Zoe.«

Am nächsten Morgen rief Brenda Miller an und meldete, Zoe sei krank und ins Krankenhaus eingeliefert worden. Sie habe eine Lungenentzündung.

»Ich komme sofort.«

»Zu schade, jetzt, wo ich gerade hier bin«, meinte Jane forsch. Doch sie schien sich mit seiner Abwesenheit abzufinden. Sie habe viel zu tun und müsse Hunderte von Leuten treffen.

»Ich übernachte nicht dort. Heute Abend bin ich zurück«, sagte er.

»Richte ihr liebe Grüße von mir aus.«

Zoe würde mit lieben Grüßen nichts mehr anfangen können, dachte er, versprach es aber trotzdem. Lungenentzündung hatte man früher den Freund des alten Menschen genannt, weil sie einen ohne Medikamente, schmerzlos, langsam und sanft ins Jenseits beförderte. Sie würden versuchen, Zoe am Leben zu erhalten, und zweifellos eine Weile erfolgreich sein. Doch vielleicht hatte sie ja verlangt, nicht wiederbelebt zu werden.

Sie hatte gesagt, er sei ihr Sohn und sie seine Mutter. Diese gefühlvollen Worte hatten ihm Tränen in die Augen getrieben, die er in ihrem Haus unterdrückt hatte. Aber auf der Rückbank des Taxis auf dem Weg ins Krankenhaus weinte er. Sie war bei Bewusstsein und auf Kissen gestützt. Brenda war bei ihr.

»Ich gehe«, meinte Brenda. »Ich lasse euch allein.«

Er hielt Zoes Hand. Ihre Stimme hatte sich zu einem Flüstern gesenkt. Sie war zwar klar, musste sich jedoch beim Sprechen schonen.

»Dein Vater. Wenn ich nicht mehr bin, wird er sehr einsam sein.« Sie brach ab und musterte ihn forschend. Ihre Augen leuchteten noch. »Ich habe schlimme Dinge über ihn gesagt. Vielleicht habe ich mich geirrt. Das Alibi. Habe ich das geträumt?«

»Nein, nein, Zoe, natürlich nicht.«

»Ich weiß nicht. Wenn ich nicht mehr bin, gibst du in Urban Grange Bescheid? Sagst du ihnen, dass du sein Sohn bist? Sie ahnen nichts von deiner Existenz. Erzähl es ihnen einfach.«

Es war eine gewaltige Anstrengung für sie gewesen. Sie

schloss die Augen und lehnte den Kopf in die Kissen. Im ersten Moment glaubte Michael, sie sei tot, doch ihre Hand in seiner war warm, und die Finger bewegten sich und drückten sich an seine Handfläche. Als er sie an die Lippen hob, lächelte sie, der winzige Anflug eines Lächelns. Während er, immer noch ihre Hand haltend, an ihrem Bett saß, dachte er an seine arme, hübsche rothaarige Mutter, so lieblos sie auch gewesen sein mochte. Er dachte an den väterlichen Chris, Zoes Mann, der stets Zeit für den einsamen kleinen Jungen gehabt hatte. Und an Vivien, immer an Vivien, deren Tod er monatelang nicht hatte fassen können und deren Geist ihn ständig begleitete.

Eine Krankenschwester trat an Zoes Bett. Er ließ Zoes Hand los, damit die Schwester sie nehmen und ihr den Puls fühlten konnte. Lächelnd sagte sie, er könne bleiben, solange er wolle. Sie würde ihm eine Tasse Tee bringen. Stunden vergingen, er wusste nicht, wie viele. Der Tee wurde getrunken und eine zweite Tasse serviert. Zoes Hand lag wieder in seiner. Auch er schlief ein, hielt sie weiter fest und wachte auf, als die Schwester neben ihm stand.

»Ihre Mum schläft noch«, meinte sie verlegen, weil ihre Worte zu einem weiteren Tränenausbruch und dazu führten, dass er Zoes Stirn mit den Lippen berührte, bevor er sich abwandte.

Er war zurück, als sie am folgenden Nachmittag starb. Sie hatte einen letzten Wunsch gehabt, der so gar nicht zu ihr passte, und er erfüllte ihn, nachdem er ihren Tod amtlich gemeldet und sich um die Beerdigung gekümmert hatte. Als er nach Hause kam, teilte er Jane als Erstes mit, dass Zoe tot war.

»Oh, Dad«, erwiderte Jane. »Soll ich dich mal in den Arm nehmen?«

Was sollte er sagen? Ein solches Angebot konnte er nicht ablehnen. Also ließ er die Umarmung zu. Sie gab auch gleich ihrem Bruder Richard Bescheid, er würde am nächsten Tag da sein. »Zur Unterstützung«, fügte sie hinzu.

Richard traf ein. Er war so kalt und pragmatisch wie seine Schwester emotional. Beide kamen zur Beisetzung, saßen links und rechts von ihm im Krematorium und stützten ihn buchstäblich, indem sie ihn an den Armen fassten, als der Sarg in den Flammen verschwand.

Erst als sie beide fort und ihre Zimmer leer waren, war er fähig, sich in die oberste Etage zu schleichen und, furchtsam und zitternd, die Tür zu Viviens Zimmer zu öffnen. Die Hand noch auf der Klinke, stand er da und sagte sich, er müsse mit Veränderungen im Raum rechnen. Das Bett zerwühlt, die von ihm hingestellten Blumen noch vorhanden, jedoch welk und tot in einer Vase voller übelriechendem gelbem Wasser. Ärgere dich nicht, reg dich nicht auf. Er machte die Tür auf und betrachtete das kostbare Zimmer. Anstelle von Schmerz wurde er von Dankbarkeit, ja von Liebe ergriffen. Die welken Blumen waren fort. Es gab weder Durcheinander noch Staub. Und als er die Steppdecke zurückschlug, stellte er fest, dass sie sogar die Bettwäsche gewechselt hatte. Seine liebe, gute Tochter …

In letzter Zeit musste er ständig weinen. Der Ausgleich für eine Kindheit, in der er kaum geweint hatte, obwohl genug Grund vorhanden gewesen wäre. Jetzt brauchte er jemanden, mit dem er reden konnte. Jemanden, der ihm zuhören und Verständnis haben würde, ohne – ein Wort aus seiner Kindheit – eine Heulsuse zu sein. Spontan griff er zum Telefon und wählte Daphnes Nummer. Eine Stimme, die nicht ihre war, verkündete, derzeit könne niemand seinen Anruf entgegennehmen. Er solle es später noch einmal versuchen.

Der Anruf, den er hätte erledigen sollen, obwohl »sollen« in diesem Zusammenhang eine ziemlich unklare Bedeutung hatte, war der in Urban Grange, dem luxuriösen Rückzugsort seines Vaters. Er wusste nicht einmal, wo das war. Er konnte es bei Google recherchieren, so hatte er etwas zu tun. Ein Kinderspiel. Er hatte nicht mit so vielen Treffern gerechnet. Seite um Seite warb für diese Einrichtung. Sie wurde als die luxuriöseste (wieder dieses Wort) Residenz für anspruchsvolle Senioren in Großbritannien beschrieben. Ein Schutzraum, ein Wellnesstempel, ein höchsten Standards folgendes Heim, eine Prachtvilla im Stil des Palladianismus im ländlichen Suffolk. Es wimmelte von grellbunten Fotos. Die Gärten strotzten von Blumen. In anderen Teilen des Grundstücks wuchsen exotische Bäume und Gehölze. Es gab Pavillons, Lauben und sogar einen Ha-Ha. Jede Suite verfügte über einen eigenen kleinen Garten, den man durch einen Wintergarten erreichte, der mit Bambus, gesteppter Seide und Silber ausgestattet war. Was kostete der Aufenthalt? Geld wurde nicht erwähnt. Geld war vulgär. Anderseits, so sagte sich Michael, war es doch nicht minder vulgär, Äußerungen zufriedener Bewohner wiederzugeben. Eine stammte von einer Dame namens Doris Perivale (»Hinreißender als jedes Haus, in dem ich je gelebt habe.«), eine andere von Prinz Ali Kateh (»Nummer eins in der Palastkategorie«).

Es waren auch eine Telefonnummer und eine E-Mail-Adresse vermerkt. Er notierte sich die Nummer auf der Rückseite eines Briefumschlags, das einzige gerade verfügbare Stück Papier, steckte ihn ein und vergaß ihn. Was er jedoch nicht vergaß, war, Daphne anzurufen, und diesmal ging sie an den Apparat.

John Winwood hatte nie dazu geneigt, sich Sorgen zu machen. Wenn etwas Unangenehmes anstand, schob er es beiseite und dachte nicht mehr daran. Allerdings war das im Hinblick auf seinen Familienstand (verheiratet oder ledig?) nicht möglich gewesen. Damals in den späten Vierzigern hatte es ihn belastet, wenn auch nicht ständig, doch einige Minuten und manchmal länger pro Tag. Seine Frau Anita war tot, und er hatte überall herumerzählt, dass sie gestorben sei. Er war Witwer. Das entsprach der Wahrheit, und er musste es wohl am besten wissen. Allerdings hatte er keinen Totenschein und würde auch nie einen bekommen.

Er wollte wieder heiraten. Er hatte zwar keine bestimmte Kandidatin im Blick, doch es gab einige, die er in Erwägung zog. Der Krieg hatte viele Frauen zu Witwen gemacht. Da war Margaret Lewis, deren Mann in der ägyptischen Wüste gestorben war. Eine andere namens Beryl Nichols, die allein zurückblieb, als Gary Nichols nicht aus Dünkirchen wiederkehrte. Und auch noch eine dritte, die Rita hieß, im Hollybush an der Bar arbeitete und ihren Ehering nach Arnheim abgenommen hatte. Von diesen dreien, denen Woody mehr oder weniger den Hof machte, hatte nur Mrs. Lewis Geld, ja sie war richtig vermögend.

Er hatte Haus Anderby verkauft und sich in Leyton

eine kleine Wohnung über einem Laden gemietet. Dorthin konnte man keine Frau einladen. Insbesondere nicht Mrs. Lewis, die ein großes Haus in Chigwell bewohnte. Obwohl sein Geld knapp wurde, hielt er an seinem Grundsatz fest, niemals zu arbeiten. Die wenigen Jahre Plackerei in der Fabrik und im Schlachthof hatten ihn gelehrt, sich nie mehr eine Stelle zu suchen, sondern sich ohne Berufstätigkeit durchzuschlagen. Eine weitere Lektion war, dass Eifersucht eine Frau dazu trieb, sich leichtsinnig zu verhalten und Dinge zu tun, an die sie normalerweise nicht im Traum gedacht hätte. Soweit er wusste, war das bei Männern auch so. Auch wenn er nicht auf Erfahrungswerte zurückgreifen konnte, denn er war nie eifersüchtig gewesen. Rita sah besser aus als Beryl, und beide sahen besser aus als Margaret. Zu Lebzeiten ihres Mannes hatte sie zu lange und zu oft in Nizza und auf Korsika am Strand gelegen, weshalb ihr Gesicht und ihre Schultern faltig und von den vielen Sonnenbränden fleckig waren. Außerdem war sie über vierzig und legte allmählich zu. Aber sie hatte Geld. Sie hatte ein schönes, großes Haus, ein schönes, großes Auto und ein beträchtliches Einkommen aus einer Quelle, die Woody erst ermitteln konnte, als das mit der Eifersucht begann.

Ihre Beziehung war nie das gewesen, was Margaret als intim bezeichnete. Anders als die mit Beryl und Rita. Er teilte Margaret mit, es läge an ihr, dass er Nächte mit diesen beiden Frauen verbrachte, denn ein Mann habe, wie er sagte, »gewisse Bedürfnisse«. Die Eifersucht packte sie. Sie war sogar dumm genug, sich vor den Spiegel zu stellen, ihn zu rufen, ihm die Runzeln und Flecken zu zeigen und ihn zu fragen, ob ihn diese in die Arme anderer Frauen trieben. Aber davon ließ sich Woody nicht verprellen. Er verschloss die Augen vor den durch die Sonne hervorgerufenen Schäden und Margarets Dummheit und machte ihr einen Heiratsantrag. Wenn sie ihn heiratete, würde es keine anderen Frauen mehr geben, er würde sie keines Blickes mehr würdigen. Natürlich sagte sie Ja, was in Woody ein bislang unbekanntes Gefühl auslöste: Angst. Was, wenn der Vikar oder der Standesbeamte den Totenschein seiner ersten Frau sehen wollte? Damit zermarterte er sich während der gesamten Verlobungszeit, die zu seinem Glück nur sechs Wochen dauerte, das Gehirn. Doch die Trauung vollzog ein Vikar, kein Standesbeamter, und er stellte keine Fragen.

Margaret war schon immer wohlhabend gewesen, eine Erbschaft, und das Gleiche galt für Major Rory Lewis. Die beiden hatten nie in dem Sinne gearbeitet, wie Woody sich Arbeit vorstellte. Deshalb erkundigte sich Margaret auch nicht, warum er weder einen Beruf noch ein privates Einkommen hatte. Sie nahm an, dass jeder in ihren Kreisen Geld besaß. Irgendwann gestand er ihr, dass er mittellos war, denn der Erlös von Haus und Schmuck war aufgebraucht. Margaret, noch immer verliebt, meinte, er solle sich keine Sorgen machen, denn sie habe genug für sie beide. Das war zu Anfang ihrer Ehe. Als sie sich entliebte, begann sie, ihm die Mittel zuzuteilen. Er habe das Haus in Chigwell und den Lagonda, weshalb zehn Pfund pro Woche doch mehr als genug seien. Sie hatten kein gemeinsames Konto, und auf ihr Privatkonto hatte er keinen Zugriff. Manchmal erinnerte er sich daran, wie er die hübsche Anita erdrosselt und ihre Ringe verkauft hatte, doch dieser Zug war abgefahren. Er befürchtete, die Polizei könne argwöhnisch werden, wenn er bei Margaret etwas Ähnliches versuchte. Schließlich wurde der Ehemann stets zuerst verdächtigt, und dann würden sie anfangen, in seiner Vergangenheit herumzustochern. Sie würden fragen, wann und wo Anita gestorben sei, und ihren Totenschein verlangen. Er stand wieder vor seinem alten Dilemma. Es gab keine Lösung. Ihm blieb nur übrig, so weiterzumachen wie bisher: Margaret mehr oder weniger glücklich, er mit zehn Pfund pro Woche. Er spielte mit dem Gedanken, etwas von Margarets Schmuck zu stehlen und zu verkaufen, ließ ihn aber als nicht umsetzbar wieder fallen. Schließlich lebte seine Frau noch und hatte im Laufe ihrer Ehe gelernt, ihm in den meisten Dingen zu misstrauen.

Als sie starb, war er knapp sechzig, sie gute fünf Jahre älter. Es war Krebs, damals in fast allen Fällen unheilbar. Die Überraschungen begannen bei der Beerdigung. Eine mysteriöse Frau (so nannte Woody sie) tauchte auf und setzte sich in die erste Reihe, die Angehörigen und engen Freunden vorbehalten war. Er schätzte sie auf etwa fünfzig, und sie erinnerte ihn an jemanden. An wen, fiel ihm nicht ein. Sie kam zu dem Umtrunk und Imbiss, den Margarets Freundin aus Chigwell vorbereitet hatte, doch da sie sich Woody nicht vorstellte, dachte er nicht mehr an sie. Bis er mitten in der Nacht aufwachte und begriff, dass die mysteriöse Frau ihn an Margaret erinnerte. Eine Nichte? Möglicherweise. Er nickte wieder ein und dachte dabei zufrieden an Margarets Aktien, ihre Bankkonten, dieses Haus und den Jaguar, der den Lagonda abgelöst hatte. Vermutlich hatte sie ein Testament gemacht, aber das war nicht weiter wichtig. Er würde alles erben.

Das Testament wurde eröffnet und sorgte für ein böses Erwachen. Woody bekam das Haus, was in Ordnung war, doch fast das gesamte Geld (bis auf die zehn Pfund pro

Woche, die weiter gezahlt wurden), die Aktien, das Auto und die Möbel gingen an eine Frau, die Margaret (so hieß es im Testament) nicht gesehen hatte, »seit man sie mir im Alter von drei Monaten aus den Armen nahm und einem Paar namens James und Stella Brotherton zur Adoption übergab«.

Eine weitere Frau, die zur Beerdigung erschienen war, war Sheila Fraser, die sogar noch reicher war als Margaret. Woody, wie niemand ihn mehr nannte, führte seine üblichen Nachforschungen durch und ermittelte das Ausmaß ihres Vermögens. Sie war weder hübsch noch klug und außerdem eine fanatische Naturschützerin. Sie hatten fast nichts gemeinsam, und sie wies ihn auf die schockierende Anzahl von Igeln hin, die im Straßenverkehr überfahren würden. Sie nahm ihm das Versprechen ab, die Igelstiftung in seinem Testament zu bedenken. Er würde schließlich zuerst sterben, da er dreißig Jahre älter sei als sie. Doch natürlich tat er das nicht, er sorgte dafür. Sie führte ein äußerst unglückliches Leben an seiner Seite, aber sie sagte es ihm nie, und ihm fiel es nicht auf.

12

Fenella bekam kalte Füße. Allerdings drückte sie es ihrer Mutter gegenüber anders aus. Es gehöre sich für eine Enkelin nicht, ihrer Großmutter derartige Dinge zu erzählen.

»Aber es ist in Ordnung, wenn es eine Tochter ihrer Mutter sagt?«

»Es ist eine Altersfrage.«

»Oh, danke, dass du mir meine Jugend zurückgibst.«

»Du weißt genau, was ich meine, Mum«, entgegnete Fenella.

Wenigstens würde Judith jetzt nicht ihre Enkel hüten müssen. Und vielleicht würde sie es ihrer Mutter gar nicht eröffnen. Es konnte ja sein, dass sich keine Gelegenheit ergab. Sie würde auf einen passenden Moment warten müssen, zum Beispiel eine Bemerkung, wie glücklich Alans und Rosemarys Ehe verglichen mit den Beziehungen von Leuten war, die unverheiratet zusammenlebten, ein häufiges Gesprächsthema. Aber nein, das ging auch nicht. Oder wenn ihre Mutter vielleicht anmerkte, sie mache sich Sorgen um ihren Vater, der womöglich senil würde? Das wäre peinlich und sicher nicht hilfreich gewesen. Sie beschloss, auf ihren Bauch zu hören.

Außerdem musste man bedenken, wie Rosemary reagieren würde. Würde sie hysterisch werden, weinen oder ihr gar den Mund verbieten und sie aus dem Haus jagen? Wie könne sie es wagen, ihrem Vater so etwas zu unterstellen? Es war eine lange Autofahrt von Chiswick nach Loughton, und Judith und Maurice hatten oft darüber gejammert. Diesmal jedoch erschien sie ihr sehr kurz. Schon eine gute halbe Stunde später hatte sie die idyllischen Hügel und die grünen Wälder erreicht und fuhr bald die High Road entlang. Seit sie mit siebzehn den Führerschein gemacht hatte, war sie schon oft hier vorbeigekommen, und alles war ihr vertraut, denn dieser Teil von Loughton hatte sich kaum verändert. Die Lopping Hall, das alte Polizeirevier, dann Abbiegen in die Station Road und auf die Kirche St. Mary's zu. Plötzlich empfand sie ihre Mission als ernst, nicht mehr als den ziemlich unschönen Scherz, als der sie ihr anfangs erschienen war. So ernst, dass die Ehe ihrer Eltern selbst in diesem späten Stadium daran scheitern konnte. Die der *Großeltern* ihrer Kinder? War das möglich? Sie passierte ihre ehemalige Schule, wohin sie jeden Tag zu Fuß gegangen war. Damals, als Jugendliche noch kein Problem damit gehabt hatten, lange Strecken zu Fuß zurückzulegen. Wenn es regnete, hatte ihre Mutter sie mit dem Auto abgeholt. Manchmal war ihr Vater morgens später als sonst zur Arbeit aufgebrochen. Sie waren gemeinsam losgezogen, hatten sich am Schultor getrennt, und er hatte seinen Weg zum Bahnhof allein fortgesetzt. Sie fuhr den Alderton Hill hinauf und bog nach links in die Straße ihrer Eltern ein, bis zu dem Wohnblock, der in jener Zeit noch nicht da, ja nicht einmal angedacht gewesen war. Dort parkte sie auf dem zur Wohnung gehörigen Stellplatz, den sie nicht mehr benutzten, seit sie das Auto abgeschafft hatten, und schaute zu den Fenstern hinauf. Ihre Mutter war herausgekommen und winkte ihr vom Balkon aus zu.

»Ist mit Fenella alles in Ordnung, Schatz?«, erkundigte sich Rosemary, als sie die Tür öffnete. »Natürlich freue ich mich, dich zu sehen, aber ich habe mich gefragt, ob Fenella sich nicht wohlfühlt und mir etwas verheimlicht.«

»Nun, ich verheimliche dir nichts, Mum.« Das stimmte, oder würde zumindest bald so sein. »Fenella geht es gut und den Kindern auch.«

»Sie sind ja so niedlich und so brav«, erwiderte Rosemary unglaublicherweise. »Ich koche sofort Tee.«

»Mum, würde es dich sehr stören, wenn ich mir stattdessen einen Drink genehmige? Nur einen, weil ich noch fahren muss. Aber wenn ich ein Glas Wein haben könnte … Ich hole es mir selbst.«

Das war ihr gerade eben eingefallen, und wenn man erst einmal daran denkt, ist ein nicht eingeplantes Glas Alkohol unwiderstehlich.

»Natürlich, Schatz, warum auch nicht?« Dann begann Rosemary, das »Warum auch nicht« zu erläutern. »Nur dass du mit dem Auto da bist, und da sollte man eigentlich gar nichts trinken. Findest du es denn nicht besser, das Trinken auf bestimmte Tageszeiten zu beschränken und sich auch daran zu halten? Der alte Spruch, zu warten, bis die Sonne hinter dem Mast untergeht, ist doch gar keine so schlechte Idee.«

Aber Judith hatte sich bereits ein großes Glas Pinot grigio eingeschenkt, setzte sich und kippte einen kräftigen Schluck hinunter.

»Ach, herrje, du hattest aber mächtigen Durst.« Rosemary fing an, sich über die Hochzeit auszulassen, obwohl sie ihre jeweilige Meinung dazu seit dem Ereignis schon mindestens zweimal ausgetauscht hatten. Judiths Einstellung zu dem kupferfarbenen Kostüm wurde erneut eingefordert, und Judith wiederholte, es sei reizend und sehr bewundert worden. Allmählich wurde ihr flau. Sie trank noch einen Schluck Wein, nicht das beste Mittel dagegen.

»Fehlt dir etwas, Judy?«

»Mir geht es prima. Sag mal, wo ist denn Dad?«

»Weshalb interessiert dich das, mein Gott?«

»Ich möchte einfach nur wissen, wo er ist. Entschuldige, ich drücke mich ein bisschen ungeschickt aus. Könntest du es mir bitte erzählen?«

»Aber, Judith. Ich habe dich ja gewarnt. Ich glaube, der Wein ist dir zu Kopf gestiegen. Du bist ein wenig durcheinander. Immerhin hast du in zwei Minuten die Hälfte eines großen Glases ausgetrunken. Das kann nicht gut sein.«

Ich könnte jetzt aufhören, dachte sie. Ich könnte behaupten, dass ich ein bisschen beschwipst bin. Lass uns das Thema wechseln. Nur dass es noch kein Thema gab.

»Mutter, hör mir zu. Es ist mir sehr, sehr ernst. Weißt du, wo Dad gerade ist?«

Endlich war sie zu ihr durchgedrungen. Rosemary kniff die Augen zusammen und öffnete den Mund, bevor sie antwortete. »Natürlich weiß ich das. Er ist irgendwohin in die Stadt gefahren, um Michael Winwood zu besuchen.« Ihre Stimme zitterte. »Du kennst ihn nicht. Er war ein Freund aus unserer Kindheit. Einer von denen, die wir wegen dieser gruseligen Handgeschichte wiedergetroffen haben.«

»Nein, ist er nicht. Da bin ich sicher. Ruf diesen Winwood an und finde es selbst heraus.«

»Oh, Judy, ich kann doch nicht deinem Vater nachspionieren.«

Nach einem weiteren Schluck Wein beschloss Judith, dass es das Beste war, die Karten auf den Tisch zu legen. »Freya und David haben ihn zusammen mit einer Frau in einem Restaurant in St. John's Wood beobachtet. Das war vor etwa einem Monat. Die beiden haben Händchen gehalten. Als sie gingen, hat er den Arm um sie gelegt. Es tut mir leid, dass du es auf diese Weise von mir hören musst, aber ich weiß nicht, wie ich es sonst erklären soll, und ich denke, dass du es erfahren solltest.«

Rosemary saß reglos da und begann dann, den Kopf zu schütteln. Das Kopfschütteln dauerte so lange an, dass es besorgniserregend wurde. Als sie das Wort ergriff, klang ihre Stimme völlig anders als sonst, so hoch, dass es beinahe an ein Quietschen erinnerte. »Es muss jemand anderes gewesen sein. Nicht dein Vater. Das ist ausgeschlossen.«

»Gib mir die Nummer von diesem Winwood.«

Sie bezweifelte, dass ihre Mutter gehorchen würde, doch sie tat es. Sie nahm das Telefonbuch aus einer Schublade und den Telefonhörer von der Ladestation, reichte ihn ihrer Tochter und flüsterte die Nummer so leise, als würden sie abgehört. Sie krampfte die Hände zusammen und fing dann an, sie zu ringen, während sie wartete. Darauf, dass jemand abhob, oder vielleicht in der Hoffnung, dass niemand da sein würde.

»Mr. Winwood? Hier ist Judith Hayland, früher Norris. Ich glaube, mein Vater ist bei Ihnen. Könnte ich mit ihm sprechen?«

Judith war absolut überzeugt, dass er nicht da war, und das traf auch zu. Michael Winwood wirkte ebenso erstaunt, wie sie erwartet hatte, allerdings nicht argwöhnisch. Nachdem sie aufgelegt hatte, hegte er noch immer keinen Verdacht. Ehebruch und die damit einhergehenden Lügen und Strategien kamen in seinem Erfahrungsschatz nicht vor. Und wenn er sich ein wenig wunderte, dann nur deshalb, weil er gar nicht zu Hause gewesen wäre, um Judith Haylands Anruf entgegenzunehmen, hätte Daphne seinem Vorschlag zugestimmt, dass er sie heute besuchte. Doch im Laufe des Tages fiel ihm das kurze Telefonat wieder ein, und er fand es ein wenig seltsam, wie Alan Norris, der nie sein Haus betreten und dem er zwar seine Telefonnummer, aber bestimmt nicht seine Adresse gegeben hatte, seiner Tochter hatte sagen können, sie würde ihn hier antreffen. Sie waren nicht befreundet und sich, seit sein Vater sie vor sechzig Jahren aus den Tunnels verjagt hatte, nur einmal begegnet, und zwar bei George Batchelor. Er wollte nicht an seinen Vater denken, dieses unsterbliche Geschöpf, das ihm in seiner Weigerung, diese Welt zu verlassen, übermenschlich erschien. In Urban Grange hatte er noch immer nicht angerufen, und er erinnerte sich an das Stück Papier mit der Telefonnummer in seiner Jackentasche, das inzwischen durch ständiges Betasten recht zerknittert sein musste.

Bevor Judith ihrer Mutter die Hiobsbotschaft überbrachte, hatte sie lange über ihre mögliche Reaktion nachgegrübelt: Tränen, ein hysterischer Anfall, eisiges Schweigen oder Wut. Allerdings hatte sie nicht mit dem gerechnet, was nun geschah. Sie hatte die Alternativen durchgespielt: Rosemary hätte davonlaufen, mit ihr nach Hause kommen, ihren Bruder Owen verständigen, einen Arzt rufen (war das heutzutage noch machbar?) oder, noch wahrscheinlicher, einen Anwalt konsultieren können. Doch sie sagte nur: »Was mache ich jetzt?«

»Nun, nichts, Mum. Was kannst du da schon machen?«

»Ich kann es eigentlich nicht glauben. Nicht bei deinem Vater. Sicher stellt sich heraus, dass diese Frau Ärztin ist, irgendeine Spezialistin, heutzutage gibt es in diesem Beruf ja mehr Frauen als Männer. Er hat sie wegen einer ernsthaften Erkrankung aufgesucht, er war bei ihr, um das Ergebnis irgendeiner CT-Untersuchung abzuholen, und die Nachrichten waren so gut, dass er sie zur Feier des Tages zum Essen eingeladen hat. Das ist die Erklärung.«

Judith hatte gar nicht geahnt, dass ihre Mutter so viel Fantasie besaß. Es war zwar möglich, jedoch nicht wahr.

»Er hat mir nichts verraten, damit ich mir keine Sorgen mache«, fügte Rosemary hinzu.

Warum hat er es dann anschließend nicht erwähnt?, wollte Judith nachhaken. Aber sie wusste, dass ihre Mutter nur mit einer neuen Rechtfertigung aufwarten würde. Das führte sie zu der Frage, was ihr Vater sich hätte einfallen lassen, um sie zu überzeugen. Er hatte mehr Fantasie als sie, saß vielleicht in diesen Minuten in einem Zug und legte sich eine Geschichte zurecht. Wie gern hätte sie noch ein Glas Wein getrunken, doch in diesem Fall hätte sie nicht mehr gewagt, nach Hause zu fahren. Moment mal – das Auto stehen lassen und die U-Bahn nehmen? Aber hier zu sein, wenn Rosemary ihren Mann zur Rede stellte? Nein, das ging überhaupt nicht. Sie betrachtete das starre Gesicht ihrer schweigenden Mutter und bemerkte das, worauf sie normalerweise nicht achtete oder was sie gar nicht erst wahrnahm: wie faltig ihr Gesicht war, wie eingesunken ihre Augen wirkten und wie schwer ihre Lider. Ihr Kiefer war schlaff, ihre Oberlippe von parallel verlaufenden senkrechten Runzeln gesäumt. Was man außer den gerillten Nägeln an ihren Händen als

Erstes sah, waren die verzweigten violetten Venen. Venen wölbten sich ebenfalls unter dem dünnen Stoff ihrer Strumpfhose. Sie war alt. Aber passierte alten Menschen so etwas? Offenbar schon.

»Wann erwartest du Dad zu Hause?«

Ihre Mutter schien die geheimnisvolle Ärztin ganz vergessen zu haben. »Spielt es eine Rolle, wann ich ihn zu Hause *erwarte*?«

»Oh, Mum, möchtest du, dass ich bleibe?« Sie schlug es vor, weil sie es für ihre Pflicht hielt. Die Aussichten waren grauenhaft. »Ich könnte Maurice anrufen und das Auto hier lassen.«

»Wie sah diese Frau aus?«, fragte Rosemary unvermittelt.

»Freya sagte nur, sie sei groß und dunkelhaarig und außerdem, tja, ziemlich alt gewesen.«

»Ich verstehe.« Ihre Mutter machte den Eindruck, als verstünde sie wirklich. »Soll ich mich besser fühlen, weil sie alt ist? Es macht die Sache noch schlimmer. Nein, du brauchst nicht zu bleiben, Schatz. Ich spreche allein mit ihm.«

In den wenigen vergangenen Minuten schien ihre alte Mutter weniger gealtert als erwachsen geworden zu sein. In ihrem Alter hatte sie endlich begriffen, worum es im Leben ging.

Während seine Tochter ihm hinterherschnüffelte, war Alan mit Daphne im Bett. Dort waren sie schon seit dem späten Vormittag, abgesehen von einer kurzen Mittagspause bei Carluccio's. Danach hatten sie sich weiter geliebt und waren dann eingeschlafen. Abends ging er nach unten, um die Champagnerflasche zu holen, die sie am

Nachmittag auf Eis gelegt hatte. Außerdem schnitt er zwei große Stücke von dem während ihres Ausflugs gekauften Karottenkuchen ab. Sie liebten Karottenkuchen – eine ihrer vielen Gemeinsamkeiten –, und da sie beide schlank waren, kümmerten sie sich nicht um ihr Gewicht. Zu alt für diesen Unsinn, meinte Daphne. Der Champagner wurde getrunken, der Kuchen gegessen, und um neun sagte Alan, er müsse jetzt gehen. Bei Gott, er wolle nicht, doch er habe keine andere Wahl. Daphne zog einen Morgenmantel an und gab ihm einen Haustürschlüssel – oder besser drei Schlüssel, weil immer ordentlich abgeschlossen wurde.

»Die könntest du brauchen«, stellte Daphne fest. »Ich habe da so eine Vorahnung.«

»Passt gar nicht zu dir.«

»Tut es doch. Vergiss nicht, ich war früher einmal Wahrsagerin.«

In der U-Bahn dachte er darüber nach, und zwar in genau dem Moment, als der Zug durch Snaresbrook fuhr. Da oben war seine ehemalige Schule, und er hatte keine Ahnung, warum er sich jetzt daran erinnerte. Was hatte sie vorhergesehen? Nichts. Er betastete die Schlüssel in seiner Tasche, so wie damals ihre Visitenkarte.

Um halb elf stieg er aus dem Zug. Er war müde. Der Heimweg nach Traps Hill war kürzer als alle Spaziergänge durch Loughton, die er je unternommen hatte. Doch selbst als sie noch im Harwater Drive auf dem Gipfel des Church Hill gewohnt hatten, hätte er nie daran gedacht, mit dem Taxi zu fahren. Inzwischen war er älter, und ein Taxi wartete. Aber er ging trotzdem zu Fuß und ließ dabei die Vergangenheit Revue passieren, wie es angeblich Ertrinkende tun. Die Tunnels, Schule, Universität und Daphne, immer Daphne. Ihre Trennung, dann Rosemary, Hochzeit, Kinder, Enkel und die Rente. Wie sehr wir uns von unseren Kindern entfernen, dachte er. Inzwischen kümmerte es ihn kaum, was seine Kinder von ihm hielten. Vermutlich liebten sie ihn auf eine distanzierte Weise. Interessierte es ihn, was Rosemary dachte? Er wollte dasselbe wie die meisten Männer, was eine erschreckende Erkenntnis war. Sie wollten keinen Ärger, das war es. Das Leben sollte in geraden Bahnen und friedlich verlaufen, was für das kriegerische der beiden Geschlechter sonderbar war.

Um zehn vor elf würde Rosemary eingeschlafen sein. Das war immer so. Leise schloss er die Wohnungstür. Sie saß bei offener Balkontür im Wohnzimmer. Neben ihr stand ein halb leeres Rotweinglas. Manche Menschen fangen in brenzligen Situationen an zu zittern, manchen wird übel, manche erröten. Alan wurde blass.

»Ich brauche ein Glas Wasser«, verkündete er, ging in die Küche und füllte eines.

Rosemary schwieg. Sie saß nur, ihr Weinglas in der Hand, da, trank jedoch nicht.

»Am besten rückst du raus mit der Sprache«, meinte er.

Sie stellte das Glas ab, blickte hinein und umfasste den Stiel mit beiden Händen. »Warum sie?«, fragte sie. »Mehr will ich nicht wissen. Wenn es eine junge Frau wäre, könnte ich es ja verstehen. Aber warum sie? Warum diese alte Hexe?«

Er hakte nicht nach, woher sie es erfahren hatte. Vielleicht hatte sie ja mit Robert Flynn gesprochen. Es erschien ihm nicht weiter wichtig. »Beleidigungen helfen niemandem weiter.«

»Mich würde noch etwas interessieren. Hattest du etwas mit ihr?«

Genau diese Frage hatte er erwartet, in exakt diesen Worten. Er hätte das Drehbuch für sie schreiben können. In den letzten Wochen und Monaten hatte er so oft gelogen, dass es zur Gewohnheit geworden war. Er war so gut in Übung, dass er wieder hätte lügen können. Es wäre einfach gewesen, es abzustreiten, denn schließlich hatte er sie inzwischen häufig betrogen. Wollte er jetzt Daphne betrügen? »Oh, ja«, erwiderte er. »Natürlich.«

Sie hob den Kopf und stand auf. »Wie konntest du nur? Wie konntest du nur?«, schrie sie.

»Darauf gibt es keine Antwort, Rosemary. Das ist dir klar.«

»Bereust du es? Willst du, dass ich dir verzeihe?«

»Können wir morgen darüber reden? Ich möchte ins Bett.«

Er dachte, dass sie nun zu weinen anfangen würde, aber nein. »Gab es noch viele andere?«, sagte sie. »Während unserer gesamten Ehe. Waren da viele andere?«

»Nein. Sonst niemand. Ich gehe ins Bett.«

Wenn es in einer Ehe zu einer derartigen Krise kommt, besteht die erste Handlung noch vor dem Streit darin, dass einer der Partner – Eheleute, wie es so schön heißt – vom Ehebett ins Gästezimmer oder aufs Sofa umzieht. Als Alan mit seinem Pyjama ins Gästezimmer kam, stellte er fest, dass Rosemary schneller gewesen war. Ihr Nachthemd lag bereits auf dem Bett. Ihr kleines Radio stand neben ihrer Lesebrille auf der Kommode.

Sie schliefen beide nicht gut. Wir können das wieder und wieder durchkauen, wie andere Leute, zumindest soweit ich es gehört habe, dachte er. Und dann werde ich gehen. Sie hat noch nie allein gelebt. Wie wird sie zurechtkommen? Ich werde sie nicht im Stich lassen. Ich werde für sie da sein und alles tun, was sie will. Nur nicht bei ihr bleiben. Ich bin alt, aber ich werde mir nicht einreden, dass ich deshalb in den Jahren, die mir noch vergönnt sind, ein Recht auf Glück habe. Das habe ich nicht. Niemand hat es. Er schlief ein wenig, erwachte und stand um halb sechs auf.

Sie war bereits auf und anders als sonst um diese Zeit nicht im Morgenmantel, sondern trug ein selbst genähtes geblümtes Kleid. Ihr Haar war sorgfältig zu Wellen und Locken gelegt, als ob sie in der Nacht zuvor Lockenwickler verwendet hätte, was sie manchmal zu besonderen Anlässen tat. Zu seinem Entsetzen stellte er fest, dass nicht »als ob« der Fall war. Sie hatte es wirklich getan, und er erschauderte. Es war ihr Weg, ihn zurückzuerobern.

»Alan, wenn du versprichst, sie nicht mehr wiederzusehen, verzeihe ich dir. Ich werde die Vergangenheit ruhen lassen. Versprich es mir einfach, dann vergessen wir alles.«

Er schwieg.

»Schließlich hat es ja nicht sehr lange gedauert, richtig? Man könnte es als einen Moment der geistigen Umnachtung betrachten. Du bist über siebzig. Du möchtest doch so ein Durcheinander nicht, oder? Sag nur, dass du sie nicht mehr wiedersiehst, und damit ist es vorbei. Ich werde es dir nicht zum Vorwurf machen.«

Damit hatte er nicht gerechnet. Sie verhielt sich vernünftig, was gelinde gesagt ungewöhnlich war. Männer wünschen sich Frieden und ein ruhiges Leben. Das hatte er nun mehr als ein halbes Jahrhundert lang hinter sich, und er hatte keine Lust mehr darauf. Er wollte Daphne, und wie alt sie waren, spielte keine Rolle.

Also sagte er die Dinge, die er sich in der schlaflosen Nacht zurechtgelegt hatte. Er werde da sein, wenn sie ihn brauche. Er werde sie nie im Stich lassen. Und er fügte noch weitere Zusagen hinzu: Sie könnte die Wohnung haben. Er werde ihr in vernünftigem Rahmen jeden Unterhalt zahlen, den sie verlangte. Doch er werde gehen. Er werde nur noch rasch einen Koffer packen. Und dann geschah das, was er befürchtet hatte und was zu seiner großen Erleichterung bis jetzt nicht geschehen war. Sie stand auf, ballte die Fäuste und begann zu schreien. Sie trommelte mit den Fäusten gegen seine Brust und kreischte ihm ins Gesicht. Obwohl er natürlich viel stärker war als sie, war er dennoch erschüttert. Er hielt sie an den Armen fest und ertrug den Lärm, wohl wissend, dass eine Ohrfeige die Lösung gewesen wäre. Doch er brachte es nicht über sich. Und dann veränderte ihr Verhalten sich auf entsetzliche Weise. Anstatt zu schreien, fing sie an, ihn zu küssen. Sie umklammerte seine Schultern und bedeckte sein Gesicht mit Küssen.

»Rosemary, hör auf«, sagte er. »Hör bitte auf.«

Sie warf sich aufs Sofa. Inzwischen schluchzte sie. Er ging ins Schlafzimmer, das er bis letzte Nacht mit ihr geteilt hatte, suchte einen Koffer und warf Kleider hinein. Den Großteil seiner Sachen würde er sich nachschicken lassen müssen, aber wer würde das übernehmen? Eines seiner Kinder? Rosemary schrie wieder. Sie stand in der Schlafzimmertür.

»Niemand wird mehr ein Wort mit dir wechseln, das weißt du doch. Deine Kinder werden nichts mehr mit dir zu tun haben wollen. Du wirst deine Enkel niemals wiedersehen. Hast du darüber schon mal nachgedacht?«

Er entdeckte sein Mobiltelefon und das Ladegerät und wollte beides im Koffer verstauen. Rosemary kam herein und riss ihm das Telefon aus der Hand. Im Wohnzimmer griff er zum Festnetztelefon und rief ein Taxiunternehmen an, mit dem er schon einige Male gefahren war, allerdings nie so weit wie jetzt. »Hamilton Terrace, London North West Eight«, sagte er. Jetzt kannte Rosemary die Adresse, doch früher oder später musste sie es sowieso erfahren.

Mittlerweile brüllte sie, sie würde ihn am liebsten umbringen. Zurück im Schlafzimmer, stellte er fest, dass sie alle gepackten Kleidungsstücke aus dem Koffer gezerrt und auf den Boden geschleudert hatte. Sein Telefon hatte sie im Bad ins Waschbecken geworfen und beide Hähne aufgedreht. Er packte die Sachen, ein Chaos aus Hemden, nicht zusammenpassenden Socken und Pyjamas, wieder ein. Sie beobachtete ihn und wartete an der Tür offenbar darauf, dass er erneut hinausging. Das tat er auch, allerdings mit dem Koffer, den er mit einem Lederriemen verschnürt hatte. Sie murmelte Drohungen, welchen Tod sie ihm wünschte und dass sie Daphne am liebsten ermorden würde. Der Festnetzanschluss läutete, und man teilte ihm mit, das Taxi warte auf dem Parkplatz vor dem Haus. Er verabschiedete sich, worauf sie ihn weiter anschrie. Alan schloss die Tür hinter sich, schlenderte zur rückwärtigen Tür hinaus zum Parkplatz und genoss Ruhe und Frieden.

Eine Dreiviertelstunde später steckte er die Schlüssel, die Daphne ihm gegeben hatte, in das oberste, mittlere und unterste Schloss ihrer Haustür und fühlte sich, als sei er nach Hause gekommen.

13

Vor langer Zeit war Loughton ein richtiges Dorf gewesen, und bis zum Zweiten Weltkrieg und auch noch danach sagten die Einwohner, sie gingen runter ins Dorf, wenn sie ihre Einkäufe erledigten. Wie in jedem Dorf gab es hier auch ein Klassensystem, und alle, auch die Kinder, wussten, dass die Armen in der Forest Road und der Smarts Lane wohnten. Die Mittelschicht lebte in den an die Hillcrest Road und Rectory Lane angrenzenden Straßen. Und die Reichen residierten in der Church Lane und auf dem Alderton Hill. Alle kannten einander oder hatten zumindest von ihnen gehört, wie es bei Dörflern eben so ist. Und als die Putzfrau ihre Stelle in Haus Anderby auf dem Hügel kündigte, nach ihren Worten wegen der »Vorgänge« dort, sprach es sich rasch in der Smarts Lane, wo sie wohnte, herum und kam schließlich Clara Moss in der Forest Road zu Ohren. Sie arbeitete zwar bereits bei den Batchelors auf dem Tycehurst Hill, konnte einen zweiten Verdienst jedoch gut gebrauchen. Und so geschah es, dass Clara Moss, Kriegerwitwe, ihr Mann war im ersten Kriegsjahr gefallen, eine Stelle bei John Winwood und seiner Frau Anita annahm. Was die »Vorgänge« betraf, kümmerte sie das nicht weiter, denn es ging sie ja nichts an. Das Haus neben dem von Clara war im Jahr vor Kriegsausbruch für zweihundert Pfund verkauft worden. Falls ihres dasselbe wert war, konnte sie sich reich fühlen.

Reich wurde sie nie. Vielleicht wäre es ja im Alter so weit gewesen, als sie das Haus für zweihunderttausend Pfund hätte veräußern können. Aber wo hätte sie dann wohnen sollen? Sie hatte keine Kinder, die sie hätten aufnehmen können, und vor Altersheimen hatte sie Angst. Man hörte ja so schreckliche Dinge über sie. Eigentlich wäre sie in dem Haus gut zurechtgekommen, wenn sie sich nicht das Knie hätte operieren lassen. Doch die Schmerzen waren derart schlimm geworden, dass es so nicht weiterging. Arbeiten konnte sie auch nicht, nicht in ihrem Alter. Als Fred ein Jahr nach ihrer Hochzeit im Krieg gefallen war, war sie neunzehn gewesen. Inzwischen war sie fünfundachtzig und wartete auf die zweite Knieoperation. Clara liebte den Nationalen Gesundheitsdienst. Man hatte sie sehr gut behandelt, als man ihre Hüfte und nach einem Sturz auf vereister Straße ihr Handgelenk operiert hatte. Aber man musste eben warten. Seit man ihr mitgeteilt hatte, dass eine Knieoperation nötig war, waren Monate verstrichen. Mittlerweile zwackte es ziemlich, wie Mr. Batchelor es ausdrückte. Clara liebte Mr. Batchelor beinahe so sehr wie den Nationalen Gesundheitsdienst. Nicht dass sie das je eingestanden hätte, nicht einmal sich selbst gegenüber. Bei ihm hatte die Privatversicherung die Hüfte übernommen, weshalb er nicht hatte warten müssen. Und das Ergebnis? Er hinkte immer noch und brauchte einen Stock.

Nun musste sie ein MRT durchführen lassen, und Mrs. Batchelor wollte sie mit dem Auto hinfahren. Clara mochte die neue Mrs. B viel lieber als die erste, für die sie gearbeitet hatte, als sie in Haus Carisbrooke anfing. Trotzdem hätte sie es lieber gehabt, wenn Mr. Batchelor sie gefahren hätte. Die Aufnahme hatte etwas mit ihrem Herzen zu tun. Es stimmte, dass die Wehwehchen mit zunehmendem Alter häufiger wurden. Sie wünschte sich jemanden, mit dem sie reden konnte, nicht nur den Fernseher. Der war klein, und die Farben wurden immer blasser, sodass es manchmal war, als blicke sie durch einen Nebel. Außerdem waren die Menschen auf dem Bildschirm nicht echt. Sie wollte echte Menschen um sich haben, aber es war niemand mehr übrig. Ihre Schwestern waren tot, und sie konnte von ihren Neffen und Nichten nicht erwarten, dass sie sich mit ihr beschäftigten, falls sie überhaupt wussten, wo sie wohnte. Freds Familie war längst verstorben. In ihrer Jugend hatte man keine Freunde gehabt, sondern eine Familie. Die waren die wahren Freunde. Seit es mit ihrem Knie so schlimm geworden war, erledigte das Mädchen von nebenan die Einkäufe. Mrs. B sagte, sie solle sie nicht als Mädchen bezeichnen, weil es nicht politisch korrekt sei, was immer das bedeutete. Soweit Clara feststellen konnte, hatte es nichts mit Politik zu tun. Sie solle sie eine »junge Frau« nennen, meinte Mrs. B. Wenn sie daran dachte, machte Clara einen Kompromiss und sprach sie mit »junge Dame« an. Die junge Dame von nebenan hieß Samantha und hatte anstelle eines Ehemanns einen Partner. Clara wusste nicht, was sie davon halten sollte, und machte sich deshalb lieber keine Gedanken darüber. Samantha ging für sie in den Supermarkt, und wenn sie zurückkam und Clara ihr das Geld geben wollte, nahm sie es oft nicht an. Nicht dass es sehr viel gewesen wäre. Tee, Brot, Margarine, Tiptree-Marmelade, sechs kleine Eier und ein bisschen Schinken. Als sie noch zur Arztpraxis an der Ecke hatte gehen können, hatte die Ärztin gesagt, sie solle Obst und Gemüse essen. Doch Clara hatte solche Sachen noch nie gemocht, und da sie inzwischen nicht mehr so weit laufen konnte, war Schluss mit diesen Ermahnungen. Zumindest ein Vorteil.

Maureen Batchelor und Helen Batchelor tranken Tee in Haus Carisbrooke. George hatte sich vom Sofa zu einem neuen Sessel mit Fußstütze hochgearbeitet. Stanley war im Garten und warf Spot einen Ball zu. Nachdem sie darauf geachtet hatten, nicht mehr als ein Ingwerplätzchen zu essen, erörterten Maureen und Helen ihr Lieblingsthema: die Sturheit der Männer, ihre Unbeweglichkeit und ihre Neigung, den Kopf in den Sand zu stecken, wenn etwas Unangenehmes drohte. George, der viel lieber draußen bei seinem Bruder und dem Hund gewesen wäre, war eingenickt. Helen schimpfte auf die mangelnde Bereitschaft der Männer, zum Arzt zu gehen, selbst wenn die Symptome von Krebs oder einer Herzerkrankung offensichtlich waren, worauf Maureen von einer Freundin berichtete, deren Mann nun einen Stent und einen vierfachen Bypass habe, weil er sich geweigert hatte, einen Krankenhaustermin einzuhalten.

George schlug die Augen auf und wuchtete sich hoch. »Ich brauche frische Luft«, verkündete er, griff nach seinem Stock und machte zwei Schritte auf die Terrassentür zu. Dann noch einen, bevor er auf die Knie sank. Der Stock entglitt seiner Hand und fiel krachend zu Boden. Stanley rannte, gefolgt von Spot, über den Rasen. Helen kniete bereits neben George, schob ihm den Arm unter den Kopf, hob ihn ein wenig an, um sein Gesicht zu mustern, und fragte ihn, ob er den Arm bewegen und sprechen könne. »Die Notrufnummer«, wandte sie sich an

Maureen. »Beeil dich. Wir brauchen einen Krankenwagen. Sag ihnen, er hatte einen Schlaganfall.«

Wie Stanley später anmerkte, hätten die Frauen sich vorbildlich verhalten. Maureen meinte, es sei seltsam, dass sie genau über dieses Thema gesprochen hätten, als es geschah. Der Krankenwagen war rasch da und brachte George in die Stroke Unit des St. Margaret's Hospital. Maureen saß neben ihm und hielt seine Hand. Sein einer Mundwinkel hing herunter, aber er konnte sprechen und sehen. Stanley und Helen blieben in Haus Carisbrooke zurück. Helen räumte das Teegeschirr weg, während Stanley ihr einen ordentlichen Gin Tonic einschenkte.

»Den brauchst du jetzt, Baby«, meinte er, obwohl sie gar keine Einwände erhoben hatte.

Sie setzte sich, streichelte Spot, um sich zu trösten, und nippte an ihrem Gin, als das Telefon läutete. Oder besser: anfing, »I Walk the Line« zu dudeln. Sicher war es Maureen mit Neuigkeiten, auch wenn es dafür noch ein wenig früh war. Doch anstelle ihrer Schwägerin war es eine Frau, die sie aus dem Bridgeclub kannte und die in einer Wohnung in Traps Hill lebte.

»Ich fasse es nicht«, entsetzte sich Helen.

»Aber es stimmt. Sie haben sich getrennt. Alan hat sie wegen einer anderen verlassen. Keine Ahnung, wer sie ist. In seinem Alter! Er ist bestimmt schon fünfundsiebzig. Aber die Leute werden ja heutzutage anders alt als früher. Ich gebe dir Bescheid, wenn ich mehr weiß.«

Stanley trank nur ein ganz kleines Glas Wein, weil er noch fahren musste. »Was ist denn los?«, fragte er.

Helen erzählte es ihm.

»Alan Norris? Nein, das kann nicht sein. Er und Rosemary sind ein glückliches Paar. Nein, nein, sicher geht es um jemand anderen.«

»Nun, Suzanne schien bestens informiert zu sein. Lass uns nach Hause fahren und warten, bis Maureen sich meldet. Vielleicht weiß sie ja mehr.«

Es war nur schwer festzustellen, ob sie die Norris oder George meinte.

Dank Helens beherzten Eingreifens sprach George Batchelor rasch auf die Behandlung an. Laut Aussage des Arztes wirkten die Blutverdünnungsmittel gut. Obwohl er sich danach sehnte, im Bett zu bleiben, zwang man ihn aufzustehen und, auf Maureens Arm gestützt, in seinem Einzelzimmer auf und ab zu gehen. Während George erstaunlicherweise immer vergnügter wurde, war Maureen ziemlich bestürzt.

»Mir war klar, dass Dad sterben könnte«, sagte sie zu ihrer Tochter. »Das Komische ist nur, dass ich bis jetzt nie richtig darüber nachgedacht habe.«

»Wir alle sterben irgendwann, Mum.«

»Ja, aber nicht so bald. Er könnte noch einen Schlaganfall erleiden, vielleicht schon morgen. Mir geht das ziemlich an die Nieren.«

»Versuch, nicht darüber nachzugrübeln. Was ist denn mit euren Freunden, denen, die sich getrennt haben? In ihrem Alter? Du denkst doch auch nicht darüber nach, ob sie sterben könnten, oder?«

Maureen interessierte sich nicht für die Norris. Überhaupt interessierte sie sich für niemanden als für sich selbst und George. Wie schrecklich, sagte sie sich, dass man erst bemerkt, wie sehr man jemanden liebt, wenn die Gefahr besteht, dass man ihn verlieren könnte. Inzwischen war George wieder zu Hause und kreiste nur noch um seine Gesundheit. Er hatte sie losgeschickt, um ein Blutdruckmessgerät zu kaufen, und maß mehrmals am Tag seinen Blutdruck. Entgegen der Warnung des Arztes überdosierte er die Aspirintabletten, die sein Blut verdünnen sollten. Abgesehen von einem raschen Besuch in der Apotheke verließ Maureen das Haus nicht, da sie befürchtete, er könne einen zweiten Schlaganfall erleiden, während er allein war. Nachts tat sie kaum ein Auge zu, voller Sorge, ihn beim Aufwachen tot vorzufinden.

Verwandte kamen zu Besuch. Stanley und Helen natürlich. Norman reiste sogar aus Frankreich an und brachte Eliane mit. Maureen wollte sie alle nicht im Haus haben. Sie wollte nur mit George allein sein. Es gab keinen Grund, vor die Tür zu gehen, denn ihre Lebensmittel wurden ohnehin geliefert. Helen hatte Pralinen und eine Flasche Sherry dabei, aber Maureen gestattete George keinen Alkohol, weil sie zu große Angst hatte. Der Tag kam, an dem sie Clara Moss zu ihrem MRT hätte fahren sollen, doch das würde ausfallen müssen. Es machte ihr ein wenig zu schaffen, dass sie Clara nicht Bescheid geben konnte, aber diese hatte, so seltsam es auch sein mochte, kein Telefon. Maureen hatte gehört, dass die junge Frau von nebenan für sie einkaufte, das war also geregelt. Dennoch plagte sie ihr Gewissen, weshalb sie Helen bat, bei Clara vorbeizuschauen, um sich zu vergewissern, dass nichts im Argen lag.

»Das ist unmöglich«, erwiderte Helen. »Ich kenne die Frau nicht. Es wäre mir peinlich und ihr sicher auch.«

Maureen antwortete, manchmal glaube sie, sie werde nie wieder vor die Tür gehen, weil sie zu große Angst habe, George allein zu lassen.

»Er wird nicht für immer eingesperrt bleiben können«, entgegnete Norman. »Er wird etwas unternehmen wollen, und du wirst ihn begleiten.«

Als sie George mitteilte, niemand habe Clara Moss besucht, regte er sich übertrieben auf. Nun, zumindest sie empfand es als übertrieben.

»Sie kann sich bewegen, George. Sie ist nicht bettlägrig. Ich glaube, sie ist ziemlich zäh.«

»Ich bestelle einen Wagen und lasse mich in die Forest Road bringen. Der Fahrer kann mir zur Tür helfen, und wenn ich erst mal in Claras Haus bin, kann ich mich setzen. Das klappt schon.«

»Das erlaube ich nicht, George. Du wirst dich umbringen. Ich nehme dir das Telefon weg.«

George gab nach. Er werde es nicht tun, doch sie solle ihm die Telefonbücher für den Nordwesten von London und das Örtliche holen. Er werde jemanden auftreiben, der nach Clara sah und sie ins Krankenhaus brachte.

14

Mit so einem Riesentheater hatte Alan nicht gerechnet. Vielleicht deshalb, weil er kaum daran gedacht hatte, was geschehen würde, wenn er die Wohnung in Traps Hill hinter sich ließ und zu Daphne fuhr. Er hatte nur gewusst, dass es mit Daphne wunderschön sein würde, und das war es auch. Nicht weiter überraschend. Nicht nur, sie zu lieben. Beinahe hätte er gesagt, weniger, sie zu lieben, als die Freude, nach Lust und Laune händchenhaltend mit ihr durch die Straßen zu gehen, im Restaurant einen Tisch auf ihrer beider Namen zu reservieren, mit Daphnes Auto Ausfahrten zu unternehmen, gemeinsam nach Hause zu kommen und die Tür zu öffnen – zusammen.

Doch schon am ersten Morgen fing der Ärger an. Als er bei Dunkelheit eingetroffen war, den Taxifahrer bezahlt und die Tür aufgeschlossen hatte, war er ziemlich verwundert gewesen, dass der Riegel nicht vorgeschoben war. Wahrscheinlich hatte sie es vorhergesehen, als sie ihm die Schlüssel gegeben hatte. Vermutlich hatte sie angenommen, dass sie nie wieder die Tür verriegeln würde, falls er es nicht selbst tat, während er mit ihr zusammenlebte. Als er nach oben ging, fand er sie schlafend vor. Er kniete sich neben das Bett und küsste sie, bis sie aufwachte und die Arme um ihn schlang. Um acht Uhr morgens läutete das Telefon. Der Festnetzanschluss. Wo hatte Judith die Nummer her?

»Von Michael Winwood. Ich dachte, ich frage am besten ihn. Ganz schön schlau von mir, oder? Er hatte keine Ahnung. Offenbar glaubte er, ich plane eine Wiedersehensfeier für Senioren.«

»Was willst du, Judy?«

»Natürlich, dass du zurückkommst. Wenn du jetzt nach Hause kommst, verzeiht sie dir. Sie wird darüber hinwegsehen. Du hast zwar einen schrecklichen Fehler gemacht, aber sie will dich immer noch! Mein Gott, Dad, ich habe sie noch nie in einem solchen Zustand erlebt. Sie kann es nicht glauben und sagt, es sei ein Albtraum, aus dem sie nicht aufwachen kann.«

»Ich bin nicht der erste Mann, der seine Frau verlässt. So etwas passiert öfter.«

»Ist das alles, was dir dazu einfällt?«

»Nein, Judith, das ist nicht alles. Ich könnte noch viel mehr dazu sagen, allerdings nicht zu dir.«

»Owen kocht vor Wut. Seiner Ansicht nach hast du Alzheimer. Er meint, man könnte dich zwingen zurückzukommen.«

Alan lachte auf, obwohl ihm gar nicht danach zumute war. »Alzheimer ist erst seit einigen Jahren bekannt, zumindest unter diesem Namen. Worauf hat man früher die Ausrutscher alter Leute geschoben? Wahrscheinlich auf Senilität, was mehr oder weniger dasselbe ist. Und was Owen betrifft, braucht er gar nicht das Maul aufzureißen. Immerhin hat er seine erste Frau verlassen. Ja, aber er war jung, wirst du jetzt antworten, richtig? Tschüss, Judy.«

Fenella rief als Nächste an. Alan teilte ihr mit, es ginge sie nichts an. Sie solle sich um ihre eigenen Angelegenheiten kümmern. Noch nie hatte er so mit seinen Enkelinnen geredet, doch es bereitete ihm sogar Vergnügen.

Das war der zweite Tag. Mit Rosemary war es etwas anderes. Er musste mit ihr sprechen, und zwar solange sie wollte. Er behandelte sie schlecht, ja schlimmer als schlecht, was ihm auch bewusst war. Dass er keine Ausrede und keinen Vorwand hatte, war in gewisser Weise befreiend. Ihre Stimme am Telefon klang so anders, dass er sie kaum erkannte.

»Was habe ich getan? Ich will wissen, was ich getan habe. Wenn es etwas Schreckliches war, musst du es mir sagen. Ich dachte, ich wäre dir eine gute Ehefrau gewesen. Wir haben unsere goldene Hochzeit gefeiert, Alan, und dann verlässt du mich. Und ich habe keine Ahnung, warum.«

Er konnte nichts weiter erwidern, als dass es nicht an ihr, sondern an ihm läge. Es sei seine Schuld, nicht ihre. Obwohl es hier gar nicht um Schuld ginge. Sie hätten fast fünfzig Jahre lang nicht zusammengepasst. Sie wussten es beide, ohne es je auszusprechen oder es sich selbst einzugestehen. Sie hatten das Beste daraus gemacht, denn wenn man jung war, trennte man sich nur wegen Ehebruchs oder Gewalt. Er ließ sie reden und hörte zu, weil er ihr das schuldig war. Wenn sie genug gesagt hatte oder erschöpft war, überließ er es ihr, sich zu verabschieden und aufzulegen.

Daphne merkte nie etwas zu diesen Anrufen an oder fragte, worum sie sich drehten. Doch nach drei Tagen – Freya, ihr neuer Mann, sein Schwiegersohn Maurice, ein Cousin, von dem er seit Jahren nichts gehört hatte, und zwei Nachbarn – zog sie los und kaufte ihm ein neues Mobiltelefon.

»Du bist so beliebt, dass mich niemand mehr erreicht«, meinte sie.

Einer der Menschen, die versucht hatten, sie zu erreichen, war Michael Winwood. Er ahnte nichts von der Trennung der Norris und wollte mit Daphne sprechen wie mit einer Art Therapeutin. Von allen, die er kannte, und er hatte nur sehr wenige Freunde, würde sie ihm vielleicht zuhören, wenn er von seinem Vater, Urban Grange und Zoes Tod erzählte. Während er darauf wartete, dass endlich nicht mehr besetzt war, läutete sein Telefon. Es war George Batchelor, der ihn bat, nach Loughton zu kommen und nach Clara Moss zu sehen.

»Wer ist Clara Moss?«

»Das weißt du genau, Mike. Die Putzfrau, die bei meiner Familie und deinen Eltern gearbeitet hat. Sie wohnt in der Forest Road und ist inzwischen steinalt. Sogar älter als wir. Muss sie wohl sein.«

»Wir nannten sie Mrs. Mopp.« Der abfällige Spitzname, den sonst nie jemand benutzt hatte, war ihm heute noch peinlich. »Tja, zumindest mein Vater. Das war eine Putzfrau in einer Comedy-Sendung im Radio. Moss, Mopp, verstehst du? Nicht sehr nett.« Aber mein Vater war nie nett, dachte er, sprach es jedoch nicht aus.

»Pass auf, Mike. Ich hatte einen Schlaganfall. Geht mir schon viel besser. Ich besuche sie schon seit Ewigkeiten und schaue nach ihr. Könntest du das bitte übernehmen? Sie wird sich an dich erinnern. Komm zuerst zu uns und iss einen Happen. Maureen hat einen tollen neuen Sherry entdeckt. Und auf dem Heimweg könntest du zu Clara fahren.«

Nachdem Michael sein Mitgefühl wegen des Schlaganfalls ausgedrückt hatte, sagte er zu, und sie vereinbarten einen Termin. Als George das Telefon auflegte, stürmte

Maureen herein und fragte, was Michael von der Sache mit Alan und Rosemary hielt.

»Das habe ich ihm gar nicht erzählt. Total vergessen.«

»Oh, Liebling, darüber reden momentan doch alle.«

»Du kannst es ihm ja sagen, wenn er vorbeikommt.«

Der Anruf hatte Michael aufgemuntert und ihm vor Augen geführt, wie dringend er mit einer Freundin reden musste, was ihm den Mut verlieh, noch einmal Daphnes Nummer zu wählen.

»Warum kommst du nicht her?«, antwortete Daphne. »Dann wärst du unser erster Besucher.«

»Unser?«

»Alan Norris lebt jetzt bei mir.« Das verkündete sie in demselben Tonfall, in dem sie eine Bemerkung über das schöne Wetter gemacht hätte.

»Wie bitte?«

»Du hast ganz richtig verstanden.«

»Was, er wohnt bei dir?«, verwunderte sich Michael, der Anwalt. »Du meinst so etwas wie eine wilde Ehe?«

Sie lachte auf. »Genau. Komm zum Abendessen, dann erklären wir dir alles.«

Zwei angenehme und freundliche Stimmen sorgten dafür, dass er sich gleich besser fühlte, was etwas Seltenes bei ihm auslöste. Er nahm das Telefon mit nach oben in Viviens Zimmer und spürte ihre Gegenwart neben sich. Alles, was er sagte und was er zu hören bekommen würde, würde erträglich und auszuhalten sein, wenn er sich aufs Bett legte und dort telefonierte. Die Nummer von Urban Grange kannte er auswendig.

Große Institutionen hatten mittlerweile eine Telefonanlage, die die meisten als ärgerlich empfanden, insbesondere ältere Leute, die eine menschliche Stimme erwarteten, eine real existierende Person, die zuhörte und Fragen beantwortete. Während er Knöpfe drückte, als wählen konnte er es nicht mehr bezeichnen, also die Eins für Reservierung, die Zwei für Stornierung, die Drei für einen Ansprechpartner, glaubte er nicht, dass er Erfolg haben würde. Aber nein, es meldete sich eine Stimme, eine weibliche mit Oberschichtakzent, die sich erkundigte, wie sie ihm behilflich sein könne.

»Mein Name ist Michael Winwood. John Winwood ist mein Vater.« Er fühlte sich wie vor Gericht im Zeugenstand.

»Der Mr. Winwood, der Gast in Urban Grange ist?«

In diesem Zusammenhang hatte Michael das Wort noch nie gehört. »Nun, er wohnt dort.«

Offenbar hatte sie Zugriff auf einen Computer. »Ja, einer unserer geschätzten Bewohner. Hier ist eine Mrs. Zoe Nicholson als nächste Angehörige aufgeführt.«

»Ja. Inzwischen ist sie verstorben, und ich bin sein nächster Angehöriger. Könnten Sie vielleicht so gut sein, das zu vermerken und sich meine Daten zu notieren?«

Er diktierte sie ihr. Sie bedankte sich und fragte, ob er Urban Grange in nächster Zeit einen Besuch abstatten würde. »Sollte ich das?«, entgegnete er.

»Wir sehen die geliebten Angehörigen unserer Gäste gern hin und wieder persönlich«, erwiderte sie. »Natürlich würde Mr. Winwood sich über einen Besuch freuen.« Sie widmete sich erneut dem Computer und seufzte leise auf. »Mr. Winwood ist ein sehr alter Herr.«

Er antwortete, er werde sich melden und ihr ein Datum für seinen Besuch nennen, legte auf, drehte sich mit geschlossenen Augen auf den Bauch und stellte sich vor, dass Vivien dicht neben ihm war. Doch sie schrumpfte und wich zurück, vielleicht wegen der hyperarroganten Stimme. Wieder allein, ging er nach unten.

So etwas liest man in der Zeitung, dachte er, als er die beiden zusammen in Daphnes Wohnzimmer sah. Nur dass in diesen Fällen die Liebenden in ihrer Jugend durch den Krieg oder die Einmischung anderer gewaltsam getrennt worden waren. Diese zwei hingegen schienen mit anderen Partnern recht glücklich gewesen zu sein. Alan hatte eine Ehefrau. Der Fund zweier Hände in einer Blechdose hatte sie wieder zusammengeführt. Und dennoch war er es gewesen, den Daphne nach dem Treffen nach Hause gefahren hatte. Also hätten die Hände auch ihn und sie zusammenführen können, und als sie ihm ein Glas Wein reichte, wünschte er sich einen flüchtigen Moment lang, es wäre so gekommen.

Der Gedanke verflog, und er erzählte ihnen – unumgänglicherweise ihnen beiden – von seiner Tante und dem Vater, den er seit seiner Kindheit kaum gesehen hatte. »Was meinst du?«, wandte er sich an Daphne. »Soll ich nach Urban Grange fahren und ihn besuchen? Das heißt der pflichtbewusste Sohn sein? Nicht dass ich ihm etwas schuldig wäre.«

»Gibt es da keine Frau? Deine Stiefmutter?«

»Sie ist tot. Sie war sehr reich und hat ihm alles vermacht, weshalb er es sich leisten kann, den Rest seiner Tage in Urban Grange zu verbringen.«

»Er muss ja uralt sein«, sagte Daphne. »Möchtest du ihn denn sehen? Es hört sich nicht danach an.«

»In ein paar Monaten wird er hundert. Stell dir vor, so über jemanden zu reden, als wir jung waren. Es ist das Gleiche wie ›über achtzig‹ in unseren Tunneltagen. Ich meine *Qanats.*« Er lächelte sie an. »Ob ich ihn sehen will? Natürlich nicht. Mir graut davor. Ich bin ein alter Mann und sollte Ängste wie diese eigentlich hinter mir haben.« Michael hielt inne, wohl wissend, dass er es besser dabei belassen sollte. Doch er konnte nicht aufhören. »Wenn ich an die Vergangenheit denke, und das ist meine einzige Möglichkeit, weil ich ihn so lange nicht gesehen habe, habe ich eine Art Ungeheuer vor Augen, eine abstoßende, verschrumpelte Kreatur wie in einem Horrorfilm.«

»Oh, Michael.«

»Ich stelle mir vor, wie man mich zu seinem Zimmer, seiner Suite, seinem Apartment oder wo er auch immer wohnt, begleiten und mich dort allein lassen wird. Und dann kommt er herein, und ich ... ich fange an zu schreien.« Er holte tief Luft. Die anderen schwiegen, doch ihre Hände tasteten sich über das Sofa aufeinander zu und umfassten sich. »Tut mir leid«, fügte er hinzu. »Es tut mir leid, dass ich euch damit belaste. Sheila, meine Stiefmutter, was sie wahrscheinlich war, obwohl ich ihr nur einmal begegnet bin, hat eine Flasche Whisky ausgetrunken und dazu eine Überdosis Tabletten genommen. Bei der Leichenschau wurde auf Unfalltod erkannt. Ich glaube, er ... nun, er hat ihr beim Sterben geholfen. Das sollte ich nicht euch erzählen, sondern der Polizei. Aber er ist mein *Vater*. Und er ist fast hundert Jahre alt.«

»Zur Polizei kannst du nicht gehen«, erwiderte Alan. »Das verstehe ich. Er lebt vermutlich ohnehin nicht mehr lang. Keine Ahnung, was Daphne davon hält, aber ich finde, du solltest deinen Vater besuchen. All deine Kraft zusammennehmen, dir die größte Mühe geben und vielleicht nicht länger als eine halbe Stunde bleiben. Was meinst du, Daphne?«

Sie zögerte. »Du weißt ja, dass ich ihn kannte«, sagte sie. »Wir haben nebenan gewohnt. Frag ihn doch, ob er dich sehen will. Diese Leute in Urban Grange sollen sich bei ihm danach erkundigen. Möglicherweise scheut er genauso davor zurück, dich zu sehen, wie umgekehrt. Wir verabscheuen die Menschen, denen wir wehgetan haben.«

»Die werden behaupten, dass er mich sehen will. Aber ich frage trotzdem. Das mache ich«, antwortete Michael. »Wirklich.«

»Und jetzt sollten wir zu Abend essen.«

15

Es gab noch einen uralten Menschen, den Michael besuchen musste. Als George Batchelor ihn darum gebeten hatte, hatte er sich anfangs darauf gefreut. Er hatte viel über Clara Moss, die kleine zierliche Frau, die sein Vater Mrs. Mopp genannt und hinter ihrem Rücken verspottet hatte, nachgedacht. Nach Anitas Verschwinden hatte er nur noch Michael als Zuhörer gehabt, um unschöne Dinge über Clara von sich zu geben: wie dumm sie sei, wie schlampig, was für eine unfähige Putzfrau. Sie trug immer Turnschuhe, wie Sneakers damals hießen, und dazu eine Latzhose aus Baumwolle. Doch nicht einmal John Winwood konnte sie als ungepflegt bezeichnen. Michael hatte es gemocht, wenn sie ihn ab und zu umarmte, weil sie nach Wright's Teerkohlenseife roch. Ihre Hände wurden so oft geschrubbt, dass sie gerötet und die Fingernägel weiß waren. Er hatte bemerkt, dass der Ehering am dritten Finger ihrer linken Hand locker saß und ständig auf und nieder rutschte, so sehr hatte sie seit dem Tod ihres Mannes abgenommen.

Eines Tages verlor sie ihn. Diese Geschichte hatte sich für immer in sein Gedächtnis eingebrannt. Anita war noch da, als es geschah, und in der Frage, ob sie helfen würden, eine Lösung für das Problem zu finden, waren sich seine Eltern das einzige Mal einig. Clara berichtete Michaels Mutter, der Ring sei ihr vom Finger gerutscht und ins Abflussrohr der Küchenspüle gefallen. Zögernd, denn sie war Anita gegenüber stets schüchtern, sagte sie, er sei wohl im S-Rohr stecken geblieben. Könne Mr. Winwood ihn vielleicht für sie herausholen? Sie wusste, dass er es konnte, denn sie hatte beobachtet, wie er alles Notwendige unternommen hatte, als das Rohr einmal verstopft gewesen war. Michael hatte belauscht, wie seine Eltern die Angelegenheit erörterten und John Winwood, in Übereinstimmung mit Anita, verkündete, er werde den Teufel tun und wegen des dämlichen Rings einer Putze das Waschbecken auseinanderschrauben.

Ein Kind weiß nicht, wie viel der Ring eines verstorbenen Ehemanns seiner Witwe bedeutet. Doch er wusste es, als er älter war, weit weg bei Zoe. Und nachdem seine Mutter fort war und sein Vater das Haus aufgegeben hatte, war ihm klar gewesen, dass der Ring noch dort sein musste. Vielleicht sogar bis heute, dachte er, als George ihn bat, Clara Moss zu besuchen. Einige Tage lang grübelte er über Clara und den Ring nach. Er malte sich aus, wie er nächsten Mittwoch bei George zu Mittag essen und anschließend Clara aufsuchen würde, und wartete darauf, dass George anrief, um die Uhrzeit zu vereinbaren. Aber George rief nicht an, weshalb Michael zum Hörer griff. Eine Frau meldete sich. Es war Maureen, doch er erkannte ihre Stimme nicht, so leise, stumpf und brüchig klang sie.

George war tot. Vor drei Nächten hatte er einen zweiten Schlaganfall erlitten und war nicht mehr zu Bewusstsein gekommen. Sie habe beinahe damit gerechnet, und dennoch sei es ein schwerer Schock. Michael fragte, ob er etwas tun könne, worauf Maureen mit ihrer neuen zittrigen Stimme antwortete, er solle bitte bei der Beerdigung dabei sein. Sie erklärte ihm wann und wo und fügte hinzu, alle seine Freunde seien beim anschließenden Sherryumtrunk willkommen. Bitte keine Blumen, ergänzte sie leise schluchzend.

Er würde hingehen. Diese Entscheidung traf Michael nicht nur aus uneigennützigen Gründen und schon gar nicht aus Pflichtgefühl. Er war George nichts schuldig. Doch seit seinem Besuch bei Daphne und Alan machte er sich Vorwürfe, weil er nach Viviens Tod fast alle seine sozialen Kontakte aufgegeben hatte. Natürlich hatte er weiter Verbindung zu Zoe gehalten, aber allen seinen Freunden den Rücken gekehrt. Der eine Besuch bei George war mehr oder weniger alles gewesen. Zoe hätte gewollt, dass er sich um Brenda kümmerte, aber das hatte er nie getan und sich gesagt, dass es nicht nötig sei, da sie nun bei ihrer Schwester wohnte und ihn nicht brauchte. Eine Beerdigung war nicht unbedingt ein geselliges Beisammensein, doch er würde hingehen. Ein erster Schritt zurück in sein früheres Leben. Er lag bei zugezogenen Vorhängen in Viviens Zimmer auf dem Bett, erzählte ihr alles und war sicher, dass sie einverstanden gewesen wäre.

Er würde zur Beerdigung gehen, und am Tag danach würde er Brenda bei ihrer Schwester anrufen und verabreden … Was denn? Sie zum Tee einladen? Sie und ihre Schwester zum Tee einladen? Das war die beste Lösung. Zuvor würde er in Urban Grange anrufen. Er stand vom Bett auf, hastete nach unten und griff nach dem Telefon. Diesmal meldete sich eine andere Frau. Sie hatte eine normale Stimme, klang jedoch gehetzt, ja beinahe bestürzt.

»Oh, Mr. Winwood, ja. Natürlich. Es tut mir schrecklich leid, aber wir hatten hier eine … tja, Katastrophe. Es ist entsetzlich. Dürfte ich Sie zurückrufen, morgen vielleicht? Ich habe Ihre Nummer.«

Die Vorstellung, warten zu müssen, war unerträglich. »Nein, ich rufe Sie an«, entgegnete er und fügte hinzu: »Es geht nicht um meinen Vater, oder? Diese … Katastrophe?«

»Oh, nein, ganz und gar nicht. Gütiger Himmel, nein. Ich muss auflegen. Bitte rufen Sie uns morgen an.«

Was konnte geschehen sein? Wenn sein Vater verstorben wäre, Michael wäre erleichtert gewesen.

Die Trauerfeier für George fand in der Kirche St. Mary's in Loughtons High Road statt. Michael traf früh ein und wurde von einem Mann in den Fünfzigern, der sich als Stanleys Sohn vorstellte, zu einer Bankreihe in der Mitte geführt. Vier Reihen vor sich bemerkte er Lewis Newman und fast ganz vorn Norman Batchelor mit einer Frau in einem sehr eleganten Kostüm und einem Pillbox-Hut, der eindeutig aus Frankreich stammte. Michael hoffte, dass Alan und Daphne da sein würden, doch wie ihm klar wurde, war das natürlich unmöglich, denn Rosemary würde kommen. Seltsam, sagte er sich, dass von nun an die verschiedensten gesellschaftlichen Zusammenkünfte für sie tabu sein würden. Allerdings nicht für immer, denn irgendwann würden sich die Leute daran gewöhnen und akzeptieren, dass sie ein Paar waren. Wenn die Beziehung hielt, wenn sie zusammenblieben. Wenn sie lange genug lebten. Schließlich durfte man ihr Alter nicht vergessen. Wenn sie lange genug lebten.

Einige Erwachsene oder sich im fortgeschrittenen mittleren Alter befindliche Kinder aus Georges zwei Ehen traten ein. Eine sehr junge Frau hatte ein Baby auf dem Arm, das, wie Michael annahm, Georges Urenkel war. Oder vielleicht sogar Ururenkel. Maureen erschien, gestützt auf zwei Frauen, die ihr so sehr ähnelten, dass es sich bestimmt um ihre Töchter handelte. Alle erhoben sich, als der Trauermarsch aus *Saul* einsetzte und Georges Sarg hereingetragen wurde.

Michael stimmte nicht in die Kirchenlieder ein und schaffte es, der von Norman vorgetragenen Trauerrede nicht zuzuhören. Stattdessen dachte er an die Tunnels und das, womit sie sich dort beschäftigt hatten. Karten, Würfel – und war da nicht auch ein Backgammonkoffer gewesen? Das schauerliche Kriegsessen, das sie mitgebracht und verschlungen hatten, weil sie im Wachstum und ständig hungrig waren. Er weigerte sich, daran zu denken, wie sein Vater am Eingang der Höhle aufgetaucht war und sie angebrüllt hatte, sie sollten herauskommen und auf Nimmerwiedersehen verschwinden. Seine Stimme war laut und rau gewesen und hatte einen derben Akzent gehabt. Michael erinnerte sich an Daphne in einem schwarzen Umhang, an dem vom Weihnachtsschmuck übrig gebliebene goldene Sterne befestigt waren. Daphne spähte in ihre Glasschüssel und sagte jedem ein langes Leben voraus. In diesem Punkt hatte sie recht behalten. Er stellte fest, dass er im Begriff war einzuschlafen. Einnicken nannte man das, einer der Nachteile des Älterwerdens.

Jemand sagte ihm, Maureen brächte es nicht über sich, das Krematorium zu betreten. Wer konnte ihr das verübeln? Stattdessen machten sie sich auf den Weg den York Hill hinauf zu Haus Carisbrooke. Michael stellte fest, dass er neben Lewis Newman herging.

»Jetzt sind wir zwei alte Witwer«, stellte Lewis vergnügt fest. »Eine ziemlich seltene Spezies, weißt du? Ich habe die Statistik nicht im Kopf, aber normalerweise geben wir Männer als Erste den Löffel ab.«

Michael fiel ein, dass Lewis Hausarzt gewesen war. »Ja. Die Leute nennen mich einen Glückspilz.«

»Hängt davon ab, wie man es betrachtet. Angeblich sind wir ja sehr begehrt, weil die Witwen in der Überzahl sind. Kann aber nicht behaupten, dass mir das aufgefallen wäre.«

»Mir auch nicht«, erwiderte Michael und kam zu dem Schluss, dass er Lewis doch recht sympathisch fand.

Eine Angehörige war im Haus geblieben und hatte ein großes Büfett aufgebaut. Beim Anblick der verschiedenen Sherrysorten wurde Michael von Rührung ergriffen. Der arme, alte George hätte sich sehr gefreut. Tränen traten ihm in die Augen, flossen jedoch nicht, weil Stanley, der Spot aus der Waschküche holte, wo er während der Trauerfeier eingeschlossen gewesen war, erschien, ihm auf den Rücken klopfte und ihn fragte, was er von den »Turteltäubchen« hielte. »Ich meine Alan und Daphne.«

Für Michael waren Klatsch und Tratsch eine Frauendomäne, obwohl Vivien seines Wissens nach nie geklatscht hatte. »Sie machen einen sehr glücklichen Eindruck.« Er weigerte sich, es weiter auszuführen, und meinte, er habe erwartet, dass Rosemary zur Beerdigung kommen würde.

»Wir haben sie eingeladen. Offenbar geht sie nirgendwo mehr hin, sondern sitzt nur zu Hause und grübelt. Er kommt schon zurück. Es ist nur eine Frage der Zeit.«

»Das bezweifle ich.«

Michael trank ein Glas Manzanilla und aß ein gefülltes Weinblatt. Hier in Georges Haus bekam er ein schlechtes

Gewissen wegen Clara Moss. Allmählich hatte er das Gefühl, dass er mit jeder Minute, die er in Loughton verbrachte, ohne sie zu besuchen, Verrat an George übte. Er hatte George versprochen – gut, er hatte es nicht versprochen, allerdings gesagt, dass er hingehen würde. Er versuchte, Konversation mit Eliane Batchelor zu betreiben, und kramte dabei unklugerweise das Französisch hervor, das er sich vor vierzig Jahren in zwei Wochen in Dijon angeeignet hatte. Die Reaktion bestand darin, dass er in fließendem Englisch gefragt wurde, warum er sich nicht lieber dieser Sprache bediente. Also trat er den Rückzug an. Lewis Newman bot ihm an, das von ihm bestellte Taxi zu teilen. Und als Michael Clara Moss erwähnte, schlug Lewis vor, das Taxi könne ihn absetzen. Ein Abstecher in die Forest Road auf dem Weg zum Bahnhof bedeutete einen Umweg am Wald entlang und vorbei an ihrer alten Grundschule in der Staples Road.

»Es ist eine Ewigkeit her, dass ich das letzte Mal hier gewesen bin«, sagte Lewis. »Meine Mutter hat darauf bestanden, mich hinzubringen und abzuholen, auch als ich schon viel zu alt dafür war. Unsere Nachbarskinder sind auch in der Staples Road zur Schule gegangen und hätten mich begleitet. Aber sie hat es nicht erlaubt.«

Mich hat nie jemand hingebracht oder abgeholt. Ich bin schon mit fünf allein gegangen, dachte Michael, sprach es jedoch nicht aus, weil es nach Selbstmitleid geklungen hätte. Es war Selbstmitleid. »Lass uns in Kontakt bleiben«, meinte er, um das Schweigen zu brechen, und gab Lewis seine Visitenkarte. Das hieß, dass der erste Schritt dem anderen überlassen blieb. Wenn sie Frauen gewesen wären, hätten sie sich geküsst, dachte Michael. Da Händeschütteln in einem Taxi recht unbequem war, ersparten sie sich die Gesten und murmelten nur, es sei schön gewesen, einander wiederzusehen.

Claras Haus war das ungepflegteste in der Häuserzeile. Von der Tür blätterte der schwarze Lack ab, doch Türklopfer und Briefkasten aus Messing funkelten wie Gold. Eine junge Frau mit einer gewaltigen orangefarbenen Lockenmähne, die Jeans und ein ärmelloses, tief ausgeschnittenes T-Shirt trug, machte auf.

»Ja?«

»Ich möchte zu Mrs. Moss. Mein Name ist Winwood, Michael Winwood.«

»Sie hat nie Besuch. Kennt sie Sie?«

»Von früher«, erwiderte er und trat übertrieben selbstbewusst über die Schwelle, sodass sie zurückweichen musste.

»Einen Moment. Ich muss sie fragen. Sie kann nicht mehr weit gehen.«

Michael hatte die Warterei satt. Er folgte ihr in ein Zimmer mit einem schmalen Bett darin, wo eine kleine alte Frau, eine sehr alte Frau, angeschnallt in einem Rollstuhl saß. Als das rothaarige Mädchen ihn so dicht hinter sich bemerkte, zuckte sie die Achseln und schüttelte den Kopf, als wüsche sie ihre Hände in Unschuld. Clara Moss starrte Michael an, und er erkannte an ihren dunklen, zwischen unzähligen Runzeln halb versunkenen Augen, dass sie völlig klar im Kopf war und der juristischen Definition von Zurechnungsfähigkeit entsprach.

»Ich kenne Sie«, sagte Clara. »Seit ich ein Mädchen war und Sie ein kleiner Junge. Moment.« Es war mehr als sechzig Jahre her. Er wusste von Fotos und seinem Bild im Spiegel beim Rasieren, dass er sich sehr stark verändert hatte. Wer hätte das nicht? »Sie müssen Michael sein«, meinte sie. »Wer sonst?«

Seine Neigung, vor Rührung zu weinen, die ihn schon vorhin bei der Erinnerung an George überkommen hatte, meldete sich wieder. Diesmal fiel eine Träne, dann noch eine.

»Tja, dann gehe ich mal«, verkündete die junge Frau. »Ich bin am Freitag wieder da, Clara. Sie schulden mir zwölf Pfund neunundvierzig, aber die kann ich mir ja das nächste Mal abholen.«

»Danke, Sam«, antwortete Clara. »Sie sind ein liebes Mädchen.« Die Haustür schloss sich, und Clara lächelte Michael an. »Sie mag es nicht, wenn ich sie Mädchen nenne, doch ich vergesse es ständig. Sie findet, dass Frau das richtige Wort ist.«

»Politisch korrekt. Mrs. Moss, ich freue mich sehr, Sie zu sehen. Möchten Sie aus dem Rollstuhl raus?«

»Würde ich gern, aber dann schaffe ich es nicht in die Küche oder aufs WC.«

Diesen Ausdruck hatte er seit seiner frühen Jugend nicht gehört. Die Abkürzung für Wasserklosett. Inzwischen sagten alle Toilette. »Soll ich uns eine Tasse Tee kochen?«

»Später«, entgegnete sie. »Sie müssen mir erzählen, was Sie all die Jahre so getrieben haben.«

Das tat er, doch zuerst kochte er den Tee in einer blitzblanken Küche, wo alles so fein säuberlich aufgeräumt war, dass man das Gesuchte auf Anhieb fand. Er rückte ihren Rollstuhl zurecht und stützte sie mit Kissen vom Bett und einem großen Sofakissen. Wie sie ihm erzählte, habe ihr Herz seine »Mucken« und außerdem sei sie wegen einer Thrombose im rechten Bein in ihrer Beweglichkeit eingeschränkt. »So nennt es die Schwester vom Pflegedienst. Eigentlich meint sie Krüppel, aber sie ist ein nettes Mädchen. Wirklich ausgesprochen einfühlsam.«

Er berichtete ihr von Zoe, dem Jurastudium, seiner Tätigkeit als Anwalt, seiner Hochzeit mit Babette und von seinem glücklichen Leben mit Vivien und ihren Kindern. »Mein Vater lebt noch. Er ist fast hundert«, fügte er hinzu, ohne zu wissen, warum.

»Er lebt sicher bei Ihnen.«

»Ich habe ihn nur einmal gesehen, seit ich ein Junge war.«

Die Runzeln in ihrem Gesicht wurden tiefer, und ihre Stirn schlug Wellen. »Es heißt, dass die Guten jung sterben. Also müssen er und ich ziemlich böse gewesen sein.«

»Sie nicht, Mrs. Moss.«

»Niemand nennt mich mehr so. Die Jungen wissen nicht, was Mrs. bedeutet. Erinnern Sie sich an Ihre Mum? Sie war eine reizende Frau, vom Aussehen her, meine ich. Rotes Haar, natürliches Rot. Nicht so wie bei Sam. Ihre Haarfarbe kommt aus der Packung. Der Freund von Ihrer Mum, der sie öfter besucht hat – ich möchte ja nichts Falsches sagen –, der hatte rote Haare. Nicht dass das damals jemandem aufgefallen wäre, er war eben ein Rotschopf. Aber heute ist Rot bei einem Mädchen in Ordnung und bei einem Mann hässlich. Komisch, wie sich die Dinge verändern.«

»Stimmt«, erwiderte Michael und dachte über ihre Worte nach. »Mrs. Moss, ich muss jetzt gehen. Darf ich Sie bald wieder besuchen? Ich fand unser Gespräch schön. Es war wundervoll, Sie wiederzusehen.«

Nun traten ihm wirklich die Tränen in die Augen und strömten ihm über die Wangen. Es war zu viel für ihn,

Clara Moss, seine Mutter und vielleicht das rote Haar. Er weinte und rubbelte mit einem Papiertaschentuch an seinem Gesicht herum, während sie ihn mit großen Augen beobachtete. »Komm her«, sagte sie, und als er sich vorbeugte, um sie zu küssen, streckte sie die Arme aus und legte sie ihm um den Hals. »Armer kleiner Junge«, glaubte er, sie murmeln zu hören, doch ihre Stimme war so leise, dass er nicht sicher war.

Es war nicht am morgigen Tag, wie er der Frau in Urban Grange mitgeteilt hatte, sondern einen Tag später. In der Zeit dazwischen hatte er an kaum etwas anderes gedacht als an Clara Moss und ihre Erinnerungen. Stimmte es, dass rothaarige Männer als hässlich galten? Rotes Haar bei einer Frau galt eindeutig als schön. Warum sonst färbten so viele Frauen mit absolut hübschen Haaren diese kastanienbraun, feuerrot, kupferfarben, weinrot, dunkelrot oder, wie es früher geheißen hatte, karottenrot? Anitas Haar war natürlich kastanienbraun, und ihre Augen waren beinahe marineblau gewesen. Das hatte er noch deutlich vor sich. Lewis Newman hatte rotes Haar, zumindest damals in ihrer Schulzeit. Inzwischen war das meiste davon ausgefallen, und der verbliebene Rest hatte einen ausgebleichten Farbton zwischen Orange und Grau. An die Haarfarbe von Lewis' Vater konnte er sich nicht erinnern. Dunkel vermutlich, das gleiche stumpfe Braun wie beim Großteil der Bevölkerung. Inzwischen war er gewiss längst tot, so wie die Väter von ihnen allen mit Ausnahme von seinem. Er griff zum Telefon, ging eine Weile damit hin und her, wiederholte in Gedanken die Nummer und wählte sie.

Die Oberschichtstimme meldete sich. »Oh, ja, Mr. Winwood. Sie wollten wissen, ob Sie Ihren Vater besuchen sollen. Da würde ich natürlich Ja sagen. Es geht ihm ausgezeichnet. Nun, er ist sehr alt, weshalb man mit einigen kleinen Gebrechen rechnen muss. Doch für sein Alter ist er bemerkenswert gut in Form.«

»Wann soll ich kommen?«

»Ich glaube, meine Kollegin hat Ihnen beim letzten Telefonat erzählt, dass wir in Urban Grange einen höchst bedauerlichen Zwischenfall hatten. Eine unserer Bewohnerinnen ist verunglückt, und wir haben schon befürchtet, sie zu verlieren. Aber dank des wirklich bemerkenswerten Einsatzes unseres medizinischen Personals sieht alles wieder rosig aus.«

»Wann soll ich kommen?«

»Sagen wir, nächste Woche? Jeder Tag, der Ihnen passt. Am späten Nachmittag vielleicht? Zum Tee?«

16

Die Tabletten, die der Arzt ihr verschrieben hatte, halfen ihr, die Nacht durchzuschlafen. Man konnte es nicht als guten Schlaf bezeichnen, aber zumindest war sie acht Stunden lang bewusstlos. Rosemarys Problem war unter anderem, dass sie seit ihrer Hochzeitsnacht kaum je allein geschlafen hatte. Da waren die drei Nächte gewesen, die Alan nach dem Tod seines Vaters bei seiner Mutter geblieben war. Und die Geburten der Kinder. Öfter aber auch nicht. Inzwischen glaubte sie, sie würde nie wieder ohne Tabletten schlafen können. Und obwohl die Tabletten wirkten, wachte sie immer wieder auf, streckte die Hand nach Alan aus und erkannte im nächsten Moment, dass er nicht da war und dass er sie verlassen hatte. Sie war allein.

Ihre Kinder und Enkelinnen waren ihr eine große Hilfe und standen ohne Wenn und Aber auf ihrer Seite. Alle fanden, dass man grausam mit ihr umgesprungen war. Und selbst Owen und die Ehemänner beharrten darauf, dass Alan an Senilität erkrankt sei. Es handle sich um den Anfang von Alzheimer. Sie konnte das Wort nicht mehr hören. Diese Frau, diese Daphne oder wie sie auch immer heißen mochte, habe ihn sicher verführt, als er sich in einem Stadium der Verwirrung befand und nicht in der Lage gewesen sei, seinen plötzlichen Gedächtnisverlust und das Durcheinander in seinem Kopf zu verstehen. Owen suchte ihn und Daphne auf, fest entschlossen, seinen Vater zu zwingen, seine Sachen zu packen und ihn zu begleiten. Stattdessen nahm er sogar ein Glas Wein an und lehnte die Einladung zum Abendessen nur widerstrebend ab. Er teilte Rosemary mit, die beiden seien nicht kooperationsbereit gewesen, ein Wort, das er seiner verdatterten Mutter hatte erklären müssen, was ihm ein wenig den Schwung nahm. Fenella übte da mehr Druck aus. Sie hielt Alan und Daphne einen ausführlichen Vortrag über die Leiden ihrer Großmutter und teilte ihnen mit, was sie bereits wussten, nämlich dass Freya schwanger war. Alans Abwesenheit würde Rosemary jeglicher Freude berauben, die sie wegen der Geburt ihres neuen Urenkels empfinden würde. Alan löste das Problem vorübergehend, indem er sie wegschickte.

»Ach, verschwinde, Fenella. Du hast dein Sprüchlein aufgesagt, und eigentlich geht es dich gar nichts an.«

»Wirklich?«, fragte Daphne, nachdem sie fort war.

»Ja, wirklich. Meine Kinder vielleicht, aber nicht meine Enkelinnen. Das ist zu viel Abstand.«

Fenella ging zu Fuß die Straße hinauf zu Freyas Wohnung. »Ich habe Opa gesehen. Es ist komisch, das über jemanden in seinem Alter zu sagen, aber er ist gewachsen. Ich meine, stärker geworden. Es ist noch gar nicht so lange her, dass er sich nie gewehrt hat. Callum und Sybilla sind ihm schrecklich auf die Nerven gefallen, das habe ich gemerkt. Schließlich bin ich nicht umsonst Psychologin. Aber er hat nie protestiert, sondern es einfach ausgehalten. Das würde er jetzt nicht mehr tun. Er ist kräftiger geworden. Sicher liegt das an ihr. Natürlich sage ich das Oma nicht. Sie fühlt sich ohnehin schon elend genug.«

»Hast du ihm von dem Baby erzählt?«

»Klar, Frey, hat ihn aber nicht sehr beeindruckt.«

»Das ist Alzheimer«, stellte Freya fest.

Judith schlug vor, dass Rosemary doch für eine oder zwei Wochen zu ihr ziehen solle. Oder für länger, wenn sie das wolle. Sie solle nicht allein sein. Rosemary weigerte sich. Sie sagte, sie müsse in der Wohnung in Traps Hill bleiben, für den Fall, dass Alan zurückkäme.

Seit er fort war, nähte sie nicht mehr. Sie kochte auch nicht mehr, höchstens Rührei oder ein Fertiggericht aus der Mikrowelle. Die langen Spaziergänge, die sie mit Alan unternommen hatte, gehörten der Vergangenheit an. Außerdem ließ sie die wöchentlichen Friseurbesuche ausfallen und trat aus dem Bridgeclub aus. Früher, wie sie die Zeit ihrer langen Ehe nannte, hätte sie Maureen Batchelor, ohne zu zögern, ein Beileidsschreiben geschickt. Doch kein Brief wurde geschrieben, und es kam auch nicht zu einem Besuch in Haus Carisbrooke. Stattdessen blieb sie zu Hause und litt. Alan rief gelegentlich an, meistens um sich zu erkundigen, ob alles in Ordnung sei. Brauche sie etwas? Habe sie genug Geld? Offenbar verstand er, dass sie Hilfe nötig haben könnte, denn schließlich hatte sie seit ihrer Hochzeit nie eine Rechnung bezahlt oder ein Formular von der Stadtverwaltung ausgefüllt. Sie erwiderte, Owen und Judith kümmerten sich um diese Dinge, und fing dann unweigerlich zu weinen an.

»Du kannst nicht so weitermachen«, warnte Judith. »Sonst wirst du noch krank.«

»Wenn ich krank werde, sterbe ich vielleicht, und das könnte die beste Lösung sein.«

»Ich hätte dir nie diesen Rat gegeben«, entgegnete Judith, die manchmal recht theatralisch sein konnte, »doch ich hielte es für gut, wenn du hinfährst und dich mit ihm triffst. Rede mit ihm. Ich begleite dich, wenn du möchtest. Ich weiß genau, wo es ist. Wir könnten bei Freya zu Mittag essen und zu Fuß zur Hamilton Terrace gehen.«

»Mach dich nicht lächerlich«, herrschte Rosemary sie, aus ihrer Verzweiflung gerissen und ungewöhnlich sarkastisch, an. »Warum veranstaltest du nicht gleich eine Party und lädst die Nachbarn ein? Das ist mein Leben, Judith. Mein Leben, und dein Vater hat es zerstört.«

»Gehen wir also hin?«

»Ja, gut, weshalb nicht? Schlimmer als im Moment kann es ja nicht werden.«

Anders als ihre Tochter und ihr Bruder kündigte Judith den Besuch an. Sie schrieb ihrem Vater einen Brief, der an einem Samstagmorgen gemeinsam mit Werbebroschüren, amtlichen Schreiben, Bestellkatalogen und Spendenaufrufen eintraf. Alan und Daphne saßen im Bett und verspeisten das Frühstück, das Alan unten zubereitet und nach oben gebracht hatte. Das Müsli hatten sie schon hinter sich und machten sich gerade über den Eier-mit-Speck-Gang her, als es läutete. Alan ging im Morgenmantel wieder nach unten. Es war der Paketbote, der außer der Briefpost ein Geburtstagsgeschenk für Daphne von einer Freundin abgeben wollte. Alan, der die Handschrift seiner Tochter auf einem der Kuverts erkannte, hätte es am liebsten ignoriert, wusste aber, dass er es irgendwann würde öffnen müssen. Er nahm den Brief und das Päckchen mit nach oben, wo sein Rührei allmählich kalt wurde. Daphne griff nach dem Päckchen und fing an, es aufzureißen.

»Schau, was für ein hübscher Schal. Wie nett. Alan, was ist los? Die schlechte Nachricht steht dir ins Gesicht geschrieben.«

»Rosemary will nächsten Dienstag oder Mittwoch herkommen. In die Wohnung. Judith fährt sie her.«

Auf dem Heimweg von einem Besuch bei Freya, was noch häufiger vorkam, seit die Schwangerschaft ihrer Tochter feststand, fuhr Judith um die Ecke nach Hamilton Terrace. Falls jemand aus dem Haus kam oder aus dem Fenster schaute, würde er ihr Auto nicht erkennen. Ihr Vater kannte möglicherweise Modell und Farbe, doch bei einem Prius war Silbermetallic die beliebteste Lackierung, weshalb es auf den Straßen von ihnen wimmelte. Schönes Haus, dachte sie. Sicher ein Vermögen wert. War ihre Mutter je auf die Idee gekommen, dass sich ihr Vater womöglich getrennt hatte, weil Daphne eine sehr reiche Frau war? Dass er vielleicht lieber hier lebte als in einer Vorstadtwohnung? Judith schob den Gedanken beiseite, obwohl es bestimmt nett gewesen wäre, einen Palast wie diesen mit einem überdachten Weg, der zur Veranda führte, und einem Vorgarten mit Rasenflächen und von Hängefuchsien überquellenden Blumenkübeln mit jemandem zu teilen.

Die Fahrt quer durch London war nicht sehr angenehm. Baustellen verstopften die Straßen, und gereizte Autofahrer schimpften und brüllten. Als sie zurück in Chiswick war, war sie mit ihren Nerven am Ende. Wenn sie ihren Plan in die Tat umsetzen wollten, würden sie die U-Bahn nehmen müssen. Rosemary meinte, Judith müsse das organisieren, da sie nicht die leiseste Ahnung habe, wie man nach St. John's Wood käme. Sie sei nur einmal dort gewesen, und zwar vor Ewigkeiten, als die Kinder noch klein waren, um den Zoo zu besuchen. Alan hatten sie telefonisch mitgeteilt, er könne gegen drei mit ihnen rechnen.

Da Daphne nicht zu den Frauen gehörte, die Kuchen buken oder etwas zum Tee reichten, ging sie in die High Street, wo sie eine Schachtel Baisers und eine mit Petit Fours kaufte. Ihr kam das lächerlich vor. Allerdings nicht so lächerlich, wie es gewesen wäre, eigens ein schickes Kleid und elegante Schuhe anzuziehen. Sie arrangierte den Kuchen auf zwei Tellern und goss Milch in einen Krug.

»Lass mich das machen«, erbot sich Alan.

»Okay.« Normalerweise war sie nicht so einsilbig.

Um halb drei betrachtete sie sich oben im Spiegel. Sie trug Alltagskleidung, also einen schwarzen Rock, einen hellbeigen Pullover und eine schwarze Perlenkette. Sie nahm die Kette ab und schlüpfte in eine Lederjacke, die sie vor Jahren gekauft, allerdings nie getragen hatte. Mit ihren Applikationen und Nieten war sie zu jugendlich für sie. Vulgär, wie sie befand. Das Wort »gewöhnlich« wurde zwar nicht mehr benutzt, passte jedoch in gewisser Weise. Alans Frau und Tochter würden einen Schock erleiden. Was ihn betraf, würde er es gar nicht bemerken. Er hatte den Tisch mit dem Geschirr gedeckt, das sie stets als ihr »schlechtestes Porzellan« bezeichnete. Bloß keine Umstände. Falls Judith und Rosemary glaubten, dass er und Daphne sich jeden Tag so ihren Tee genehmigten, sollten sie doch.

»Wirst du dich überreden lassen, wenn Rosemary versucht, dich zu überzeugen, zu ihr zurückzukehren?«

»Werde ich nicht«, erwiderte er im Tonfall eines Menschen, der einen feierlichen Eid ablegt.

»Ich werde nicht darüber sprechen. Das heißt nicht über uns, außer sie fragt mich, und mir bleibt nichts anderes übrig. Ich kann über Kuchen, Kleider und dieses Haus reden, aber nicht über uns.«

Als er sie in die Arme nahm, klammerte sie sich zu seiner Überraschung so fest an ihn wie nie zuvor. Die steife, glänzende Lederjacke bildete eine störende Barriere zwischen ihnen. »Ist dir klar, dass wir beide wegen dieser Hände zusammen sind? Dass wir einander wegen der Hände in einer Keksdose wieder begegnet sind?«

»Inzwischen schon. Ich hätte nie gedacht, dass ich mich einmal über so etwas freuen würde.«

Es läutete an der Tür. Es war zwei Minuten vor drei.

Natürlich kannten sie einander, und zwar eigentlich schon ihr ganzes Leben lang. »Rosemary«, sagte Daphne. Mehr nicht, nur ihren Vornamen.

»Guten Tag«, entgegnete Rosemary.

Judith stellte sich vor. Beide wechselten kein Wort mit Alan, setzten sich jedoch nebeneinander aufs Sofa, als Daphne sie dazu aufforderte. Mehr wurde etwa zwei Minuten lang nicht gesprochen, was eine sehr lange Zeit sein kann. Judith, vielleicht die Vermittlerin, brach das Schweigen. »Ich glaube, meine Mutter würde gern wissen, welche Pläne du, Dad, und Sie, Mrs. Furness, für die Zukunft habt.« Als sie zu lächeln versuchte, wurde eine Grimasse daraus. »Falls es überhaupt welche gibt.« Rosemary nestelte an ihrer Handtasche herum, stellte sie von einer Seite auf die andere, klemmte sie zwischen ihren linken Arm und die Sofalehne und hielt sie am Riemen und am zugezogenen Reißverschluss fest. »Oder was du vorhast, Mutter.«

Wieder eine Pause, während der Judith sich fragte, warum ihre Mutter die bestimmt größte Handtasche aus ihrem Fundus mitgebracht hatte. »Ich habe überhaupt nichts vor«, antwortete Rosemary schließlich. »Ich bin allein, man hat mir den Mann weggenommen, und ich will ihn zurück.« Nicht zum ersten Mal sagte sie zu Alan: »Du hast mir das Herz gebrochen. Es kann wieder geheilt werden, wenn du das tust, was du tun solltest, und zu mir zurückkehrst. Verlass diese Frau und komm zurück.«

»Ich halte nicht viel davon, dieses Gespräch in Gegenwart meiner Tochter zu führen«, erwiderte Alan.

»Pech, ich gehe nämlich nicht.« Zum ersten Mal sah sie Daphne an. »Könnte ich eine Tasse Tee haben? Könnten wir alle Tee haben?«

Wortlos stand Daphne auf und schenkte erst Judith und dann Alan und sich selbst ein. Rosemary hatte die Hand über ihre Tasse gelegt wie jemand, der verhindern will, dass sein Weinglas nachgefüllt wird. Schweigend reichten Alan und seine Tochter einander den Milchkrug hin und her. Daphne bot Baisers an.

»Hast du mir denn nichts zu sagen?«

Alan musterte seine Frau. »Ich komme nicht zurück, Rosemary. Das habe ich so viele Male wiederholt. Ich habe dir nichts vorzuwerfen – entschuldige, das war ziemlich unschön ausgedrückt. Vermutlich hast du an mir jede Menge auszusetzen. Wir verstehen einander nicht mehr. Ich möchte mit jemandem zusammenleben, mit dem ich mich verstehe.«

»Und das trifft auf sie zu?«

»Das weißt du.«

Rosemary stellte die Tasche auf ihren Schoß. »All die Jahre, die du mit mir verbracht hast, bedeuten dir nichts?«

»Sie bedeuten mir viel«, antwortete er. »Sie haben mir viel bedeutet. Wir haben ein Zuhause geteilt, wir haben zwei Kinder. Doch jetzt ist es vorbei. Das passiert vielen Paaren, wie wir bei unseren Freunden beobachten konnten. Sie haben sich früher getrennt als wir, doch jetzt ist es eben bei uns so weit. Ich werde es dir so leicht machen wie möglich. Ich werde dir helfen, dich daran zu gewöhnen, bis du eines Tages auch erkennst, dass es so das Beste war.«

»Wenn du nicht mehr dazu zu sagen hast, frage ich sie.« Rosemary wirbelte herum und starrte Daphne an. »Das Gute daran ist«, begann sie, »dass alle, die uns kennen, ja seine sämtlichen Freunde auf meiner Seite stehen. Noch mehr als das: Sie hassen ihn inzwischen. Ihr Mitgefühl gilt nur mir, was zeigt, wer meine wahren Freunde sind. Und dennoch wollen sie, dass er zurückkommt. Dann werden sie wieder seine Freunde sein. Alles wird so sein wie früher. Begreifst du das?«

Daphne schwieg, nickte jedoch leicht.

»Mir will nicht in den Kopf, was er an dir findet. Du hast nie besonders gut ausgesehen, und daran hat sich nichts gebessert. Aber bei wem ist das nicht so? Offenbar hast du jede Menge Geld.« Sie beschrieb eine Geste in den Raum hinein. »Doch er ist auch kein armer Schlucker. Als er in den Ruhestand ging, hat er einen ordentlichen goldenen Handschlag bekommen und bezieht eine dicke Rente. Du bist kein Küken mehr, sondern älter als er und ich. Vermutlich brauchte er eine Abwechslung. War das der Grund? Gibst du ihn also auf und schickst ihn zu mir zurück? Lässt du ihn mit mir nach Hause kommen? Jetzt sofort, wieder in sein Zuhause? Tust du das?«

Bis jetzt hatte sie völlig ruhig gewirkt, doch bei den letzten beiden Wörtern griff sie eine Tasse von Tisch und schleuderte sie quer durchs Zimmer. Sie traf ein Bild an der Wand und zerschellte. Eine zweite Tasse folgte.

»Hör auf damit, Rosemary«, sagte Alan.

»Wenn sie mir nicht antwortet, zertrümmere ich die Wohnung. Gibst du mir meinen Mann zurück, Daphne, oder wie auch immer du sonst heißt? Du hast deinen Namen ja oft genug geändert.«

»Nein«, entgegnete Daphne in eisigem Ton. »Ich will nicht, dass er geht, aber er muss die Entscheidung selbst fällen, bleiben oder gehen.« Wenn sie es dabei belassen hätte, hätte alles vielleicht noch ein gutes Ende nehmen können, doch sie fuhr fort: »Ich liebe ihn. Ich liebe ihn und möchte ihn hier bei mir behalten.«

Rosemary stand auf. Sie öffnete ihre Handtasche, und Judith bemerkte auf Anhieb, warum sie eine so große mitgebracht hatte. Aus ihren Tiefen förderte sie ein langes Messer zutage, ein Tranchiermesser mit schmaler Klinge und einer scharfen Spitze. Sie hielt es wie einen Dolch, sodass die Klinge nach unten zeigte. Den Menschen erscheinen solche Szenen vertraut, denn sie sehen sie Tag für Tag in Filmen, im Fernsehen, auf Computerbildschirmen und ihren Mobiltelefonen. Die Wirklichkeit ist ganz anders. Niemand rührte sich, bis auf Daphne, die einen Schritt zurückwich, und Alan. Er wollte Rosemary an den Schultern packen, doch sie wirbelte herum, holte nach ihm aus und schlitzte ihm die Handfläche auf. Es spritzte viel mehr Blut, als man bei einem Schnitt in die Handfläche erwartet hätte. Dann drehte Rosemary sich zu Daphne um, stieß vergeblich in die Luft und nach ihrem Haar und verletzte sie leicht am Hals. Im nächsten Moment zog sie das Messer zurück und versuchte, es Daphne in die Brust zu rammen, und zwar dort, wo sie das Herz vermutete. Doch die Klinge glitt an der mit Nieten besetzten vulgären Lederjacke ab, bevor sie eindringen konnte. Alan schnappte sich Daphne und zerrte sie hinter sich. Das Messer, noch immer in Rosemarys Hand, entglitt ihr und fiel zu Boden.

Alan hatte am meisten abgekriegt. Es war Judith, die einen Krankenwagen rief. Sie hob das Messer auf und wischte das Blut ihres Vaters von der Klinge. Dann holte sie geistesgegenwärtig einen Laib Früchtebrot, Butter und einen Marmeladentopf aus Daphnes Küche. Als die Sanitäter eintrafen, fanden sie eine fröhliche Familienzusammenkunft vor, auch wenn die Teilnehmer ein wenig gezwungen lächelten. Niemand schien zu bemerken, dass Rosemary zitterte. Judith erklärte, ihr Vater habe Brot geschnitten. Niemand erwähnte, dass das Messer zu diesem Zweck ganz und gar nicht geeignet war. Widerstrebend erfüllte man Alans Wunsch, ihn nicht ins Krankenhaus zu bringen, sondern die Wunde an Ort und Stelle zu versorgen. Alan versprach, sie am nächsten Tag im Krankenhaus untersuchen zu lassen. Allerdings hatte er nicht die geringste Absicht, das zu tun.

»Selbst wenn ich mit dem Auto hier wäre, würde ich mich nicht in der Lage fühlen zu fahren. Haben Sie die Nummer eines Taxiunternehmens da?«, fragte Judith.

Wortlos gab Daphne ihr die Nummer. Inzwischen hatte sie die Tassenscherben eingesammelt und die lebensrettende Jacke ausgezogen. Da es kühl wurde, wickelte sie sich in ein Umschlagtuch und schaltete die Zentralheizung ein.

»Hast du was zu trinken da?«, wandte sich Judith an ihren Vater. »Ich könnte einen Brandy gebrauchen und Mum sicherlich auch.«

»Bestimmt.«

Der Brandy wurde herbeigeschafft, und Daphne schenkte sich und Alan ein Glas Wein ein, eine besitzergreifende Geste, die Rosemary nicht entging. Sie fing an zu weinen und wischte die Tränen mit einigen der Papierservietten weg, die neben dem Teegeschirr lagen.

»Ich übernachte bei dir, Mum.«

»Mach, was du willst«, erwiderte Rosemary. »Jetzt ist doch sowieso alles egal.«

Das Taxi kam und brachte sie fort. Alan und Daphne, die sich nicht von ihren Plätzen bewegt hatten, seit Alan den Wein geholt hatte, erhoben sich nun gleichzeitig, fielen sich in die Arme und sanken aufs Sofa.

17

Bevor Michael nach Urban Grange fuhr, stattete er Clara Moss noch einen Besuch ab. Diesmal machte ihm nicht die rothaarige Sam die Tür in der Forest Road auf, sondern eine viel ältere Frau, die sich als »Mrs. Nachbarin« vorstellte. Clara lag im Bett. Sie habe keine Lust gehabt aufzustehen, sagte sie. Diesen Satz hatte er von alten Leuten, die sich dem Lebensende näherten, schon öfter gehört. Zoe hatte ihn auch benutzt, ehe man sie ins Krankenhaus brachte. Viviens Mutter in ihren letzten Tagen ebenfalls.

»Ich weiß nicht, warum, mein Lieber«, meinte Clara. »Aber ich wollte einfach nicht.« Er hatte ihr eine Schachtel Pralinen mitgebracht, über die sie sich ausgesprochen zu freuen schien. »Ich esse nur eine am Tag, dann habe ich länger was davon.«

»Ich bringe Ihnen demnächst wieder welche mit. In ein oder zwei Wochen besuche ich Mrs. Batchelor, und dann komme ich auf dem Weg mit einer größeren Schachtel bei Ihnen vorbei. Dann haben Sie noch mehr davon.«

»Wie geht es Ihrem Dad?«

»Sehr gut«, antwortete er. »Ich besuche ihn nächste Woche.« Nun würde er es tun müssen, es gab kein Entrinnen mehr.

Sie hatte die Augen geschlossen und den Kopf ein wenig abgewandt, doch sie streckte die Hand aus, als taste sie nach seiner. Er nahm die Hand und hielt sie locker, denn er spürte, dass sie das einem festeren Griff vorzog.

Nach ein oder zwei Minuten wurde ihre Hand schlaff, und ihr Atem ging regelmäßig. Sie schlief.

»Sam und ich sehen jeden Tag abwechselnd nach ihr«, sagte Mrs. Nachbarin. »Sie wird nicht mehr lange bei uns sein.«

»Rufen Sie mich an. Ich gebe Ihnen meine Telefonnummer.«

Es würde keine ein oder zwei Wochen dauern, dachte er, als er sich an seine Worte von gerade eben erinnerte. Wenn diese Hände nicht gewesen wären, wäre ich Clara Moss nie wieder begegnet, war sein nächster Gedanke. Der Fund dieser Hände hat mich zu ihr und sie zu mir geführt.

Absurd für einen Mann in seinem Alter, so nervös zu sein. Nein, schlimmer als das: so *verängstigt*. Er fuhr mit dem Zug nach Ipswich, wo er noch nie gewesen war, und fand das Städtchen – die Stadt? – nicht sehr beeindruckend. Allerdings war die Landschaft ringsherum, von einem am Bahnhof angehaltenen Taxi aus betrachtet, idyllisch. Vor Jahren hatten Vivien und er ein Wochenende in einem Hotel in Southwold, ein gutes Stück die Küste hinauf, verbracht. Hier bestand alles aus grünen Wiesen und Wäldern. Jedes Dorf, durch das sie kamen, verfügte über eine hübsche Kirche und in manchen Fällen über ein großes georgianisches Haus von der Art, die die Zeitungen inzwischen als Villa bezeichneten. Das gewaltigste erhob sich am Ende einer langen Allee, deren Namen Michael nicht kannte. Der Taxifahrer stellte es als Urban Grange vor. Der Tag war zwar sonnig, aber es wehte ein kalter Wind. Der alte Mann, der im Rollstuhl über den von der Auffahrt geteilten Rasen geschoben wurde, war in Decken und ein Federbett eingemummt. Vielleicht ist er es, dachte Michael bange. Woher soll ich das wissen? Doch der Fahrer klärte ihn auf.

»Sehen Sie den alten Knaben, der wirkt, als wäre er noch im Bett? Der ist hier, seit der Laden vor zwanzig Jahren eröffnet wurde. Wahrscheinlich der älteste Bewohner, achtundneunzig.«

Nicht der älteste, dachte Michael, schwieg aber. Die Empfangsdame erkannte er an der Stimme. Beim nächsten Mal, falls es ein nächstes Mal geben sollte, würde er sich auch ihr Aussehen gemerkt haben. Sie war eine Schönheit mit taillenlangem blondem Haar und trug ein weißes Kleid, das einer Schwesterntracht so wenig ähnelte, wie er es sich nur vorstellen konnte. Dem Schild über ihrer linken Brust war zu entnehmen, dass sie Imogen hieß. Er hatte nicht übel Lust, sich nach ihren »Gästen« zu erkundigen, überlegte es sich jedoch anders.

»Mr. Winwood erwartet Sie, Mr. Winwood.« Sie griff zum Telefon. »Darren wird Sie zum großen Gartenapartment bringen.«

»Das finde ich schon selbst.«

»Oh, nein, Mr. Winwood, wir haben es nicht gern, wenn sich unsere Besucher unbegleitet im Haus bewegen.«

Darren, den sie wie einen sechzehnjährigen Jungen dargestellt hatte, entpuppte sich als Mann mittleren Alters, der wie ein Butler gekleidet war und eine Art Wappen um den Hals trug. Während Michael ihm einen Flur entlang folgte, durch dessen Fenster üppige Gärten zu sehen waren, legte sich seine Furcht. In seiner Jugend war es das Gleiche gewesen. Zwei oder drei Wochen vor dem bedrohlichen Ereignis hatte man Angst, häufig große, doch wenn der Zeitpunkt da war, ließ diese Angst nach und wich einer Art gespannter Neugier.

John Winwood wirkte alt, so alt wie ein Mensch nur werden konnte, und war eigentlich nur noch Haut und Knochen. Bis auf ein weißes Haarbüschel über jedem Ohr war sein Schädel völlig kahl. Es war sehr warm in Urban Grange, und Michael hatte den Eindruck, dass es in diesem Zimmer sogar noch wärmer war. Sein Vater trug – und das in seinem Alter – ein kurzärmeliges T-Shirt, das Unterarme freigab, deren Haut eher plissiert als faltig aussah. Er saß in einem luxuriösen mit leuchtend korallenrotem Samt bezogenen Sessel mit passendem Fußschemel, auf dem seine mit Espadrilles gewandeten Füße ruhten. Doch das T-Shirt schockierte Michael am meisten. Mit dem Rest hatte er mehr oder weniger gerechnet: den Jeans, Freizeitkleidung für Menschen jeden Alters, dem winzigen goldenen Knopf unter seinem Ohr, der ein Hörgerät war, den an gelbe Klauen erinnernden Fingernägeln, dem bleichen Gesicht, wie es die meisten alten Leute hatten. Ein junger Mensch hätte das T-Shirt vermutlich nur als Modegag eingestuft. Bei John Winwood empfand Michael es als Affront, und er verspürte Grauen, als er sich seinem Vater näherte und den grinsenden weißen Totenschädel auf dem schwarzen Baumwollstoff betrachtete.

Vermutlich trug er es aus Trotz, doch Darren schien kein Problem damit zu haben. Vielleicht war er es ja gewöhnt. An ihm wäre es vermutlich ein akzeptables, möglicherweise beliebtes Kleidungsstück fürs Wochenende gewesen.

»Ich lasse Sie jetzt allein«, sagte er. »Bitte läuten Sie, falls Sie etwas brauchen oder wenn Mr. Winwood senior und Sie sich verabschieden möchten.«

»Lange nicht gesehen«, meinte der alte Mann – der ältere

von zwei alten Männern. Diesen Satz hatte Michael schon lange nicht mehr gehört. Vielleicht das letzte Mal, als sein Vater Sheila in das Haus in Lewes mitgebracht hatte.

»Wie geht es dir?« Michael wusste nicht, wie er ihn ansprechen sollte. Als Kind hatte er ihn Dad genannt. »Wie geht es dir, Vater?«

»So heiße ich jetzt also bei dir? Warum bist du hier?«

»Um dich zu besuchen. Weil du mein Vater bist.«

»Stimmt, das bin ich. Daran besteht kein Zweifel. Die Probleme auf diesem Gebiet fingen erst später an.« Die Augen seines Vaters waren klar und wirkten erstaunlich jung. Gewiss hatte er sich den grauen Star operieren lassen. Ebenso wie er ein winziges Juwel von einem Hörgerät besaß und Zahnimplantate aus Porzellan hatte. »Du siehst älter aus, als du bist. Wie geht es deiner Frau?«

»Sie ist tot«, erwiderte Michael, voller Angst, dass darauf eine Beleidigung erfolgen würde.

Es kam keine. »Das passiert eben. Meine sind auch alle gestorben. Wirst du wieder heiraten?«

»Nein«, antwortete Michael durch beinahe zusammengepresste Lippen.

»Ich auch nicht.«

Wortlos starrten sie einander an. John Winwood senkte zwar als Erster den Blick, brach aber das Schweigen.

»Wir haben einander nichts zu sagen, richtig? Zumindest nicht sehr viel. Ich mochte dich nie. Deine Mutter mochte ich auch nicht. Keine Ahnung, warum ich sie geheiratet habe. Damals musste man eben jemanden heiraten, das war so üblich, und da nahm man doch am besten eine, die gut aussah. Ich mag Menschen nicht, so einfach ist es. Hast du das geerbt?«

»Nein.«

»Ich dachte, es könnte genetisch sein. Ich werde bis zum 14. Januar weiterleben. Das ist mein Geburtstag. Das weißt du vielleicht nicht, aber es ist so. Ich werde hundert, und bis dahin lebe ich. Und dann werde ich sterben. Ich werde nicht dahinscheiden oder den Geist aufgeben – das stammt aus der Bibel, wusstest du das? Ich werde sterben.«

»Davor komme ich wieder«, erwiderte Michael.

Sein Vater würde entgegnen, er könne sich die Mühe sparen. Er wartete darauf.

»In Ordnung. Tu, was dir gefällt. Vereinbare einen Termin. Ich bezahle ein Vermögen in diesem Laden, damit ich frei entscheiden und Leuten Anweisungen geben kann. Auch aus der Bibel. Ich bin damit aufgewachsen und musste zur Kirche gehen, deshalb singe ich Kirchenlieder, was dir vielleicht nicht bekannt ist. Ich bin wie der Bursche, der ein Zenturion war und dem einen sagte, er soll kommen, und er kommt, und dem Zweiten, er soll gehen, und er geht, und dem Dritten, er soll etwas tun, und er tut es. Nur dazu brauche ich Menschen, damit sie tun, was ich sage.«

Sein Auflachen, ein schrilles Kichern, ließ Michael zusammenzucken. Er läutete und bat Darren, ihn zum Ausgang zu begleiten. Plötzlich dachte er an den Zug, den Bahnsteig in Lewes und die Dame mit dem kleinen Hund, und ihm stiegen Tränen in die Augen. Sein Vater sah ihn nicht an.

»Warum trägst du dieses T-Shirt?« Hatte er seinem Vater je eine Frage gestellt? Sicherlich keine, die ihm als schlechtes Benehmen hätte ausgelegt werden können.

»Es gefällt mir«, antwortete er und schloss die Augen.

Darren brachte Michael zur Rezeption, wo er Imogen

bat, ihm ein Taxi zu rufen. Falls ihr seine trocknenden Tränen auffielen, merkte sie nichts dazu an. Sie schienen ihm in den Augen zu brennen und sein Gesicht anschwellen zu lassen. In der Gästegarderobe setzte er sich auf eines der mit Samt bezogenen Sofas – offenbar der bevorzugte Stoff in Urban Grange – und ließ seinen Tränen freien Lauf. Falls jemand hereinkam, würde er oder sie das als Zeichen eines nachvollziehbaren Gefühls deuten, nur verständlich, wenn man gerade seinen sterbenden Vater besucht hatte. Doch er weinte um die Dame mit dem kleinen Hund, die sicherlich schon längst tot war, der Hund natürlich ebenfalls. Ich wünschte, ich könnte an ein Leben nach dem Tod glauben, dachte er. Damit sie dort sein kann. Allerdings weit weg von den Zenturionen und Geistern dieses Mannes.

Imogen erschien und meldete, sein Taxi sei da.

Maurice konnte sie es erzählen, jedoch nicht den Mädchen. Fenella würde Rosemary zwangseinweisen lassen, und Freya würde raten, die Polizei zu verständigen. Ihr Mann hingegen meinte, Judith habe genau das Richtige getan, nämlich nichts, und bald würde Gras über die Sache wachsen.

»Ich wünschte, ich hätte sie umgebracht«, sagte Rosemary. »Die Frau ist nicht dumm. Wahrscheinlich hat sie damit gerechnet, dass ich sie angreife, und deshalb diese lächerliche, vulgäre Jacke angezogen, die mindestens fünfzig Jahre zu jugendlich für sie ist. Beim nächsten Mal schaffe ich es.«

»Es darf kein nächstes Mal geben, Mutter.«

»Warum nennst du mich ständig Mutter?«

Weil man eine Möchtegernmörderin nicht Mum nennt,

hätte Judith am liebsten gesagt, schwieg aber. Eine Frau, die versucht hatte, eine solche Tat zu begehen, flößte einem eine gewisse Ehrfurcht ein.

»Mein ganzes Leben habe ich ihm geopfert«, fuhr Rosemary fort. »Nach unserer Hochzeit hat mir eine Freundin namens Melanie erzählt, dass dein Vater mit Daphne Jones gegangen ist, bevor er mich kennengelernt hat. Nun, nicht ganz, denn wir kannten uns ja schon aus den Tunnels, aber als wir erwachsen waren und uns zum zweiten Mal begegnet sind. Und weißt du, was sie mir noch erzählt hat? Er hat mit ihr geschlafen. Nein, das schockiert dich vermutlich nicht. Aber damals haben die Leute so etwas nicht gemacht. Wenigstens nicht die Leute, die ich kannte.«

»Warum stört es dich, wenn es war, bevor er dich kennengelernt hat?«

»Er hatte mich bereits kennengelernt. Als wir Kinder waren. Sie auch. Jahrelang hatte er mich vergessen, aber an sie hat er sich erinnert und konnte es nicht erwarten, sie zu betatschen.«

»Spielt das jetzt noch eine Rolle?«

»Natürlich spielt es eine Rolle. Woher soll ich wissen, ob er nicht all die Jahre weiter mit ihr geschlafen hat? Ich habe gelesen, dass manche Menschen so etwas tun. Sie treffen einander, und dann sehen sie sich einige Jahre nicht, sie begegnen sich wieder, und alles fängt von vorn an. So war es bei deinem Vater und dieser Frau.«

»Das sind reine Vermutungen«, widersprach Judith.

»Das ist Logik. Und du darfst nicht vergessen, dass sie sehr wohlhabend ist. Dieses Haus! Glaubst du, das hat keinen Eindruck auf ihn gemacht? Natürlich hat es das. Er hat zwar Geld, aber die Leute wollen immer mehr.

Und soll ich dir sagen, was er mich letztens gefragt hat? Ob ich finde, dass wir ein langweiliges Leben geführt haben. Immer in derselben Stadt, keine Abenteuer, nie weiter im Ausland als in Frankreich und Spanien. Tja, jetzt ist er im Ausland. Er lebt in der teuersten Straße von London, das steht wenigstens in der Zeitung, und ich denke …«

Die Türglocke unterbrach die Tirade. Gleichzeitig läutete Judiths Mobiltelefon. Noch nie war sie so froh gewesen, die Stimme ihres Mannes zu hören.

»Ich glaube, ich komme am besten zu euch, Schatz«, sagte Maurice.

Seine Ankunft schmeckte Rosemary gar nicht. Sie hatte zwar immer ein wenig Respekt vor ihrem Schwiegersohn gehabt, doch der schien jetzt wie weggeblasen. »Judith hat es dir offenbar erzählt. Vermutlich hatte sie es sehr eilig damit. Ich habe versucht, die Dirne meines Mannes umzubringen.« Dieses Wort war so altmodisch, ja so archaisch, dass es schon vor Rosemarys Geburt aus der Mode gekommen war. Dennoch ließ sie es sich auf der Zunge zergehen. »Ich wollte es tun. Ich hatte ein Tranchiermesser in der Handtasche, und als sie sagte, dass sie ihn liebt und nicht aufgibt, habe ich sie erstochen. Das heißt, ich habe versucht, sie zu erstechen, aber sie trug eine *Rüstung*.«

Solche Sitten hatten in den Botschaften in Kairo oder Caracas nicht geherrscht. Dennoch hatten die Bewohner dieser Enklaven stets ein Heilmittel parat gehabt. »Ich glaube, wir brauchen jetzt alle einen Drink«, verkündete Maurice.

Eine weitere Methode war, irgendwohin zum Essen zu gehen, was er nicht zögernd, sondern mit Nachdruck vorschlug.

»Wenn ihr möchtet. Mir ist es egal. Mir ist überhaupt alles gleichgültig. Geht nur, wenn ihr wollt. Ich bleibe hier.«

»Sinn und Zweck der Sache ist, dich auszuführen, Mum.« Nachdem Judith ihrer Mutter ein Stück Würde zurückgegeben hatte, wurde sie nun wieder degradiert. »Natürlich musst du mitkommen.«

»Ich werde nie wieder essen gehen. Vielleicht gehe ich ja gar nicht mehr aus dem Haus. Ihr scheint meine Lage nicht zu verstehen. Ich habe versucht, die Geliebte meines Mannes zu töten, und werde es weiter versuchen, bis ich Erfolg habe. Dann stecken sie mich für den Rest meines Lebens ins Gefängnis, aber das dauert ja nicht mehr lang.« Beim letzten Wort wurde Rosemarys Stimme schrill und steigerte sich zu einem Kreischen. Dann begann sie zu schluchzen. Kreischen und Schluchzer wechselten einander ab. Sie zerrte an ihren Haaren und ihren Kleidern, kippte bäuchlings aufs Sofa, richtete sich wieder auf und stieß stakkatoartige Schreie aus.

Die anderen starrten sie entgeistert an. Beide wussten, dass eine Ohrfeige angebracht gewesen wäre, doch sie wagten es nicht. Judith pirschte sich an ihre Mutter an, um sie in den Arm zu nehmen. Aber Rosemary wehrte sie ab, setzte sich plötzlich gerade hin, erschauderte, zuckte hin und her, seufzte tief auf und war still.

»Ich bleibe hier bei euch«, erbot sich Maurice.

»Danke, Liebling.«

Rosemary ergriff das Wort. »Was hast du mit meinem Messer gemacht?«, fragte sie mit einer heiseren Stimme, die gar nicht wie ihre klang.

»Dort gelassen, Mum.«

»Ein Jammer«, erwiderte Rosemary. »Aber ich habe noch andere Messer.«

Falls Alan und Daphne, insbesondere Daphne, auf Judith und ihre Mutter den Eindruck gemacht hatten, als ginge ihnen der Angriff nicht sehr nah, war es das Ergebnis der ehernen Selbstbeherrschung, über die sie beide verfügten. Bis jetzt hatten sie diese nur selten gebraucht, nun aber schon. Gleichzeitig war ihnen klar geworden, dass es die beste Lösung war, gleichmütig und ungläubig zu wirken. Vielleicht war Rosemarys Versuch ja nicht ernst gemeint gewesen. Doch als alles vorbei und Alans Familie fort war, meldete sich der Schock. Nebeneinander lagen sie da und spürten das Zittern des anderen.

»Es tut mir leid. Alles ist nur meine Schuld«, sagte Alan nach langer Zeit.

»Nein, ist es nicht. Es ist meine.«

»So etwas hätte ich ihr nie zugetraut. Nicht im Traum. Ich kann es noch immer kaum glauben.«

»Alle, die wir kennen und je gekannt haben, alle Bewohner dieser Straße und alle Kinder aus den Tunnels würden auf Rosemarys Seite stehen. Ist dir das klar? Sie würden Partei für sie ergreifen und uns verdammen. Hätten sie recht?«

»Ich weiß nicht. Soll ich dir sagen, was mir ständig im Kopf herumgeht? Alles fing damit an, dass wir uns in den *Qanats* versammelt haben und Mr. Winwood uns vertrieben hat.«

Nebeneinander ausgestreckt wie ein mittelalterliches Paar auf einer Grabplatte, lagen Judith und Maurice in dem schmalen Doppelbett im Gästezimmer. Maurice war ein hochgewachsener Mann und nicht schlank.

»Das war Mums und Dads erstes Bett«, flüsterte Judith. »Owen und ich wurden hier gezeugt.«

»Muss ganz schön schwierig gewesen sein.«

»Sie haben sich erst ein größeres gekauft, als sie schon recht alt waren. Was machen wir mit Mum, Liebling?«

»Sollen wir sie morgen mit zu uns nehmen?«

»Falls sie mitkommt«, meinte Judith.

»Ich kann kaum begreifen, was sie getan hat. Ja, ich weiß, was passiert ist, doch es ist trotzdem unglaublich. Ob sie es wirklich wieder versuchen würde? Wenn wir sie mitnehmen, können wir sie im Auge behalten.«

»Oh, Gott, denkst du, das wird nötig sein? Ich muss jetzt schlafen, ich bin völlig fertig. Dreh dich um, Liebling, damit ich den Arm um deine Taille legen kann.«

»Ich habe keine Taille«, erwiderte Maurice.

Rosemary, die im größeren Bett im größeren Schlafzimmer lag, fragte sich, wo sie sich nun befinden würde, wenn das Attentat auf Daphne geglückt wäre. Wahrscheinlich in einer Zelle im Polizeirevier von Paddington Green. Sie hatte die Haftanstalt im Fernsehen gesehen. Sie war ziemlich berühmt und sicher nicht weit von Hamilton Terrace entfernt. Morgen, nein heute hätte man sie dem Haftrichter vorgeführt, vermutlich in Marylebone. Erstaunlich, wie gut sie sich in diesen Dingen auskannte. Sie war nicht das dumme kleine Hausfrauchen, für das ihre Kinder und offenbar auch ihr Mann sie hielten.

Auf Daphne einzustechen und zu versuchen, sie zu töten, hatte ihr gutgetan. Sie fühlte sich jünger und lebendiger und erinnerte sich noch genau, wie es gewesen war, das Messer mit der Faust zu umfassen, so wie sie noch nie ein Messer gehalten hatte, um es Daphne ins Herz zu stoßen. Oder wie es gewesen wäre, wenn die Frau keine Rüstung getragen hätte, einen Brustpanzer, absichtlich angelegt, weil sie Rosemarys gerechte Rache fürchtete. Unter der Bettdecke und mit dem pfirsichfarbenen Nachthemd bekleidet, das Alan früher bewundert hatte, krallte sie die Faust um ein imaginäres Messer und rammte es immer wieder in einen ebenso imaginären Brustkorb, in die Brust und ins Herz. Sie würde es wieder tun. Beim nächsten Mal würde sie Erfolg haben. Weder Judith noch Alan würden dabei sein. Die Rivalinnen um Alans Liebe würden miteinander kämpfen, und sie würde als Siegerin daraus hervorgehen, weil sie das Recht auf ihrer Seite hatte.

Rosemary drehte sich um und schlief ein. So glücklich war sie nicht mehr gewesen, seit Alan sie verlassen hatte.

Nein, sie würde Judith und Maurice nicht begleiten. Sie käme ausgezeichnet allein zurecht, beteuerte sie. Sie überlege sich, ob sie mit dem Frühjahrsputz beginnen solle. Seit ihrem Einzug sei die Wohnung nicht mehr richtig sauber gemacht worden.

»Ich komme dich am Mittwoch wieder besuchen. Vielleicht bringe ich Freya mit, wenn sie sich den Nachmittag freinehmen kann. Ich glaube, ich sage ihr nicht, was gestern passiert ist.«

»Sag, was du willst«, entgegnete Rosemary. »Ich schäme mich nicht. Ganz im Gegenteil.«

Sie gingen. Rosemary war allein. Doch anstatt herumzusitzen und zu grübeln, band sie sich eine Schürze um, holte die benötigten Besen und Reinigungsmittel und fing mit dem Frühjahrsputz an, den sie Judith versprochen hatte. Beim Arbeiten dachte sie an Alan und Daphne, daran, wie sie zusammen waren, allerdings nicht unbedingt als Paar. Sie und Alan waren das Paar. Heutzutage waren Zeitungen und Fernsehen voll von Sex. Sex – oder Geschlechtsverkehr, wie sie es lieber nannte – war überall. Diese Entwicklung hatte sich, und zwar nicht gerade in langsamen Schritten, im Laufe eines halben Jahrhunderts vollzogen, doch erst jetzt schien sie ihr ins Gesicht zu springen. Es war schmerzhaft und machte außerdem wütend, sich vorzustellen, dass Alan und Daphne Geschlechtsverkehr hatten. Hatten sie wirklich welchen? Bei ihr und Alan war es schon eine geraume Weile her.

Und all das – alles! – war nur wegen dieser Tunnels und deswegen geschehen, weil der alte Mr. Winwood einige Kinder von dort vertrieben hatte. Sie hielt im Schrubben der Badezimmerkacheln inne und malte es sich aus. Es konnte und durfte nicht sein. Und nur ein Mensch konnte es verhindern, nämlich sie selbst. Diesmal musste sie allein und unangekündigt hinfahren. Wie war sie nur auf die Idee mit diesem Frühjahrsputz gekommen? Es war eine elende Plackerei, die sich eine junge Frau nicht im Traum aufhalsen würde, wenn man den Frauenzeitschriften und den Frauenseiten der Zeitungen glauben konnte. Aus vergangener Erfahrung wusste sie, dass, wenn sie fertig war, nur eine einzige Belohnung auf sie wartete: Sie würde sich ins Wohnzimmer setzen und ihr Werk bewundern. Und wie lange würde das vorhalten? Zehn Minuten? Es würde keine wirkliche Befriedigung, keinen Triumph geben. Nur das Bewusstsein, dass sie getan hatte, wozu sie erzogen worden war.

Wie hatte Daphne ihren Lebensunterhalt verdient? Bevor all das angefangen hatte, hatte Maureen Batchelor ihr erzählt, Daphne sei Juristin gewesen. Eine Juristin, die als Beraterin bei einem Großkonzern gearbeitet hatte, keine

Anwältin, die Mandanten vertrat. Aber dennoch würde ihr das sicher hilfreich sein, wenn sie versuchte, Alan zur Scheidung zu überreden. Das durfte nicht passieren, so weit durfte es nicht kommen. Denk nicht daran. Worüber sie nachdenken musste, war, wie sie sich Zutritt zu dem Haus in Hamilton Terrace verschaffen konnte, ohne dass einer der beiden ihr die Tür öffnete. Niemand durfte davon erfahren, weder ihre Tochter, ihr Sohn noch ihre Enkelinnen. Wenn sie am Mittwoch kamen, mussten sie sie so ruhig wie früher erleben. Vielleicht an der Nähmaschine, wo sie ein neues Kleidungsstück für einen von ihnen schneiderte. Ihr Motto musste sein, dass Alan zurückkommen würde. Das würde sie sagen, um sie zu beschwichtigen.

»Er kommt zurück.«

Niemand würde sie fragen, ob sie ihn wieder aufnehmen würde. Dazu würden sie viel zu erleichtert sein. Ihre Liebe zu ihrer Familie, vor nicht allzu langer Zeit der Mittelpunkt ihres Lebens, hatte sich in Ablehnung verwandelt. Sie wollte niemanden sehen, sondern nur die Situation aus sämtlichen Blickwinkeln betrachten und sich überlegen, wie sie in dieses Haus hineinkommen konnte. Sie hatte es nicht eilig. Sie würde sich Zeit lassen. Schließlich war es jetzt ihre Zeit, nicht die von Alan, nur noch ihre, und sie konnte damit machen, was sie wollte.

18

Die Pflicht, alte Menschen zu besuchen und sie zu pflegen, sollte eigentlich auslaufen, wenn man selbst alt war. Vielleicht zwischen fünfzig und sechzig. Nur dass das nicht länger zutraf, dachte Michael. Nicht wenn die Leute mit einer Lebenserwartung von über achtzig oder neunzig Jahren rechneten. Inzwischen war der junge Besucher, so wie er selbst, um die siebzig. Er ging nach oben in Viviens Zimmer, stellte sich an das Fußende des Bettes und sagte: »Warum musstest du mit fünfzig sterben, während die halbe Welt achtundachtzig wird? Warum musstest du es mir überlassen, mich um Leute zu kümmern, die mich einen feuchten Kehricht interessieren, obwohl du mir so wichtig warst?«

Sein Vater und Clara Moss. Clara war ihm lieber als sein Vater, doch das waren alle, die er kannte. In der Nacht zuvor hatte er von seinem Vater in dem T-Shirt mit dem Totenschädel geträumt, und als er heute Vormittag einkaufen gewesen war, hatte er geglaubt, überall Totenschädel zu sehen. Es war ein modisches Statement. Er begegnete einer Frau mit Totenschädeln auf den schwarzen Mokassins, einer anderen mit Totenschädelohrringen und natürlich einem T-Shirt so wie dem seines Vaters. Es wunderte sie, denn die Frau mit den Mokassins war schon älter. Nicht so alt wie sein Vater, wer war das schon? Doch während es ihm einigermaßen akzeptabel erschien, wenn sich ein Dreißigjähriger so makaber kleidete, verstand er nicht, weshalb ein alter Mensch sich auf so grausige Weise die eigene Sterblichkeit vor Augen führen wollte.

Ein weiterer Besuch bei Clara Moss stand an. Beim letzten Mal hatte Lewis Newman ihn begleitet, das hieß ihn zumindest bis zur Tür gebracht. Er hatte mit Stanley und Helen Batchelor zu Mittag gegessen. Ganz gleich, was auch geschah, heute würde niemand mitkommen. Deshalb war er überrascht, als Maureen Batchelor anrief und sich erkundigte, ob er noch einmal nach Clara sehen könne. Nur noch ein- oder zweimal, da sie es selbst übernehmen werde, sobald sie sich wieder dazu in der Lage fühle. Er fragte sie, ob sie krank gewesen sei.

»Ich vermisse George. Aber das ist doch ganz normal. Du könntest mich besuchen, bevor du zu Clara gehst. Komm und trink einen Sherry mit mir.« Beim letzten Wort versagte ihr die Stimme. »Ach, herrje, ich bin noch nicht wieder auf dem Damm.«

Haus Carisbrooke war bis auf die Atmosphäre unverändert. George, der Große, und seine raumgreifende Persönlichkeit hatten es erfüllt, seine laute Stimme war im ganzen Bungalow zu hören gewesen. In seiner Abwesenheit, diesmal endgültig, ertappte Michael sich dabei, dass er leiser sprach, und er musste sich zwingen, nicht zu flüstern. Sie tranken Sherry, heute beide trockenen Oloroso, dunkelbraun, süß und dennoch scharf. Maureen trug Schwarz, was die meisten Witwen inzwischen vermieden. Sie war magerer und blasser geworden. Michael hatte den Eindruck, dass sie sich ein- oder zweimal verwirrt im Raum umschaute, als suche sie George oder wolle ihn herbeibeschwören.

Aber der Sherry munterte sie ein wenig auf. Er erzählte

ihr von seinem Vater und Urban Grange, ließ jedoch einiges unter den Tisch fallen. Zum Beispiel das T-Shirt mit dem Totenschädel und die Absicht seines Vaters zu leben, bis er hundert war. Anders als ihre Schwäger hatte Maureen Michael nicht als Kind gekannt. Auch nicht den Vater, den alle für ein Ungeheuer hielten. Und so wechselte sie das Thema, so schnell es möglich war, ohne unhöflich zu sein.

»Ich habe letztens Rosemary Norris getroffen. Erinnerst du dich an sie?«

»Selbstverständlich.«

»Nun, meiner Ansicht nach hat sie den Verstand verloren. Äußert es sich so, wenn man senil wird? Ich meine, dass man sich verrückte Dinge ausmalt?«

»Ich weiß nicht«, erwiderte Michael. »Woher auch?«

»Rosemary jedenfalls tut es. Wir standen Schlange an der Käsetheke bei Tesco. Die Schlangen dort sind schlimmer als auf dem Postamt. Das würde man gar nicht vermuten, wo heutzutage doch jeder Internet hat, oder? Wo war ich stehen geblieben? Oh, ja, Rosemary. Gut, ich habe nicht geglaubt, was sie mir gesagt hat. Ich glaube es einfach nicht. Deshalb denke ich ja auch an Alzheimer. Sie sagte, sie sei bei Daphne Jones – also Furness – gewesen und habe sie mit einem Küchenmesser erstochen. Wie findest du das?«

»Sie hat sie wirklich erstochen? War Alan da?«

»Sie sagte, sie habe versucht, sie mit einem mitgebrachten Messer zu erstechen, aber Daphne habe etwas angehabt, das sie einen Brustpanzer nannte, und das Messer sei nicht eingedrungen. Nur Alan wurde verletzt. Sie hat ihn in die Hand geschnitten, und er wollte nicht ins Krankenhaus. Jetzt habe er deshalb eine Blutvergiftung, behauptet sie.«

»Wie du gesagt hast: Das ist ein ziemlich wilder Traum, Maureen.«

»Seit er sie verlassen hat, stimmt bei ihr etwas nicht mehr im Oberstübchen. Wenn du jetzt Clara besuchst, Michael, würde ich gern mitkommen. Um etwas Sinnvolles zu tun. Stört es dich?«

»Ich würde mich sehr freuen«, antwortete er aufrichtig.

In dem kleinen Haus in der Forest Road schien niemand zu Hause zu sein. Wenn Michael allein gewesen wäre, hätte er vermutlich aufgegeben, aber Maureen kannte Claras Gewohnheiten und rief durch den Briefschlitz. Claras schwache Stimme war kaum zu verstehen.

»Im Blumentopf bei den Kamelien.«

Sie gehörte einer Generation an, die Blumennamen noch kannte. Maureen angelte den Schlüssel zwischen den Wurzeln der Kamelien hervor und öffnete die Tür. Wie Maureen ihm später erklärte, waren die Erdgeschosse der meisten Häuser hier so umgebaut worden, dass aus Vorhalle und Wohnzimmer ein Raum wurde. Bei Clara sei das schon immer so gewesen, weshalb die Haustür direkt in ein großes Zimmer führte. Es roch nach zerkochtem Kohl und einem billigen Lufterfrischer mit Zitronenduft. Clara lag halb aufrecht und auf Kissen gestützt im Bett. Sie war magerer und blasser geworden, so blass wie sein Vater. Die Haut an ihrem Hals und ihren Unterarmen war plissiert wie dünne Seide. Als Michael sie auf die Wange küsste, reckte sie die faltigen Arme und tastete nach seiner Schulter. Er überreichte ihr die unterwegs gekauften Pralinen, dieselbe Sorte wie beim letzten Mal, da sie sie zu mögen schien. Unterdessen füllte Maureen die einzige Vase, die sie finden konnte, mit Wasser und stellte die mitgebrachten Blumen hinein.

Er bemerkte sofort, dass sie seit seinem letzten Besuch nicht nur körperlich, sondern auch geistig abgebaut hatte. Sie fing an, von ihrer Jugend vor dem Zweiten Weltkrieg zu reden, als die einzigen beruflichen Möglichkeiten für ein Mädchen aus der Arbeiterschicht die Fabrik oder eine Putzstelle gewesen waren. Sie hatte beides gemacht: In den ersten Kriegsjahren hatte sie in einer Munitionsfabrik gearbeitet und später, nachdem sie ihren Mann kennengelernt und geheiratet hatte, war sie bei Familien in Tycehurst Hill und bei Michaels Eltern putzen gegangen. Die Winwoods waren ihre einzigen Arbeitgeber auf dem Hill gewesen. Der Weg sei weiter gewesen, als ihr lieb war, von der Forest Road aus fast doppelt so lang wie zum Fuß des Tycehurst Hill.

Sie hatte von Georges Tod erfahren und fragte Maureen, wie sie sich fühle. »Wenigstens hatten Sie ihn all die Jahre an Ihrer Seite, Liebes. Das freut mich. Nicht wie bei mir, denn ich habe meinen Mann schon nach knapp zwei Jahren verloren. Manchmal frage ich mich, ob wir Kinder gehabt hätten, wenn er zurückgekommen wäre. Vielleicht. Meine Schwestern hatten zusammen sieben.« Wahrscheinlich um freundlich und höflich zu sein, wie Michael dachte, wechselte sie das Thema und erkundigte sich nach seinem Vater. Er antwortete, so gut er konnte, obwohl er lieber über jemand anderen gesprochen hätte, den sie beide kannten.

»Hat er je wieder geheiratet, mein Lieber?«

»Ja, hat er. Dreimal. Der zweiten Frau bin ich nie begegnet, der dritten einmal. Sie hieß Sheila. Sheila soundso.«

»Das war nicht ihr Name«, widersprach Clara. »Wenn ich ihn hören würde, würde es mir wieder einfallen. Sehr jung war sie. Sie kam manchmal her. Hatte lange schwarze Zöpfe. Das war, nachdem Ihre arme Mum verstorben ist und Sie zu Ihrer Tante gezogen sind.«

»Möchten Sie aufstehen? Soll ich Ihnen in den Rollstuhl helfen?«, schlug Maureen vor.

Clara sagte, diesmal nicht. Sie sei sehr müde. Keine Ahnung, was mit ihr los sei, es müsse am Alter liegen. »Ich habe Sie gefragt, ob Ihr Dad wieder geheiratet habe, weil er ein paarmal zu mir meinte, er werde sie heiraten, wenn sie ein wenig älter sei. Aber sie hieß nicht Sheila, das weiß ich. ›Ein wenig älter. Sie wird nie so alt sein wie Sie‹, habe ich ihm gesagt. Vielleicht habe ich mir zu viel herausgenommen, aber er hat nie darauf geantwortet.«

»Mrs. Moss, kann ich irgendetwas für Sie tun? Ihnen etwas besorgen? Ich möchte gern helfen.«

»Ich brauche nichts, mein Lieber. Wenn man so alt ist wie ich, braucht man immer weniger. Ihr Dad hat mich Mrs. Mopp genannt. Nach der Figur in ITMA. Mir hat das nie gefallen, aber ich konnte ja nichts sagen. Sie hatte eine so vulgäre Ausdrucksweise. Ich hätte nie so geredet.«

Als sie später in einem Café in der High Road saßen und Tee tranken, fragte Michael Maureen, was ITMA sei.

»Vor deiner Zeit und meiner. George hat sich noch daran erinnert. Es war eine Comedy-Sendung im Radio. I-T-M-A, die Anfangsbuchstaben von *It's That Man Again*. Ein Komiker namens Tommy Handley trat darin auf. Clara hat oft darüber geredet. Verständlich, dass sie es nicht mochte, Mrs. Mopp genannt zu werden.«

»Abneigung hält sich lang«, meinte Michael. »Sie überlebt die guten Erinnerungen.« Und dennoch war ihm die Dame mit dem kleinen Hund im Gedächtnis geblieben.

»Gib mir Bescheid, wenn etwas mit ihr ist.« Er verachtete sich ein wenig für diese Beschönigung und wunderte sich, dass er so einfühlsam über das bevorstehende Ableben der Putzfrau seines Vaters sprach, während er im Zusammenhang mit seinem Vater gnadenlos die Wörter Tod und sterben verwendete.

Auf dem Heimweg in der U-Bahn dachte er nicht an Clara Moss, sondern an die Norris. Vielleicht litt Rosemary ja wirklich an Alzheimer, was möglicherweise gegen Daphne gerichtete Mordfantasien auslöste. Er kannte sich mit dieser Krankheit nicht aus und verdrängte das Thema hartnäckig, da er in seinem Alter als Kandidat dafür infrage kam. Obwohl Alan und Rosemary nie seine Freunde gewesen waren, wollte er seltsamerweise wissen, was, wenn überhaupt, vorgefallen war. Natürlich ging es ihn nichts an. Doch wann hatte das einen Menschen je daran gehindert, sich in fremder Leute Angelegenheiten einzumischen?

Ein Brustpanzer? Das klang nach einer dieser Fernsehserien, die im Mittelalter spielten, in denen Männer mit Schwertern auf Pferden umher preschten und die Frauen nichts als winzige Panzer trugen, die gerade ihre erogenen Zonen bedeckten. Er kannte Daphnes Haus ein wenig und versuchte, sich die Szene vorzustellen. Aber er hatte wieder nur die Frauen aus dem Fernsehen vor Augen, die einander mit Messern bekämpften, was nicht selten geschah. Als er in die Jubilee Line umstieg, überlegte er, ob er in St. John's Wood wieder aussteigen und nach Hamilton Terrace gehen sollte. Aber warum? Anfangs hatte er gedacht, er könne der Vertraute sein, den sie vielleicht brauchten. Jemand zum Reden, wie es heutzutage hieß. Allerdings lag ihm diese Rolle nicht. In seinem ganzen

Leben war Vivien die Einzige gewesen, die sich ihm hatte anvertrauen wollen. Er hatte zugehört und sie getröstet, weil sie seine Frau war und weil er sie liebte. Der Zug hielt in St. John's Wood. Die Türen öffneten und schlossen sich. Dann fuhr der Zug weiter nach Swiss Cottage, wo er ausstieg.

19

Da Alan und Daphne stolz auf ihre Selbstdisziplin waren, machten sie einander vor, der Zwischenfall sei ihnen nicht nahegegangen. Rosemary hatte einen halbherzigen Versuch unternommen, Daphne zu verletzen, mehr nicht. Eher eine Geste als eine lebensbedrohliche Aktion. Sie hatte keinen ernsthaften Schaden anrichten wollen. Das war am Anfang, in den ersten Stunden nach Rosemarys und Judiths Aufbruch. Der Schock meldete sich vierundzwanzig Stunden später und zeigte sich darin, dass Daphne zu zittern begann. Sie bebte am ganzen Körper und war machtlos dagegen. Alan wurde durch seine verletzte Hand ständig daran erinnert, doch die würde dank der sofortigen Behandlung rasch heilen. Allerdings war er sich ununterbrochen dessen bewusst, wer ihn verletzt hatte, nämlich die Frau, mit der er seit mehr als einem halben Jahrhundert verheiratet war und von der viele sagen würden, dass sie das Recht auf ihrer Seite hatte.

Anders als Daphne zitterte er nicht, sondern hatte immer wieder das Messer in Rosemarys Faust vor Augen. Und seinen vergeblichen Versuch, danach zu greifen und sie aufzuhalten. Das hatte nur zu einer Wunde an der Hand geführt. Die Lederjacke hatte Daphne gerettet. Hatte sie sie angezogen, weil sie geahnt hatte, dass Rosemary etwas im Schilde führte? Er und Daphne hatten sich angewöhnt, einander alles zu sagen. Alles über ihre Vergangenheit, ihre Gegenwart, ihre Sorgen, ihre Ängste.

Das war ihm mit Rosemary in ihren vielen gemeinsamen Jahren nie gelungen. Er hatte sich oft darum bemüht, doch sie war stets sofort schockiert, angewidert oder ungläubig gewesen. Und als er ihr angeboten hatte, sie könne ihm alles erzählen, hatte sie entgegnet, da sei nichts. Sie habe keine Geheimnisse dieser Art, auch wenn andere welche hätten. Daphne hingegen litt nicht an derartigen Hemmungen, hatte ihm ihre ganze Vergangenheit geschildert – so glaubte er wenigstens – und sich seine Beichte, so harmlos und frei von Tadel sie auch sein mochte, mit einem Lächeln angehört.

Deshalb erschreckte es ihn, dass ihre Hand zitterte, wenn sie nach einer Tasse oder einem Stift griff. Es passte nicht zu ihr. Er befürchtete, es könne sich um das Symptom einer krankhaften Ausfallerscheinung handeln.

»Ich will nicht zum Arzt«, erwiderte sie, als er den Vorschlag machte. »Der wird mich nämlich fragen, ob ich einen Schock erlitten habe, und es bringt nichts, wenn ich nicht die Wahrheit sage. Wenn wir einen Arzt persönlich kennen würden, einen, der unser Freund ist, würde ich hingehen. Aber wir kennen keinen.«

»Doch. Lewis Newman.«

»Den kannten wir früher, aber heute nicht mehr.«

»Ich bin in Sorge um dich. Ich rufe ihn an.«

»Ich finde ihn recht sympathisch«, erwiderte Daphne und berührte ihn mit zitternder Hand am Arm.

Überall herumzuposaunen, was sie getan hatte, war für Rosemary ein Weg, der Welt die Schwere ihres Falls zu beweisen. Alle würden sie verstehen und Anteil nehmen. Eine Gegenmeinung konnte es gar nicht geben. Das Recht war auf ihrer Seite. Sie war eine gute und anständige Frau, seit fünfundfünfzig Jahren verheiratet und Mutter seiner Kinder. Nie hatte sie einen anderen Mann eines Blickes gewürdigt und Alan jeden Wunsch von den Augen abgelesen. Maureen war die Erste gewesen, der sie von ihrem Versuch, Daphne Jones (so hieß sie für sie noch immer) zu erstechen – zu töten? –, erzählte. Sie hielt es für wahrscheinlich, dass Maureen die Information weiterverbreiten würde, zumindest innerhalb der Familie Batchelor, Stanley und Helen in Theydon Bois und Norman in Frankreich. Die würden es zweifellos ihren Kindern berichten. Je mehr es wussten, desto besser. Kurz dachte sie an Alan. Sie hatte ihn in die Hand geschnitten, doch das war seine eigene Schuld, da er gar nicht in Daphne Jones' Haus hätte sein dürfen. Er war ihr Mann, und sie wollte ihn zurück, trotz allem, was er getan hatte. Wozu war das alles gut, wenn nicht dazu, ihn wiederzubekommen?

Obwohl sie wie selbstverständlich davon ausging, dass die Batchelors es ihren Freunden und Kindern sagen würden, würden Judith und Maurice es ihren vermutlich verschweigen. Das hatten sie wenigstens geäußert. Deshalb war sie überrascht, als Fenella mit Callum und Sybilla vor ihrer Tür stand und sie mit »Oh, Oma, was hat du getan?« begrüßte.

»Nicht vor den Kindern«, erwiderte Rosemary automatisch.

Sie kamen herein. Fenella entgegnete, dass sie nichts verstehen würden. Ihr Sohn und ihre Tochter stürmten sofort auf den Tabuort, den Balkon, zu, um die Nachbarskatze zu jagen. Da Rosemary sie nicht erwartet hatte, hatte sie die Balkontür offen gelassen. Sie wurde geschlossen und der lautstarke Protest mit Schokotrüffeln aus der Schachtel auf dem Couchtisch zum Verstummen gebracht.

»Ich hätte nie gedacht, dass du so etwas tun könntest«, spielte Fenella auf den Vorfall mit dem Messer an.

»Ich selbst auch nicht, bis ich es getan habe.«

»Gott sei Dank hat es nicht geklappt.«

»Das ist deine Meinung, Schatz. Ich wünschte, es hätte geklappt. In meinem Alter stecken die mich nicht mehr ins Gefängnis.« Rosemary lachte auf, ein schrilles Kichern, das Fenella zusammenzucken ließ. »Ein paar Sozialstunden vielleicht oder nur eine Verwarnung. Ich koche uns einen Tee.«

»Nein, du bleibst sitzen, Oma. Ich mache den Tee.«

Sie sprach, als sei Rosemary krank, allerdings psychisch, nicht körperlich, ein Tonfall, den man gemeinhin als beschwichtigend bezeichnete. Rosemary gab nach und wünschte, sie wäre allein, um weiter Pläne schmieden zu können. Ihre Aufgabe war es, in dieses Haus einzudringen oder Daphne herauszulocken, vorzugsweise ohne Alans Begleitung. Eine mögliche Methode war, so zu tun, als habe sie ihre Haltung geändert, und Alan davon zu überzeugen, dass sie ihm nicht mehr böse sei, ihm verziehen habe und mit den beiden befreundet sein wolle. Sie konnte ihm sogar sagen, sie habe sich alles gründlich überlegt und sei vielleicht mit einer Scheidung einverstanden. Sie wolle nur die Wohnung behalten, doch dem würde er sicherlich zustimmen, denn schließlich lebte er ja in Daphne Jones' wunderschönem Haus ... Callum hatte sich in einen Teppich eingewickelt, und Sybilla trat nach seinem Kopf. Geistesabwesend rügte Rosemary, sie sollten nicht so ungezogen sein, und widmete sich wieder ihren Gedanken.

Als ihre Mutter hereinkam, hatte Sybilla die Balkontür geöffnet, und Callum war dabei, über das Geländer zu klettern. Beide wurden wieder ins Wohnzimmer geschleppt und verweigerten unter Gebrüll den Grapefruitsaft, der die einzige Alternative zu Tee war. Rosemary saß mit geschlossenen Augen da und überlegte, wie sie an Daphne Jones' Telefonnummer herankommen sollte. Vielleicht war es das Beste, so vorzugehen wie Judith und einen Brief zu schreiben.

Als Fenella und die Kinder sich verabschiedeten, war noch keine Entscheidung gefallen. Viele Versuche waren unternommen worden, Rosemary zu überreden, sich mehr ihrer Familie zu öffnen, sich Fenella, Freya und ihren Ehemännern anzuvertrauen, weniger allein zu sein und eine Weile bei einem von ihnen zu bleiben. Warum verbringe sie nicht etwas Zeit mit Owen und seiner Frau oder führe mit ihrer Schwester in Urlaub? Maureen Batchelor werde sicher mitkommen. Rosemary lehnte alles ab. Wenn sie schon ehrlich sein sollte, habe sie Owens Frau noch nie gemocht. Und Maureen habe wahrscheinlich Angst, allein mit ihr zu sein, denn sie könne ja erstochen werden. Nachdem sie nie Alans Meinung über Fenellas Kinder geteilt habe, wolle sie jetzt auch in dieser Hinsicht kein Blatt vor den Mund nehmen. Sie seien ungezogen, und zwar sehr, weshalb sie froh sei, sie nicht so häufig sehen zu müssen. Als sie gingen, sagte sie zu Fenella: »Sei so gut und ruf beim nächsten Mal an, bevor du kommst.« Das beinahe vorgeschriebene »Liebling« oder »Schatz« ließ sie weg.

Alan hatte immer gesagt, wenn man eine Entscheidung treffen müsse, fühle man sich stets besser, sobald man wisse, was man tun wolle. Entscheide dich, mach Nägel mit Köpfen, dann bist du schon einen großen Teil der Last los, die dich bedrückt. Nun, sie hatte sich entschieden.

Morgen Vormittag würde sie Alan schreiben. Oder besser an Daphne Jones? Er würde ihre Handschrift erkennen. Daphne nicht, wenn sie den Brief zuerst in die Hände bekam. Aber sie würde den Brief bestimmt öffnen. Sie würde glauben, dass es sich um eine Art Entschuldigung handelte, was es ja auch war. Auf jeden Fall würde sie schreiben, vielleicht sogar an beide, so sehr ihr auch die Vorstellung missfiel, ihre Namen gemeinsam auf einem Kuvert zu sehen.

Arzt zu sein hatte zur Folge, dass eine ziemlich große Anzahl der Menschen, die man privat kennenlernte, einem ihre Beschwerden schilderte und um Rat fragte. Obwohl die meisten wussten, dass sich das nicht gehörte, taten sie es trotzdem und ließen ihrem Anliegen eine Entschuldigung folgen. Lewis Newman hatte einen Freund, der promoviert hatte und so unklug gewesen war, den Doktortitel öffentlich zu führen. Eine Weile zumindest. Er hatte seine Lektion rasch gelernt. Allerdings war allgemein bekannt, dass Lewis Doktor der Medizin und Mitglied des Royal College of Physicians war, weshalb es sich nicht verheimlichen ließ. Deshalb wunderte er sich nicht, als Alan Norris anrief und ihn um Hilfe bat. Selbst schuld, dachte er. Warum hatte er dem Mann auch seine Visitenkarte gegeben? Doch eigentlich störte es ihn nicht. Alan und die Frau, mit der er durchgebrannt war, waren ihm recht sympathisch. Sie waren Freunde aus seiner Kindheit vor langer, langer Zeit, ihm jedoch noch frisch im Gedächtnis. Außerdem war er auch nur ein Mensch und wollte sehen, wo sie wohnten und wie sie miteinander umgingen, und vielleicht sogar eine Schätzung wagen, wie lange ihre Beziehung andauern würde.

Daphne Furness hatte doch sicher einen Hausarzt, einen vom Nationalen Gesundheitsdienst oder einen, den sie privat bezahlte. Warum ging sie dann nicht zu ihm? Vielleicht sollte ihr Arzt ja nicht erfahren, dass Alan Norris (oder überhaupt ein Mann) bei ihr eingezogen war.

»Ich könnte morgen Nachmittag vorbeischauen«, sagte er. »Nur um sie mir kurz anzuschauen.«

»Sie zittert«, erwiderte Alan. »Aber komm doch zum Abendessen. Wir würden uns freuen, dich zu sehen.«

Beim Anblick von Rosemarys Brief zitterte Daphne noch mehr. Er war an sie und Alan adressiert, doch sie öffnete ihn mit bebender Hand, während er neben ihr saß. »Lieber Alan, liebe Daphne«, las sie laut vor, obwohl Alan den Brief ebenso gut sehen konnte wie sie. »Das ist eine Entschuldigung. Ich möchte sagen, wie leid es mir tut, was letzte Woche passiert ist. Ich weiß nicht, warum ich dich angegriffen habe, Daphne. Gewalt ist stets überflüssig und sinnlos, und ich bereue es sehr. Falls ihr mir verzeihen könnt, würde ich mich gern mit euch beiden treffen. Reden ist der einzige Weg, dieses Problem zu lösen, und genau das will ich tun. Möglicherweise haltet ihr eine Scheidung ja in Anbetracht der Zukunft für das Beste und wollt nach vorn schauen. Ich bin der festen Überzeugung, dass wir darüber sprechen und uns zusammensetzen sollten. Darf ich wieder in euer Haus kommen, diesmal im Geist der Freundschaft? Ihr könnt auch mich besuchen, wenn euch das lieber ist. Bitte ignoriert diesen Brief nicht. Mir ist ein Gespräch mit euch beiden äußerst wichtig. Rosemary.«

»Ich weiß nicht, was ich dazu sagen soll«, meinte Daphne. »Was denkst du?«

»Würdest du das aushalten? Meiner Ansicht nach ist sie ehrlich. Meine Enkelin Fenella würde es so erklären, dass der Anschlag auf dein Leben sie von ihren Mordgelüsten befreit hat.«

»Warum Fenella?«

»Sie ist Psychologin.«

»Und mich hat dieser Brief vom Zittern befreit. Es hat aufgehört.«

Alan küsste sie. »Ich bin ja so froh. Wir laden Lewis aber trotzdem ein, oder?«

Rosemary saß wieder an der Nähmaschine. Sie hatte ein Schnittmuster für ein Kleid, das sie noch nie verwendet hatte, da es ihr als zu anspruchsvoll erschienen war. In ihrem Nähzimmer befand sich außerdem eine einige Meter lange Bahn geblümter Seide, ebenfalls unbenutzt. In ihrem Aufschwung nach dem Schreiben und Absenden des Briefs und in Erwartung des anstehenden Besuchs in Hamilton Terrace steckte sie das Schnittmuster auf die Seide, heftete es und arbeitete nun an einer Seitennaht. Falls sie rechtzeitig fertig wurde, konnte sie das neue Kleid tragen, wenn sie Daphne und Alan aufsuchte oder wenn sie zu ihr kamen. In ihrer Fantasie stellte sie sich selbst in dem neuen Kleid vor, wenn die Polizei erschien, sie festnahm und in Daphnes Wohnzimmer wegen vorsätzlichen Mordes anklagte. Die Zeitungen würden ein Foto von ihr bringen, sie als »hübsche ältere, elegante Dame« beschreiben und unweigerlich ihr Alter nennen. Daphne Jones war älter, dachte sie, vermutlich drei Jahre. Rosemary vollendete den Saum und entfernte die Heftnaht. Gerade wollte sie mit dem nächsten beginnen, als das Telefon läutete.

Daphne? Alan? Es war keiner von beiden. Der Anrufer entpuppte sich als Robert Flynn. Er sagte, er bedauere es sehr zu hören, dass sie und Alan sich getrennt hätten. Es sei wirklich traurig, erwiderte sie, doch sie hoffe, dass es nicht von Dauer sein würde. Er sprach über seine lange Freundschaft mit Alan und darüber, dass sie sich in den letzten Jahren ein wenig aus den Augen verloren hätten. Plötzlich flammte die Wut, die sich seit ihrer Rückkehr an die Nähmaschine gelegt hatte, wieder auf.

»Behaupte jetzt bloß nicht, du hättest nichts davon gewusst«, schrie sie in den Telefonhörer. »Du warst sein Alibi. Immer wenn er bei ihr war, hat er mir vorgemacht, er würde sich mit dir treffen. Er hat dir alles erzählt, und du warst bereit, für ihn zu lügen. Lügen, Lügen, Lügen, das musste ich aushalten. Und dabei war ich über fünfzig Jahre lang mit ihm verheiratet.«

Robert Flynn stammelte, es täte ihm leid, doch er habe nichts mit der Sache zu tun. Er wisse nichts.

»Lügner!«, kreischte Rosemary und knallte den Hörer hin.

Ihr Atem ging immer noch stoßweise, als das Telefon erneut klingelte. »Ist alles in Ordnung? Du klingst, als wärst du krank«, sagte Alans Stimme.

»Ich bin nicht krank. Dein Freund Robert Flynn hat angerufen, und, tja, ich habe mich über ihn geärgert. Jetzt ist alles wieder gut. Hast du meinen Brief erhalten?«

»Deswegen rufe ich ja an.«

»Ich dachte, *sie* würde das übernehmen.«

Er antwortete nicht darauf. »Du wolltest mit uns beiden reden, hast du geschrieben. Wann möchtest du denn kommen?«

»Uns beide« hatte früher Alan und sie bedeutet. »Würde Freitag passen?«

Er bejahte. Vielleicht am Vormittag. Das würde ihr die Zeit geben, eine Entscheidung zu fällen. Nicht, ob sie Daphne umbringen sollte, das stand bereits fest, aber wie. Und außerdem so, dass es möglichst viel Aufmerksamkeit erregen würde. Ein Fanal, damit jeder Passant und jeder Einwohner von Hamilton Terrace wusste, wie sie betrogen worden war und was sie getan hatte.

»Richte Daphne Grüße von mir aus.«

Das war absurd, denn das Einzige, was sie für Daphne Jones empfand, war Hass. Sie setzte sich wieder an die Nähmaschine und versuchte, die Nadel auf den Ärmelsaum zu rücken. Doch der war schief. Sie würde die Stiche auftrennen müssen. Rosemary zog das unfertige Kleid aus der Nähmaschine, rollte es zusammen und stopfte es in die Tischschublade, wo sie Scheren, Garnrollen und eine Schachtel Stecknadeln aufbewahrte. Wie gern hätte sie Daphne Jones' Hand gepackt, sie unter die Nadel gesteckt und die Maschine gestartet. Daphne hatte sehr schlanke Hände und lange Finger. Die Nadel würde in den Handrücken eindringen und durch Haut, Adern und Knochen pflügen, selbst wenn es ihr nicht gelang, die Handfläche zu durchbohren. Rosemary genoss diese Vorstellung. Früher hatte sie Folter stets verabscheut, auch Zeitungsartikel und Bücher, in denen Folter vorkam. Allerdings bereitete es ihr keine Mühe, sondern Vergnügen, sich eine gefolterte Daphne vorzustellen: die Streckbank, Elektroschocks, das Marterrad der heiligen Katharina. Sie hatte keine Ahnung, sich jedoch stets die Frage gestellt, was das Rad mit einem Menschen machte. Oder etwa die Streckbank. Doch ganz gleich, was es auch war, sie hätte Daphne Jones gern diese Behandlung angedeihen lassen.

Sie hatte bis Freitag Zeit, um sich zu überlegen, wie sie vorgehen wollte. In Büchern versuchten die handelnden Personen häufig, den Mord als Unfall hinzustellen. Manche tarnten ihn auch als Selbstmord. Sie ging in das Zimmer, das Alan als sein Arbeitszimmer bezeichnete, obwohl er dort nie etwas arbeitete. Die von Büchern überquellenden Regale nahmen eine ganze Wand ein. Grüne und weiße Penguin-Ausgaben aus den Vierzigern füllten zwei Regalbretter. Bücher von einst berühmten Autorinnen wie Margery Allingham, Ngaio Marsh und Agatha Christie. Da stand auch eines von A. E. W. Mason mit dem Titel *The House of the Arrow*. Sie hatte es zu Anfang ihrer Ehe gelesen. Es handelte von dem Pfeilgift, das südamerikanische Stämme benutzten, Curare, verwandt mit Strychnin. Sie wusste, dass sie es nicht würde auftreiben können. Daphnes Getränk zu vergiften war also nichts weiter als ein Luftschloss. Viel praktischer war es, sie die Treppe hinunter oder vor einen Bus zu stoßen. In St. John's Wood wimmelte es von Bussen, die ständig hin und her fuhren. Doch auch das war unmöglich. Daphne einen Spaziergang vorzuschlagen und sie vor diesen kleinen einstöckigen Bus zu schubsen, der an der U-Bahn-Station hielt? Wieder nur ein Wunschtraum.

Außerdem hatte ein Bus einen Fahrer. In ihrem früheren Leben (für sie die Zeit mit Alan) waren ihr Menschen wichtig gewesen. Ihr Schicksal und manchmal, wie sie ihnen helfen konnte. Würde sie, wenn sie Daphne vor den 46er oder den 187er beförderte, den Fahrer nicht in etwas hineinziehen, das er niemals vergessen würde? Würde er nicht sein Leben lang daran denken, dass er, wenn auch unabsichtlich, den gewaltsamen Tod einer Frau verursacht hatte? Sie hatte einmal so etwas im Fernsehen gesehen. Ein Lokführer hatte auf einem Bahnübergang ein Auto überrollt und das tote Ehepaar und die Kinder, die sein Zug getötet hatte, allnächtlich in seinen Träumen gesehen. Nicht nur Daphne Jones würde leiden.

Da sie am Freitag in Hamilton Terrace verabredet war, musste sie sich rasch etwas einfallen lassen.

Als er noch praktiziert hatte, hatte Lewis einen Privatpatienten in Hamilton Terrace gehabt. Dem Mann hatte nichts gefehlt, er wollte einfach einen abgerichteten Arzt auf Abruf haben. Er meldete sich ziemlich häufig, und das immer nachts. Irgendwann hatte Lewis die Zusammenarbeit aufgekündigt, doch die Straße hatte er noch gut im Gedächtnis, insbesondere bei Mitternacht: still, menschenleer und dämmrig beleuchtet. Der Patient, der eigentlich keiner gewesen war, hatte ziemlich weit am Ende gewohnt, fast an der Ecke Carlton Hill. Aber seine Hausnummer vermittelte Lewis eine ziemlich gute Vorstellung davon, wo Daphne wohnte.

Nach fünf Minuten in der Wohnung und einem großen Gin Tonic fragte er sich allmählich, ob es sich bei Daphnes Krankheit, wie bei dem anderen Bewohner von Hamilton Terrace, nur um einen Trick oder eine Ausrede handelte, um ihn zu sehen. Dann erklärte sie ihm, sie habe gezittert, und zwar seit der letzten Woche, als sie einen Schock erlitten habe. Sie zögerte, blickte Alan an, dessen Hand sie hielt, womit sie recht erfolglos das Pflaster auf seiner Handfläche verdeckte. »Jemand hat mich mit dem Messer bedroht«, fügte sie, kaum lauter als ein Flüstern, hinzu.

»Jemand wollte dich erstechen?«

»Es war ein Küchenmesser«, ergänzte Alan. »Keine Verletzung.«

»Ist das draußen auf der Straße passiert? Irgendein junger Bursche, der dich überfallen wollte?«

»Vermutlich.«

»Natürlich hast du die Polizei verständigt.«

»Wir hatten beide kein Mobiltelefon dabei. Als wir wieder zu Hause waren, haben wir uns gesagt, dass ja nichts geschehen ist. Daphne war nicht verletzt, und es erschien uns sinnlos anzurufen.« Lewis wusste, dass Alan log, und zwar schlecht und so unbeholfen wie jemand, der normalerweise die Wahrheit sagt. »Alles schien in Ordnung zu sein, aber dann hat Daphne zu zittern angefangen.«

Lewis betrachtete sie. »Jetzt zittert sie nicht.« Er bereute, den Drink angenommen zu haben. Was war wirklich vorgefallen? Bestimmt kein an den Haaren herbeigezogener Raubüberfall. Die Frage lag ihm auf der Zunge, doch er war ja kein Polizist. »Das kann Folge eines Schocks sein«, meinte er. »So etwas kommt häufig vor. Offenbar hat es inzwischen aufgehört. Ihr braucht mich nicht.«

Daphne wandte sich flehend an ihn. Sie setzte sich neben ihn aufs Sofa und legte ihm die Hand auf den Arm. »Es macht den Eindruck, als wolltest du gehen«, sagte sie. »Bitte nicht. Bleib. Das mit dem Raubüberfall stimmt nicht. Auch nicht, dass es draußen war. Es ist hier in diesem Zimmer passiert, aber ich kann dir nicht verraten, wer es war. Ich kann nicht. Ich wurde nicht verletzt. Wie du mir schon erklärt hast, kam das Zittern vom Schock. Zerbrich dir nicht den Kopf darüber, doch bitte bleib zum Abendessen.«

Also blieb Lewis. So hatte er Gelegenheit, die beiden zu beobachten. Sie wirkten wie die Turteltäubchen, doch ihr Verhalten hatte nichts Anstößiges an sich. Nachdem er sich für das Abendessen und die Drinks bedankt hatte, fügte er recht widerstrebend hinzu, dass er sie privat aufsuchen würde, falls sie einen Arzt brauchten. »Aber nicht nachts, und ich empfehle immer noch den Nationalen Gesundheitsdienst.«

Als er nach Hause kam, war es zu spät, um jemanden anzurufen. Nicht für die Jugend, doch seine Generation war noch so erzogen worden, dass es unhöflich war, andere Leute nach neun Uhr abends am Telefon zu belästigen. Deshalb meldete er sich erst am nächsten Morgen bei Stanley Batchelor.

»Du warst bei Daphne? Du hast die beiden wirklich zusammen gesehen?«

»Richtig«, erwiderte Lewis. Die ärztliche Schweigepflicht verbot es ihm, Stanley von Daphnes Zittern zu erzählen. Allerdings hinderte ihn nichts daran, von dem Angriff zu berichten, dessen Folge es offenbar gewesen war. Als er anfing, zögernd um die Messerattacke herumzureden, wurde er von Stanley unterbrochen.

»Rosemary ist aus heiterem Himmel aufgetaucht und hat sich mit einem Tranchiermesser auf Daphne gestürzt. Sie hatte es in ihrer Handtasche mitgebracht. Offenbar hatte Daphne damit gerechnet, denn sie trug eine Art Panzer. Ein Kettenhemd vielleicht oder eine kugelsichere Weste.«

»Ach, herrje.«

»Ganz recht. Es stimmt wirklich. Rosemary hat es Maureen selbst erzählt, und die wiederum Helen. Alan wurde verletzt, und ein Krankenwagen kam. Sie haben die Wunde verbunden, aber Alan wollte nicht in die Notaufnahme. Das kann ich ihm nicht verübeln, denn dort sitzt man ja stundenlang herum. Niemand hat die Polizei verständigt. Das würdest du doch auch nicht tun, wenn niemand schwer verwundet wurde. Es wäre dir zu peinlich.«

Und all das war geschehen, dachte Lewis, weil ein Bauarbeiter zwei Hände in einer unter einem Haus vergrabenen Keksdose gefunden hatte. Nun, was ihn betraf, brauchte man das Thema nicht weiterzuverfolgen.

20

Michael lag in Viviens Zimmer auf dem Bett und sprach mit ihr, als das Telefon läutete. Er ließ es läuten, weil er keine Lust hatte, mit anderen Menschen zu reden. Vermutlich jemand, der sich verwählt hatte. Fünf Minuten später läutete es wieder. Diesmal ging er nach unten und hob ab. Natürlich bereute er es sofort.

Imogens unverkennbare Stimme meldete, Urban Grange sei am Apparat, und er müsse sich auf einen Schock gefasst machen. Michael hoffte, und er verbat sich diese Hoffnung auch nicht, dass sein Vater tot war. Aber nein. Mr. Winwood, erklärte Imogen, habe einen leichten Herzinfarkt erlitten.

»Wahrscheinlich möchten Sie ihn gern sehen. Falls es Ihnen passt, heute Nachmittag zu kommen, ist unser Arzt Dr. Stefani da, um mit Ihnen zu sprechen. Es besteht kein aktueller Grund zur Sorge, doch wie Sie wissen, hat Ihr Vater ein sehr hohes Alter erreicht.«

Wie konnte er das nicht wissen? Egal. »Ich bin gegen drei da«, erwiderte er.

Sicher wunderten sie sich in Urban Grange, warum er seinen Vater vor Zoes Tod nie besucht hatte. Doch vielleicht wunderten sie sich dort nicht über derartige Dinge, da ihnen nichts Menschliches fremd war. Er hatte schon lange aufgehört, an Gott zu glauben. Falls er je an etwas geglaubt hatte, hatte es auf jenem Bahnsteig in der Victoria Station aufgehört, als sein Vater ihm ohne wahrzunehmende Reue mitgeteilt hatte, er habe seine Brote vergessen. Seine erste Frau hatte seinen Glauben für einige Jahre wiederbelebt. Ausgerechnet Babette ging, lächerlich herausgeputzt wie eine Barbiepuppe, zur Kirche und sang zu Hause Kirchenlieder, während sie sich halbherzig mit Kochen und Saubermachen befasste. *»O God, Our Help in Ages Past«* und *»Guide me, O Thou Great Redeemer«*. Als sie ging, ging der Glaube mit ihr. Er war schon viele Jahre vor seiner Hochzeit mit Vivien fort gewesen, zu spät, um sich noch zu fragen, warum der Herr sie in der Blüte ihrer Jahre hatte sterben lassen, während sein Vater bis zu seinem hundertsten Geburtstag weiterleben durfte.

John Winwood saß, mit einem mit Drachen bedruckten Morgenmantel bekleidet, im Sessel. Goldene Drachen auf roter Seide. Früher hatte man Bettruhe angeordnet, doch heute nicht mehr. Aufstehen, sobald es nach vernünftigen – oder unvernünftigen – Maßstäben möglich war. Die alten schwieligen Füße seines Vaters waren unter Socken mit Rautenmuster verborgen, die Art, denen man ansah, dass sie teuer waren, ohne zu wissen, warum.

Michael setzte sich in den anderen mit Samt bezogenen Sessel. Das Alter hatte den Augen und der Stimme seines Vaters nicht geschadet. Als er Michael mit einem Blick fixierte, fiel diesem zum ersten Mal auf, wie selten der alte Mann blinzelte. Er selbst war ein- oder zweimal von einer Optikerin, die seine Sehstärke überprüfte, gebeten worden, nicht zu blinzeln, während sie irgendein Gerät bediente. Daher wusste er, wie schwierig das war. Doch sein Vater war offenbar in der Lage, minutenlang nicht die Augenlider zu bewegen.

»Wie geht es dir?«, fragte Michael, weil man das eben zu Menschen im Krankenhaus sagte.

»Unverändert. Ein Bursche namens Stefani, natürlich ein Spaghettifresser, möchte dich sprechen. Dann lässt er mich wenigstens in Ruhe. Ich kann dir schon verraten, was er dir erzählen wird. Ich bin stabil, das neue Wort. Stabil. Die nächste Phase nennt man kritisch, aber so weit bin ich noch nicht.« Sein Vater nieste, ein gewaltiger Nieser, ungebremst von einem Taschentuch, sei es nun aus Stoff oder aus Papier. Michael unterdrückte ein spontanes »Gesundheit«.

Sein Vater putzte sich die Nase mit einem perfekt gewaschenen, blütenweißen Taschentuch, das er jetzt aus seiner Tasche zutage förderte. »Wahrscheinlich glaubst du, dass ich dir etwas in meinem Testament vermache, wenn du mich besuchst. Das heißt, wenn ich nicht mehr bin, und so weit ist es erst im Januar.«

Michael schwieg, obwohl er überhaupt nicht an so etwas gedacht hatte. Welchen Sinn ergab es zu widersprechen, wenn sein Vater ihm ohnehin nicht glauben würde?

»Es ist noch jede Menge übrig. Aber ich vererbe es nicht dir, sondern der Igelstiftung, wie ich es Sheila versprochen habe. Und das ist eines der wenigen Versprechen, das ich halten werde.«

Nun konnte Michael nicht mehr an sich halten. »Der was?«

»Habe mir schon gedacht, dass dich das ärgern wird. Du hast mich sehr wohl verstanden. Ich habe Igel schon immer gemocht. In Anderby hatten wir einen, der immer in den Garten kam. Ich habe ihm Milch und Brot hingestellt. Es tut mir weh, dass ständig Igel überfahren werden.«

Also gab es etwas, das ihm wehtat. Die Batchelor-Brüder umarmten sich, wenn sie sich trafen, ohne dass es ihnen peinlich war. Er hatte es zwar nicht selbst beobachtet, aber Maureen hatte es ihm, staunend und dennoch voller Lob, erzählt. Wie mochte es wohl sein, die Arme um ein Familienmitglied zu legen und es festzuhalten? Natürlich hatte er als Kind Zoe geküsst und umarmt, aber sonst niemanden. Er konnte sich nicht daran erinnern, dass seine Mutter ihn je geküsst hatte. Und sein Vater …

»Also auf Wiedersehen«, sagte er. »Ich melde mich wieder.«

Das Lachen seines Vaters war ein beinahe beängstigendes Geräusch. In seiner Kindheit hatte es ihm wirklich Angst gemacht. Es hatte etwas Gruseliges an sich, wie in einem Horrorfilm, wo ein schuppiges Ungeheuer mit einem ähnlichen Kichern aus einer Höhle kriecht oder sich aus einem dunklen See erhebt.

»Wie du willst. Wenn man hier einzieht – das heißt, als ich hier eingezogen bin –, wird man nicht durchsucht. Nicht wenn man so viel bezahlt. Anderenfalls hätten sie die Tabletten bei mir gefunden. Zyanid. Ein halbes Dutzend in einem Döschen. Um es anzuwenden, falls ich nicht früh genug sterbe. Du glaubst mir nicht? Deine Sache.«

Unten wurde Michael in einen großen Raum geführt, der mit einem modernen grauen Teppich und Möbeln aus hellem Hartholz ausgestattet war. Dr. Stefani war hochgewachsen, höflich und auf nichtssagende Weise gut aussehend.

»Selbstverständlich«, begann er, »muss man sich Sorgen um einen Gentleman im Alter Ihres Vaters machen.«

»Gentleman« war in diesem Zusammenhang ein seltsames Wort, dachte Michael und fand es sogar noch seltsamer, als Dr. Stefani fortfuhr. »Die alte Pumpe wird langsamer. Wie eine Uhr, die ihrem Besitzer die Zeit anzeigt. Bald wird sie stehen bleiben. Die verbleibende Zeit können wir nicht in Jahren oder auch nur Monaten messen. In Wochen vielleicht.«

Sollte er es diesem Mann sagen, der ihm wie ein Quacksalber oder Scharlatan erschien? Warum sich die Mühe machen, obwohl er es selbst nicht glaubte. »Er will bis zum 14. Januar leben. Da wird er hundert.«

»Das entspricht meiner Schätzung. Meinen Sie, er möchte einen Priester sehen? Einige wünschen sich eine Krankensalbung.«

»Fragen Sie ihn am 13. Januar«, entgegnete Michael, der am liebsten laut losgelacht hätte. »Fragen Sie ihn, nicht mich. Auf Wiedersehen.«

Alle Züge, abgesehen von U-Bahnen, erinnerten ihn an die Fahrt von der Victoria Station nach Lewes, jene erste Fahrt, nicht an seine späteren Besuche bei Zoe. Diese erschienen ihm trotz derselben Strecke und desselben Zielbahnhofs anders. Die Landschaft von Suffolk unterschied sich in feinen Nuancen von Sussex, ebener und eintöniger, doch er hätte auch wieder neun sein und den kleinen Hund der Dame streicheln und liebkosen können. Er lehnte den Kopf an den nicht sehr bequemen Sitz und schlief ein, womit er überhaupt nicht gerechnet hatte. Er träumte weder von Hunden, der Dame noch – Gott sei Dank – seinem Vater, sondern von den *Qanats*, wo Alan und zwei der Batchelors auf umgedrehten Kisten saßen. Und auf einem Haufen alter, mit gestreiftem Sackleinen bedeckter Kissen thronte Daphne und beobachtete sie.

Das lange schwarze Haar fiel ihr wie ein Umhang über die Schultern.

Eine Stimme, die das Eintreffen des Zuges in der Liverpool Street ankündigte, weckte ihn. Ein oder zwei Sekunden lang war er wieder ein verängstigtes Kind, rieb sich die Augen und befürchtete, durch Wimmern Aufmerksamkeit erregt zu haben. Doch niemand starrte ihn an. Er stieg aus und machte sich auf die Suche nach einem Taxi.

Auf seiner Türschwelle lag ein Brief, eine solche Seltenheit, dass er darauf trat, als er ins Haus kam. Es befand sich eine in Klebestreifen gewickelte Anlage dabei. Noch interessanter und plötzlich schmerzlich war die Absenderadresse: Anderby, The Hill, Loughton, Essex und die Postleitzahl. Michael setzte sich mit einem Whisky in einem kleinen Glas an den Küchentisch. Der Absender, ein Mann namens Daniel Thompson, schrieb, er sei kürzlich in Michaels altes Zuhause gezogen. Bei der Renovierung der Küche, der ersten seit über sechzig Jahren, habe der Klempner den Inhalt des Päckchens entdeckt. Daniel Thompson vermutete, dass er einem Mitglied von Mr. Winwoods Familie gehörte. Er verriet nicht, wie er Michaels Aufenthaltsort ermittelt hatte, doch im Internet war mittlerweile alles möglich. Michael wickelte das winzige Päckchen aus und legte Claras Ehering auf seine linke Handfläche.

Rosemary war schon jahrelang nicht mehr Auto gefahren, besaß jedoch noch einen Führerschein. Wenn sie ein Auto mieten, nach Hamilton Terrace fahren und Daphne hineinlocken könnte, wäre es ein Leichtes, sie zu töten. Bezeichnete man den Beifahrersitz nicht auch als Selbstmördersitz? Auch unmöglich. Keine Autovermietung würde ihr in ihrem Alter ein Auto leihen, Führerschein hin oder her. Außerdem würde Daphne nie in ein Auto steigen, wenn sie am Steuer saß. Ob sie mit ihr spazieren gehen würde? Und wohin? Laut Freya gab es in St. John's Wood eine hübsche High Street mit Boutiquen. Aber wer aus der Vorstadt würde dort einkaufen? Sie würden ins West End oder nach Knightsbridge fahren. Nein, sie musste am Freitag wie abgesprochen das Haus in Hamilton Terrace besuchen. Es würde kurz vor der Mittagessenszeit sein, und sie würden ihr beim Gespräch etwas zu trinken anbieten. Dann würden sie reden, was, wie die beiden glaubten, ja Sinn und Zweck der Verabredung war. Über eine Scheidung, finanzielle Arrangements, wer wo wohnen sollte, all die Dinge, die ein Paar in Trennung eben erörterte. Sie hatte nie gedacht, dass sie je so etwas würde erleben müssen. Sie waren so glücklich gewesen, das hatte sie wenigstens angenommen. Hätten sie sich sonst nicht mit vierzig oder fünfzig getrennt, dem Alter, in dem, wie sie gelesen hatte, viele Leute einen Schlussstrich unter das Alte zogen und etwas Neues anfingen? Es war eine Unverschämtheit, ihr diese Veränderung am Lebensabend zuzumuten.

Wie viel Bleiche war eine tödliche Dosis? Sie spähte in den Unterschrank der Spüle, nahm die Flasche heraus und goss ein wenig der zähflüssigen Masse in eine Untertasse. Der Geruch war so kräftig, dass es ihr den Atem verschlug. Also auch nicht geeignet. Was war mit dem Morphium? Das war geruchlos. Als ihre Mutter wegen einer Krebserkrankung im Sterben lag und man nichts mehr für sie hatte tun können, war sie zu ihnen in das Haus in der Church Lane gezogen. Es war so groß, dass man ihr ein geräumiges Schlafzimmer im Erdgeschoss hatte einrichten können. Rosemary hatte ihre Mutter aufopferungsvoll gepflegt (das fand sie jedenfalls selbst), und erst eine Woche vor dem Ende hatten sie sie in ein Hospiz verlegt. Der Arzt, der die Hausbesuche machte, hatte Morphium verschrieben, als die Schmerzen zu schlimm wurden. Und nach dem Tod ihrer Mutter hatte er Rosemary angewiesen, den restlichen Inhalt der Flasche zu vernichten. Es war noch ziemlich viel, denn sie hatte nicht mehr lange gelebt. Er hatte es Rosemary überlassen, es sicher zu entsorgen. »Ich weiß, dass ich Ihnen vertrauen kann«, hatte er gesagt.

So weit vertraut, dass sie ihr Vorhaben sicher nicht in die Tat umsetzen würde. Sie verstaute die Flasche in ihrer Handtasche, diesmal einer, die zu klein war, um ein Messer darin unterzubringen. Sie würde nichts vertuschen. Sich nicht weigern, ihre Schuld einzugestehen, oder behaupten, sie habe einen Fehler gemacht. Welcher Fehler war da möglich? Sie würde Alan sogar bitten, die Polizei zu rufen, und gehorsam auf die Ankunft der Beamten warten. Sie hatte keine Ahnung, welche Symptome Daphne entwickeln würde. Atemnot? Keuchen? Rosemary glaubte, dass sie ihren Todeskampf ohne Skrupel und mit Neugier würde beobachten können. Sie hatte einmal einen Zeitungsartikel über ein junges Mädchen gelesen, das Badezimmerreiniger getrunken hatte, nachdem es von seinem Freund verlassen worden war. Sie war daran gestorben, doch was genau zu ihrem Tod geführt hatte, wurde nicht erwähnt.

Judith hatte sie am Mittwochabend besucht. Fenella begleitete ihre Mutter, zum Glück hatte sie die Kinder der Obhut ihres Vaters übergeben. Die Familie ließ Rosemary nie sehr lang in Ruhe. Sie brachten ihr Geschenke mit, als ob eine Schachtel Pralinen oder ein Fläschchen Parfüm einen für den Verlust des Ehemannes entschädigen könnten. Judith wollte einen Urlaub für sie planen, eine Kreuzfahrt auf der Donau mit Maurice' Schwester, der Rosemary nur einmal begegnet war und die sie nicht leiden konnte. Fenella schlug vor, sie sollte »nur für ein oder zwei Wochen« zu ihr und Giles ziehen. Die Kinder würden ihr Gesellschaft leisten und verhindern, dass sie depressiv werde. Rosemary erwiderte, sie werde über beide Angebote nachdenken. Natürlich gab es da nichts nachzudenken, weil sie zu dem Zeitpunkt, wenn diese Pläne in die Tat umgesetzt werden konnten, im Gefängnis oder möglicherweise in einer psychiatrischen Klinik sitzen würde.

Eigentlich hätte er sich jünger fühlen müssen, da er ständig Leute besuchte, die viele Jahre älter waren als er, dachte Michael. Aber es klappte nicht. Stattdessen malte er sich, wenn er seinen Vater oder nun Clara Moss betrachtete, aus, wie er in zehn oder fünfzehn Jahren aussehen würde. Falls er so lange lebte. Besser, wenn er davor einen Schlaganfall oder Herzinfarkt erlitt, der einen sofort dahinraffte. Diesmal wollte er sich nach Loughton schleichen – wie er es bei sich ausdrückte –, ohne die Batchelors zu informieren, sondern vom Bahnhof aus direkt in die Forest Road gehen, ein Fußmarsch von höchstens zehn Minuten. Doch bevor er zur Tat schreiten konnte, erfuhr er durch einen Anruf von Maureen, ihr Schwager Norman liege schwer krank in einem französischen Krankenhaus und werde vermutlich nicht überleben. Sie denke, Michael würde das wissen wollen, da er ja zu den

Tunnelkindern gehört habe. Könne er die Nachricht an Lewis Newman weitergeben?

Er erinnerte sich, dass Norman stets allen erzählt hatte, er sei auf dem Küchentisch geboren. Er hatte die Umstände mit dem Herzog von Edinburgh verglichen, der auch auf einem Tisch geboren war, allerdings auf Korfu, nicht in Loughton. Also rief er Lewis an, der natürlich nicht sehr interessiert war. Er hatte Norman Batchelor kaum gekannt. Michael rief wieder Maureen an und fragte sie, entgegen seinem ursprünglichen Plan, ob sie ihn zu einem Besuch bei Clara Moss begleiten würde.

Nach dem Mittagessen – natürlich lud sie ihn zum Mittagessen ein – gingen sie zusammen in die Forest Road. Maureen war niedergeschlagen. Sie sagte, sie habe den Eindruck, als stürbe einer nach dem anderen. Erst ihr George, jetzt Norman, und Stanley habe Schmerzen, die Vorboten eines Herzinfarkts sein könnten.

»Tja, wir sind alt«, meinte Michael. »Noch vor Kurzem herrschte die Meinung vor, dass wir dank der modernen Medizin ewig leben werden. Stanley ist wahrscheinlich noch zwölf Jahre auf der sicheren Seite. Hoffentlich.«

Der Winter war da, und im belaubten Loughton hatten alle Bäume ihre Blätter verloren. Es war kalt und grau, aber trocken. Die Eichen behielten ihr Laub länger als sämtliche anderen Bäume. Braun und vertrocknet erbebte es nun im Wind. Maureen merkte an, dass, wenn sich das Laub in England verfärbte, es mit wenigen Ausnahmen gelb würde, nicht kupferfarben oder rot. Dazu müsse man nach Amerika oder nach Kanada fliegen, wo es von Ahornbäumen wimmelte, eine Reise, die sie und George vor einigen Jahren unternommen hatten. Die Erinnerung ließ sie verstummen, und es gab nichts mehr zu sagen, bis sie Claras Tür erreichten. Samantha öffnete, die wie die meisten jungen Frauen mit Jeans und einem gestreiften T-Shirt bekleidet war, was so häufig vorkam, dass es fast wie eine Uniform wirkte. Das außerdem fast unvermeidliche lange, glatte Haar war zur Abwechslung nicht rot, sondern blond gefärbt.

»Sie schläft. Sie schläft in letzter Zeit sehr viel.«

»Sollen wir ein andermal wiederkommen?«

Michael erkannte an Maureens Tonfall, auch wenn es Sam vermutlich nicht bemerkte, dass sie hoffte, gehen zu dürfen, ohne Clara zu sehen. »Nein, bleiben Sie nur«, erwiderte Sam. »Sie würde wollen, dass ich sie wecke. Es würde sie ärgern, Sie verpasst zu haben.«

Offenbar traf das zu. Clara erwachte langsam und richtete sich mit Sams Hilfe mühsam auf. Nach kurzem Zögern küsste Michael sie auf die Wange. »Sie waren immer ein guter Junge«, sagte Clara. »Der Himmel weiß, warum. Die Voraussetzungen hätten genügt, um Sie zu verderben. Es tut mir leid um Ihren George«, wandte sie sich dann an Maureen. »Auch ein guter Mann. Doch irgendwann gehen sie alle, dagegen ist kein Kraut gewachsen.«

Michael setzte sich auf einen Stuhl neben dem Bett. Maureen blieb eine Weile stehen und ging dann in die Küche, um mit Sam zu sprechen. »Ich habe an Ihre Mum gedacht«, meinte Clara. »Oder besser, von ihr geträumt. Ich träume zurzeit viel. Dieser Kumpel von ihr, der Bursche mit dem roten Haar, mir ist sein Name eingefallen.« Sie seufzte tief auf und wechselte das Thema. »Der Körper ist mehr als *raiment* – ein Gewand«, sagte sie. »Wissen Sie, woher das stammt?«

Michael schüttelte den Kopf. »Sollte ich?«

»Meine Mum und mein Dad hätten mit Ja geantwortet. Heutzutage ist es wahrscheinlich nicht mehr so wichtig. Es steht in der Bibel. Wir haben es in der Sonntagsschule durchgenommen. Jahrelang bin ich jeden Sonntag hingegangen. In St. Mary's. Interessiert es Sie, warum ich daran gedacht habe? Wegen seines Namens: Der Bursche mit dem roten Haar hieß Rayment. Sie nannte ihn Jimmy.«

Ihre Worte lösten Unbehagen in ihm aus. Immerhin ging es hier um seine Mutter, und die Mutter eines Mannes hat etwas Heiliges an sich, so gleichgültig sie ihn auch behandelt haben mochte. »Sie hatte viele Freunde, mehr Gentlemen als Damen, aber es ist nichts Unanständiges passiert, da können Sie sicher sein.«

»Natürlich«, antwortete Michael.

In dem Glauben, ihn beruhigt zu haben, fuhr Clara fort. »Wie zum Beispiel der Soldat, Mr. Johnsons Bruder, der die Johnsons besucht hat, wenn er Urlaub hatte. Erinnern Sie sich an die Johnsons?« Michael tat das vage. Der Sohn war mit ihnen in den Tunnels gewesen und inzwischen irgendwo als Botschafter tätig. »Mr. Clifford Johnson, er war Captain und hat ihre Mutter bewundert. Das taten viele Männer, denn sie war hübsch wie ein Gemälde.« Er merkte ihr an, dass sie ermüdete, denn ihre Stimme wurde schwächer. »Vielleicht sollte ich das ja nicht sagen, aber Ihr Dad mochte keine Gäste, weder Damen noch Herren, es hat ihm nicht gefallen. Er wollte seine Frau für sich allein, und ich kann es ihm nicht verübeln.« Sie lehnte den Kopf zurück ins Kissen. »Zu dieser Zeit war mein Mann schon lange tot, und Captain Jones ist auf einem Strand in Frankreich gefallen. So hieß es wenigstens ...«

Sie war eingeschlafen. Maureen kam mit Tee für ihn

und Clara herein, doch er wollte sie nicht wecken. »Sie war ja ziemlich gesprächig«, stellte Sam fest.

»Geredet wie ein Wasserfall.« Maureen rückte Claras Federbett zurecht und deckte sie ordentlich zu. »Wir konnten sie bis in die Küche hören, nicht wahr, Sam?«

»Kommt die Ärztin noch?«, fragte Michael.

»Die Dame von nebenan sagt, sie war letzte Woche da. Sieht aus wie ungefähr sechzehn, aber sie versteht etwas von ihrem Beruf, das muss man ihr lassen. Sie hat ihr den Blutdruck gemessen und das Herz abgehört, was Ärzte eben so machen. Um ihr Herz steht es nicht gut, doch was will man in ihrem Alter erwarten?«

»Ich komme nächste Woche wieder«, versprach Michael spontan.

Schließlich entschied sie sich für eine Parfümflasche. Ein kunstvoll gestaltetes Objekt mit einem Stöpsel aus Glas und goldenen Verzierungen auf der smaragdgrünen Oberfläche – echtes Gold, hatte Fenella ihr versichert, von der sie die Flasche geschenkt bekommen hatte. Sie war leer gewesen – man musste das Duftwasser von Armani oder Guerlain, das es in Drogeriemärkten gab, selbst einfüllen. Natürlich hatte Rosemary das nie getan, warum auch die Mühe? Stattdessen hatte sie die Flasche auf den Kaminsims gestellt, wo sie neben einem Porzellanhund und einigen gerahmten Fotografien sehr dekorativ wirkte. Sie bezweifelte, dass der Stöpsel je entfernt worden war. Der Flaschenhals war groß genug, um die Morphiumlösung mühelos hineinzugießen.

All das erledigte sie am Donnerstagabend und verstaute die Flasche sogar in ihrer Handtasche, weil sie nichts auf den nächsten Morgen hinausschieben wollte. Um halb zehn rief Judith an, später, als man der Erziehung ihrer Mutter zufolge andere Menschen am Telefon belästigen sollte. Doch Rosemary tadelte sie nicht.

»Ja, ich fahre nach Hamilton Terrace. Wir werden reden.«

»Was, ist Daphne auch dabei?«

»Es wird anders als beim letzten Mal«, erwiderte Rosemary absolut wahrheitsgemäß. »Ich habe viel über die Angelegenheit nachgedacht und werde nichts Überstürztes tun.«

»Es freut mich sehr, das zu hören, Mutter. Erzähl mir, wie es gelaufen ist.«

»Oh, du wirst es auf jeden Fall erfahren.« Rosemary, fest entschlossen, nicht zu lügen, war geschickt ausgewichen.

Ihre Entscheidung stand felsenfest, und alles war vorbereitet. Selbst ihr kürzlich genähtes, doch noch ungetragenes Kleid hing an einem Kleiderbügel außen am Schrank. Die Schuhe standen ordentlich daneben. Ohne zu wissen, warum, nahm sie die Handtasche mit ihrem tödlichen Inhalt mit ins Schlafzimmer. Sie wollte sie nicht aus den Augen lassen. Da alles erledigt war, musste sie nur noch ihre heiße Milch trinken, was sie in fast jeder Nacht ihres Lebens getan hatte, und erwartete eigentlich, dass sie gut schlafen würde. Sie schlief fast überhaupt nicht. Jede Stunde warf sie einen Blick auf die Digitaluhr auf ihrem Nachttisch, und als diese halb sechs anzeigte, stand sie auf. Es war dunkel, schon so spät im Jahr, dass es nicht vor sieben dämmern würde. Da sie die Zentralheizung noch nicht eingeschaltet hatte, war es kalt in der Wohnung. Sie stand nur selten so früh auf, und es erinnerte sie an ein anderes Haus und eine andere Zeit, als die Babys sie geweckt hatten. Owen greinte, Judith war friedlich. Dachte Alan je an diese Tage? Dachte er daran, dass sie seine Kinder geboren und sie geliebt und versorgt hatte, während er sich stundenlang im Bankenviertel aufhielt? Natürlich arbeitete er, doch er hatte auch Spaß mit seinen Freunden, die er Kollegen nannte, aß und trank mit ihnen und kam stets später nach Hause als vereinbart. Sie war nie Feministin gewesen, glaubte aber, dass sie eine hätte werden können, hätte sie die Möglichkeit gehabt, ihr Leben noch einmal von vorn anzufangen.

Als sie, die Handtasche mit dem tödlichen Inhalt umklammernd, in der U-Bahn saß, malte sie sich wieder aus, wie er diesen Zug oder einen seiner Vorgänger benutzte, die Zeitung las und vielleicht das Kreuzworträtsel löste, während sie Windeln wechselte, Erbrochenes aufwischte und den Kindern Brei in den Mund löffelte, der prompt wieder ausgespuckt wurde. Sie hatte ihr Leben vergeudet, und sein einziger Kommentar dazu lautete, es sei langweilig gewesen! Die Haltestellen glitten vorüber. Vor vierzig Jahren hätten ihr die einsteigenden Männer verstohlene und bewundernde Blicke zugeworfen. Damals war sie attraktiv gewesen, eine begehrenswerte Frau, hübsch anzusehen. Aus und vorbei.

Sie musste zweimal umsteigen. Erst in die Circle Line, dann in die Bakerloo. Es wunderte sie, dass sie das allein schaffte. Früher war sie nie hier oder anderswo umgestiegen, ohne dass Alan oder eines ihrer Kinder dabei gewesen wäre. In gewisser Weise war es ohne Begleitung einfacher. Niemand, der sie drängelte oder hetzte oder sie warnte, von der Bahnsteigkante wegzubleiben. Sie hätte es früher ausprobieren sollen, als sie noch jünger gewesen war. Vielleicht hätte es ihr Leben verändert.

Ich bin schlauer, als ich dachte, sagte sie sich, als sie in der Warwick Avenue den U-Bahnhof verließ. Sie war stolz auf sich, weil sie den Ausgang Clifton Gardens, nicht den Clifton Villas genommen hatte. Ihr Gedächtnis hatte sie nicht getrogen. Ein Blick auf die Uhr verriet ihr, dass sie zehn Minuten zu früh dran war. Also schlug sie einen Umweg ein und bog kurz vor der Brücke in die Blomfield Road ein. Dort setzte sie sich auf eine Bank, starrte auf den Kanal, ohne ihn zu sehen, und war mit ihren Gedanken beschäftigt, die sie zu dem Tag zurückführten, als sie das letzte Mal hier gewesen war, um Daphne zu töten. Sie hatte die Szene vor sich: Daphne, hochgewachsen und anmutig, bekleidet mit der lebensrettenden Lederjacke, die für eine junge Frau bestimmt war. Fenella oder Freya hätten damit gut angezogen gewirkt.

Rosemary erinnerte sich, dass ihr die Jacke bereits aufgefallen war, bevor sie das Messer aus ihrer Tasche geholt hatte. Sie hatte gedacht, dass Daphne gut auf einen Angriff vorbereitet war. Kein gewöhnliches und ziemlich stumpfes Küchenmesser hätte diese Jacke durchdringen können. Trotzdem hatte sie es versucht. Aber hatte sie es versucht, weil sie gewusst hatte, dass es nicht funktionieren würde? Möglicherweise. Nicht möglicherweise, sondern genau deshalb. Natürlich war sie nicht fähig, jemanden mit einem Messer umzubringen oder auch nur zu verletzen. Das war etwas für diese Teenager in London, für die das anscheinend normal war. Aber die waren jung und hatten alles andere als eine behütete Kindheit hinter sich.

Diesmal würde es anders sein. Angeblich war Gift ja die Mordwaffe einer Frau – auch wenn »töten« um einiges weniger drastisch klang. Morphium war kein Gift, sondern ein Mittel, das Schmerzen, nicht Menschen beseitigte. Eine Medizin.

Als sie wieder auf die Uhr schaute, war sie überrascht, wie viel Zeit vergangen war. Jetzt würde sie vielleicht sogar ein paar Minuten zu spät kommen. Im Schaufenster eines Immobilienmaklers erhaschte sie einen Blick auf ihr Spiegelbild und blieb stehen, um sich in ihrem neuen, zuvor noch nie getragenen Kleid zu betrachten. Es saß gut und ließ sie jünger wirken. Niemand hätte sie einen Tag älter als sechzig geschätzt. Sie drehte sich zur Ampel um, wo sie die Maida Vale überqueren musste, und dachte in einem ihrer seltenen Momente der ehrlichen Selbsterkenntnis, dass sie mit dreißig jede ausgelacht hätte, die sich freute, für sechzig gehalten zu werden.

Alan öffnete ihr die Tür. Vermutlich hatten sie es so vereinbart. Daphne hatte ihm gesagt, es sei besser, wenn sie zuerst ihn sähe und nicht die Frau, die sie zu verdrängen suchte. Er erkundigte sich nach ihrem Befinden, und als er zögerte, wusste sie, dass er sich fragte, ob er ihr einen Kuss geben sollte. Natürlich nur auf die Wange. Sie gingen ins Wohnzimmer, das Daphne Salon nannte. Wie ihre eigene Großmutter, sagte sich Rosemary. Daphne stand am Fenster und blickte auf die Straße hinaus. Sicher hat sie Ausschau nach mir gehalten. Sollen wir uns die Hand schütteln? Nein, nichts, nur ein verlegenes »Hallo« von beiden. Sie glaubt, dass ich sie ermorden wollte, aber das stimmt nicht.

Alan eröffnete das Gespräch. Das hatte sie erwartet. »Es wird nicht einfach werden. Am besten sollte ich zuerst sagen, dass der Zwischenfall letztens vergessen ist. Ich weiß, dass du es nicht so gemeint hast. Daphne weiß es auch. Es ist vorbei und wie gesagt vergessen.« Rosemary schwieg. Sie wollte, dass er sich quälte. »Solche Dinge«, fuhr er fort, »passieren in vielen Ehen, nur dass die Beteiligten normalerweise jünger sind als wir. Es ist für uns alle schwierig. Ich möchte es uns erleichtern, vor allem dir, Rosemary. Allerdings gibt es keinen bequemen Ausweg. Es ist eine unausweichliche Tragödie.«

Er wartete auf eine Antwort, die allerdings anders ausfiel, als er sich gedacht hatte. »Du aufgeblasener Idiot«, entgegnete sie.

Daphne zuckte zusammen, und zwar so heftig, dass Rosemary die Bewegung wahrnahm.

»Es tut mir leid, dass du so eine Haltung einnimmst«, erwiderte Alan.

»Womit hast du denn gerechnet? Dass ich ›Werdet glücklich, meine Kinder‹ sage?« Sie berührte ihre Handtasche, die nicht groß genug für ein Messer, jedoch genau richtig für eine kleine Flasche war, und betastete deren Umriss.

»Wahrscheinlich trinken wir am besten etwas«, schlug Daphne vor. »Gut, es ist ein bisschen früh dafür, aber schließlich handelt es sich um besondere Umstände.«

Rosemary nickte. »Die Sonne versinkt hinter dem Mast, wie mein Vater zu sagen pflegte. Ich habe nie verstanden, was das bedeutet.«

Niemand klärte sie auf. »Ausgezeichnete Idee«, meinte Alan und ging hinaus. »Entschuldige, dass wir dich allein lassen, es dauert nicht lang«, fügte Daphne hinzu.

Offenbar würde der Sauvignon anderswo eingeschenkt werden, und zwar in ziemlich hohe Gläser. Rosemary erinnerte sich an einen ihrer seltenen Opernbesuche. *Lucrezia Borgia*. Sie hatte noch nie davon gehört, doch Alan hatte die Karten von einem Klienten erhalten, der ein musikalisches Beisammensein organisierte. Lucrezia hatte Gift verwendet, wie sie es bei Daphne tun wollte. Aber bei dem Abendessen, wo nicht nur ihr Liebhaber, der den vergifteten Wein trinken sollte, sondern auch ihr Sohn anwesend war, wurden die Gläser auf unerklärliche Weise vertauscht. Deshalb trank der Sohn das Gift, nicht das geplante Opfer. So etwas würde jetzt nicht geschehen.

Die drei vollen Gläser wurden auf den Couchtisch vor die drei Sessel gestellt. Daphnes stand dem Fenster am nächsten. Die Oper fiel ihr wieder ein, als Alan mit einer Schale Nüsse hereinkam. Was, wenn die Gläser vertauscht werden und er das mit dem Morphium bekommt? Aber nein, das würde sie verhindern, selbst wenn sie sich dadurch verriet. Die Gläser waren nicht bis zum Rand, sondern nur zur Hälfte gefüllt. Rosemary hatte gelesen, dass das der neue Trend war. Für sie eine Hilfe. Sie betastete die Flasche durch das dünne Wildleder der Tasche und öffnete die Schließe. Dann hielt sie die Tasche mit der Flasche aufrecht und öffnete den Stöpsel. Vielleicht würde sie ja keine Gelegenheit erhalten, es zu tun, weil sie nicht gemeinsam den Raum verlassen würden. Und genauso schien es abzulaufen. Nachdem Daphne ein Tellerchen mit Oliven auf den Tisch gestellt hatte, setzte sie sich in den Sessel mit dem Rücken zum Fenster und wandte sich mit einem höflichen Lächeln an Rosemary.

Doch Alan stand noch und spähte in den Garten, als gäbe es dort etwas Interessantes zu sehen. »Komm mal kurz her«, meinte er.

Daphne erhob sich, als er hinzufügte: »Der Fuchs ist wieder da. Zum ersten Mal seit Wochen.«

Nun kehrten sie ihr beide den Rücken zu und schauten hinaus. Rosemary streckte die Hand über den Tisch und goss die Hälfte des Inhalts der vollen Flasche in Daphnes Glas.

»Das musst du dir anschauen, Rosemary«, sagte er. »Ein großer Fuchs. Die hatten wir in Loughton nie.«

Dass er die Vergangenheitsform benutzte, machte sie wütend. Es war, als sei ihr Leben zu Ende, seit er sie verlassen hatte. »Sei nicht albern«, schimpfte sie. »Wir sind hier, um über unsere Zukunft zu reden, nicht über irgendwelche verdammten Tiere.«

Sie fragte sich, ob sie dieses Wort je laut ausgesprochen hatte, und merkte ihm an, dass es ihm genauso ging. Sie hätte »beschissen«, sagen sollen, doch das wäre ihr zu viel gewesen. Selbst jetzt. Daphne setzte sich wieder. Widerstrebend gesellte Alan sich zu ihnen. Sein Blick galt noch immer dem Garten. Ich habe es getan, dachte Rosemary. Ich habe jemanden umgebracht. Ich habe Daphne Jones getötet. Und als sie sich das vor Augen hielt, schien sich etwas in ihre Brust zu krallen, sodass ihr Herz so heftig schlug wie ein Maschinenteil, das gleich den Geist aufgeben wird. Alan hob sein Glas, zögerte, ob er »Prost« oder »Auf eure Gesundheit« sagen sollte, verkniff es sich jedoch, weil es so unpassend war. Stattdessen trank er schweigend einen Schluck. Ich kann sie nicht töten, dachte Rosemary. Ich bin keine Mörderin, ich kann niemanden umbringen.

»Ich kann nicht, nein, ich kann nicht«, rief sie, griff über den Tisch, fiel mit ihrem ausgestreckten Arm beinahe in das Oliventellerchen und fegte Daphnes unberührtes Glas zu Boden. Wein spritzte auf Daphnes Beine und Rock. Sie sprang auf.

»Kein Problem. Weißwein macht keine Flecken. Ich hole einen Lappen.«

Sie ging in die Küche. Die Mischung aus Wein und Morphium tropfte von ihrem Rocksaum. Alan saß völlig reglos und schweigend da und starrte Rosemary an. Er wusste es. Das erkannte sie genau, weil sie ein halbes Jahrhundert lang mit ihm zusammengelebt hatte. Daphne kehrte zurück, wischte den Boden auf, sammelte die Glasscherben ein und verstaute sie in einem großen Umschlag. Rosemary hob demonstrativ ihr Glas an den Mund und leerte es. »Ich hätte gern noch einen Schluck«, wandte sie sich an Alan.

Er überließ Daphne, der Arg- und Ahnungslosen, das Nachschenken. Rosemary trank sofort die Hälfte aus. Der Schock darüber, was ich getan oder nicht getan habe, wird später kommen, dachte sie. Und ich habe keine Ahnung, in welcher Form. Der Wein würde ihr zu Kopfe steigen, doch noch war es nicht so weit. Sie trank den Rest des Weins, den Daphne ihr eingeschenkt hatte, und stand auf, ohne zu wanken. »Am besten gehe ich jetzt«, verkündete sie mit noch klarer Stimme. »Es kümmert mich nicht, was ihr tut. Es ist eure Sache.«

Daphne wollte sich entschuldigen, aber Rosemarys Miene ließ sie verstummen. »Ich begleite dich zur Haltestelle«, schlug Alan vor. »Oder möchtest du, dass ich dir ein Taxi rufe?«

»Keins von beidem. Ich will nichts mehr von dir.«

Alan öffnete die Haustür und folgte ihr hinaus. »Was hast du ihr ins Glas geschüttet?«

»Hass«, entgegnete Rosemary. »Ich werde nie mehr ein Wort mit dir wechseln.«

Alan ging wieder ins Haus und ließ sie auf dem Gartenweg stehen. Er hatte bereits beschlossen, dass Daphne nichts davon erfahren durfte. Verschiedene Gifte fielen ihm ein: Arsen, Strychnin, Curare, die er alle nur aus Kriminalromanen kannte. Welches hatte sie mitgebracht und angewendet?

»Wir wollen verreisen«, meinte er zu Daphne. »Nach Italien. Da war ich noch nie. Nach Florenz oder nach Rom.«

»Warum nicht? Ich hätte große Lust dazu.«

21

Der Alkohol begann zu wirken. Es mochte auch eine Mischung aus Schmerz, Leidenschaft, Wut und Scham gewesen sein. Sie entdeckte eine Bank unweit der Kreuzung Hamilton Terrace und St. John's Wood Road – hier gab es eine Menge Bänke – und ließ sich darauf sinken. Ich bin zu alt für all das, sagte sie sich. Das ist etwas für eine junge Frau, die noch bei Kräften ist. Ich hätte nie hinfahren sollen. Warum habe ich geglaubt, eine Frau töten zu können? Ich, die ich keinem meiner Kinder je einen Klaps gegeben habe? Auch nicht dem Hund. Ich habe ja sogar eingesperrte Wespen gerettet, anstatt sie zu erschlagen. Sosehr ich sie auch hasse, hätte ich wissen müssen, dass ich unfähig bin, einen Mord zu begehen. Sie lehnte sich an die Holzlatten der Bank und spürte, wie sich ihre Augen schlossen und ihr der Mund aufklappte. Davon schreckte sie hoch. Sie rappelte sich auf. Freya wohnte ganz in der Nähe, in einem Wohnblock gegenüber vom Lord's.

Es waren nur wenige Passanten unterwegs. Sie glaubte, dass sie es bis zu Freya schaffen würde, und es fiel ihr ein, dass ihre Enkelin so kurz vor der Geburt aufgehört hatte zu arbeiten. Also würde sie bestimmt zu Hause sein. Außerdem erinnerte sie sich daran, dass sie tadelnd angemerkt hatte, das Baby müsse lange vor Freyas Hochzeit gezeugt worden sein, als Judith ihr von dem voraussichtlichen Geburtsdatum erzählte. Ein Mordversuch war moralisch mehr zu verachten als Sex vor der Ehe. Sogar Mord*pläne* waren bestimmt schlimmer. Also trug sie eine schwerere Schuld als die arme Freya. Sie musste sich an einer Mauer an der Kreuzung der Hauptstraße festhalten, tastete sich Schritt für Schritt weiter diese Mauer entlang, taumelte vorsichtig über den Fußgängerüberweg, torkelte in den Aufzug und schaffte es gerade noch, an der Wohnungstür ihrer Enkelin zu läuten.

Rosemary fiel Freya in die Arme. Diese konnte ihre Alkoholfahne riechen. Oma war eindeutig betrunken, doch es musste etwas Schlimmeres dahinterstecken. Sie brachte sie ins Gästezimmer, das bis jetzt noch keinen Gast beherbergt hatte, und half ihr aufs Bett. Nachdem sie einen Krug Wasser, ein Glas und eine Packung Paracetamol geholt hatte, rief sie ihre Mutter und ihre Schwester an.

»Bestimmt war sie bei Daphne«, meinte Judith. »Etwas Schreckliches ist geschehen, und sie ist direkt von Daphne aus zu dir gekommen. Ich bin unterwegs.«

Fenella traf ebenfalls ein und brachte ihre Kinder mit, nachdem sie Callum von der Schule abgeholt hatte. Obwohl sie keine Anwohnerin war, hatte sie ihren Wagen auf einem für Anwohner reservierten Parkplatz abgestellt, starrte nun auf die Straße hinunter und hielt Ausschau nach einer Politesse, während die Kinder fröhlich tobten.

»Sie haben versucht, den Kühlschrank auszuräumen«, meldete Freya. »Hast du sie denn gar nicht im Griff?«

»Warte, bis du selbst eins hast. Es dauert ja nicht mehr lang.«

Rosemary schlief. Gerade fing Judith an, sich Sorgen zu machen, sie könne einen Schlaganfall oder Herzinfarkt erlitten haben, als sie aufwachte, sich hochsetzte und ihre Tochter bat, ihr ein Glas Wasser einzuschenken.

»Ich habe etwas Schreckliches getan«, sagte sie, nachdem sie dieses und noch ein zweites geleert hatte. »Ich hätte beinahe jemanden umgebracht.«

»Mutter, du bist doch nicht etwa Auto gefahren!«

Das schien die nächstliegende Vermutung zu sein.

»Gleichgültig, was es war«, erwiderte Rosemary. »Es ist nichts passiert.« Sie stand auf, rückte ihr zerknittertes Kleid gerade und strich es glatt. »Weiß jemand, wo meine Handtasche ist?«

Freya brachte sie ihr. Rosemary nahm die halb leere Flasche heraus, ging ins Bad und kippte den Inhalt ins Waschbecken. Dann kehrte sie zurück zum Bett und reichte Freya die leere Flasche. »Wirfst du das für mich weg, Schatz? Und könnte ich hierbleiben? Ich muss schlafen. Lange schlafen. Nach Hause schaffe ich es, glaube ich, nicht. Darf ich hier übernachten?«

Freya, die nicht sehr begeistert war, weil sie vor der Geburt noch viel zu tun hatte und sich selbst müde fühlte, sagte: »Natürlich, Oma. Bleib nur, solange du willst.«

»Soll ich einen Arzt für sie rufen?«, flüsterte Judith.

»Ich weiß nicht.«

Rosemary legte sich voll bekleidet ins Bett und schlief sofort ein. Nachdem sie fünf Stunden geschlafen und Fenella zwei Strafzettel bekommen hatte, wollte Judith nach Hause und rief ihren Vater an.

Sie erreichte seine Mailbox.

»Wir sind auf dem Weg nach Italien. Wahrscheinlich am Fünfzehnten wieder da.«

Auch Michael Winwood versuchte, Alan anzurufen, bekam jedoch ebenfalls nur die Italiennachricht zu hören. Rosemary war offenbar nicht zu Hause und daher nicht zu erreichen; ein Mobiltelefon besaß sie seines Wissens nicht. Eine weitere Möglichkeit war Stanley Batchelor, doch die Stimme, die sich meldete, hätte er nie wiedererkannt, so schwach und hoch klang sie.

»Bin nicht ganz auf dem Damm, Michael«, flüsterte Stanley. »Hat mich ziemlich übel erwischt. Liege noch im Bett, aber ich stehe später auf. Spot ist bei mir, ein großer Trost, das kann ich dir sagen.«

Es war eine Stimme, die in einem das Bedürfnis auslöste, sich zu räuspern, weil der Sprecher es anscheinend nötig hatte. Der arme Stanley war krank. Er konnte sich nicht an Lewis Newmans Nummer erinnern, ja nicht einmal daran, wo er sie aufgeschrieben hatte. Helen wurde gerufen, und sie fand die Nummer rasch in Stanleys Adressbuch, wo sie hingehörte. Nun, da er sie hatte, fragte sich Michael, ob er Lewis überhaupt in dieser recht heiklen Angelegenheit anrufen sollte. Wahrscheinlich war es das Beste, sich direkt an Colin Quell zu wenden.

Doch als er die Nummer wählte, war eine junge Frau am Apparat, die sich als Quells persönliche Assistentin vorstellte. Für Michael war es eine neue Erkenntnis, dass Polizisten, selbst hochrangige, eine persönliche Assistentin hatten. Sie sprach ihn mit Michael an und teilte ihm mit, dass Detective Inspector Quell nicht mehr mit dem Fall befasst war. Solle sie ihm die Durchwahl von Inspector Inshaw geben? Ihm fiel auf, dass sie den Vornamen dieses Inshaw nicht nannte, und erwiderte, er würde gern mit Mr. Inshaw sprechen. In ziemlich vorwurfsvollem Ton erklärte man ihm, es handle sich um eine Miss Inshaw. Sie entpuppte sich als freundliche Frau mit angenehmer Stimme. Ja, »die Hände in der vergrabenen Dose« lägen nun in ihren Händen. Das Wortspiel blieb unkommentiert, und Michaels Zusammenzucken sah natürlich niemand. Wolle er sie aufsuchen, oder sei es ihm umgekehrt lieber? Er entschied sich für die zweite Möglichkeit.

Caroline Inshaw, wie sie sich vorstellte, entsprach überhaupt nicht dem Bild, das er sich von ihr gemacht hatte. Nicht dass er sie sich detailliert ausgemalt hätte, allerdings hatte er eine hochgewachsene, stämmige, kurzhaarige Frau von Ende dreißig in einem dunklen Anzug erwartet. Stattdessen war sie zierlich, sehr schlank und hatte sehr langes schwarzes Haar. Wenn ihm jemand erzählt hätte, dass sie Ballerina sei, er hätte es auf Anhieb geglaubt. Sie traf um sechs Uhr abends ein und würde sicherlich antworten, sie tränke nicht im Dienst. Dennoch bot er ihr ein Glas Wein an, und dass sie annahm, ließ sie ihm in gewisser Weise sympathisch werden.

Als die Gläser Chablis vor ihnen standen, berichtete er ihr von Clara Moss und dem, was sie ihm über einen Mann namens Rayment erzählt hatte, ein Wort, das Clara, weil sie alt war und in ihrer Kindheit die Sonntagsschule besucht hatte, mit »Kleidung« in Verbindung brächte. Caroline Inshaw – sie hatte ihn gebeten, sie Caroline zu nennen – hatte dieses Wort noch nie gehört, was sie offen eingestand. Er schilderte ihr die Ehe seiner Eltern.

»Sie waren nicht glücklich. Ich habe nie erlebt, dass sie ein liebevolles Wort miteinander gewechselt hätten, nein, nicht einmal ein höfliches. In einer späteren Zeit hätten sie sich getrennt oder sich scheiden lassen, aber nicht in den Vierzigern. Meine Mutter hatte viele Freunde ... ich meine männliche Freunde.« Er zögerte. Vielleicht merkte sie ihm ja an, welche Mühe es ihn kostete, über so etwas zu sprechen. Seine Mutter hatte ihn nicht gewollt. Sie war ihm gegenüber zwar nie gewalttätig gewesen, allerdings gleichgültig. Aber sie war seine Mutter. Ihre Sexualität und ihren möglichen Ehebruch zu erwähnen sorgte dafür, dass es ihm die Brust zuschnürte und er sich vornüberbeugen musste. »Sie hat sich mit einigen Männern getroffen und ist mit ihnen ausgegangen. Keine Ahnung, ob das meinen Vater interessiert hat, vielleicht schon. Laut Clara Moss – sie hat bei uns geputzt und war oft im Haus – war einer von ihnen James Rayment. Er war der Onkel eines Mannes – damals natürlich noch ein Junge –, der Lewis Newman hieß. Wissen Sie über die Tunnels Bescheid?«

Caroline Inshaw verneinte, was Michael zu der Frage führte, wie sehr sich Quell in diesem Fall engagiert hatte. Hatte er ihn überhaupt gekümmert? Wie eingehend hatte er sie informiert? Er beschrieb ihr die Tunnels so kurz wie möglich und erzählte ihr von den Kindern, die dort gespielt hatten. Sie zeigte sich interessierter, als Quell es je getan hatte. »Ich muss zugeben«, fügte Michael hinzu, »dass es mir selbst nach all den Jahren sehr schwer – wirklich schwer – fällt, so über meine Mutter zu reden.« Er biss sich auf die Lippe, betrachtete die Hände auf seinem Schoß – die Hände! – und zwang sich weiterzusprechen. »Meine Mutter war eine Schönheit. Vermutlich waren die Versuchungen groß. All die Männer in Uniform, verstehen Sie?« Am Ende des Satzes sah er die Dame mit dem kleinen Hund vor sich, die keine Schönheit gewesen war, außer vielleicht für ein einsames Kind. Wieder plauderte sie im Eisenbahnwaggon mit ihm, während er den

Hund streichelte. Er riss sich aus seiner vertrauten Träumerei. »Es steht mir nicht zu, Ihnen zu sagen, wie Sie Ihre Arbeit machen sollen«, fuhr er fort. »Aber wenn Sie bei mir und Lewis Newman einen DNA-Test durchführen würden, würde das nicht zeigen, ob die Hände James Rayment und … und …« Es verwunderte ihn, dass seine Stimme erstarb und dass er die beiden Wörter, die ihm bei den wenigen Gelegenheiten, die er sie benutzt hatte, nicht ans Herz gegangen waren, in diesem Zusammenhang nicht aussprechen konnte.

»Und Ihrer Mutter?« Caroline Inshaws Ton war so sanft und gütig, dass ihn eine gewaltige Dankbarkeit ergriff.

Er nickte schweigend, denn er brauchte all seine Kraft, um die Tränen zurückzudrängen.

»Ich glaube, das wäre machbar«, erwiderte sie. »Wir beide könnten gemeinsam mit Mr. Newman sprechen und ihn testen. Bei Ihnen könnte ich das noch heute erledigen. Es geht nur um eine Speichelprobe.«

»Korrekt heißt er Dr. Newman«, entgegnete er. »Ich wollte Sie nicht korrigieren. Die Sache ist nur, dass er sich viel besser in diesen Dingen auskennt als ich.«

Sie förderte ein Tablet in einem grünen Ledereetui zutage. »Ich habe hier einen Vermerk«, sagte sie, »dass Ihr Vater noch lebt. Verhält sich das so? Entschuldigen Sie meine Ausdrucksweise, aber wenn jemand fast hundert ist, liegt die Frage wohl nahe.«

»Er lebt noch«, antwortete Michael und hatte das Gefühl, dass das unheilverkündende und in vielerlei Hinsicht schreckliche Worte waren. Von dem Zyanid verriet er nichts.

Lewis Newman hatte die Hände in der Dose zwar nicht völlig vergessen, doch das Thema war irgendwo in seinen Hinterkopf gerutscht. Es war so lange her. Natürlich nicht so lange, wie es einem jungen Menschen oder einem im mittleren Alter erscheinen mochte, und dennoch hatte sich die Keksdose mit den skelettierten Händen mehr oder weniger in einer Ecke seines Bewusstseins versteckt, wo die ungeklärten, jedoch nicht sehr spannenden Geheimnisse seiner frühen Jahre wohnten. Wie zum Beispiel das Schicksal von Onkel James. Und wie erstaunlich es war, dass Lewis' Mutter – das, was man damals eine Kindergartentante nannte – die Schwiegertochter eines Mannes gewesen war, der weder lesen noch schreiben konnte. Onkel James war noch in seiner Erinnerung präsent, und zwar ziemlich aktiv. Lewis dachte, wie anders sein Verschwinden heutzutage behandelt werden würde, hauptsächlich deshalb, weil er gar keine Möglichkeit gehabt hätte zu verschwinden. Er hätte ein Mobiltelefon und wahrscheinlich eine E-Mail-Adresse besessen. Außerdem Kreditkarten und eine Krankenakte bei einem Arzt. Allerdings würde die Polizei heute ebenso wenig nach ihm suchen wie damals. Er erinnerte sich, wie er mit seinem jungen Onkel über die Felder gewandert war. Obwohl ein Krieg tobte, herrschte auf diesen Feldern Ruhe und Frieden. Zu Hause gab es ein Radio, keinen Fernseher, keine Musik, die man sich aussuchen und überallhin mitnehmen konnte, und kein Internet. Antibiotika waren zwar schon erfunden, wurden aber noch nicht allgemein eingesetzt. Keine DNA.

Während er seine tägliche Hausarbeit verrichtete, Geschirr spülen – damit wartete er stets, bis ihm das saubere ausging –, Kleider für die Reinigung in eine Plastiktüte stecken und ein bisschen Staub wischen, dachte er über DNA, die Doppelhelix und ihre Anwendung in der Medizin und bei polizeilichen Ermittlungen nach. Das Telefon läutete. Ein erstaunlicher Zufall, beinahe unheimlich, als könne diese Inspektorin seine Gedanken lesen, sodass es ihm im ersten Moment die Sprache verschlug. DNA? Ja, natürlich, obwohl er sich keinen Grund vorstellen könne. Sie erklärte es ihm.

Auch Michael hatte einen unerwarteten Anruf erhalten. Deshalb saß er jetzt neben dem Bett von Clara Moss und hielt ihre Hand. Der Anruf war von Mrs. Nachbarin gekommen, deren Namen er nun endlich kannte. »Hier ist Mrs. Beecham, die bei Clara Moss nebenan wohnt, Sir.«

Der »Sir« überraschte ihn. Vielleicht hatte sie ja von Clara erfahren, dass er Anwalt war. Am liebsten hätte er sie gebeten, ihn nicht »Sir« zu nennen, wusste jedoch nicht, wie er das anstellen sollte. Möglicherweise würde er sie damit kränken oder gar verärgern.

»Die Sozialbehörde war hier«, meldete sie. »Seit Ihrem letzten Besuch haben sie ständig ihre Nase in alles gesteckt, Sir.« Da war es wieder! »Sie wollen sie in so ein Hospiz stecken. Sie hat nämlich das große K, wissen Sie, und es wird nicht mehr lange dauern. Aber Clara weigert sich, und sie hat nach Ihnen verlangt. Ich habe denen von der Behörde gesagt, Sir, dass ich mich um sie kümmere, wenn sie hier bleibt. Sam und ich, wir sorgen für sie.«

»Ich komme sofort«, erwiderte Michael und dachte dabei, wie gut und unbeschreiblich hilfsbereit diese Menschen waren. »Richten Sie ihr aus, ich bin in zwei Stunden da.«

»Danke, Sir, das ist sehr gut von Ihnen«, wiederholte sie seine eigenen lobenden Gedanken.

Die Tränen begannen zu fließen, diese allgegenwärtigen Tränen, die ihm nun weniger vor Trauer als vor Bewunderung für die Güte anderer Menschen übers Gesicht rannen. Lag es daran, dass er in seiner frühen Kindheit so wenig Güte erfahren hatte und zum ersten Mal in Form einer Frau mit Hund in einem Zug mit ihr in Berührung gekommen war? Er ging hinauf in Viviens Zimmer, legte sich neben ihren alten Platz und weinte, bis er keine Tränen mehr hatte.

Und so war er am Nachmittag bei Clara Moss. Als Erstes gab er ihr den Ehering, wobei er sich fragte, ob sie ihn nach all den Jahren wiedererkennen würde. Sie tat es sofort und lächelte nickend. Man brauchte kein Arzt zu sein, um zu sehen, dass sie im Sterben lag. Sam berichtete, die Ärztin käme und verabreiche ihr Morphium, das einzige Mittel gegen die Schmerzen. Stolz fügte sie hinzu, die Ärztin vertraue ihr und habe ihr flüssiges Morphium dagelassen, damit sie Clara die verschriebene Menge geben könne. Clara lächelte ihm zittrig zu und drückte seine Hand. Er sagte, er werde morgen wiederkommen, und fragte sich, warum er wegen Maureen Batchelors Bitte, sie zu besuchen, ein solches Theater veranstaltet hatte. Es war keine Mühe, sondern beinahe ein Vergnügen. Eine kurze Fahrt mit der U-Bahn und dann ein kleiner Spaziergang. Am nächsten Tag nahm er sich ein Zimmer in einer Pension in der Lower Park Road, übernachtete dort und kehrte am Morgen zu Clara zurück.

22

Die Hände in der Dose waren Colin Quell von Anfang an lästig gewesen. Nichts als nervtötend, wie er sagte. Seine Fähigkeiten als Detective in Ermittlungen zur Herkunft uralter Körperteile, die womöglich seit sechs oder sieben Jahrzehnten am Fundort gelegen hatten, einzusetzen war unter seiner Würde. So gab es in diesem Fall zum Beispiel keine Dringlichkeit. Die Hände waren seit über sechzig Jahren da und würden nicht verschwinden. Außerdem waren ihre Besitzer, wenn das das richtige Wort war, vielleicht gar nicht tot gewesen, geschweige denn ermordet worden. Man könnte sie lebenden Menschen abgeschnitten haben. Zugegeben, seine halbherzigen Nachforschungen hatten nicht zu irgendwelchen Hinweisen darauf geführt, dass Krankenhäuser in der Gegend zur fraglichen Zeit amputierte Hände vermisst hatten. Für ihn lautete des Rätsels Lösung, dass die Hände von bei Bombenangriffen im Londoner East End entdeckten Leichen stammten. Natürlich abgetrennt von Perversen, aber an denen bestand seiner Erfahrung nach ja kein Mangel. Und zudem waren sie inzwischen längst verstorben.

Wegen des stolzen Mottos der Polizei, dass Mordermittlungen niemals eingestellt wurden, hatte Detective Inspector Quell schon befürchtet, dieser Fall könne ein Leben lang an ihm hängenbleiben. Deshalb war er außer sich vor Freude gewesen, als sein Chief Superintendent ihm mitteilte, man werde die Sache Caroline Inshaw übertragen.

»Ich habe keine Einwände«, meinte Lewis zu ihr. »Sie kriegen meine DNA, wenn Sie sie brauchen. Aber wozu?«

»Soweit ich weiß, hatten Sie einen Onkel, der 1944 verschwand und nie gefunden wurde. Einen Mr. James Rayment?«

»Stimmt. Allerdings wurden 1944 eine Menge Leute vermisst. Wir hatten Krieg.«

»Und Sie haben nie erfahren, was aus Ihrem Onkel geworden ist?«

»Ich war ein Kind. Kinder kümmern sich nicht sehr um solche Dinge. Was die Erwachsenen so treiben und warum sie etwas interessiert, ist ihnen fremd. Meine Eltern waren besorgt, daran erinnere ich mich. Ich glaube, sie haben Nachforschungen angestellt. Doch die Polizei hat sich geweigert, nach einem vermissten jungen Mann zu suchen.«

»Gut möglich. Wissen Sie, ob Ihr Onkel Mrs. Winwood kannte? Anita Winwood?«

»Michaels Mutter? Keine Ahnung. Kann sein. Onkel James hat während des Sommers immer wieder mal bei uns gewohnt und ist abends sehr lange weggeblieben. Schließlich hat meine Mutter die Suche aufgegeben. Sie dachte, er sei zur Armee eingezogen worden, obwohl die dort noch nie von ihm gehört hatten.«

»Und Sie? Sie haben nicht darüber nachgedacht?«

»Wie ich schon sagte, ich war ein Kind. Vielleicht habe ich mich gefragt, warum er sich nie von mir verabschiedet und mir erzählt hat, dass er fortgehen würde. Aber mehr war da nicht.«

Ein Besuch bei Rosemary Norris war eine Methode, die Zeit totzuschlagen, und möglicherweise auch eine Pflicht. Immerhin war er in Loughton und früh aufgewacht, wie es Leuten in einer fremden Umgebung häufig passiert. Die Sonne schien, obwohl es offenbar ein kalter Tag war. Michael beschloss, einen Spaziergang zum Traps Hill zu machen, bevor er zu Clara ging. Er konnte Rosemary von Clara berichten und sie vielleicht überreden, sich am Besuchsdienst zu beteiligen. Er war zwar noch nie in ihrer Wohnung gewesen, kannte jedoch die Adresse. War es zu früh, um sie zu besuchen? Halb zehn schien in Ordnung zu sein. Ein männlicher Rentner schlief vermutlich aus, aber eine Frau nicht, dachte er. Frauen hatten stets Dinge im Haushalt zu erledigen, die sie rasch hinter sich bringen wollten. Doch obwohl er läutete und am Briefschlitz klapperte, erfolgte keine Reaktion. War sie verreist oder krank? Er versuchte es noch einmal, gab auf und begegnete auf dem Weg nach draußen einer Frau mit einer großen getigerten Katze auf dem Arm.

»Mrs. Norris ist bei ihrer Enkelin. Sie hat mich angerufen, um mir Bescheid zu sagen. Sehr rücksichtsvoll, fand ich, aber das ist sie immer.« Sie hielt inne und musterte ihn zweifelnd. »Stellen Sie sich vor, da verlässt dieser Mann sie einfach. In seinem Alter. Können Sie so etwas verstehen?«

Michael schwieg, zwang sich aber zu einem ironischen Lächeln. Er ging in die Forest Road. Samantha war in Claras Vorgarten und warf einen Müllbeutel in die Tonne.

»Lilian ist bei ihr. Das ist Mrs. Beecham von nebenan. Sie wird sich freuen, Sie zu sehen. Heute Morgen ist sie ein wenig wacher.« Die Haustür wurde für ihn geöffnet.

»Was komisch ist, weil sie gleich kommen, um sie ins Hospiz zu bringen.«

»Sie wollte zu Hause bleiben«, wandte Michael ein.

»Nicht erlaubt. Eine Schande ist das! Es ist ja nicht so, dass sie niemanden hätte, der sie versorgt.«

Clara lag zwar im Bett, war jedoch voll bekleidet. Ihr Haar war gebürstet, ihre Schuhe standen nebeneinander vor dem Stuhl, auf dem Lilian saß. Der Ehering steckte am mageren dritten Finger ihrer dürren linken Hand. Michael trat ans Bett, blickte Clara in die Augen, zwang sich zu einem leichten Lächeln, beugte sich vor und küsste sie. »Ich lege mich jetzt hin, Lil«, sagte sie. »Könnten Sie bitte das Kissen wegnehmen? Ich muss liegen. Sie bringen mich weg, Michael.«

»Das hat Sam mir erzählt. Ich glaube, es ist schön dort.« Er wusste es zwar nicht, hatte aber gehört, dass in Hospizen normalerweise eine harmonische Atmosphäre herrschte.

Ihre Stimme war schwach, doch zumindest konnte sie sprechen.

»Die Schmerzen sind weg, Michael. Darf ich Sie Michael nennen? Das habe ich getan, als Sie klein waren.«

»Natürlich, natürlich.«

»Sie waren nur ein Kind, und sie saßen am Küchentisch und hielten Händchen, als ob ich nicht vorhanden wäre. Seine Hand lag quer über dem Tisch auf ihrer. Und dann kam Ihr Dad herein.« Seufzend schloss Clara die Augen, ihre Hände wanderten über die Bettdecke, zupften und nestelten daran und wiederholten unablässig die gleiche Bewegung. »Er kam herein«, flüsterte sie, »und hat alles gesehen. Er hat nie ein Wort gesagt. Ich erinnere mich daran, als ob es gestern gewesen wäre.«

Michael wurde flau. Er würde nie wieder jemandes Hand halten. Nie, nie mehr. Er brachte es nicht über sich zu fragen, ob der Mann James Rayment gewesen war, war sich jedoch ziemlich sicher. »Soll ich Ihnen eine Tasse Tee holen?«, erkundigte sich Mrs. Beecham.

Er zuckte die Achseln und schwenkte die Hände, eine Geste, die alles hätte bedeuten können. Der Tee wurde serviert, und zu seiner Überraschung freute er sich darüber. Draußen war ein Transporter mit der Aufschrift »Krankenwagen« vorgefahren. Er stand halb auf und drehte sich um, um sich zu vergewissern. Die Hände, die über die Bettdecke gewandert waren, waren nun reglos. Er war nur einmal Zeuge geworden, wie jemand starb, damals, als Vivien still und leise vom Leben in die Bewusstlosigkeit und in den Tod geglitten war.

Er erkannte es sofort. »Sagen Sie ihnen, sie werden nicht mehr gebraucht«, wandte er sich an Sam. »Sie hat uns verlassen.«

Rosemary lag auch im Bett. Sie tat nichts. In Freyas Gästezimmer gab es zwar einen kleinen Fernseher, doch sie benutzte ihn nicht. Sie las auch nicht und hörte nicht Radio. Sonst war sie immer so rücksichtsvoll gewesen, wie ihre Nachbarin lobend erwähnt hatte, doch davon war nichts mehr übrig, und sie benahm sich in der Wohnung in der St. John's Wood Road, als sei sie in einem Hotel. Freya oder David, der in Elternzeit zu Hause war, servierten ihr das Frühstück, und Judith, die jeden Tag vorbeikam, meinte, es würde ihr guttun aufzustehen, sich zu bewegen und vielleicht einen Spaziergang zu unternehmen. Nur Fenella, die mit Sybilla eintraf, wagte es, ihr zu sagen, sie sei nicht krank und solle sich zusammenreißen. Sybilla sprang auf dem Sofa auf und nieder, bis ihre Urgroßmutter sie anschrie, sie solle damit aufhören, und ihr – der Gipfel der Kindesmisshandlung – mit einem »kräftigen Klaps« drohte.

Schweigend und geduldig saß Rosemary am Esstisch. »Wie ein Hund, der auf sein Abendessen wartet«, sagte David.

»Tja, sie wartet eben auf ihr Abendessen oder ihr Mittagessen«, erwiderte die arme Freya von der Küche aus. »Was sollen wir tun?«

»Wenn das Baby auf der Welt ist, geht sie. Du wirst schon sehen.«

»Ich werde nicht hier sein, um es zu sehen.«

Anders als Norman Batchelors Mutter und die Prinzessin Alice von Battenberg war Freya nicht bereit, ihr Kind auf einem Tisch zu bekommen. Der angesetzte Geburtstermin war verstrichen, und im Krankenhaus machte man bereits unheilverkündende Andeutungen. An diesem Nachmittag, nachdem Freya Tee, ein Stück Teekuchen und eine Scheibe Karottenkuchen für Rosemary angerichtet hatte, krümmte sie sich plötzlich zusammen. »Ich habe eine Wehe.«

»Soll ich dich ins Krankenhaus fahren?«

»Noch nicht. Viel zu früh.«

Obwohl Rosemary sich weigerte, in ihrem Zimmer fernzusehen, benutzte sie mit Vergnügen das viel größere Gerät ihrer Gastgeber. Alles, was sie sich gern ansahen, tat sie als unmoralisch ab, bezeichnete es als Schande, bat, auf einen anderen Sender umzuschalten, oder übernahm es selbst. Sie bevorzugte Filme über Vögel, Kunsthandwerk in Cumbria oder Kleidung für Senioren. Freya setzte sich neben sie, schaute zu, stand von Zeit zu Zeit auf, um in der Wohnung herumzugehen, und berechnete heimlich die Abstände zwischen den Wehen. »Wir fahren jetzt ins Krankenhaus, Oma«, verkündete sie um sechs. »Kommst du allein zurecht?«

»Warum ins Krankenhaus? Bist du krank?«

»Ich habe Wehen. Ich kriege gleich mein Baby.«

»Wirklich?« Rosemary musterte sie verdattert. »Niemand erzählt mir irgendetwas.«

»Schaffst du es allein? Oder soll ich Mum holen?«

Rosemary antwortete nicht. Sie ging in ihr Zimmer, hörte Freya und David noch »Tschüss, Oma, bis später« rufen und setzte sich aufs Bett, um nachzudenken. Natürlich hatte sie nichts bei sich gehabt und sich von Judith ein Nachthemd, eine Bluse und einen Rock geliehen. Sie legte die Kleider in einem ordentlichen Stapel auf den Nachttisch. Dann zog sie das Bett ab, schlüpfte in die Sachen, in denen sie gekommen war, vergewisserte sich, dass sie ihren Hausschlüssel hatte, und kehrte ins Wohnzimmer zurück, wo das Telefon läutete. Wie bei den beiden Anrufen zuvor achtete sie nicht darauf. Sicher war es Judith. Freya hatte sie bestimmt vom Auto aus mit einem dieser Mobiltelefone angerufen, die heutzutage alle hatten.

Draußen auf der Straße hätte Rosemary am liebsten ein Taxi genommen. Allerdings bezweifelte sie, dass der Fahrer bereit sein würde, sie den weiten Weg nach Loughton zu chauffieren. Sie war mit der U-Bahn hergekommen, warum nicht mit der U-Bahn nach Hause fahren? Ich habe mich verändert, dachte sie. Ich bin nicht mehr die Frau, die vor zehn Tagen hier eingetroffen ist. Alles ist mir gleichgültig geworden. Es interessiert mich nicht mehr. Mein ganzes Leben lang habe ich mich um andere

Menschen gekümmert. Meinen Mann, die Kinder, die Enkel, Freunde, Verwandte, Nachbarn. Damit ist es vorbei. Ich kümmere mich nur noch um mich. Sie ging die Hamilton Terrace entlang, überquerte Maida Vale und war sehr zufrieden mit sich, weil sie keine schwere Tasche schleppen musste. Seit ihrer Hochzeit war sie nicht mehr allein in einem Café oder einem Restaurant gewesen – und auch davor nur selten. Nicht einmal für eine Tasse Kaffee oder ein Sandwich. Alan hatte sie stets begleitet. Oder eines der Kinder oder eine Freundin. Vor dem Café *Laville* zögerte sie, schob die Tür auf und trat ein.

Sie vermutete, dass es im Café später hoch hergehen würde, doch jetzt waren nur einige Tische besetzt. Selbstverständlich alles Paare. Ein Mann erschien und fragte sie nach ihren Wünschen. Sie bestellte eine Tasse schwarzen Kaffee. Er erkundigte sich, ob sie einen amerikanischen meinte, und da sie nicht die leiseste Ahnung hatte, was das war, stimmte sie zu. So war es einfacher. In Zukunft würde sie immer den einfachsten Weg nehmen. Der Kaffee war ziemlich lecker. Sie wollte nichts essen. Die Rechnung wurde gebracht – absurd für einen Tropfen Kaffee –, doch sie kramte den genauen Betrag aus ihrer Handtasche hervor und legte noch fünf Pence Trinkgeld dazu.

Die U-Bahn brachte sie zur Baker Street, wo sie umstieg, wie sie sich erinnerte, nur umgekehrt, und zwar in Richtung Liverpool Street. Der Zug nach Loughton war recht voll, natürlich Pendler, sie war stolz auf sich, weil sie das Wort richtig verwendete. Sie hatte nie dazugehört und hätte keine Lust gehabt, jeden Tag diese anstrengende Fahrt auf sich zu nehmen. Vor dem Bahnhof in Loughton standen keine Taxis. Da sie nicht die Geduld hatte, auf eines zu warten, ging sie zu Fuß und war ziemlich erschöpft, als sie Traps Hill erreichte.

Die getigerte Katze saß vor ihrer Wohnungstür. Es war eine sehr große Katze, langhaarig und mit einem freundlichen, ja sogar gütigen Gesichtsausdruck. Sie hatte sie noch nie hereingebeten, aber jetzt tat sie es. Schließlich würde sie sonst niemand zu Hause begrüßen. Ihre Eltern hatten sich erst einen Hund angeschafft, als sie ein Teenager gewesen war. Aber es war stets eine Katze im Haus gewesen, die nicht auf den Sesseln oder dem Sofa sitzen durfte. Trotzig, selbst längst Verstorbenen gegenüber, hob Rosemary das schnurrende Fellbündel aufs Sofa.

In dieser Nacht schlief sie besser als je in den Tagen bei Freya. Sie hatte Freyas bevorstehende Entbindung ganz vergessen. Am Morgen erinnerte sie sich wieder, jedoch ohne große Begeisterung oder Sorge. Bestimmt würde jemand sie anrufen und Bescheid sagen. Es geschah um neun.

»Alle haben deinetwegen Todesängste ausgestanden«, begann David. »Ich nicht, mir war schon klar, dass dir nichts passiert ist. Judith hat sämtliche Notaufnahmen abtelefoniert. Fenella wollte die Polizei anrufen, aber ich glaube nicht, dass sie es getan hat. Übrigens bin ich jetzt Vater. Freya hat um eins einen kleinen Jungen bekommen. Dreieinhalb Kilo.«

Rosemary wusste zwar, dass das eine Gewichtseinheit war, hatte jedoch nicht die leiseste Ahnung, was das in Pfund bedeutete. Sie ließ Freya liebe Grüße ausrichten, überlegte, ob sie Judith anrufen sollte, und entschied sich dagegen. Sie wollte niemanden anrufen. Die getigerte Katze war aus dem Fenster geklettert und saß auf dem Balkon. Sie setzte sie vor die Tür, damit sie nach Hause gehen konnte, und sagte ihr, sie habe nichts für sie da, würde aber Katzenfutter kaufen. Bei Freya hatte es keine Badewanne gegeben, jetzt nahm sie ein genüssliches Bad, zog eines der Kleider an, die Fenella als »Omas Eigenkreation« bezeichnete, und nahm den Wintermantel aus der Mottenschutzhülle, in der er seit März geruht hatte.

Als sie ein Teenager und der Krieg vorbei gewesen war, hatte man Kleidermarken gebraucht. Ihre Mutter war mit ihr nicht in die Stadt gefahren, um Kleider zu kaufen, sondern mit der U-Bahn zum Kaufhaus *Leystone and Bowman's* oder mit dem Bus zu den Läden in Ilford. Anstelle von Kleidern hatten sie die Rohmaterialien erworben, Stoffbahnen oder Reste, gerade genug für einen Rock oder eine Bluse. T-Shirts hatte es damals nicht gegeben und außerdem kaum Hosen. Sie hatten auch Wolle gekauft, doch während des Krieges hatten sie häufig alte Kleidungsstücke aufgetrennt und neue daraus gestrickt. Ihre Mutter hatte ihr das Nähen beigebracht. Laut Judith, ein typisch frecher Teenager eben, war sie keine gute Lehrerin gewesen.

Rosemary hatte sich davon nicht abschrecken lassen, und das tat sie auch jetzt nicht. Sie marschierte zu dem Laden, der von einer asiatischen Familie betrieben wurde, aber früher *Penistans* geheißen hatte. Die Schuljungen, damals ihre Altersgenossen, hatten sich königlich darüber amüsiert. Sie ging auf Einkaufstour. Eine Bahn grüne Seide, der gleiche Stoff wie der kupferfarbene, aus dem sie das Kostüm für Freyas Hochzeit genäht hatte, war ihr erster Kauf. Darauf folgten einige Meter feiner Wollstoff, einige Meter Tweed und zu guter Letzt ein wenig sündhaft teurer blauer Samt. Die Mumtaz, denen der Laden nun gehörte, fühlten sich wie an Weihnachten und lächelten übers ganze Gesicht. Rosemary hatte ein Vermögen ausgegeben. Es war zu viel, um es nach Hause zu tragen, und Mr. Mumtaz erbot sich, von seinen Regeln abzuweichen und es ihr mit dem Transporter nach Hause zu liefern.

Sie war wieder zu Hause und kramte in ihrem gewaltigen Vorrat an Schnittmustern, als der Transporter erschien. Es wurde gegen eine weitere Regel verstoßen, als ein Mr. Ashok ihr die Körbe mit den Stoffen in die Wohnung trug. Das Telefon läutete, und sie stellte fest, dass einige Nachrichten hinterlassen worden waren. Sollte es doch klingeln und sollten die Nachrichten bleiben, wo sie waren. Sie würde sich auf den Boden setzen, das ausgewählte Schnittmuster auf den blauen Samt stecken und den Stoff zuschneiden. Beim Nähen würde sie kein Alan stören, der spazieren gehen oder mit ihr fernsehen wollte und verlangte, dass sie ihre Arbeit aufgab und sich ein Designerkleid kaufte. Wieder läutete das Telefon. Sie hob ab und brüllte »Haut ab!« in den Hörer.

Der Samt hatte dieselbe Farbe wie der Umhang, den ihre Mutter ihr genäht hatte, als sie sieben gewesen war, um ihn zu feierlichen Anlässen über ihrem Kleid zu tragen. Beim Zuschneiden dachte sie daran, dass sie drei Jahre später Alan kennengelernt hatte, und zwar bei einem Tanzkurs im Tennisclub am Fuße des Traps Hill, ein himmelweiter Unterschied zu den Tunnels, dem Ort ihrer nächsten Begegnung. Wie Rosemary inzwischen begriff, war Daphne Jones mit ihrer Kristallkugel und ihren Karten eine junge Hexe gewesen. Als Alan zum ersten Mal mit ihr zusammengekommen war, war Rosemary kreuzunglücklich gewesen, am Boden zerstört, wie man damals sagte. Doch das Gefühl hatte nicht angehalten.

Sie kam zu dem Schluss, dass ihr Stolz verletzt worden war, und erinnerte sich an die Worte ihrer Großmutter in ihrer Kindheit, die sie auch an die restliche anwesende Familie richtete.

»Wenn man alt wird«, hatte sie nach dem Tod ihres Bruders Tom gemeint, »hat man nicht mehr viele Gefühle. Sie verschwinden so etwa mit siebzig, würde ich sagen. Alle Dinge und Menschen, für die man Leidenschaft empfunden hat, sei es nun Zorn, Bewunderung oder Sehnsucht, sind weg und werden von einer langweiligen Ruhe abgelöst. Ich habe Tom vergöttert. Jetzt ist er tot, und es ist mir eigentlich gleichgültig. So ist es eben bei mir.«

Jetzt ist Alan fort, sagte sich Rosemary, und es ist mir eigentlich gleichgültig. Anfangs hat es mir wehgetan, aber jetzt nicht mehr. So ist es eben bei mir. Ruhig, gelassen und in Gedanken an all die Kleider, die sie ungestört würde nähen können, begann sie, die Samtstücke zusammenzustecken. Morgen würde sie zu dem Laden gehen, der wieder eröffnet hatte, seit das Stricken vor zwei oder drei Jahren in Mode gekommen war, und genug Wolle für ein Twinset kaufen. Sollte sie auch etwas für das neugeborene Baby stricken? Lieber nicht. Freya würde es nicht zu schätzen wissen, wozu also die Mühe?

Warum tue ich überhaupt etwas, an dem ich keine Freude habe? Damit ist nun Schluss. So ist es jetzt eben bei mir.

Michael rief einige Male bei Daphne und Alan an, bis sich endlich nicht mehr die Bandansage meldete, die verkündete, sie seien in Italien. Als er berichtete, er habe bei der Polizei eine DNA-Probe abgegeben und Lewis sei auch um eine gebeten worden, schlug Daphne vor, er solle vorbeikommen.

»Wirklich? Ihr seid doch gerade erst aus dem Urlaub zurück.«

»Kein Problem. Wir würden uns freuen, dich zu sehen.«

Während er seinen Mantel anzog, dachte er, dass sie redete, als seien Alan und sie schon mindestens zwölf Jahre zusammen. Da es kalt war, hatte Daphne in ihrem wunderschönen Wohnzimmer ein Feuer angezündet. Kein richtiges natürlich, das wäre nicht erlaubt gewesen, sondern etwas Gasbetriebenes, das aussah wie das Original. Dass sie ihn zur Begrüßung küsste, war eine völlig neue Erfahrung für ihn. Es gab Sherry und Blinis. Michael stellte fest, dass der Kaviar echt war. Den Sherry tränken sie George zu Ehren, sagte Alan.

»Erzähl uns alles über die Sache mit der DNA«, forderte Daphne ihn auf, nachdem sie auf Georges Andenken angestoßen hatten.

»Das habe ich doch schon am Telefon getan.« Nun, da er beim Grund seines Besuchs angelangt war, wurde er ausweichend. Da es schrecklich sein würde, so etwas auszusprechen, fing er bei Lewis an. »Die Frau hat es mir nicht verraten, aber ich habe ihr angemerkt, dass sie glaubt, die männliche Hand könnte Lewis' Onkel James Rayment gehört haben.« Ohne ein Stichwort konnte er nicht fortfahren.

Alan übernahm das. »Und die Frau?« Zu spät wurde ihm klar, was er da gesagt hatte. »Nein, vielleicht sollte ich nicht fragen.«

»Doch, wenn ich es dir erzählen soll.« Michael wollte hinzufügen, dass es ihm nicht leichtfiel, aber dann verachtete er sich für sein Selbstmitleid. »Weil die Frauenhand vielleicht die meiner Mutter ist.«

»Michael!« Daphne schien zu schrumpfen und krampfte die Hände ineinander. »Wie entsetzlich für dich.«

»Ja, richtig.« Die Tränen stauten sich auf und warteten darauf zu fließen. Er schluckte heftig, was manchmal half. »Deshalb meine DNA. Sie haben noch keine Ergebnisse. Clara Moss hat sie zusammen beobachtet, meine Mutter und Rayment, meine ich.« Dass sein Vater sie auch gesehen hatte, brachte er nicht über die Lippen. Doch der Gedanke allein löste den Tränenstrom aus. Wenn Daphne den Arm um ihn gelegt hätte, wäre das zu viel für ihn gewesen. Er wäre zusammengebrochen. Aber sie tat es nicht. Alan reichte ihm ein frisches Taschentuch, und er fragte sich, völlig aus dem Zusammenhang gerissen, ob Daphne es gewaschen und gebügelt hatte. »Tut mir leid«, schniefte er. »Ich bin nah am Wasser gebaut.«

»Befreit es dich?«

»Wahrscheinlich. Ich weine sogar, wenn mir klar wird, dass sie glauben, mein Vater habe die Hände in die Dose gelegt und sie vergraben. Das hieße nämlich, dass mein Vater die beiden ermordet hat.«

Daphne und Alan schwiegen. »Ich weiß nicht, ob ich es euch gesagt habe«, ergriff Michael wieder das Wort. »Aber er wird im Januar hundert. Er ist absolut bei klarem Verstand und genauso wie immer. Hat einer von euch ihn gekannt?«

Alan schüttelte den Kopf, aber Daphne bejahte.

»Natürlich. Du hast nebenan gewohnt.«

Alan musterte sie zweifelnd. Sie schien ziemlich blass

geworden zu sein, doch sie war immer blass. Michael wollte hinzufügen, dass sein Vater bis zu seinem hundertsten Geburtstag leben wollte. Aber war es nicht besser, wenn er früher starb, sollte die Polizei zu demselben Schluss gekommen sein wie er selbst? Er wollte es aussprechen, wusste jedoch, dass er dann wieder weinen würde. Deshalb zwang er sich, sich nach ihrem Urlaub zu erkundigen, den sie hauptsächlich in Florenz und Rom verbracht hatten. Sicheres und tränenfreies Terrain, weil er noch nie dort gewesen war. Daphne und Alan gehörten nicht zu den Leuten, die ihre Freunde mit ihren Reiseerinnerungen belästigten, häufig mit Unterstützung von Dias, Postkarten und Fotos auf dem Mobiltelefon. Sie antworteten nur, sie hätten sich großartig amüsiert, und erwähnten ein oder zwei Kirchen, die Pyramide des Cestius und das fantastische Essen. Alan schlug vor, dass Michael zum Abendessen bleiben sollte, aber Daphne schwieg. Ihre Miene war plötzlich abweisend und – konnte es *verängstigt* sein?

Er schickte sich zum Gehen an. Daphne begleitete ihn zur Tür. Er hatte befürchtet, sie auf irgendeine Weise gekränkt zu haben. Doch als sie ihn wieder küsste und kurz umarmte, wusste er, dass er sich geirrt hatte. Er verbrachte den Abend in Viviens Zimmer, lag, seine imaginäre Frau im Arm, auf dem Bett, sehnte sich nach ihr und vergaß seinen Vater für eine Weile.

»Was ist geschehen?«

Sobald Alan es ausgesprochen hatte, fiel ihm ein, wie altmodisch das klang. Niemand sagte es mehr, zumindest niemand unter sechzig. Heute hieß es: »Was ist los?«

»Was ist los?«

»Nichts.« Daphne zwang sich zu einem Lächeln – mehr oder weniger vergeblich. »Die klassische Antwort. Nein, natürlich ist etwas los. Das merkst du mir an, richtig?«

Er nickte.

»Ich habe dir nichts zu beichten. Ich habe meinen Ehemännern auch nie etwas gebeichtet. Sie haben nicht nachgefragt, und so habe ich nichts gesagt.«

»Ich frage nicht.« Jetzt wird sie mir gestehen, sie habe eine Affäre mit Michael oder sogar mit Lewis Newman gehabt, dachte er. »Du musst mir nichts erzählen.« Danach gab es nur noch eines, was er ihr sagen wollte. »Ich liebe dich.«

»Ich weiß, und ich liebe dich auch.« Sie saß neben ihm auf dem Sofa. Ihre Sherrygläser waren leer. »Holst du mir einen kleinen Brandy, Alan?« Sie stand auf und setzte sich in einen der Sessel. Nicht sehr weit weg, aber außerhalb seiner Reichweite.

»Seit wann trinkst du harten Alkohol?«

»Nur aus medizinischen Gründen«, erwiderte sie lächelnd. »Michael hat dich daran erinnert, dass ich nebenan gewohnt habe«, fuhr sie fort. »Meine Eltern haben sie abgelehnt. Das heißt alle beide. John und Anita. Nicht dass wir sie so genannt hätten. Für uns waren sie Mr. und Mrs. Winwood.« Sie nippte an ihrem Brandy und schnappte kurz nach Luft. »Ich kannte ihn. Er kannte mich. Wir haben uns über den Gartenzaun hinweg unterhalten. Ich war zwölf und habe mich gefühlt wie fünfundzwanzig.«

Anstatt zu erbleichen, breitete sich eine heftige Röte auf Alans Gesicht aus. »Was soll das bedeuten, Daphne?«

»Er sah sehr gut aus. Damals war die Ära der Filmstars, sie hatten mehr Einfluss als in jeder anderen Zeit. Er sah aus wie Errol Flynn. Angeblich soll Errol Flynn ja dumm gewesen sein, keine Ahnung. John Winwood war nicht dumm, nur nicht sehr einfühlsam. Er war weder charmant noch freundlich noch sanftmütig. Nun, zu mir war er nett. Er sah einfach nur hinreißend gut aus. Man möchte nicht glauben, dass eine Zwölfjährige so empfinden kann, aber bei mir war es so. Ich war nicht in ihn verliebt, doch er hat mich wahnsinnig angezogen. Wahnsinnig, Alan.«

Sein Mund war trocken. »Was ist passiert?«

»Wir haben uns getroffen. Ziemlich oft. Anita war mit irgendeinem Mann unterwegs. Ich wusste nie, mit wem, doch es hätte Lewis' Onkel sein können. Oder dieser Soldat oder, tja, ein Mann eben. Ich glaube, sie war ziemlich promisk, wenngleich ich dieses Wort damals noch nicht kannte. Wir haben uns in Johns Haus gesehen. Das war einfach, gleich nebenan. Vermutlich dachten meine Eltern, ich sei mit euch zusammen, mit dir und Rosemary und Bill Johnson und den Batchelors und Lewis und Michael. Manchmal stimmte das auch, aber oft war ich bei John.«

»Das heißt, du hast mit ihm geschlafen?«

»Nicht richtig. Nicht im Sinne dieses Wortes. Wir haben alles getan bis auf die Sache, die die Leute meinen, wenn sie vom ›Miteinanderschlafen‹ reden. Ich war zwar erst zwölf, aber ich hätte ein Baby bekommen können. Weißt du, welche Todesangst selbst sehr junge Mädchen damals vor einer Schwangerschaft hatten? Schon gut, so war es eben. Offenbar hat John das bemerkt, und es hat ihn nicht gestört. Er hatte auch Angst, vor mir und vor meinen Eltern.«

»Warum hat es aufgehört?«

»John hat uns – nun, euch – aus den *Qanats* vertrieben, damit er und ich hingehen und Zeit dort verbringen konnten. Anstatt in seinem Haus. Keine Ahnung, warum nicht in seinem Haus. Anita war fort oder gestorben. Später hat er behauptet, sie sei tot. Ich habe mich gefürchtet und ihm gesagt, ich wolle ihn nicht mehr wiedersehen. Ich habe ihm nie gedroht. Zum Beispiel damit, dass ich es meinen Eltern erzählen würde. Das habe ich nie getan. Ich habe ihn einfach nicht mehr getroffen außer hin und wieder auf der Straße oder am Gartenzaun. Alan, ich wusste, dass in diesem Haus etwas Schreckliches geschehen war.« Wieder hob Daphne das Brandyglas an die Lippen. »Ich habe John vermisst. Dabei habe ich ihn nicht einmal gemocht. Ich hatte Angst vor ihm, aber er hatte auch Angst vor mir.« Sie zögerte. »Da ist noch mehr. Soll ich weitersprechen?«

»Ja, natürlich.«

»Das war eine unbeschreiblich entsetzliche Situation. Zwei Menschen in einer Beziehung, die auf Angst voreinander beruhte. Wir haben uns unglaublich zueinander hingezogen gefühlt und hatten Angst davor, miteinander allein zu sein. Einmal bin ich zu ihm gegangen. Zur Hintertür, doch er wollte mich nicht hereinlassen. Er hatte Angst, mich hereinzulassen, Alan. ›Setz keinen Fuß in dieses Haus‹, sagte er, und ich bin nach Hause gerannt.

Einige Wochen später hat er im Garten ein Feuer angezündet. Ich war früher aus der Schule nach Hause gekommen und habe beobachtet, wie er Benzin auf einen Holzstapel goss. Aber es war nicht nur ein Holzstapel. Da lagen zwei Gestalten in Säcken. Damals gab es noch kein Plastik. Zwei lange Gestalten in Säcken, die oben mit einer Schnur zugebunden waren. Ich habe von meinem

Zimmerfenster aus zugeschaut. Das Feuer ist heruntergebrannt, und John hat Paraffin auf weitere Holzscheite und die beiden Dinger in den Säcken geschüttet. Dann hat er einen zweiten Benzinkanister geholt. Ich weiß noch, wie ich dachte, dass es ihm sehr wichtig sein muss, alles zu verbrennen, denn Benzin war rationiert und nur sehr schwer zu beschaffen. Da ist das Feuer außer Kontrolle geraten und hat auf den Schuppen und die Bäume übergegriffen. Jemand hat die Feuerwehr gerufen, wahrscheinlich mehrere Leute.«

»Du hast deiner Mutter nie von Winwood erzählt?«, erkundigte sich Alan. »Ich meine, was er dir angetan hat?«

»Nie. Es ging nicht darum, was er mir angetan hat, sondern was wir miteinander gemacht haben. Du wirst jetzt sicher einwenden, ich sei erst zwölf gewesen, aber das habe ich dir ja schon erklärt. Ich war alt für mein Alter, Jahre älter.«

»Und jetzt bist du jung für dein Alter.«

Sie lächelte. »Ja, kann sein. Sicher hast du aus der Zeitung oder dem Fernsehen von diesen Promis erfahren, die junge Mädchen vergewaltigt und sexuell missbraucht haben. Einige haben es ihren Eltern erzählt, und man hat ihnen nicht geglaubt. Ich wusste, dass mir niemand glauben würde. Und was hätte ich sagen sollen? Dass ich Sex – gut, mehr oder weniger Sex – mit dem Nachbarn gehabt habe? Und dass ich es genossen habe? Keine gute Idee.«

Sie leerte ihr Glas. »Das habe ich jetzt gebraucht. Ich habe noch nie mit jemandem über John Winwood gesprochen.« Sie nahm seine Hand. »Du bist mir doch nicht böse, oder? Weil ich das getan habe?«

»Natürlich nicht«, erwiderte er. »Warum auch?«

»Einige Männer würden anders reagieren. Ich habe nie wieder ein Wort mit John gewechselt. Nach dem Brand, meine ich. Gesehen habe ich ihn nur noch aus der Ferne. Irgendwann ist er weggezogen und hat das Haus verkauft. Ich habe bei der Polizei ausgesagt. Wegen des Feuers. Meine … Beziehung mit John Winwood habe ich nie erwähnt.«

Alan machte Abendessen, Rührei mit Räucherlachs. Daphne trank Wasser. Er genehmigte sich ein Glas Wein und dann noch eines, in der Hoffnung, seine Gefühle zu betäuben. »Seine Sorgen ertränken« lautete die Redewendung. Aber eigentlich hatte er weder Sorgen noch einen Schock erlitten und konnte nicht in Worte fassen, was er empfand. Er hatte gelogen, und das belastete ihn. Daphne saß dicht neben ihm und hielt seine Hand. Sie schaltete den Fernseher ein. Er hatte zwar keine Lust darauf, glaubte jedoch, dass Schweigen schlimmer sein würde. Und weitere Erklärungen und Einzelheiten von ihr würden noch schlimmer sein als Schweigen.

Die Sendung, eine neue Folge einer Serie, endete. Daphne fing an, über ihren Urlaub zu reden. Den Spaziergang auf der breiten Stadtmauer von Lucca und das Forum in Rom. Sie hatten nicht viel fotografiert und mussten die wenigen Bilder noch von ihren Mobiltelefonen ausdrucken.

»Wir sind beide keine großen Fotografen, was? Wir bewahren die Bilder von dem, was wir gesehen haben, offenbar lieber in unserem Gedächtnis auf.«

»Stimmt«, antwortete er.

»Noch etwas, das wir gemeinsam haben, falls man etwas Negatives gemeinsam haben kann.«

»Warum nicht?«

Sie gingen früh zu Bett. Während er sie, einen Arm um ihre Taille gelegt, festhielt, stellte er sie sich mit zwölf vor, ein kleines Mädchen, verliebt in den Abklatsch eines Filmstars. Drei Stunden später wachte er auf. »Meine Welt hat sich verändert. Alles hat sich verändert«, murmelte er.

23

Die Abgabe einer DNA-Probe war beinahe Lewis Newmans letzte Aktion, bevor er zu seiner Kreuzfahrt auf der Donau aufbrach. Diese Reise hatten Jo und er immer unternehmen wollen. Dann wurde Jo krank, was sich bis zu ihrem Tod monatelang hinzog; ein solcher Urlaub war also unmöglich gewesen. Er vermisste Jo, allerdings nicht so sehr, wie er es seiner Ansicht nach hätte tun sollen. So mancher trauernde Ehemann wäre vor einer Reise zurückgeschreckt, die ihn nur daran erinnern würde, dass seine Frau eigentlich hätte dabei sein sollen. Doch für Lewis kam so etwas nicht infrage, und er würde sich die Kreuzfahrt nicht davon verderben lassen.

Es war eine Luxusreise. Er hatte eine hübsche Kajüte mit eigenem Bad, die vom Reiseunternehmen als Paradezimmer bezeichnet wurde. Und als er an seinem zweiten Abend, das Schiff verließ gerade Bukarest, auf seinen Tisch zusteuerte, näherte sich der Gästebetreuer und fragte ihn, ob er etwas dagegen habe, besagten Tisch mit einer Passagierin zu teilen. Sie reise so wie er allein. Lewis war von diesem Vorschlag nicht sehr begeistert, denn er malte sich eine pummelige, stark geschminkte Blondine in einem tief ausgeschnittenen roten Kleid aus. Er hatte eine starke Abneigung, ja fast eine Phobie, was Dekolletés bei älteren Damen anging. Er setzte sich und stand sofort wieder auf, als eine hübsche Sechzigjährige ein wenig schüchtern auf ihn zukam. Sie war schlank, beinahe so groß wie er, und ihr Kleid, ziemlich hochgeschlossen und aus rosafarbenem Wollstoff, betonte eine wohlproportionierte Figur.

Sie schüttelten einander die Hand.

»Melissa«, stellte sie sich vor.

»Lewis.«

»Ich hoffe, es stört Sie nicht«, fuhr sie fort, »aber ich habe Ihren Namen in der Zeitung gelesen, als die gruselige Dose mit den Händen ausgegraben wurde. Im *Standard* stand ein Artikel über die Leute, die Kinder in Loughton waren, als man die Dose dort versteckt hat. Ich bin selbst in Loughton aufgewachsen, auch wenn ich … nun, ein bisschen jünger war. Deshalb hatte ich Lust, einen alten Einwohner von Loughton kennenzulernen. Oh, tut mir leid, das sollte nicht heißen, dass Sie alt sind.«

Er lachte. »Ich bin hocherfreut.«

Zwei Tage später, beim Landgang in Budapest, aßen sie nicht nur zusammen, sondern schlenderten bei der Besichtigungstour nebeneinander her. Anstatt an Bord zu Abend zu essen, besuchten sie an ihrem letzten Abend ein Restaurant in Wien. Sie hatten festgestellt, dass sie in London nicht weit voneinander entfernt wohnten, er in Ealing, sie in Chiswick. Die zufälligen Übereinstimmungen fanden kein Ende. Sie waren beide verwitwet, ihr verstorbener Mann war Allgemeinmediziner gewesen wie Lewis. Als Kind hatte sie mit ihren Eltern in Tycehurst Hill gelebt. Telefonnummern wurden ausgetauscht, und sie verabredeten sich zum Mittagessen und zu einem Besuch in Kew Gardens, wo Melissa noch nie gewesen war. Als Lewis die Haustür aufschloss und die Post von der Fußmatte aufhob, fühlte er sich wirklich glücklich.

Er hatte während seines Urlaubs nicht an die DNA-

Probe gedacht, und als es ihm jetzt einfiel, stellte er fest, dass da kein Schreiben von Caroline Inshaw war. Den Kopf voll von Melissa Landon, interessierte er sich nicht sehr für die Hände in der Dose und die Ereignisse von vor sechzig Jahren. Nur dafür, dass diese Hände ihn und Melissa zusammengeführt hatten. Bei den Briefen handelte es sich zum Großteil um Rechnungen. Nur einer trug eine australische Briefmarke. Er legte ihn beiseite, bezahlte eine der Rechnungen und musterte verwundert eine andere, in scharlachroten Buchstaben ausgedruckte, die ihm mit Konsequenzen drohte, falls er den Absender noch länger auf sein Geld warten ließe. Sie war erst drei Tage überfällig. Sollten sie doch noch ein wenig länger warten.

Er hatte nie zu den Leuten gehört, die vor dem Öffnen eines Briefes sein Äußeres oder die geheimnisvolle Handschrift auf dem Umschlag in Augenschein nehmen. Allerdings bekam er nur selten Post von Unbekannten. Nur das Kuvert zu studieren brachte ihn nicht weiter, also setzte er sich in einen Sessel und riss es auf. Es war eine Adresse in Perth. Absenderin war eine Frau namens Noreen Leopold, die sich schon in der ersten Zeile als seine Cousine vorstellte. Lewis hielt das sofort für Unsinn, da er keine Cousins hatte. Doch er las erst ungläubig, dann erstaunt weiter.

Noreen fuhr fort: *Ich komme im Frühling, das heißt im März, nach Großbritannien und würde dich gern kennenlernen, weil du mein einziger Cousin bist. Vermutlich erinnerst du dich noch an meinen Dad Jimmy Rayment, der vor zwanzig Jahren gestorben ist. Am Ende des Krieges zwischen 1939 und 1945 kam er her, ließ sich nieder, heiratete meine Mum Betty und hatte später fünf*

Kinder mit ihr. Ich bin eines davon. Mein Dad wollte sich immer mit dir in Verbindung setzen, hat es aber ständig vor sich hergeschoben.

An dieser Stelle legte Lewis den Brief weg und geriet ins Grübeln. James. Onkel James hatte am anderen Ende der Welt gelebt, wie seine Mutter stets angenommen hatte. Er hatte all die Jahre in Perth verbracht und viele Kinder gezeugt. Lewis griff wieder nach dem Brief und las ihn zu Ende. *Lass von dir hören. Meine E-Mail-Adresse lautet* Noreen@periwinkle.com. *Ich würde mich wirklich gern mit dir treffen und über unsere Eltern mit dir reden. Deine Cousine Noreen.*

Er würde anderen davon erzählen müssen. Der Polizei vielleicht. Den anderen aus den Tunnels. Er musste darüber nachdenken und seinen nächsten Schritt planen. Er las den Brief noch einmal, ging in die Küche, um Tee zu kochen, überlegte es sich anders und schenkte sich stattdessen einen ordentlichen Whisky ein. Er brauchte dringend jemanden, mit dem er darüber reden und den er um Rat fragen konnte. Seit Jos Tod war es recht einsam um ihn geworden. Nun, da gab es einen Menschen. Er würde darüber schlafen, bis morgen Vormittag warten und dann Melissa anrufen.

Rosemary hatte rosafarbene Wolle gekauft und fing an, einen Pullover zu stricken. Er war nicht für Sybilla, Callum oder das neue Baby, sondern für sie selbst. Sie hatte das Kleid, das sie nach ihrer Rückkehr von Freya begonnen hatte, fertiggestellt und trug es, wenn sie mit der U-Bahn nach London fuhr. Sie hatte schon einige Einkaufsbummel in der Oxford Street und in Knightsbridge unternommen, weil Alan wie die meisten Männer Shopping hasste. Während sie Kleider anprobierte, saß er auf dem von der Verkäuferin bereitgestellten Stuhl und wirkte vor Langeweile benommen oder wie im Halbschlaf. Manchmal wartete er draußen an der Tür oder suchte sich einen Sitzplatz, um zu dösen. Bei diesem ersten Ausflug allein, seit er gegangen war, schlenderte sie die Oxford Street entlang zu Selfridges, wo sie sich ein Paar Schuhe und eine Handtasche kaufte. Sie hatte alle Zeit der Welt, brauchte sich nicht zu hetzen und suchte sich in Ruhe aus, was sie wollte, wie es seit ihrer Jugend nicht mehr möglich gewesen war. Danach spazierte sie in die Regent Street und bat einen Taxifahrer, sie zum Queen's Theatre zu fahren, wo *Les Miserables* gespielt wurde. Sie hatte das Musical schon immer sehen wollen, aber Alan hatte keine Lust gehabt.

Das Theater war wegen einer Matinee geöffnet. Beim Eintreten fühlte sie sich plötzlich schüchtern und verängstigt, doch sie zwang sich, zum Schalter zu gehen, hinter dem ein Mädchen saß. Obwohl sie sich fragte, ob sie sich damit zum Narren machte, reservierte sie einen Platz im Rang für die Abendvorstellung am Freitag. Offenbar war das ganz normal. Alles klappte wie am Schnürchen, und sofort hatte sie eine Karte. Jetzt wieder zurück zu den Läden, aber vielleicht zuerst ein Spaziergang rund um den Trafalgar Square. Sie entdeckte ein Lokal, wo sie zu Mittag aß, und wieder machte sie sich nicht zum Narren. Zum Essen trank sie ein Glas Wein und überlegte sich, ein Taxi nach Holborn zu nehmen und von dort aus nach Hause zu fahren. Sie tat es und traf triumphierend in ihrer Wohnung ein. Es hatte Spaß gemacht, richtig Spaß. Und Schuhe und Handtasche waren ein Traum. Sie setzte sich ans Telefon, rief ihre Tochter, ihren Sohn und ihre beiden Enkelinnen an, berichtete von ihrem wundervollen Tag und erfuhr bei dieser Gelegenheit, dass ihr neuer Urenkel Clement hieß.

Ich bin gewachsen, sagte sie sich, und ich wachse weiter.

»Warum kommst du nicht zu mir?«, schlug Melissa vor. »Ich koche etwas, das wäre doch nett.«

Also tat er es. Ihr Haus in einer Seitenstraße der Chiswick High Street war von außen unscheinbar, aber von innen reizend und verfügte über große elegante Zimmer und einen hübschen Garten. Sie hatte einen Salat und eine reichhaltige, scharf gewürzte Paella vorbereitet. Lewis erzählte ihr von den Händen in der Keksdose und der Gruppe, die sich in den Tunnels getroffen hatten, von Michael Winwood und seinen Eltern und natürlich von Noreen Leopolds Brief.

»Was willst du tun?«, erkundigte sich Melissa.

»Keine Ahnung. Nichts wahrscheinlich. Aber ich muss ihren Brief beantworten, und wenn ich ihn beantworte, muss ich ihr alles berichten, oder?«

»Nicht unbedingt. Aber ich glaube, du musst es den anderen und der Polizei sagen. Ihr habt alle gedacht, dass die Hände von Michael Winwoods Mutter und deinem Onkel stammen, doch das stimmt offenbar nicht. Von ihr vielleicht schon, aber nicht von deinem Onkel. Von wem ist die andere Hand?«

»Ich weiß nicht. Das kann niemand wissen.«

»Michaels Vater weiß es bestimmt. Er lebt noch, richtig?«

»Wahrscheinlich«, erwiderte Lewis. »Soll ich zuerst mit Michael reden?«

Sie bejahte. Und zwar schnell, vielleicht sobald er zu Hause sei. »Mit hundert stehen Menschen immer mehr oder weniger an der Schwelle des Todes, oder?«

Vor dem Anruf schickte Lewis Noreen Leopold eine E-Mail. Er bat sie, sich im März mit ihm in Verbindung zu setzen, und teilte ihr mit, er würde sie während ihres Aufenthalts gern treffen. Die Hände erwähnte er nicht. Falls es nötig wurde, konnten sie darüber sprechen, wenn sie hier war. Eine geraume Weile saß er an seinem Schreibtisch, bevor er Michaels Nummer wählte. Selbst jetzt glaubte er noch, dass er bis zu Noreens Besuch nichts zu unternehmen brauchte. Doch da er Melissa um Rat gebeten hatte, war es dafür jetzt zu spät. Er musste anrufen, und es war das Beste, es hinter sich zu bringen.

Es war sehr warm im Raum. Michael war hier, weil Urban Grange angerufen und ihm mitgeteilt hatte, sein Vater habe sich am Abend zuvor unwohl gefühlt. Sie hätten gezögert und ihn beinahe um sieben Uhr abends alarmiert, aber der alte Mann sei wieder zu Kräften gekommen und aufgestanden und habe sich in einen Lehnsessel gesetzt. Vor einigen Wochen hatte John Winwood Darren gebeten, einen Druck eines berühmten Bildes zu kaufen und es rahmen zu lassen. So war es auch geschehen, und dass man es ihm zeigte und in seinem Zimmer aufhängte, hatte zu der raschen Besserung seines Gesundheitszustands geführt. An diesem Morgen hatte Imogen gesagt, Mr. Winwood habe sich gut erholt. Doch sie dächten, dass Michael dennoch kommen wolle, da sein Vater so alt sei und man unmöglich einschätzen könne, wie lange es noch dauern werde.

Deshalb war Michael hier und verabscheute seinen Vater noch mehr als zu Beginn seiner Besuche nach dem Tod seiner Tante. Der Anblick des berühmten Bildes steigerte seinen Widerwillen noch, denn es handelte sich um die *Betenden Hände* von Dürer. Die arglosen Mitarbeiter des Pflegeheims mochten glauben, dass John Winwood das Bild einfach nur gekauft hatte, weil es ihm gefiel. Aber Michael wusste genau, warum es hier an der Wand prangte: wegen der Hände in der Keksdose und der Tat seines Vaters.

»Magst du es?«

Das waren John Winwoods erste Worte, nachdem der Tee serviert worden war. Michael schwieg.

»Du hast schon immer geschmollt, ein verstocktes Kind.« Sein Vater griff nach dem Keksteller, doch als er ihn Michael reichen wollte, ließ er ihn fallen, sodass sich Kekse und Krümel auf dem Teppich verteilten. »Lass es liegen«, sagte er, als Michael in die Knie ging und versuchte, die Bruchstücke zurück auf den Teller zu bugsieren. »Sollen die das doch aufheben. Dafür werden sie bezahlt.«

Eigentlich hatte Michael seinen Vater nach den Händen in der Dose fragen wollen, aber seit er zu diesem Entschluss gelangt war, war ihm klar geworden, dass er nicht wusste, wem sie gehörten. Eine war von seiner Mutter? Keine Ahnung. Nun, da er erfahren hatte, dass James Rayment erst vor zwanzig Jahren gestorben war, wusste er auch nicht, von wem die Männerhand stammte. Sein Besuch in Urban Grange war sinnlos. Er saß da, trank seinen Tee und füllte ihre Tassen nach. Sein Vater griff nicht nach seiner. Er hatte den Kopf zurückgelehnt und die Augen geschlossen und schien fest zu schlafen. Michael betrachtete die Krümel und zerbrochenen Kekse und ließ sie liegen. Auch er schloss die Augen und dachte an seine Kinder, so weit entfernt von ihm, als seien sie gar nicht seine. Dann an Vivien, so reizend, so liebevoll, sein Schatz.

Seine Augen waren noch immer geschlossen, als jemand hereinkam, um das Tablett zu holen. Er hörte, dass die Frau missbilligend mit der Zunge schnalzte, vermutlich verärgert wegen des Durcheinanders. Sobald sie fort war, setzte er sich auf und betrachtete seinen Vater über den leeren Tisch hinweg. Der alte Mann öffnete die Augen. »Ich werde nicht mehr lange auf dieser Welt sein«, sagte John Winwood.

Michael überlegte, ob er ihn auffordern sollte, nicht so daherzureden, optimistischer zu sein und die Hoffnung nicht aufzugeben. Aber er tat es nicht. »Ich komme wieder«, meinte er stattdessen. »Bald.«

24

Michael unternahm einige Versuche, Alan zu erreichen, jedoch vergeblich. Wenn ein Gespräch die einzige Lösung zu sein scheint, aber alle Bemühungen, ein Treffen herbeizuführen, scheitern, lässt das Bedürfnis zunehmend nach, bis es einem nicht mehr wichtig vorkommt. Michael machte einen letzten Anlauf, und diesmal meldete sich Alan. Seit sie sich nach so vielen Jahren bei George Batchelor wieder begegnet waren, hatte Alan auf Michael wie ein sympathischer und nachdenklicher Mann gewirkt. Doch nun war sein Tonfall zwar nicht unbedingt niedergeschlagen, aber distanziert und geistesabwesend. Ja, sie könnten sich treffen, erwiderte Alan. Allerdings nicht in Hamilton Terrace, wie er Daphnes Haus nannte, ohne ihren Namen zu erwähnen. Er schlug einen Pub in Hampstead in Fußweite zu Michaels Haus vor.

Seine Stimme klang so, dass Michael sich fragte, ob er mit demselben Mann sprach. Natürlich tat er das. Aber hatte er nicht so einen Gedanken gehabt, als er Alan und Daphne wenige Monate nach der ersten Begegnung zu Hause besucht hatte? Dieser glückliche Mann, der um Jahre jünger wirkte? Nicht mehr, war sein Eindruck, ohne ihn gesehen zu haben.

Er ging an einer der Abzweigungen vorbei, die aus der Finchley Road hinausführten. Ein klarer, schöner Abend und wegen des wolkenlosen Himmels ziemlich kalt. Da es noch früh war, war im Pub nicht viel los. Michael beobachtete, wie Alan hereinkam. Er sah zwar nicht älter aus, jedoch müde und enttäuscht. Michael schoss der Gedanke durch den Kopf, dass man besser allein war, wenn man nicht mit der Person zusammen sein konnte, die man liebte. Er fragte Alan, was dieser trinken wolle, und holte für ihn ein Bier und für sich selbst ein Glas Wein.

Sie erkundigten sich nach dem Befinden des anderen. Beiden ginge es gut, obwohl Alan nicht diesen Eindruck erweckte. »Sicher hast du dich gefragt, wer die Hände in die Dose gelegt hat«, begann Michael.

»Keine Ahnung. Wie auch? Hat jemand eine Vermutung?«

»Ich glaube, die Polizei weiß es, hat mir aber nichts gesagt«, erwiderte Michael. »Ich weiß es auch und habe denen ebenfalls nichts gesagt. Ich weiß, wem die Hände gehört haben oder, besser gesagt, wem nicht. Erinnerst du dich an Lewis Newman?« Alan nickte. »Er hat mich angerufen und mir erzählt, die Männerhand stamme nicht von einem Mann namens James Rayment, der der Bruder seiner Mutter war.«

»Hast du das gedacht?«

»Ich hatte keinen Grund dazu.« Michael zuckte leicht zusammen, zog die Nase hoch und spannte die Lippen an. »Die andere Hand war die meiner Mutter, verstehst du?« Er breitete seine linke Hand auf der Tischplatte aus. »Man stellt sich so etwas nicht gern bei seiner eigenen Mutter vor.«

»Bestimmt nicht.«

»Immerhin war sie meine Mutter. Vor meiner Geburt hat sie mich neun Monate lang in ihrem Körper herumgetragen. Ich will lieber nicht daran denken.«

Offenbar hatten Michaels Worte eine starke Wirkung auf Alan. Vielleicht war es auch etwas anderes gewesen. Anstatt zu erbleichen, errötete er. Sein Gesicht lief feuerrot an. Kurz schloss er die Augen. »Verrat mir etwas«, meinte er und beugte sich vor. »Was hast du davon gehalten, dass ich mit Daphne durchgebrannt bin?«

Die Frage überraschte Michael. Warum interessierte ihn das? »Darüber möchte ich nicht reden.«

Sein Wunsch wurde ignoriert. »Fandest du, dass ich verrückt bin? Oder sie? Warst du, nun ja, erstaunt?«

»Ich weiß nicht. Vermutlich bist du jetzt beleidigt oder gekränkt, wenn ich dir gestehe, dass ich nicht groß darüber nachgedacht habe.«

Der alte Alan hätte gelacht. »Dann denk nun darüber nach«, entgegnete der neue.

»Also gut, ich sage es dir. Ich hatte Rosemary nicht gesehen, seit sie etwa zehn oder elf war. Als ich ihr bei George begegnet bin, hat sie mich an meine Frau erinnert. Vivien ist schon seit Jahren tot, aber sie hat mich an sie erinnert.«

»Ich habe nichts mehr zu sagen«, entgegnete Alan. »Das war's. Danke, dass du gekommen bist.«

Beide standen auf. Keiner kam auf den Gedanken, dem anderen die Hand zu schütteln. Michael machte sich auf den Weg über die Belsize Park Avenue nach Swiss Cottage, Alan nach Carlton Hill. Sie hätten ein Stück des Wegs gemeinsam gehen können, doch sie entschieden sich, sich zu trennen. Es geschah nicht oft, dass Michael sich in seinem Haus glücklich fühlte, aber heute Abend war es so. Zumindest beinahe glücklich. Ihm war aufgefallen, dass Alan, abgesehen von einigen anderen Bemerkungen, hauptsächlich über Daphne gesprochen hatte. Er ging nach oben, legte sich auf sein einsames, aber bequemes Bett und schilderte Vivien den Abend. Er erzählte ihr, wie sehr Rosemary ihn an sie erinnert habe, allerdings nicht weil einem eine sympathische Frau eine andere ins Gedächtnis rief. Schließlich brauche er keinen Anstoß, um an Vivien zu denken. Er hatte den Eindruck gehabt, dass Alan zusammengezuckt war, als er Rosemary erwähnt hatte, aber vielleicht hatte er sich das nur eingebildet.

Alan schlenderte die Greville Road hinunter zur Hamilton Terrace und bog ganz langsam in die Straße ein, in der Daphne wohnte, um seine Ankunft in ihrem Haus hinauszuzögern.

Wenn man Rosemary gefragt hätte, hätte sie nicht zugegeben, dass sie glücklich war. Wie konnte man glücklich sein, wenn der eigene Ehemann einen wegen einer anderen Frau verlassen hatte? Wenn er ohne Grund gegangen war, obwohl sich in der Ehe nichts geändert hatte und sie eine angenehme, liebevolle, friedliche, ruhige Beziehung führten? Aber war es wirklich so gewesen? Sie stellte sich diese Frage häufig und kam nach einer Weile zu dem Schluss, dass das nicht stimmte. Alan hatte nur mit ihr gesprochen, um eine Bitte an sie zu richten oder um ihr mitzuteilen, dass es Zeit für ihren Spaziergang sei. Geküsst hatte er sie nur auf die Wange, und bei den Mahlzeiten hatte er sich hinter einer Zeitung verschanzt. Er hätte es lieber hinter einem Buch getan, doch dagegen hatte sie protestiert, ein Verbot, auf das er mit übertriebener Ablehnung reagiert hatte. Stundenlang hatte er geschwiegen, aber als sie ihm einmal erklärt hatte, wie sehr sie es hasse, völlig ignoriert zu werden, hatte er nur erwidert, in ihrem Alter gebe es nichts mehr zu sagen. Was den Sex oder sich lieben, wie sie es nannte, betraf – damit war schon seit Jahren Schluss. Dabei hatte er doch Sex mit Daphne, oder?

»Er kommt zurück«, verkündete Judith bei einem ihrer Besuche zum Tee.

»Keine Ahnung. Vielleicht«, antwortete ihre Mutter gelassen.

»Eines Tages ist er wieder da«, hatte die Katzenbesitzerin von oben gesagt.

Eines Nachmittags erschien Freya mit ihrem Baby und zitierte ihre eigene Mutter, ohne es zu wissen: »Er kommt zurück, Oma.«

»Warum glaubst du das?«

»Das tun sie immer.«

Befürchtete sie, dass ihre Großmutter zu weinen anfangen würde? Dass sie darauf beharren würde, dass das unmöglich sei, und dabei immer weiterweinen? »Was ist mit den vielen Scheidungen? Da sind die Ehemänner doch auch nicht zurückgekommen.«

Darauf wusste Freya nichts zu sagen. Stattdessen redete sie über das Baby.

Rosemary hatte noch nie allein gewohnt. Zuerst bei ihren Eltern, dann zusammen mit Alan. Wenn sie wie früher in einem frei stehenden Haus gelebt hätte, hätte sie sich unwohl gefühlt, ja sogar gefürchtet. Vor allem nachts. Doch da sie in dieser Wohnung oben, unten, links und rechts Nachbarn hatte, machte sie sich nicht einmal Sorgen.

Sie hatte sich angewöhnt, später zu Bett zu gehen. Seit Alans Worten, ihr Leben sei langweilig gewesen, sagte sie sich oft, dass er recht hatte, so schmerzhaft dieses Eingeständnis auch sein mochte. Sie dachte daran, dass alle ihre Freunde, die Menschen, die sie nach Traps Hill einlud oder zu Hause besuchte, eigentlich Alans Freunde waren. Aus dem Golfclub oder ehemalige Mitschüler. Wo waren ihre ehemaligen Mitschüler abgeblieben? Heute war Freitag, und sie würde ins Theater gehen. Allein. Sie musste ja nicht hin. Sie konnte genauso gut die Eintrittskarte zerreißen und zu Hause bleiben. Eine innere Stimme raunte, dass sie in diesem Fall nie wieder ins Theater oder ins Kino gehen würde. Sie rief Fenella an und fragte sie, ob sie ihr zeigen würde, wie man einen Computer benutzte, wenn sie sich einen kaufte. Fenella erkundigte sich, ob sie überhaupt tippen könne.

»Ich tippe gut«, entgegnete Rosemary. »Sogar sehr gut.«

Ihre Enkelin war überrascht. Als Rosemary auflegte, dachte sie daran, dass niemand in der Familie je davon gehört hatte, dass sie diese Fähigkeit besaß. Falls sie es jemals jemandem erzählt hatte, hatte derjenige vermutlich nicht richtig aufgepasst. Sie ging etwas zum Mittagessen einkaufen, zog einen neuen Mantel über ihr Kleid und fuhr nach London. Da sie viel zu früh dran war, musste sie einige Stunden totschlagen. Sie konnte Freya oder Judith besuchen. Sie konnte sich auf eine Parkbank setzen. In welchem Park? Hyde, Regent's, St. James'? Sie blätterte in ihrem kleinen Adressbuch und stieß auf eine Nummer, die früher einer alten Schulfreundin namens Emma gehört hatte. Rosemary trat in eine Telefonzelle und erhielt nur ein schrilles Surren. Vermutlich würde das bei allen Nummern so sein, die sie aufgeschrieben hatte. Sie fand zwei weitere, aber die gehörten inzwischen Firmen oder Gesellschaften.

Es wurde kalt. Morgen würde sie sich ein Mobiltelefon

kaufen und sich beibringen, es zu benutzen. Sie war sicher, dass Fenella sich nie wieder zu diesem Thema melden würde. Was jetzt? Sie ging in ein Kino, wo ihr die Frau an der Kasse – ohne nachzufragen – eine Karte mit Seniorenrabatt verkaufte. Es war ein japanischer Film, und als Rosemary das bemerkte, wäre sie beinahe wieder gegangen. Doch der Film war ziemlich gut, ja sogar sehr gut. Erst wollte sie nur die Zeit absitzen, aber dann hatte sie Spaß daran. Vielleicht würde sie es noch einmal mit einem versuchen. Zu ihrer Überraschung stellte sie fest, dass es halb sieben war.

Ein gemütlicher Spaziergang zum Theater schien ihr eine gute Idee zu sein. Fast hatte sie die Shaftesbury Avenue erreicht, als ihr einfiel, dass sie seit dem Mittagessen nichts gegessen hatte. Dafür war es jetzt zu spät. Sie würde essen, wenn sie wieder zu Hause war. Beim ersten Versuch konnte ja nicht alles klappen. Die Vorstellung war zwar ausverkauft, doch ihr freier, einladender und reservierter Platz erwartete sie. In der Mitte des Stücks schlief sie ein und wachte erst wieder auf, als sich der Vorhang zum letzten Mal senkte.

Caroline Inshaw fragte Michael, ob sie sich bei ihm zu Hause oder in ihrem Büro in London treffen könnten. Auf jeden Fall an einem diskreten Ort, wo niemand sie stören würde, denn es handle sich um eine »äußerst ernste Angelegenheit«. Sie habe die Unterlagen gelesen, die er ihr geschickt habe, kenne nun alle Fakten und sähe inzwischen einen Weg, Mr. John Winwood zur Rede zu stellen. In ihren Worten erforderte dies eine »gründliche Erörterung« des Themas. Ob er etwas dagegen einzuwenden habe?

Sie vereinbarten telefonisch eine Begegnung bei ihm zu Hause. DI Inshaw wollte um sechs erscheinen. In seinem ganzen Leben hatte Michael nichts unternommen, was in ihm solches Grauen, solchen Druck und einen derart niederschmetternden Schmerz ausgelöst hätte. In der Nacht vor ihrem Besuch tat er kein Auge zu. Er musste sich beherrschen, um nicht durch die Zimmer und die Treppen auf und ab zu tigern, bis er endlich in der Dunkelheit lag, blitzende Lichter sah und ein langsames Wummern hörte, als führe ein Zug durch den längsten Tunnel der Welt. Als es Morgen wurde – spät, wie immer im Dezember –, versank er in einen Schlaf, der nur aus Träumen bestand. Und als er aufstand, schwor er sich wie der arme Clarence, dass er nie wieder eine solche Nacht verbringen würde, *»though 'twere to buy a world of happy days, so full of dismal terror was the time«*.

Caroline Inshaw kam zwei Minuten zu früh und teilte ihm mit, er sähe elend aus. »Es ist nichts«, erwiderte Michael. »Vielleicht ein Virus. Die Leute sagen doch, dass gerade wieder so etwas umgeht, oder?«

Als er sich erbot, Tee zu kochen, lehnte sie ab und meinte, sie hätte lieber etwas Alkoholisches, was sie ihm auch empfehlen würde. Es würde ihm guttun. Er dachte, wie hübsch sie mit ihrem langen schwarzen Haar, den Jeans und der weißen Wolljacke über einem blauen Pullover aussah. In seiner Jugend hatten sich Polizisten seiner Erinnerung nach nie so gekleidet, aber damals waren ja auch kaum Frauen dabei gewesen. Als sie die Jacke auszog, freute er sich, dass sie das Haus als angenehm warm empfand.

Sie trank einen Schluck Wein und fing an, über die Hände in der Dose zu sprechen. Sie nehme an, er wisse, dass die Frauenhand die seiner Mutter sei, und fragte sofort, ob ihm das wehtäte. Er antwortete ja, doch er habe sich inzwischen daran gewöhnt. Sie habe mit jemandem geredet, der die Vermutung geäußert habe, die andere Hand könne einem Mann namens Johnson gehört haben.

»Ich kannte einen Johnson«, erwiderte Michael. »Aber nicht sehr gut. Als wir Kinder waren. Er war einer der Jungen, die in den Tunnels gespielt haben. Allerdings ist es ein häufiger Name. Er hieß William Johnson, genannt Bill.«

»Unser Mann hieß Clifford. Captain bei der Army und mit den Johnsons verwandt, die auf dem Hill wohnten. Williams Onkel. Er ist im Krieg in der Libyschen Wüste gefallen. Ihr William ist heute Diplomat, Botschafter.«

Michael ließ das auf sich wirken. Er erinnerte sich, dass Clara ihm von einem Clifford Johnson erzählt hatte, der ein Verehrer seiner Mutter gewesen sei. »Und eine der Hände ist seine?«

»Macht ganz den Eindruck. Wir haben eine DNA-Übereinstimmung.«

»Diese DNA ist eine wundervolle Substanz. Ist es überhaupt eine Substanz? Das ist wie Zauberei. Vor hundert Jahren, nun, vor weniger als hundert Jahren hätten die Leute das so gesehen. Als Hexerei.«

Das interessierte sie nicht. Ihr Blick wurde stumpf wie so oft bei Menschen, wenn sie sich langweilen. »Und jetzt muss ich Ihren Vater sprechen. Er ist in einem Pflegeheim, richtig?« Michael nickte. Es war weniger kompliziert, nicht ins Detail zu gehen. »Ich muss ihm eine Menge Fragen stellen. Wird er mit mir reden?«

»Ich glaube schon.«

Sie trank noch einen Schluck Wein. »Es sollte jemand dabei sein. Nicht nur ich«, sagte sie.

»Ich komme mit«, antwortete er und spürte, wie ihm vor Trauer das Herz schwer wurde. »Wann möchten Sie hinfahren?«

»Was halten Sie von Mittwoch?«

25

Vielleicht benahmen sich andere Leute so. Er hatte keine Ahnung. Er tat es jedenfalls. Er schlenderte durch die Räume, und beim Anblick der Bücherregale, wo Michael die Buchtitel studiert hatte, dachte er: Da hat Michael gestanden, als wir so glücklich waren. Dort drüben hat Rosemary das Weinglas hingeworfen, wir haben zugeschaut und einander geliebt. Draußen im Garten haben wir uns an den Händen gehalten und beobachtet, wie der große Fuchs durch den Zaun kam. Vor der Haustür habe ich das Paket aufgehoben, das der Paketzusteller nicht einfach hätte ablegen dürfen. Und als ich in die Vorhalle kam, hat Daphne die Arme um mich geschlungen.

Jetzt kann ich nicht so weitermachen. Anfangs habe ich geglaubt, dass es am Schock liegt. Ihre Worte sind mir immer wieder und wieder im Kopf herumgegangen. Ich habe versucht, mich zu zwingen, an etwas anderes zu denken, es zu verdrängen, ein spannendes, interessantes Buch zu lesen. Daphnes Haus ist voller Bücher, aber ich konnte nicht lesen. Nicht mehr. Ich habe ein junges Mädchen gesehen, das in einen drei- oder viermal so alten Mann verliebt war. Sie war ein Kind. Verderbt, ja? Absolut unmoralisch. Ständig hat sie mich gefragt, was los sei. Was habe sie getan? Ich konnte ihr nicht antworten. Ich habe mir gesagt, dass es vorbeigehen würde. Ich habe Daphne geliebt. Unser ganzes Leben lang waren wir füreinander gemacht. Es war uns bestimmt, eines Tages zusammen zu sein. Du Idiot, hat eine innere Stimme geraunt. Du wolltest Aufregung, du wolltest das Knistern von Daphnes Glamour. Du bist alt, sie aber auch. Eine reiche alte Frau. Und jetzt hast du herausgefunden, dass ihr Leben nur eine Geschichte der Verderbtheit war. All die Hochzeiten zum Beispiel. Wie viele Liebhaber mag sie gehabt haben? Du warst zu arglos und unerfahren für sie. Sie dachte, du würdest sie anhören, lächeln und lachen. Vielleicht hätte sie dir gesagt, du seist der Einzige von allen, den sie wirklich liebte.

Es war dein Fehler. Du hättest Georges Haus verlassen sollen, ohne ihre Visitenkarte vom Boden mitzunehmen.

Sie hatten nicht alle Zeit der Welt. Wenn Lewis zwanzig und Melissa, sagen wir mal, zehn Jahre jünger gewesen wäre – nicht dass er sie sich jünger gewünscht hätte, sie war für ihn perfekt –, hätten sie die Dinge langsam angehen können. Sie war erst seit einigen Monaten Witwe. Wenn er wochenlang wartete, vierzehn Tage vielleicht, und sie dann erst anrief, hatte womöglich ein anderer zugeschlagen. Sie war so einfühlsam und hilfsbereit gewesen: Frag sie doch, ob sie früher kommen will. Du willst sie sicher kennenlernen und bestimmt mit ihr über deinen Onkel sprechen. Also hatte Lewis Noreen angerufen und zu seiner Erleichterung eine freundliche, zugängliche Frau am Telefon gehabt. Sie könne nicht früher kommen, da sie ihren Flug bereits gebucht habe. Und nein, sie könne ihn nicht zuerst besuchen, werde sich jedoch melden, sobald sie in England sei. Natürlich hatte er sich bei Melissa für ihre Unterstützung bedankt. Sie waren miteinander ausgegangen, und nun würden sie sich am Donnerstag wieder treffen.

Aber der nächste Schritt? Wie würde der aussehen? Wir vergessen das alles, dachte er. Wir sitzen in einem Restaurant, und ich sage ihr, wie wundervoll es sei, sie kennengelernt zu haben. Und sie antwortet, was für ein Glück sie habe, mir begegnet zu sein. Oder etwas in dieser Art. Wir fahren mit dem Taxi nach Hause, ich betrete ihr Haus, und nachdem wir einen Schluck getrunken haben, küsse ich sie auf die Wange und verspreche, sie morgen anzurufen. Dann gehe ich. Aber ich habe nicht alle Zeit der Welt.

Er wusste nicht, wie er sich verhalten oder was er tun sollte. Viele Jahre und Jahrzehnte lang war er verheiratet gewesen, und wenn er es je gewusst hatte, hatte er es vergessen. Er kannte die richtigen Wörter nicht. Er hatte keine Ahnung, wie er ihr erklären sollte, dass er sie sehr mochte und noch mehr als das. Dass er sie vermisste. Wie konnte er ihr sagen, dass es ihm wehtat, wenn sie in ihr Haus ging und die Tür schloss. In seiner Jugend hatte er viel gelesen. Er hatte stets ein Buch, einen Roman, bei sich, der von Liebe und Schmerz und Worten, Worten, Worten strotzte. Wo waren diese Bücher jetzt? Verloren, verschenkt, an Antiquariate verkauft. Alle bis auf Der *Graf von Monte Christo*, und den hatte er schon zu oft gelesen. Ansonsten waren der *Spectator* und die *Sunday Times* seit Jahren seine einzige Lektüre gewesen. Er fürchtete, er könne nie einen Weg finden, sie zu fragen. Und was würde er sie fragen? Würde er die Gelegenheit überhaupt erkennen, wenn sie sich ergab? War es vielleicht besser, sie nicht mehr anzurufen, das Telefon zu meiden und nicht ranzugehen, wenn es läutete? Er würde sich sowieso nur zum Narren machen.

Er bemühte sich, sich vom Telefon fernzuhalten, was

funktionierte, wenn die Frage war, ob er sie anrufen sollte. Schwieriger wurde es, wenn es läutete. Und als er nicht abhob, läutete es wieder. Natürlich war es Melissa. »Bitte komm vorbei«, sagte sie. »Ich fürchte, ich habe dich irgendwie gekränkt oder verärgert. Bitte komm und erzähl mir, was los ist.«

»Du hast gar nichts getan«, erwiderte er und ging zu ihr. Sie ließ ihn herein, und sobald sich die Tür geschlossen hatte, schlang sie die Arme um ihn und drückte ihn fest an sich.

Alan hatte etwas über sich herausgefunden. Er konnte nur mit einer Frau schlafen, die er wirklich liebte. Das stimmte nicht ganz – bewundern war vielleicht der bessere Ausdruck. Wenn er sie bewunderte, ehrte und respektierte. All das hatte er für Daphne empfunden. Und rückblickend betrachtet, hatte er über die Jahre stets mit Bewunderung an sie gedacht. Wie schön sie war, wie klug, wie gebildet, so seltsam das auch klingen mochte. Das war nun vorbei. Inzwischen fragte er sich nach der langen Zeit sogar, wie ein junges Mädchen von etwa neunzehn Jahren in einem Auto im Epping Forest Sex mit einem jungen Mann hatte haben können. Wie war das möglich? Vielleicht lautete die Antwort, dass ihre Erfahrung sieben Jahre vorher ihr ganzes Leben beeinflusst hatte. Nun konnte er sie nicht mehr berühren, und wenn sie im Bett an ihn heranrückte, wich er zurück. Die ganze Zeit über glaubte er, dass das alte Gefühl zurückkehren würde, doch es geschah nicht. Stattdessen wuchs sein Widerwillen, bis er wusste, dass er würde gehen müssen. Er überlegte sogar, ob er sich in der Nacht davonmachen sollte. Mit ihr zu Bett gehen, warten, bis sie schlief, aufstehen, den gepackten Koffer nehmen und sich zur Tür hinausschleichen. Doch er brachte es nicht über sich. Er wusste, dass sie bald etwas sagen würde, und das tat sie auch.

»Was passiert hier mit uns, Alan?«

Selbst jetzt war die Versuchung groß, es abzustreiten und zu antworten, er fühle sich nicht wohl, habe sich vermutlich »etwas eingefangen«. »Es klappt nicht«, sagte er. »Wahrscheinlich kennen wir einander zu gut. Vielleicht hätten wir mit dem Zusammenziehen noch warten sollen.«

»Es liegt an dem, was ich dir über mich und John Winwood erzählt habe, richtig?«

Sie hatte etwas an sich, das ihn dazu zwang, bei der Wahrheit zu bleiben. Er konnte ihr nicht in die Augen schauen und leugnen, alles Trennende rühre daher, dass sie, ein Kind, einen Mann von über vierzig Jahren zum Sex ermutigt und es genossen hatte. »So ist es«, erwiderte er. »Ich bin machtlos dagegen, Daphne. Ich kann nichts dagegen tun. Ich habe es versucht. Du ahnst ja gar nicht, wie sehr ich mich bemüht habe, es zu vergessen, doch ich kann nicht.«

»Wenn ich könnte, würde ich die Zeit zurückdrehen und es ungeschehen machen«, meinte sie. »Als ich mit meiner Beichte fertig war, nein, schon vorher, war mir klar, dass ich dich schockiert und abgestoßen habe. Aber ich wusste, dass es zu spät war. Ich dachte, vielleicht kommt alles wieder ins Lot. Er wird darüber schlafen und nicht mehr darüber nachgrübeln. Doch so war es nicht, oder?«

Er antwortete nicht sofort. »Wir sind völlig verschieden, du und ich. Ich bin von ruhigen, konservativen Menschen großgezogen worden, die wollten, dass sich nichts verändert. Du warst deiner Zeit voraus. Keine Ahnung, warum. Ich fand es wundervoll, dich im Auto deines Vaters zu lieben. Jedes Mal war es fantastisch und aufregend. Hätte es so weitergehen können?«

»Eine kleine Weile«, entgegnete sie.

Er packte einen Koffer. Seit er bei ihr eingezogen war, hatte er Kleidung gekauft, weshalb ein Koffer nicht mehr reichte. Daphne versprach ihm, den Rest nachzuschicken. »Du wirst an Weihnachten zu Hause sein. Es wird sicher nett mit der Familie.«

»Wahrscheinlich.«

Der neue Koffer fühlte sich sehr schwer an, viel schwerer als der, mit dem er im Sommer eingetroffen war. Es musste das Alter sein. In den letzten zwei oder drei Wochen waren nicht Monate, sondern Jahre hinzugekommen. Er schaute nur selten in den Spiegel, doch als er es nun tat, sah er einen sehr alten Mann, einen Mann, der zu alt wirkte, um für sich selbst zu sorgen.

Er fragte sich, wie er sich von Daphne verabschieden sollte. Ein Kuss auf die Wange wäre eine Beleidigung gewesen, also tat er nichts. Er stand nur da und sagte: »Auf Wiedersehen, Daphne.«

Sie nickte. »Auf Wiedersehen.«

Bei ihr klang es endgültiger, als wenn sie seinen Namen ausgesprochen hätte. Sie stand in der Tür, während er die Treppe hinunter zum Tor ging und sich noch einmal nach ihr umdrehte. Er glaubte, noch nie ein so trauriges Gesicht gesehen zu haben, schwieg jedoch, hob nur die linke Hand und marschierte durchs Tor hinaus auf die Straße. Er gab der Versuchung nach, hielt das erstbeste Taxi an und bat den Fahrer, ihn nach Marble Arch und zur Central Line zu bringen.

Der kürzeste Tag war gekommen und verstrichen. Im Zug erinnerte sich Alan an den Tag, als Rosemary bei Daphne zu Hause gewesen war. Sie hatte sich halb über den Tisch geworfen und ein Weinglas umgestoßen. Dann hatte sie behauptet, ihn zu hassen, aber er wusste, dass sie ihn liebte. Deshalb war sie dort gewesen, nämlich um ihn zurückzuholen. Wenn er wieder zu Hause war, würde er sich mächtig ins Zeug legen, um ein guter Ehemann zu sein. Seit langer Zeit hatte er ihr nicht mehr gesagt, dass er sie liebte, und das war etwas, was Frauen jeden Alters hören wollten. Es war lange her, dass er ihr etwas geschenkt oder mit ihr anderswo hingegangen war als in eines der billigen Restaurants in der High Road. Nun, dem konnte man abhelfen. Es war keine schwierige Aufgabe. Man konnte darüber bestimmen, was einem im Kopf herumging, insbesondere wenn man alt war. Obwohl er nicht an Daphne denken wollte, erinnerte er sich daran, dass er vor nicht allzu langer Zeit an nichts und niemanden sonst hatte denken können. So verhielt sich ein junger Mann. Aber er war alt, steinalt.

Halb acht. Stockfinster, doch der Mond war aufgegangen, und vor dem Bahnhof wartete ein Taxi. Der Fahrer stieg aus, nahm den Koffer und legte ihn in den Kofferraum. Es war sehr hübsch in Loughton. Es hatte Alan schon immer gewundert, dass es trotz seiner Lage am Rand des Epping Forest, wunderschöner alter Häuser, eines dichten Baumbestands, eines U-Bahn-Anschlusses und eines Busses, der auf der High Road verkehrte, nie die eingeschränkte Rolle einer reizenden Londoner Vorstadt übernommen hatte. Hampstead, Highgate, Chigwell, Dulwich. Eigentlich war der Wohnblock, in dem er lebte – gelebt *hatte* und wieder leben würde –, auch eines dieser wunderschönen Häuser, erbaut vor etwa sechs Jahren, als die Architektur wieder zur alten Blüte gelangt war. Er gab dem Fahrer ein üppiges Trinkgeld und ließ sich dafür den Koffer in die Vorhalle tragen.

In der Wohnung brannte Licht. Das bemerkte er, bevor er aus dem Aufzug in den Flur im ersten Stock trat. Der Koffer fiel zu Boden, und sein Finger berührte den Klingelknopf. Nach dem zweiten Mal öffnete sie.

»Rosemary«, sagte er. »Rosie.«

Sie betrachtete erst den Koffer, dann ihn. »Was willst du hier?«

»Ach, komm schon, Rosie, ich wohne hier.«

»Das war einmal. Nicht mehr. Ich esse jetzt zu Abend. Gute Nacht.«

Sie machte ihm die Tür vor der Nase zu. Wieder und wieder läutete er. Das Licht im Flur wurde ausgeschaltet. Er nahm den Koffer und fuhr mit dem Aufzug zurück nach unten. Als er wieder draußen war, schaute er nach oben und stellte fest, dass in der Wohnung kein Licht mehr brannte. Was hatte er mit seinem Schlüssel angestellt? Ihn in ein Seitenfach seines Koffers gesteckt und ihn seitdem nicht mehr angefasst. Auf einer Holzbank auf dem Traps Hill klappte er den Koffer auf. Kein Schlüssel. Gerade verstaute er wieder Kleider und Schuhe, als ihm einfiel, dass das der neue Koffer war. Der Schlüssel befand sich noch im alten, den er zu Daphne mitgebracht hatte.

Es war eiskalt, auf den Gartenmauern bildete sich Reif. Er setzte sich auf die Bank, wo er den Koffer abgestellt hatte, und überlegte, was er tun sollte. Sich ein Hotelzimmer nehmen? Sich an einen Freund wenden?

Wenn er zu einem Freund ging, konnte er morgen vielleicht Rosemary aufsuchen und ihr erklären, dass er zurück sei, diesmal für immer. Ihre Trennung sei vorbei. Er förderte sein Telefon zutage, rief Maureen an und erhielt die nicht sehr freundliche Antwort, er könne nach Carisbrooke kommen, wenn er wolle, allerdings nur für eine Nacht. Der Koffer war sehr schwer. Er schleppte ihn über die High Road und machte sich an den Anstieg den York Hill hinauf. Obwohl es erst zehn vor acht war, war Loughton menschenleer. Die einzigen Leute, die sich an einem Abend während der Woche auf der Straße aufhielten, waren Jugendliche in Kapuzenpullis, die in Türeingängen herumlungerten, rauchten und Bierdosen in der Hand hatten. »Hast du dich verlaufen, Opa?«, rief einer ihm zu. Alan fragte sich, was er je an Loughton gefunden hatte.

26

Zu Weihnachten hielt die Welt inne. Am 22. Dezember flog Daphne nach Sevilla, stieg im Hotel *Alfonso XIII.* ab und nahm die Einladung einer Freundin zum Weihnachtsessen an. Melissas Tochter kam nach Hause (wie sie es nannten, obwohl sie schon seit Jahren nicht mehr dort wohnte), und Lewis blieb, fühlte sich wie in einem Traum, erfreute sich daran, wie nett alle zu ihm waren, und zog am Tag vor Heiligabend los, um Weihnachtsgeschenke zu kaufen. Michael erhielt einen Anruf aus Urban Grange, der ihm mitteilte, seinem Vater ginge es wieder schlechter und ob er nicht kommen wolle. Er tat es, traf seinen Vater dabei an, wie er am Tisch saß und eine reichhaltige Mahlzeit verspeiste, fuhr wieder nach Hause, rief Caroline Inshaw an und sagte ihr, falls sie mit John Winwood sprechen wollte, sollte sie es nicht auf die lange Bank schieben.

Es erschien ihm absurd. John Winwood war fast hundert Jahre alt und konnte jeden Tag, ja jede Minute sterben. Wenn er es nur täte, dachte Michael. Es wäre das Beste für ihn und für alle gewesen. Ruhe und Frieden. Wie immer kamen Michaels Kinder über Weihnachten nach Hause. Jane rief ihn eine Woche davor an und versprach ihm einen Truthahn, »so viel Gemüse, wie du willst, Dad« und einige Geschenke, die wirklich »der Knaller« seien. Richard meldete sich ebenfalls. Er werde nur am Weihnachtstag und über Nacht bleiben und dann nach Seattle fliegen, wo am nächsten Tag ein Kongress begänne. Michael ging los und kaufte für jeden der beiden einen iPod, weil es das Schnellste und Einfachste war. Am Weihnachtsabend rief er Daphne an. »Alan und ich sind nicht mehr zusammen. Ich bin bis 2. Januar in Spanien«, lautete die Bandansage.

An Weihnachten ist es in London häufig mild und feucht. Es nieselte. Richard flog nach Seattle, nachdem er den Vorabend damit verbracht hatte, sämtliche Musik, die er im Haus seines Vaters finden konnte, auf seinen neuen iPod zu laden. Er schien begeistert von dem Gerät. Jane hingegen stellte wiederholt fest, sie werde nie lernen, ihres zu bedienen. Sie freue sich sehr, es sei eine ausgezeichnete Idee gewesen, Dad, aber sie sei ein hoffnungsloser Fall und werde das Ding nicht einmal aus der Verpackung nehmen, geschweige denn, es dazu bringen, Musik abzuspielen. Michael glaubte, dass etwas mit ihm nicht in Ordnung war, weil ihn die Abreise seiner Kinder erleichterte.

Sein Vater starb nicht. Am Morgen des 10. Januar überlegte er, ob er ihm ein Geburtstagsgeschenk kaufen sollte, und schalt sich im nächsten Moment wegen seiner eigenen Dummheit. Das letzte Mal hatte er ihm zu Weihnachten 1943 etwas geschenkt. Seine Mutter hatte es besorgt, er wusste nicht einmal mehr, was es war. Sie hatte es ihm einfach in die Hand gedrückt und ihm die unlösbare Aufgabe überlassen, es einzupacken.

Er war um zehn Uhr morgens mit Caroline Inshaw in Urban Grange verabredet. Um zwanzig vor traf er ein, Caroline erschien um fünf vor zehn – ja, er tat es schon wieder –, und gemeinsam gingen sie den Flur zu John

Winwoods Zimmer entlang. Michael hatte den Besuch mit seinem Vater vereinbart, weshalb sie erwartet wurden. Ohne zu wissen warum, klopfte er an, eine Premiere, und kam sich sofort albern vor. Da keine Antwort erfolgte, trat er ein. Ihm war flau.

Die *Hände* von Dürer hingen an der Wand, jedoch an einer anderen Stelle, sodass man sie von jedem Punkt des Zimmers aus sehen konnte: vom Bett aus, wenn man im besten Lehnsessel thronte und auf dem Weg ins Bad. So hatte John Winwood die Möglichkeit, das Bild zu betrachten und sich, soweit Michael feststellen konnte, darüber zu amüsieren. Im Moment saß sein Vater in seinem besten Lehnsessel und trug offenbar neue Kleidung. Sicher schickte er einen Mitarbeiter von Urban Grange los, um sie ihm zu kaufen. Michael fragte sich, was Darren oder die anderen Pfleger (nannte man sie so?) sich bei der Anweisung gedacht hatten, eine dunkelblaue Hose und eine scharlachrot und weiß gemusterte Tunika zu suchen und zu erwerben, deren hoher Kragen den Hals umschloss. An den Füßen hatte er rot, gelb und silbern gestreifte Turnschuhe. Caroline Inshaw starrte ihn an.

»Guten Morgen, Mr. Winwood«, begann sie. »Wie geht es Ihnen heute?«

Sein Vater brach in Gelächter aus. »Eigentlich wie immer. Was kann ich für Sie tun? Ach, warum frage ich das? Ich weiß es ja schon. Also schießen Sie los.«

»Ich würde mich freuen, wenn Sie mir sagen könnten, ob Ihnen klar ist, was ich meine, wenn ich mich nach einer Blechdose mit den Händen eines Mannes und einer Frau darin erkundige, die etwa aus dem Jahr 1944 stammt.«

John Winwood seufzte auf. »Sie sind eine attraktive

Frau. Ein Jammer, dass Sie Ihre Zeit damit verbringen müssen, über abgeschnittene Hände und vergrabene Dosen zu reden.«

Michael stellte fest, dass sie errötete. »Mr. Winwood, würden Sie bitte die Frage beantworten?«

»Ja, es ist mir klar. Ich habe die Hände in diese Dose gelegt. Habe sie abgetrennt. Dafür muss ich einen Grund gehabt haben, aber den habe ich vergessen. Die Frauenhand stammt von meiner Frau, die Männerhand von einem Burschen namens Johnson. Clifford Johnson war ihr Liebhaber. Das konnte ich doch nicht dulden, oder?« Er schien sehr zufrieden mit sich und die Ruhe selbst. »Ich habe sie im Bett ertappt. Ihn habe ich zuerst erdrosselt, denn wenn ich sie zuerst getötet hätte, hätte er möglicherweise mich erwischt. Dann habe ich sie umgebracht und anschließend den beiden die Hände abgeschnitten. Wie ich schon sagte, kann ich mich nicht mehr an den Grund erinnern. Vermutlich einfach aus Spaß.«

»Mr. Winwood, ist das wahr oder eine Art Scherz?«, hakte Caroline nach.

»Soll das heißen, Sie finden es witzig? Tja, die Geschmäcker sind eben verschieden. Ich habe ein paar spielende Kinder, einschließlich meines Sohnes hier, aus den Fundamenten eines Hauses vertrieben, und als ich allein war, habe ich die Dose an einem Ort vergraben, von dem ich dachte, dass niemand sie entdecken würde. Und ich hatte recht. Soll ich fortfahren?«

»Ja, bitte.«

»Kurz darauf habe ich ihn weggeschickt. Zu meiner Cousine Zoe, eine weiche, sentimentale Frau, die selbst keine Kinder bekommen konnte. Meine Frau war tot. Also habe ich das Haus verkauft, sobald der Krieg vorbei war, und wieder geheiratet. Niemand hat Fragen gestellt. Ich habe angegeben, dass ich Witwer bin, was ja auch stimmte, und die haben mir geglaubt. Ich habe eine Frau namens Margaret Lewis geheiratet. Ihr Mann war in Nordafrika im Krieg gefallen, an einem Ort namens Mersa Matruh, und er hat ihr ein Haus, ein riesengroßes, und dazu jede Menge Geld vererbt. Egal, wie viel. Damals waren hunderttausend ein Vermögen. Alle haben angenommen, dass ich bis über beide Ohren in sie verliebt war. Es war so einfach, wie vom Pferd zu stürzen. Mein Aussehen hat sie eingewickelt. In dieser Zeit habe ich sehr gut ausgesehen, und damit kriegt man sie immer.« Er musterte Caroline Inshaw forschend. »Bei Ihrem Aussehen sollten Sie sich das vielleicht merken«, sprach er weiter. »Pflücke die Rosen, solange du kannst. So habe ich es stets gehalten. Seit ich dreiundzwanzig war, habe ich nicht mehr gearbeitet. Dann meinte ein Arzt, ich hätte Herzgeräusche. Ich frage mich, was aus denen geworden ist. Jedenfalls hat Margaret lange gelebt und ist schließlich gestorben. Ich hatte nichts damit zu tun. Ich habe eine andere reiche Frau geheiratet, sogar noch reicher, die Sheila Fraser hieß. Ihre Interessen haben mich gelangweilt. Ich hatte nie eine Schwäche für Schmetterlinge oder – wie nennt man die Biester noch mal, die Kleider zerfressen? – Motten. Wilde Tiere, Bäume und so weiter. Ich habe es nicht ertragen, wenn sie beim Abendessen über Blätter, Fische, Otter und so weiter geredet hat. Sie starb. Ich hatte etwas damit zu tun, doch wir brauchen nicht ins Detail zu gehen. Bis dahin war ich ein Herr in den besten Jahren, als das bezeichneten mich die Leute. Ich wollte nicht mehr allein leben und habe mir deshalb die beste Seniorenresidenz im ganzen Land gesucht, wo man sich um mich kümmert. Ich habe mich für diese entschieden, und seitdem wohne ich hier. Das Haus habe ich verkauft. Ich habe noch immer so viel Geld, dass es mich überleben wird. Und wenn ich nicht mehr bin, kriegen es die Igel. Wer hätte gedacht, dass ich es bis hundert schaffe? Nun, beinahe bis hundert. Werden Sie mich unter Anklage stellen?«

Plötzlich wirkte er viel jünger. Achtzig war zwar nicht gerade jung, aber er hätte für achtzig durchgehen können.

»Das werde ich. Doch zuerst möchte ich noch ein wenig mit Ihnen sprechen. Ich habe Fragen an Sie. Und mir wäre es lieber, wenn dabei ein Anwalt anwesend wäre. Sind Sie in der Lage, mich nach London zu begleiten? Am besten sofort.«

»Ich habe dieses Haus seit achtzehn Jahren nicht verlassen. Früher bin ich ausgegangen. Ich hatte im Dorf eine Freundin und habe sie besucht. Das war eine schöne Zeit. Es gibt ein altes Lied, das meine Mutter immer gesungen hat. Über jemanden, der glaubt, dass es für ihn aus ist mit der Liebe, und dann begegnet er seinem letzten Schwarm. ›*Those were the days*‹.« Den letzten Satz hatte er gesungen, und nun brach ihm die Stimme. »Ich glaube nicht, dass ich nach London fahren kann«, fügte er hinzu. »Es ist zu weit. Ich muss überlegen. Michael, gib mir das Glas Wasser, das auf dem Nachttisch steht.«

Michaels Beine fühlten sich an wie gelähmt. Sie waren so schwer, als bestünden sie aus Stein. »Gib mir das Wasser«, herrschte sein Vater ihn an. »Aber ein bisschen plötzlich. Oder soll ich etwa die Dame darum bitten?«

Michael gelang es, sich auf die Füße zu wuchten, und er befürchtete schon, er könnte das Gleichgewicht verlieren, was jedoch nicht geschah. Leicht schwankend, ging er zum Nachttisch, griff nach dem Glas und brachte es seinem Vater. John Winwood fixierte ihn mit einem starren Blick. Michael wandte sich ab und setzte sich wieder. Doch anstatt seinen Vater noch einmal anzusehen, betrachtete er die Hände auf seinem Schoß. Es war still im Raum. Caroline schnappte leise nach Luft. Michael hob den Kopf. Sein Vater trank nicht nur Wasser aus dem Glas. Er schluckte etwas.

»Schließ die Tür ab«, befahl John Winwood. Er hatte ein Döschen in der Hand.

»Ich … ich kann nicht«, stammelte Michael.

»Zu spät. Jetzt ist es zu spät.«

Das Döschen entglitt der Hand seines Vaters, fiel auf den Teppich und rollte ein paar Zentimeter. Der fast Hundertjährige sackte mit verzerrtem Gesicht in seinem Sessel zusammen. Er begann zu würgen, ein abscheulich raues und doch schmatzendes Geräusch. Caroline fuhr hoch. Michael riss die Tür auf. »Ist da jemand?«, rief er. »Kommen Sie. Wir brauchen Hilfe.«

Darren erschien sofort. Ihm folgten Imogen und ein Mann, den Michael nicht kannte. Das Ganze hatte nur fünf Minuten gedauert, und jetzt war es zu spät. »Was hat er genommen?«, erkundigte sich der Mann, der ein Arzt war.

»Er hat mir gesagt, es sei Zyanid. Er habe es bei sich gehabt, als er hier eingezogen sei. Ich habe ihm nicht geglaubt. Hätte ich aber tun sollen.«

Der Arzt bat Imogen, Michael und Caroline Inshaw nach unten zu begleiten. Er werde in zehn Minuten kommen und mit ihnen sprechen. Sie wurden in das karge hellgraue Zimmer geführt, wo sie sich wortlos setzten und warteten.

Der Arzt kam, kurz bevor die zehn Minuten um waren. Michael fand ihn sympathischer als Stefani. »Die Autopsie wird es zeigen«, verkündete der Arzt. »Aber was er genommen hat, war Aspirin. Ein Tod durch Zyanid würde völlig anders aussehen.« Seufzend schüttelte er den Kopf. »Wahrscheinlich ein Herzinfarkt.«

»Also hatte es nichts mit den Pillen zu tun, die er geschluckt hat?« Caroline Inshaw wirkte enttäuscht, stand jedoch aller Wahrscheinlichkeit nach nur unter Schock.

»Nichts«, bestätigte der Arzt. »Es war nicht sein erster Herzinfarkt, aber sein letzter.«

»In seiner Jugend glaubte er, er hätte Herzgeräusche«, murmelte Michael, »doch niemand hat sich darum gekümmert.«

Obwohl Norman Batchelor so schwer krank gewesen war, dass niemand mit seinem Überleben gerechnet hatte, erholte er sich ausgezeichnet und besuchte seinen Bruder Stanley, denn nun war er es, der vermutlich nicht mehr lange leben würde. Er litt an Bauchspeicheldrüsenkrebs, und man konnte fast nichts mehr für ihn tun. Bei Normans Ankunft verbrachte Stanley häufig den Tag im Bett; Spot lag neben ihm. Die Zeitung berichtete in einer winzigen Spalte von John Winwoods Tod, weil er in wenigen Tagen hundert geworden wäre. Stanley las es im *Mirror*, aber Helen hatte es zuerst gesehen, und Norman erzählte es ihm noch einmal.

Norman aß mit Appetit, was Helen kochte. Er hatte gedacht, dass Stanley vor dem 5. Januar sterben würde, denn er hatte im Eurostar einen Platz zurück nach Frankreich reserviert. Allerdings entwickelten sich die Dinge anders. Er saß an Stanleys Bett, obwohl dieser und Helen ihn gebeten hatten, das nicht zu tun. Als er aufstand, um sich eine Tasse Tee zu holen, verspürte er die schlimmsten Schmerzen seines Lebens. Er umklammerte den linken Arm mit der rechten Hand und krümmte sich. Seine Beine gaben nach, und er sackte stöhnend zu Boden. Spot bellte und lief nach unten. Helen hastete herein, doch man konnte nichts mehr tun. Wieder ein Fall, in dem jede Hilfe zu spät kam. Norman war tot. Stanley schwor, seine letzten Worte seien gewesen, er sei auf dem Küchentisch geboren.

Als der zwölfte Tag nach Weihnachten – oder war es ein anderes traditionelles Datum? – anbrach, teilte Lewis Melissa mit, er müsse nach Hause. Alle anderen seien fort, also sei es nun auch für ihn an der Zeit. »Warum?«, fragte Melissa. »Wenn du zu Hause nichts zu erledigen hast, brauchst du nicht zu gehen.«

»Nun, habe ich nicht. Gar nichts.«

Er blieb. In jener Nacht zog er vom Gästezimmer, wo er seit Heiligabend geschlafen hatte, in ihr Schlafzimmer um. Im März rief Noreen Leopold an, und er wurde aufgefordert, sie nach Chiswick einzuladen. Noreen war eine zurückhaltende und ziemlich sentimentale Frau und sagte ihnen, sie seien so romantisch, dass es ihr richtig ans Herz gehe. Sie erklärte Lewis, James Rayment sei von Anita Winwood zurückgewiesen worden. Lewis war neugierig, ob sein Onkel eine richtige Liebesaffäre mit Anita gehabt hatte, doch Noreen war eine Frau, die, hätte sie in London gelebt, als sehr altmodisch gegolten hätte. Als er nachfragte, antwortete sie, von solchen Dingen wisse sie nichts. Immerhin sei er ihr Vater gewesen und hätte so etwas nie ihr gegenüber erwähnt. Er habe gesagt, er sei froh, dass sie sich geweigert habe, mit ihm fortzugehen, denn sonst hätte er nie die reizende Frau kennengelernt, die ihre Mutter geworden sei.

Noreen bezeichnete James als Ingenieur. Wohl eher Automechaniker, dachte Lewis. Dennoch habe er Erfolg gehabt, eine eigene Firma gegründet und ein glückliches Familienleben geführt. »Er hat oft von dir geredet«, fügte Noreen hinzu. »Er hat gesagt, du seist der einzige seiner britischen Verwandten, den er vermisse.«

Lewis fand das nicht sehr nett, vor allem angesichts der Tatsache, dass James 1944 monatelang ein Zimmer im Haus seiner Eltern bewohnt und es – er erinnerte sich an die Vorgänge im Luftschutzkeller – für Dinge genutzt hatte, die damals in einem Hotel nie möglich gewesen wären. Und das alles mietfrei. Dennoch war Noreen ihm sympathisch, und nachdem sie sich in ihrem Hotel in der Tottenham Court Road eingerichtet hatte, besichtigten er und Melissa mit ihr verschiedene Sehenswürdigkeiten: den Tower of London, die National Gallery, Madame Tussauds – sie waren die Ältesten dort – und Harrods (zweimal) und unternahmen eine Zugfahrt erster Klasse nach Brighton. Danach brach Noreen zu einer fünftägigen Busreise nach Cornwall auf, und Lewis und Melissa heirateten.

Sieben Tage nach seinem Bruder Norman starb Stanley Batchelor im St. Margaret's Hospital. »Wieder zwei Witwen mehr«, stellte Maureen knapp fest. Sie bedauerte nicht, eine Schwägerin zu haben, die ihr trauriges Schicksal teilte. Die Überlebenden der Familie versammelten sich zu Stanleys Beerdigung. Alte Menschen besuchen viel öfter Beerdigungen als junge. Obwohl man meinen möchte, dass solche Rituale ihnen zu nah gehen, scheint das nicht so zu sein. Vielleicht gehen sie hin, weil Beerdigungen etwas Persönliches für sie sind. Sie haben schon so viele davon erlebt, dass sie den Ablauf kennen. Es gibt keine Überraschungen.

Außer Maureen und Helen erschien auch Lewis mit seiner neuen Frau Melissa. Alle starrten sie an und taten dabei so, als betrachteten sie irgendein Wandgemälde in St. Mary's. Das Urteil der Männer lautete, dass der alte Lewis einen Glücksgriff gemacht hatte, das der Frauen, dass Melissa mindestens einmal geliftet war. Michael kam als ziemlich unerwarteter Gast. Sein Vater war im Pflegeheim in Michaels Gegenwart gestorben. Alle wussten das, und manche fanden seine Anwesenheit pietätlos. Woher wusste er überhaupt von der Beerdigung? Das erfuhr niemand. Die Antwort war, dass Maureen ihn angerufen und es ihm erzählt hatte. Daphne glänzte durch Abwesenheit. Wahrscheinlich würde Alan da sein, was sie beide in eine peinliche Situation gebracht hätte.

Alan ging wirklich hin, und zwar in der Hoffnung, Rosemary dort zu begegnen. Daphne hatte ihm vor einigen Wochen seinen zweiten Koffer geschickt, und er wollte seinen fast neuen anthrazitfarbenen Anzug tragen. Seit er allein lebte, hatten sich seine Gefühle für Rosemary geändert. Er sehnte sich danach, in die Wohnung auf dem Traps Hill zurückzukehren. Er sehnte sich nach ihr. Vieles an ihr fiel ihm wieder ein, nachts in seinen Träumen oder tagsüber, wenn er Lebensmittel einkaufte oder allein in seinem gemieteten Einzimmerapartment saß. Das Geräusch ihrer Nähmaschine, der Anblick eines neuen selbst geschneiderten Kleids, ihre stets leicht missratene Fischpastete, alles war wieder da. Rosemary kam nicht zur Beerdigung, und es belastete ihn, dass die meisten der Anwesenden, die ihn kannten, sich bei ihm nach ihr erkundigten. Fühle sie sich nicht wohl? Wussten sie denn nicht, dass sie schon seit Monaten getrennt waren? Er gab ausweichende Antworten und ging nach Hause, bevor ihn jemand mit zum Grab schleppen konnte.

Das Apartment in Buckhurst Hill, das er gemietet hatte, war nicht viel mehr als ein Zimmer. Die Küche bestand aus einigen kleinen Möbelstücken, eingebaut in die Wand, wo sich die Tür zur Dusche (kein Bad) befand. Er versuchte, so oft wie möglich aus der Wohnung zu kommen. Deshalb auch sein Besuch von Stanleys Beerdigung. Wieder zu Hause, saß er da und überlegte, ob er es noch einmal versuchen sollte. Einfach zur Wohnung in Traps Hill gehen und fragen, ob er zurückkommen dürfe. Sich noch weiter vorwagen und ihr sagen, dass er sie liebte, immer geliebt hatte und dass er ein Idiot gewesen sei, sie zu verlassen. Wie so häufig am Nachmittag schlief er ein. Diesmal träumte er, er sei wieder mit ihr zusammen. Es war acht Uhr an einem Samstagvormittag, und sie brachte ihm eine Tasse Tee, meinte, es würde ein schöner Tag werden, und schlug vor, Freya und den kleinen Clement zu besuchen. Er hielt diesen Traum für Wirklichkeit, und als er beim Aufwachen feststellte, dass das nicht so war, lag er im Sessel und spürte, wie ihm zwei Tränen die Wangen hinunterrannen.

Zu ihrer Freude hatte Rosemary einige ehemalige Mitschülerinnen wiederentdeckt. Sylvia und Pamela waren beide Witwen und »gut versorgt«, wie es früher geheißen hatte, wenn einem der Ehemann ein dickes Aktienpaket und ein beträchtliches Vermögen vermachte. Inzwischen waren die drei wieder Freundinnen, besuchten gemeinsam Kino und Theater, belegten einen Französisch-Konversationskurs – Alter spielte keine Rolle –, unternahmen Wochenendausflüge mit Luxusbussen und Kreuzfahrtschiffen und kauften sich Karten für Literaturfestivals.

An dem Tag, an dem Alan seine sorgfältig geplante Exkursion zu der Wohnung, in die er so gern zurückkehren wollte, antrat, war Rosemary wieder einmal unterwegs. Den Koffer ließ er im Apartment. Daphne hatte ihn ihm zwar geschickt, doch der Schlüssel befand sich nicht darin. Er war verloren. Vielleicht hatte er ihn ja auch gar nicht eingepackt. Und so stattete er der Wohnung einen Besuch ab wie ein gewöhnlicher männlicher Besucher, allerdings ohne den unvermeidlichen Blumenstrauß. Jedenfalls war niemand zu Hause, eine bittere Enttäuschung. Er versuchte es noch einmal, diesmal am folgende Mittwochnachmittag. Rosemary war bei der Matineevorstellung eines Stücks mit dem Titel *Once*, diesmal mit einem Mann, der ebenfalls Alan hieß und den sie beim Harrogate Literary Festival kennengelernt hatte. Der Alan, mit dem sie verheiratet war, beschloss, dass es ratsamer war, sie vormittags aufzusuchen, was er am Montag auch tat.

Vor Aufregung war ihm flau. Wie ein jugendlicher Liebhaber war er, durchweicht von Angstschweiß, um vier Uhr morgens aufgewacht. Was, wenn sie ihn wegschickte? Wenn sie ihn durchs Fenster sah und sich weigerte aufzumachen? Aber er musste es tun, er musste einfach. Mit einem breiten Lächeln machte sie auf und trug ein neues Kleid, das eindeutig nicht selbst genäht war. Außerdem wirkte sie um Jahre jünger als bei ihrer letzten Begegnung, was keine aufmunternde Erkenntnis war.

»Rosie«, begann er. »Darf ich reinkommen, Rosie?«

Sie nickte, immer noch lächelnd. In der Wohnung war nichts verändert worden. Alles war noch genau so, wie er es verlassen hatte. Er setzte sich, und sie schlug vor, Kaffee zu kochen. Es würde gut werden, mehr als gut. Als sie den Kaffee servierte, stellte er fest, dass er viel besser schmeckte als früher. Sie hatte in seiner Abwesenheit gelernt, Kaffee zu kochen. Außerdem hatte sie abgenommen, seit er fort war. Sie war aufgeweckter und in gewisser Weise charmanter geworden. Sie nahm Platz und fing an, von einem Theaterstück, das sie gesehen, und einem Literaturfestival in Yorkshire, das sie besucht hatte, zu sprechen.

»Du warst allein im Theater?«, wunderte er sich. »Glückwunsch.«

»Ich war nicht allein.«

Ein einfacher Satz, der ihn erschaudern ließ. Er trank seinen Kaffee und berichtete, er wohne in einem Einzimmerapartment, glaube jedoch, dass er es jetzt kündigen könne. Es ergebe keinen Sinn, es zu behalten. Er habe ja gar nicht geahnt, wie hoch die Mieten seien.

Sie nahm das Tablett und brachte es in die Küche. Als sie zurückkehrte, meinte sie, er müsse noch einen Schlüssel zu dieser Wohnung haben.

»Ich hatte einen. Aber ich muss dir beichten, dass ich ihn verloren habe.«

»Nun, das spielt ja keine Rolle«, entgegnete sie. »Du brauchst ihn nicht. Und dein Apartment gibst du besser nicht auf. Nicht bis du dir etwas Größeres gekauft hast, meine ich.«

»Rosemary. Rosie. Ich finde, dass ich wieder hier einziehen sollte. Ich will zu dir zurück.«

»Spar dir die Mühe, dich zu setzen. Es war schön, dich wiederzusehen, aber ich muss in zehn Minuten weg. Gehst du zurück in dein Apartment?«

»Rosie, lass mich zurückkommen.«

»Lieber nicht. Es wird nicht klappen. Du hast mich grundlos verlassen, und jetzt verlasse ich dich.« Sie öffnete die Wohnungstür. »Tschüss, Alan. Wir treffen uns sicher mal wieder.«

Er setzte sich auf dieselbe Bank wie vor so vielen Wochen, als die Frau mit der Katze ihn weggeschickt hatte. Dieser Rausschmiss war offenbar endgültig. Er hatte keine Ahnung, was er jetzt oder in Zukunft tun sollte.

27

Als John Winwood noch lebte und Zoe in Verbindung zu ihm stand, hatte Michael mit Furcht an seinen Vater gedacht und mehr oder weniger erfolglos versucht, ihn zu vergessen. Nach ihrem Tod war die Pflicht auf ihn übergegangen, und der uralte Mann hatte ihm durch seine bloße Existenz das Leben verdorben wie damals in seiner Kindheit. Nun war er tot, und Michael war glücklicher als vielleicht je zuvor. Denn selbst als er Vivien gehabt hatte, war sein Vater da gewesen in dieser Welt, eine bedrohliche Gestalt, die jederzeit über ihn, seine Frau und seine Kinder hereinbrechen und etwas Grausiges oder Zerstörerisches tun konnte. Aber jetzt nicht mehr. Nicht einmal er konnte von den Toten auferstehen.

Ohne die düstere Gegenwart seines Vaters stellte er fest, dass ihm seine Kinder sympathischer wurden. Wenn eines von ihnen zu Besuch kam, genoss er allmählich seine Gesellschaft. Zärtlich und begeistert erwiderte er Janes Umarmungen, erkundigte sich nach Richards Firma, seiner Frau und seinem neugeborenen Baby. Wann würde Richard mit seiner Familie vorbeischauen? Jane wolle wieder heiraten? Den früher unvermeidlichen Nachsatz »endlich« verkniff er sich und sagte, gut, er sei froh. Wann würde er ihren Verlobten kennenlernen?

Zwei oder drei Monate später, nachdem er von Rosemary erfahren hatte, dass Alan inzwischen in einem Eigenheim in Epping wohnte, begegnete Michael Daphne im

Café *Laville.* Für ihn war sie immer Daphne Jones geblieben. Er war zum ersten Mal im Café *Laville*, denn er gehörte nicht zu der viele Mitglieder zählenden Sekte, deren Glaubenssatz darin bestand, mitten am Vormittag gewohnheitsmäßig einen Becher Kaffee mit einem Deckel darauf zu kaufen, ihn im Lokal zu leeren oder ihn mit nach Hause oder zur Arbeit zu nehmen. Nun tat er es und stieg auf dem Weg zur Haltestelle Warwick Avenue aus dem Bus, weil er Daphne im Café gesehen hatte. Sie saß an einem Tisch auf dem Balkon des Cafés, der über den Kanal ragte, und genoss die malerische Aussicht auf das glitzernde Wasser, das sich bis zu einer Brücke in der Ferne erstreckte. Man nannte die Gegend auch Klein-Venedig.

Mit einem Lächeln, das er seit Viviens Tod nicht mehr auf dem Gesicht einer Frau gesehen hatte, lud sie ihn an ihren Tisch ein. »Meinst du, dass Venezianer sich geschmeichelt fühlen oder enttäuscht sein würden, wenn sie hier Urlaub machten?«

»Ich glaube, die kommen nicht hierher«, erwiderte Michael.

»Jahrelang warst du der Junge von nebenan, aber ich glaube, wir haben nie miteinander gesprochen, nicht einmal in den *Qanats*. Was führt dich in diese Gegend?«

»Der Vierundsechz'ger ist mein Held«, reimte er. »Er bringt mich in die weite Welt. Eigentlich wollte ich zur U-Bahn, aber ich habe den Grund vergessen. Isst du mit mir zu Mittag?«

Sie war einverstanden. Drei Monate später verbrachte er die Hälfte seiner Zeit im Haus in Hamilton Terrace und die andere Hälfte zu Hause. Er war glücklich. Viviens Zimmer schloss er ab und öffnete es nur, wenn Jane und ihr Mann zu Besuch kamen.